Agnes-Marie Grisebach

Eine Frau im Westen

Roman eines
Neuanfangs

Fischer Taschenbuch Verlag

Die Frau in der Gesellschaft
Lektorat: Ingeborg Mues

Veröffentlicht im Fischer Taschenbuch Verlag GmbH,
Frankfurt am Main, Februar 1992

Lizenzausgabe mit freundlicher Genehmigung
des Quell Verlages, Stuttgart
© Quell Verlag, Stuttgart 1989
Umschlaggestaltung: Friederike Simmel
unter Verwendung eines Fotos von der Autorin
Gesamtherstellung: Clausen & Bosse, Leck
Printed in Germany
ISBN-3-596-10467-X

Inhalt

Vorbemerkung 13

1952

1. Brief
Republikflucht 17

2. Brief
Ulla im Lager 19

3. Brief
Ullas Bruder · Onkel und Tante · Der Vater 20

4. Brief
Ankunft in Heidelberg · Die Wohnung · Rucksackdeutsche ·
Ullas Resignation · DDR-Grenze wird abgeriegelt 25

5. Brief
CDU oder SPD? · Über Kinder, Schule und Zukunftspläne . . . 32

6. Brief
Wolljacke und Harzer Käse · Horrorfilm · Boxkämpfe und
Neid auf Marion · Heimweh 35

1953

7. Brief
Mottenkugeln · Weihnachtsfotos · Ratenzahlung · Reiche
Nachbarn und Zelluloidpüppchen 43

8. Brief
Fabrikbeschreibung · Der Arbeitsplatz 46

9. Brief
Seufzen nach Liebe · Ich werde Patentante · Der eine und der
andere Bruder · Kaninchen 50

10. Brief
Maikäfer · Kräuselkrepp · Der kleine Rau 55

11. Brief
17. Juni · Organisation und REFA-System 57

12. Brief
Unsere Kinder · Die selbstgenähte Bluse 62

1954

13. Brief
Kaputtes Weihnachtsradio · Was alle schon haben ·
Staubsauger · Außenpolitik 69

14. Brief
Auszug von Ulrich · Im Krankenhaus · Meine Nerven ·
Ordnung · Betti wird Herr im Haus · Funken sprühen 73

15. Brief
Monopoly · Freier und Jazzkeller · Erste Schwarze · NATO . . . 77

1955

16. Brief
Töchter verweigern Ordnung · Studenten · Soziale Stellung in
der Fabrik · Rau und die Klassenfeinde 87

17. Brief
Ulla, ihre Mutter und Horst · Betriebsrat Rau ·
Frauenprobleme · Ullas Paul · Verehrer im Netz 95

18. Brief
Karl kommt aus Rußland zurück · Bestrafung von Sünde in
Ost und West · Karls Geschichte · Nixenkinder 100

1956

19. Brief
Bild-Zeitung · Ignoranz der Männer · Wehrpflicht ·
Heidelberg · Der kleine Rau · Scherze der Arbeiter ·
Der Verehrer · Harry macht Sorgen 111

20. Brief
Gedanken über Weltuntergang · Fliegende Untertassen ·
Die Amerikaner 117

1957

21. Brief
Brecht-Theater · Beförderung zur Angestellten · Die
Nachbarn und die Kirche · Weihnachten mit Don 127

22. Brief
Was kauft man mit tausend Mark? · Familie am runden Tisch . 132

23. Brief
Pfarrer Brombach, der Unternehmer · Das Leben des kleinen
Rau · Mit Ronco auf dem Sommerfest 135

24. Brief
Dittas Verlobung · Der Chef Decker · In der Werkhalle wird
ein Film gedreht · Jeder bedauert den anderen 140

1958

25. Brief
Herr Birne und die Mutti · Über Autoritäten und Erziehung . . 147

26. Brief
Ulla schreibt nicht mehr · Kirche und Gemeinde · Verzicht
auf Ronco · Vermietung an Studentinnen · Nella besucht
DDR · Arbeit im Büro wird anspruchsvoller · Dalottis
Geschichte · Brombachs Einladung 151

27. Brief
Paul wird in die DDR entführt · Volksbefragung ·
Die Untermieterinnen und ihre Ansichten 160

1959

28. Brief
Typen im Büro · Kindergarten und seelische Bedürfnissse ·
Pubertät · Nähstunden · Des Pfarrers Direktorenprobleme ·
Dalotti findet wieder Arbeit 167

29. Brief
Matrose und Maurer · Sprachanpassung · Heidelberger
Mentalität · Preußisches Familienfest · Regens gehen in die
DDR · Probleme mit Müttern 174

30. Brief
Krankheit · Begegnung mit Alois 181

31. Brief
Alois' Geschichte · Das Patenkind 182

1960

32. Brief
Die Kinder werden flügge · Pflichten und Politik · Dalottis
Verehrer · Alois wird mitfühlend 191

33. Brief
Einladung zur Hochzeit · Diebstahl 194

34. Brief
Ditta ist Ehefrau, Nella in Berlin · Alois wird rückfällig ·
Diskussionen mit Studentinnen 195

35. Brief
Gedanken über Reichtum · Herr Decker und die Frauenarbeit · Die Eier des Kolumbus · Meiers Kommunismus und
die Christen · Alois wird »besser« · Betti an der Ostsee 200

1961

36. Brief
Ein Enkelsohn · Entdeckung von Ur-Reflexen · Helgas
Selbstmord · Der Nachbar verbrennt · Organisation der
Gewerkschaften 211

37. Brief
Mauerbau · Nellas Debüt · Moral und »die Leute« ·
Vera Brühne · Neue Sitten bei Betti und Susi · Neueste
Nachrichten über Dalotti, Alois, Rau, Birne, Meier · Decker
und Zwillinge von Brauer 216

1962

38. Brief
Weihnachten mit dem Enkel · Über das Entzücken der
Mütter · Mädchen und Jungen sind verschieden · Frauen und
Männer auch · Über Erziehung · Nachrichten aus
Sachsenhausen (DDR) 225

39. Brief
Tendenzen zum Elternhaß · Peter Fechter – was hätte ich
getan? · Neue Verführer bei Massenveranstaltungen ·
Dalottis Ehekatastrophe 231

1963

40. Brief
Elf Jahre im Westen · Was ist Glück? · Sektfrühstück bei
Brombach · Alois lernt · Dalotti in Wiesloch · Harry und
die Abtreibung 241

41. Brief
Kennedy: »Ich bin ein Berliner« · Geld kommt von Ulrich ·
Über das Schuldenmachen · Der REFA-Fachmann 250

42. Brief
Pauls Entlassung · Ullas Mutter im Heim · Bettis Verlobung ·
Susi und die Pädagogik · Nellas Lebensgefährte 255

43. Brief
Kennedys Ermordung · Harry kommt 259

1964

44. Brief
Harry und der Fernseher · Alois und seine Braut · Dalottis
Entlassung aus der Nervenklinik 267

45. Brief
Tod von Ullas Mutter · Harry baut ein Schiff · Dalotti zieht
zu einem Mann · Peter und sein Freund Thomas · Viktor
verlobt sich 272

46. Brief
Ich werde Abteilungsleiterin · Meier wird Außenstellenleiter ·
Die Däumlinge · Nordvietnam provoziert USA ·
Raus Politikverständnis · Schuster wird Generaldirektor   277

47. Brief
Dittas Töchterchen · Harrys Schiff geht unter 283

1965

48. Brief
Ulla krank? · Dalottis Tod · Ulrichs Tapferkeit ·
Verwandtschaft von Alois' Braut · Harry wird aggressiv   287

49. Brief
Sorgen um Ulla · Schusters Entlassungskrimi · Ich werde
durch Computer ersetzt 292

50. Brief
Ich werde rausgesäubert · Gewerkschaft · Mit Harry
gescheitert · Peters Trost · Ulla im Krankenhaus 300

Telegramm 310

Nachtrag 310

Vorbemerkung

In dem vorhergehenden Roman »Eine Frau Jahrgang 13« hat Erika Röder geb. Kernrebe ihr Leben bis zur Flucht aus der DDR Ende 1951 erzählt. Ihre vier Töchter heißen: Judith, genannt Ditta; Cornelia, genannt Nella; Elisabeth, genannt Betti; Susanne, genannt Susi, und sind zum Zeitpunkt der Flucht vierzehn, dreizehn, neun und sieben Jahre alt. Von ihrem Ehemann, Dr. Ulrich Röder, ist sie seit 1949 geschieden, da sich das Ehepaar seit Kriegsbeginn 1939 nur noch selten gesehen hat und er seit 1945 im Westen lebte, während sie mit den Kindern in der Ostzone blieb.

In diesem Briefroman schreibt Erika Röder von 1952 bis 1965 Briefe an ihre Freundin Ulla, die der Leser von »Eine Frau Jahrgang 13« schon kennengelernt hat. Es ist diejenige, die Erika immer beistand und die einmal dem Beamten einer DDR-Behörde ein Huhn mit der Bemerkung auf den Schreibtisch setzte, da seien ja die Eier schon drin, die sie abliefern sollte.

Die ebenfalls geschiedene Ulla lebt in West-Berlin mit ihrer Mutter und den beiden Söhnen Viktor und Stephan zusammen, die zum Zeitpunkt der Flucht dreizehn und neun Jahre alt sind.

Bei den in den Briefen näher beschriebenen Personen ist eine Ähnlichkeit mit Lebenden oder Gestorbenen nicht beabsichtigt.

A.-M. G.

1952

1. Brief

Republikflucht

Berlin, Januar 1952

Liebe Ulla,
ist das eine Überraschung! Du hier in West-Berlin! Mein Vater richtete mir Deinen Anruf aus. Vor ein paar Wochen erst haben wir uns in Rostock tränenreich verabschiedet, und nun seid Ihr auch hier. Wann habt Ihr Euch denn zur Flucht in den Westen entschlossen? Hat Euch mein Beispiel angesteckt, oder hast Du Schwierigkeiten mit den »Genossen« bekommen? Du hast es übrigens geschickter angefangen als ich, indem Du Deine Abreise als »Weihnachtsurlaub« tarntest, wie mir Vater erzählte.

Bei uns wäre es im letzten Augenblick beinahe noch schiefgegangen: Wir konnten nicht direkt bis Berlin-Zoo durchfahren, wie geplant. Am Bahnhof in Rostock standen zu meinem größten Entsetzen zwei Kolleginnen, um mich zu verabschieden. Ich hatte denen doch vorgelogen, ich hätte mich verlobt und wollte in Greifswald heiraten. Nun standen sie auf dem Bahnsteig Richtung Greifswald, gen Osten, und erblickten mich zu ihrer Überraschung auf dem Bahnsteig Richtung Berlin, gen Westen. Das war ein Schock! Ich, mit vier Kindern, von denen zwei den Schnabel noch nicht halten können! Ich zischte nur schnell: »Ihr haltet jetzt den Mund!«, dann habe ich riesige Freude darüber geheuchelt, daß die Kolleginnen gekommen waren, und habe ihnen das Blaue vom Himmel heruntergelogen, ich müsse zuerst nach Ludwigslust (gen Westen), um die Kinder dort acht Tage bei einer Freundin unterzubringen, damit ich mich in Greifswald in Ruhe einrichten könne. Das klang einigermaßen plausibel; aber ich hatte doch Angst, daß die beiden vom Schulrat geschickt worden waren, um zu prüfen, ob ich auch wirklich zu meinem »Bräutigam« nach Greifswald fuhr. Wenn sie Spitzel waren, dann stand am Bahnhof Zoo in Berlin schon die Volkspolizei.

Mit vier Kindern, zwei Koffern und fünf Rucksäcken waren wir ja nicht zu übersehen. Das habe ich nicht riskiert. Deshalb bin ich kurz entschlossen in Ludwigslust wirklich ausgestiegen und habe dort Freunde überfallen, die uns einige Tage bei sich nächtigen ließen. Der Mann meiner Freundin brachte dann unsere Sachen nach und nach in den Westen, so daß wir am endgültigen Fluchttag am Bahnhof Zoo unauffällig und ohne Gepäck vom Bahnsteig Ost die Treppe hinunterlaufen konnten zum Bahnsteig West.

Wie habt Ihr es angestellt, unauffällig über die Grenze zu kommen? Du, Deine Mutter und die beiden Buben waren ja immerhin auch vier Personen mit auffälligem Gepäck!

Nun haben wir uns also alle beide strafbar gemacht und sind »Republikflüchtige« aus dem Arbeiter-und-Bauern-Staat in die kapitalistische, imperialistische Bundesrepublik Deutschland. Das erste Mal in meinem Leben droht mir Gefängnis wie einem Verbrecher. Nein, halt! Als ich mit Schnaps geschoben habe, drohte mir ja auch Gefängnis. Meine kriminelle Karriere ist also schon ziemlich alt.

Du bist jetzt im Notaufnahmelager? Hätte ich das doch auch gleich angesteuert; aber ich dachte, das beleidigt meinen Vater. Doch keine Rede davon! Er habe kein Zimmer frei, sagte er und hat uns gleich bei einem entfernten Onkel in Berlin-Wannsee untergebracht (Adresse auf dem Umschlag). Wir sind erst gar nicht in Vaters Wohnung gefahren.

Dies zunächst zu Deiner Information.

Sobald ich die Möglichkeit habe, Dir einen längeren Brief ins Lager zu schreiben, werde ich das tun. Anrufen geht von hier aus schlecht. Oder können wir uns treffen?

Es grüßt Dich, Deine Mutter und die Buben Viktor und Stephan

Deine Erika

2. Brief

Ulla im Lager

Berlin, Januar 1952

Liebe Ulla,
vielen Dank, daß Du mir gleich ein Briefchen hierher nach Wannsee geschickt und den Empfang meines Briefes bestätigt hast. Lieber hätte ich natürlich mit Dir telefoniert, aber ich darf hier bei dem Onkel das Telefon nicht benutzen. Um Dich zu besuchen, fehlt mir das Geld für die S-Bahn und auch die Zeit, denn ich habe nicht, wie Du im Aufnahmelager, ein Überbrückungsgeld bekommen, sondern mußte gleich Westgeld verdienen. Ich arbeite ein paar Stunden am Tag als Trümmerfrau.

Ulrich hat uns immer wieder nach Rostock geschrieben, er habe eine Wohnung in Heidelberg, und wir sollten hinkommen. Er hat wohl beim Wohnungsamt verschwiegen, daß wir geschieden sind, und »Familienzusammenführung« beantragt. Ich hatte erwartet, hier in Berlin das Reisegeld nach Heidelberg vorzufinden, um gleich weiterreisen zu können, aber es ist nichts da. Kein Geld und kein Brief. Ich weiß gar nicht, was ich machen soll.

Deine Situation im Aufnahmelager scheint mir viel unkomplizierter zu sein als meine. In Notlagen ist man bei staatlichen Organisationen wohl doch besser aufgehoben, als wenn man sich auf Verwandte verläßt. Bei Euch hat man als Flüchtling eine sechs- bis siebenstellige Nummer, die Probleme sind bekannt, man braucht sie niemandem zu erklären, man braucht weder bitte noch danke zu sagen, denn man erhält am Fließband wie alle anderen, was man dringend braucht und was einem als Menschenrecht zusteht. Du brauchst Dich menschlich nicht darüber aufzuregen, wenn einige Betreuer nicht nett sind. Sie sind ja Fremde und gehen Dich nichts an. Ich sehe es richtig vor mir, wie humorvoll Deine Mutter mit den Typen umgeht, die sich respektlos gegen sie benehmen, und Du bist ja auch nicht auf den Mund gefallen.

Ich finde es vor allen Dingen von Deiner Mutter bewundernswert, daß sie sich so schnell zur Flucht mit Dir und Deinen beiden Buben entschlossen hat. Mein Beispiel hat also Schule gemacht!

Aber es ist ja wahr, was hattet Ihr in Henkhof verloren. Ihr wart dort auch schon besitzlose Flüchtlinge, da ist es im Westen für Euch doch entschieden besser. Du bekommst bestimmt bald eine Wohnung, wenn Du jetzt schon als Kindergärtnerin die Lagerkinder betreust und Geld verdienst.

Ich finde es auch sehr gut, daß Du Dich nicht von Deinem reichen, berühmten Schauspieler-Bruder abhängig machst und ihm zeigst, Du gehst auch ohne ihn nicht unter. Deine Mutter allerdings hätte er eigentlich bei sich aufnehmen müssen, aber vielleicht will sie sich nicht von Deinen Kindern trennen.

Wie es uns hier geht, mag ich gar nicht erzählen. Es geht uns mies, mies, mies...

Tschüs, ich schreibe bald wieder – Deine Erika

3. Brief

Ullas Bruder · Onkel und Tante · Der Vater

Berlin, Februar 1952

Liebe Ulla,

danke für Deinen Brief. Wenn Du willst, daß ich offen sage, was ich von Deinem Plan halte, mit Mutter und Kindern in eine Miniwohnung zu ziehen und als Kindergärtnerin zu arbeiten, so muß ich antworten: gar nichts. Dein Bruder Horst und seine Frau Mizzi bewohnen eine große Villa mit Garten und beschäftigen ein Dienstmädchen. Deine Mutter mit Deinen beiden Jungen sollte zu ihnen ziehen und so lange bei ihnen bleiben und von ihnen ernährt werden, bis Du in Deinen alten Beruf als Schauspielerin wieder hineingekommen bist. Dir stehen doch eigentlich alle Türen offen, wenn nur Horst es will. Mizzi soll Dir Kleider leihen und Dir helfen, wieder so gut auszusehen wie früher. Das kann doch für sie kein Opfer sein, denn je schneller Du wieder ein Engagement findest, desto eher ist sie ja die Last mit Euch allen los.

Ich kann nicht begreifen, warum auch Du Deinen Bruder von allen Verpflichtungen freisprechen willst. Hat er Euch in den Kriegs- und Nachkriegszeiten in der Zone genügend unterstützt? Deine Mutter ist doch auch seine Mutter. Warum hast Du immer allein für sie sorgen müssen, und Dein Bruder und Deine Schwester konnten sich davor drücken? Da hat doch wohl Deine Mutter in Eurer Erziehung etwas verkehrt gemacht: für die ewig kränkliche Gabi immer die Schonung, für den strahlenden Horst den Lorbeer und die Bewunderung und für die tapfere, selbstlose Ulla alle Opfer, allen Verzicht?

Du hast jetzt die einmalige Gelegenheit, die Weichen anders zu stellen. Laß Dich doch von Mizzi nicht einschüchtern! Klar, ihr geht Deine Spontanität, Deine Großzügigkeit, Dein Temperament ebenso auf die Nerven wie Dir ihre Akkuratesse und ihr kleinlicher Geiz. In einem Haus könnt Ihr nicht leben. Das entbindet doch aber Horst nicht von seinen Pflichten.

Ich habe längst nicht Deine Chancen. Mein Vater hat uns hier nach Wannsee abgeschoben. Der Onkel und die Tante waren den ganzen Krieg über in Sicherheit auf dem Land, haben hinterher nicht hungern müssen und sind erst nach Wannsee heimgekehrt, als die Versorgung dort wieder klappte. Sie haben im Vergleich zu fast allen anderen Berlinern nichts wirklich Katastrophales durchgemacht. Dieses Wunder betrachten die beiden aber offensichtlich als einen ihnen zustehenden Lohn für besondere Verdienste. Sie finden es empörend, daß man Lastenausgleich von ihnen fordert und ihnen immer noch so viele Ausgebombte in ihr schönes Haus setzt, mit denen sie Küche, Bad und Klo teilen müssen.

Es war also keineswegs selbstlos, daß sie mir und meinen Kindern den großen Salon anboten. Man hätte ihnen sonst wieder Fremde zugewiesen. Bei mir hatte es den Vorteil, daß ich keine Möblierung des Raumes verlangte und sie alle ihre kostbaren Möbel weiterhin schonen und in Sicherheit untergestellt lassen konnten. Sie haben für uns fünf dünne Matratzen aufs blanke Parkett gelegt. Ein Spirituskocher steht auf einer Kiste, und anstelle des ausgelagerten Kronleuchters gibt es eine 40-Watt-Birne an der Decke.

Die Tante hat uns einen Kochtopf, fünf Teller, fünf Tassen, fünf Löffel, eine kleine Schüssel zum Abwaschen und zwei Eimer für sauberes und schmutziges Wasser »geliehen«, auch ein Küchen- und ein Frottierhandtuch für uns fünf. Die Toilette dürfen wir benutzen und in der Küche Wasser holen. Sonst aber dürfen die Kinder weder den Flur noch die anderen Zimmer betreten und werden niemals von ihnen zum Essen eingeladen. Nur ich wurde einige Male förmlich aufgefordert, einen Abend bei ihnen zu »plaudern«.

Das hättest Du sehen sollen, Ulla, wenn da Gäste waren! Der Biedermeiertisch blitzblank, aber natürlich ohne Decke, denn die Tante hat keine Waschfrau mehr. Die während des Krieges evakuierten, nun aber endlich »heimgeholten« silbernen Becher und silbernen Bestecke auf Hochglanz gebracht. Es gibt offensichtlich hier im Westen wieder Sidol oder etwas Ähnliches zum Putzen. Das edle Markenporzellan macht Lärm, wenn es ohne Sets darunter auf dem Mahagoni hin- und hergeschoben wird, und die Tante schwitzt vor Angst, daß der Tisch Kratzer bekommt oder ein Teller kaputtgeht. Und was gibt es dann zu essen in all der Pracht? Kohlrübengemüse ohne Fett und Pellkartoffeln. Aus der edlen Kristallkaraffe wird schlichtes Leitungswasser in die silbernen Becher gefüllt, und die Tante scherzt: »Möchten Sie noch etwas Gänsewein?« Das Tollste kommt dann nach Tisch. Da steht der Herr Professor auf, küßt seiner Gemahlin ehrfurchtsvoll die Hand, bedankt sich kurz für das köstliche Mahl und verschwindet dann mit den Herren nebenan ins Herrenzimmer, wo sie rauchen und sich unterhalten dürfen, während wir »Damen« in Ermangelung eines Dienstmädchens den Tisch abdecken und uns dann – weil ich Flüchtling ja im Salon hause – im Eßzimmer um den Mahagoni setzen und stricken dürfen, sofern wir reich genug sind, Wolle oder etwas anderes Strickbares zu kaufen. Ich muß also die Hände still halten und darf nicht einmal rauchen! Stell Dir die Qual vor! Der Krieg war für die beiden nichts anderes als eine lästige Unterbrechung eingefahrener Gewohnheiten. Sie knüpfen nun genau da wieder an, wo sie aufgehört haben. Ich glaube, sie haben sich noch nie in die S-Bahn gesetzt, um sich die Trümmerwüste Berlin wenigstens anzusehen. Sie haben eine Art, über das Elend anderer hinwegzublicken, die mich rasend macht! Nur mit mir reden sie, weil ich Verwandtschaft bin. Schon meine Kinder, aber vor allem die fremden Ausgebombten im Haus werden von ihnen völlig übersehen. Mit so etwas redet man nicht.

Einmal stand der Onkel an einem Fenster und blickte hinaus. Da schlich sich Susi von hinten an ihn heran und haute ihn mit ihrer ganzen Kraft auf sein professorales Hinterteil. Er hat sich nicht einmal umgedreht, um das Kind zurechtzuweisen!

Weißt Du, es ist der Onkel dritten Grades, von dem ich Dir erzählte, daß er einen Verlag hatte, in dem in den dreißiger Jahren unter anderem Johanna Spyris »Heidi« verlegt wurde, aus der der »liebe Gott« gestrichen war. Der Verlag existiert wieder, auf wundersame Weise entnazifiziert, und Tante und Onkel gehen sonntags wieder in die Kirche. Sie arbeiten schon seit Kriegsbeginn nicht mehr, der Verlag ernährt sie aber doch, denn sie haben ja noch Besitzanteile.

Sie fragen nie, was und wie ich koche und woher ich Geld nehme. Daß ich mich tagsüber stundenweise als Trümmerfrau verdinge und die Kinder dann allein in dem »Salon« sind, bemerken sie nicht. Sie denken, mein Vater gibt mir etwas, er sei ja Architekt.

Aber der! Ach du lieber Gott! Ulla! Der Mann ist fix und fertig. Du kanntest ihn doch noch? Aber jetzt! Seit Gretchen tot ist, seit sie ihn als angeblich *einzigen* Parteigenossen am Hohenzollerndamm dazu verurteilt haben, die Leichen aus den Kellern zu holen, und seit seine Bauten zerbombt sind, ist er ein gebrochener Mann. In seiner Wohnung hausen immer noch vier alleinstehende Damen, von denen die eine sich ihn nun endgültig gekapert hat. Alle standen vor dem Nichts, ohne Rentenansprüche. Da ist natürlich ein Witwer, der zwar gegenwärtig noch vom Verkauf seiner wertvollen Bilder lebt, aber die Aussicht hat, bald die Mieteinkünfte seines Hauses verzehren zu können, eine willkommene Beute. Es heißt ja, die Amerikaner sollen abziehen und die Hausbesitzer bald wieder frei über ihre Wohnungen verfügen können. Die Damen haben sich auf so gräßliche Weise um Vater gestritten, daß eine von ihnen sich das Leben nahm. Stell Dir das vor, wegen eines alten Mannes, der körperlich und seelisch am Ende ist!

Die Siegerin, die ihn jetzt an sich gerissen hat und ihn allein versorgen darf, heißt Edelgunde und hat zu mir gesagt, wenn ich mich noch einmal blicken ließe und irgendwelche Ansprüche stellte, würde sie meinen Vater augenblicklich verlassen. Davor fürchtet er sich jetzt! Er hat sich an sie gewöhnt und kann Wechsel nicht mehr aushalten.

Judith hat jetzt schon zum dritten Mal an Ulrich in Heidelberg geschrieben: »Bitte, bitte, lieber Vati, nimm uns doch auf oder hole uns irgendwo anders hin nach Heidelberg. Wir halten es hier nicht aus, und Mutti kriegt auch keine Arbeit, weil wir nicht im Lager sind.« Aber bis jetzt hat er immer noch nicht geantwortet. Ich weiß nicht, was da los ist. Vielleicht hat er mit seinem Antrag auf »Familienzusammenführung« nur unsere beiden älteren Töchter Judith und Cornelia gemeint, wollte mich und die beiden Kleinen weiter unserem Schicksal überlassen und will gerade seine Dame heiraten, bei der er seit 1945 wohnt?

Wenn ich in den nächsten vierzehn Tagen immer noch keine Nachricht von ihm habe, gehe ich auch ins Notaufnahmelager wie Du und tue so, als ob wir eben erst geflohen wären. Notfalls muß uns mein Vater den Flug nach Frankfurt bezahlen. Seine Edelgunde wird die Geldausgabe erlauben, da wir ihr dann für immer aus dem Weg sind.

Weißt Du, wie ich diesen Brief schreibe? Ich liege auf dem Bauch auf dem Parkett, habe Hunger, die Kinder schnarchen neben mir unruhig, und die 40-Watt-Birne leuchtet schwach von hoch oben. Morgen muß ich mir Briefmarken pumpen, ich brauche für den dikken Brief ja mindestens zwei.

O Gott, o Gott, Ulla! Ob wir nicht besser doch im Osten geblieben wären?

Grüße Deine zwei Buben und die Mutter!

Deine Erika

4. Brief

Ankunft in Heidelberg · Die Wohnung ·
Rucksackdeutsche · Ullas Resignation ·
DDR-Grenze wird abgeriegelt

Heidelberg, Mai 1952

Liebe Ulla,

Du hast bestimmt gedacht, ich sei verschollen, weil auf Deinen letzten Brief nach Wannsee keine Antwort mehr kam und ich Dir meine neue Adresse noch nicht mitgeteilt habe! Aber ich bin nicht verschollen, sondern seit acht Wochen in Heidelberg in Ulrichs Wohnung. Ich bin ungelernte Hilfsarbeiterin in einem metallverarbeitenden Betrieb geworden und ernähre die ganze Familie. Der Grund, warum ich nicht eher schrieb, ist wieder der gleiche wie in Berlin: Ich kann Briefmarken und Briefpapier kaum bezahlen, habe überhaupt keine Zeit für mich selbst und nirgends ein Plätzchen, wo ich schreiben könnte. Ruhe verlange ich dabei schon gar nicht, nur eine feste Unterlage. Jetzt habe ich mich in der Fabrik nach Feierabend in ein leeres Büro an die Schreibmaschine geschlichen. Ich muß mich einfach einmal aussprechen. Soll Ulrich heute die Kinder versorgen!

Du willst also wirklich weiter in dem Kindergarten im Notaufnahmelager arbeiten und Horsts Hilfe nicht in Anspruch nehmen? Hast Du noch genug Nerven, um das Getümmel und das Geschrei auszuhalten? Als junges Mädchen hätte ich das gekonnt, aber jetzt, wo wir bald 39 Jahre alt werden? Kindergärtnerinnen werden außerdem doch noch schlechter bezahlt als Arbeiterinnen. Nun gut, Du hast »bloß« zwei Kinder und eine Mutter, die Dir hilft, aber Dein Bruder hat mich sehr enttäuscht. Wie wir es auch machen, es ist verkehrt, Ulla. Ganz ehrlich, ich bin verzweifelt! Wie schön könnte ich jetzt im großherzoglichen Palais in Bad Doberan in der warmen Dreizimmerwohnung hausen, umgeben von Möbeln und Hausrat, und könnte mein hohes Gehalt einscheffeln, gut genährt und überall respektiert sein, wenn ich nur in die SED eingetreten wäre und mit den Wölfen geheult hätte!

Ich will versuchen, Dir zu beschreiben, was einfach unbeschreiblich ist:

Ulrich holte uns in Heidelberg am Bahnhof ab, wie immer in dramatischen Situationen in Knickerbockern und Schirmmütze, und etwas abseits stand eine Dame, die sich ihr Taschentuch vor das Gesicht hielt und uns beobachtete. Mein Vater hatte nur die Fahrkarten bezahlt, ich besaß keinen Pfennig Westgeld. Müde, mit unseren fünf Rucksäcken und zwei Koffern, von denen mir Ulrich nun einen abnahm, schleppten wir uns zur nächsten Straßenbahnhaltestelle, die Ulrich aber nur zögernd ansteuerte. Er betrachtete Betti und Susi prüfend, meinte: »Ich glaube, es geht!« und instruierte dann die Neun- und die Siebenjährige: »Also, wenn euch der Schaffner fragt: Ihr seid fünf und vier Jahre alt. Verstanden?« Es dauerte eine ganze Weile, bis wir begriffen: Er hatte für diesen Monat (es war der 25.) nur noch *fünf* Mark. Wir hätten sonst laufen müssen! Die 65 Quadratmeter kleine Dreizimmerwohnung in einer Arbeiter-Neubausiedlung hatte er zwecks »Familienzusammenführung« nur deshalb ergattert, weil er unsere Scheidung verschwieg. In Wahrheit brauchte er ein Lager für seine zigtausend Bücher und die unzähligen Kisten mit seit Jahrzehnten abgelegter Kleidung und anderem Kram, die er in den Westen evakuiert hatte. Die Dame, bei der er seit sieben Jahren wohnte und die er heiraten will, hatte sich bisher standhaft geweigert, auch die Bücher mitzuheiraten, und die Kosten für die Lagerung des ganzen Krams bezahlt. Aus Henkhof hat er im Lauf der Jahre viel hierhergeschleppt, aber das meiste stammt wohl aus der Wohnung seiner Eltern, die inzwischen verstorben sind. Und wir fünf standen da mit zwei Koffern und fünf Rucksäcken und der Hoffnung, daß ein paar vorausgesandte Pakete eintreffen würden.

Die Wohnung sah so aus:

Flur: Bücher auf der Erde übereinandergestapelt. Man muß drübersteigen. An den Wänden mit Reißzwecken befestigte Plakate von Theateraufführungen.

Schlafzimmer: Keine Möbel. Zwei nackte Matratzen für mich und drei Kinder auf dem Fußboden. Durch das Zimmer ein Seil gespannt, auf dem ganz eng gequetscht Ulrichs gegenwärtige und verflossene Garderobe hängt, von Uniformen aus dem Ersten Weltkrieg angefangen bis zu Uniformen aus dem Zweiten, alle im Laufe seines Lebens abgelegten Anzüge bis zu zerrissenen Hemden der Neuzeit. Darunter alle Schuhe und Stiefel, die er je trug. Sogar seine ersten Babyschuhe hat seine Mutter aufgehoben.

Wohnzimmer: Ein altmodisches Sofa mit hoher Rückenlehne, auf dem gerade noch Susi zum Liegen Platz hat, ein wackliger Tisch, zwei Stühle. Sonst Bücher gestapelt vom Boden bis zur Decke, ohne Regale. Dazwischen viele Stapel von Zeitschriften.

Arbeitszimmer: Ein Schreibtisch, auf dem meterhoch Papierkram liegt, ein Stuhl, ein altes Klavier, sonst Bücher wie im Wohnzimmer vom Boden bis zur Decke. Dazwischen eine nackte Matratze für Ulrich.

Küche: Ein Kanonenofen (einzige Heizmöglichkeit des »Appartements«), ein Spülstein mit kaltem Wasser, kein Herd. Auf einer Kiste ein elektrischer Tauchsieder fürs Rasierwasser, auf der Erde einige schmutzige Teller, Tassen und Schüsseln, an den Wänden teils Plakate, teils an gespannten Paketstrippen griffbereit aufgehängt einige Koch- und Eßbestecke, auf dem Boden Bücher und mitten drin ein winziges kaputtes Balkonkorbtischchen mit zwei Balkonkorbsesselchen, ebenfalls mit zerrissenem Geflecht. Auf dem Tischchen liebevoll zu unserem Empfang angerichtet ein Marmeladenglas mit etwas Kartoffelsalat und sechs kaum daumengroßen Miniwürstchen mit Senf.

Der Badeofen im *Badezimmer* ist mit Holz und Kohle heizbar, die aber nicht vorhanden sind.

Die Vorhänge vor den Fenstern hat seine Dame liebevoll genäht. Für uns? Wahrhaftig ein Heim für vier Kinder! Dafür haben wir eine große, komplett eingerichtete Wohnung im großherzoglichen Palais in Doberan aufgegeben und ein herrliches großes Haus in unserer Heimat Henkhof.

Ich habe den Eindruck, daß Ulrich wohl einerseits wünscht, die Scheidung rückgängig zu machen, andererseits aber weder körperlich noch finanziell in der Lage ist, jemals wieder die Aufgaben eines Familienvaters zu übernehmen, noch dazu eines Vaters mit so vielen Kindern. Es sieht nicht so aus, als ob er irgendwann die Majorspension bekommen wird, die ihm nach seiner Reaktivierung eigentlich zustünde. Vorläufig erhält er etwa 150 Mark, die Wohnung kostet 70 Mark Kaltmiete. Für Theater- und Konzertkritiken erhält er pro

Schreibmaschinenseite eine (!) Mark. Eine feste Anstellung findet er in seinem Alter und als so schwer Kriegsversehrter nicht mehr. Er wird bald sechzig! Da ich nicht im Aufnahmelager war, habe ich in Heidelberg nur deshalb Zuzug bekommen, weil ich unterschrieb, daß ich für mich und meine Kinder auf Sozialhilfe verzichte. Da keiner von uns an der Scheidung schuld hatte und es doch lächerlich gewesen wäre, um den Inhalt der Taschen eines Nackten zu prozessieren, habe ich selbst keine Unterhaltsansprüche an Ulrich. Ob der Beamte das Recht hatte, so etwas von mir zu verlangen, weiß ich nicht. Ich habe unterschrieben, weil er sagte, nach dem Scheidungsurteil stünden Ulrich zwei der Kinder zu, die könnten hierbleiben, ich müßte dann mit den anderen beiden in eine andere Stadt. Hier sei es überfüllt, und es gebe hohe Arbeitslosigkeit. Ich bin deshalb sofort zum Arbeitsamt gegangen und habe gleich am übernächsten Tag als ungelernte Hilfsarbeiterin in einer Fabrik hier in der Nähe angefangen.

Ich bekomme zunächst den Mindestlohn von etwa 200 Mark. Am Anfang habe ich mir erst täglich, dann wöchentlich Vorschuß geben lassen. Jetzt komme ich mit vierzehntäglicher Auszahlung aus. 350 Mark für sechs Personen reichen bei allergrößter Einschränkung gerade für Miete und einfachstes Essen, aber wir müssen ja den gesamten unentbehrlichen Hausrat neu anschaffen. Auch die mitgebrachte Kleidung wird nicht lange reichen. Von den Paketen ist nur die Hälfte angekommen.

So haben wir wohl für die Matratzen ein paar Bettlaken, aber keine Decken und keine Bezüge für Decken. Hier nennen sie die Zudecken »Teppisch«. Ich wußte erst gar nicht, warum mir die hilfreichen Nachbarn Teppiche anboten, wo wir doch erst einmal Zudecken brauchten! Bei den Eßbestecken fehlen Löffel und Teelöffel, beim Geschirr die Tassen. Kochtöpfe haben wir auch nicht. Ohne Herd hätten wir sie zunächst auch gar nicht brauchen können. Vorläufig kommen wir zu sechst immer noch mit dem Tauchsieder aus. Wir machen uns ein Brühwürfelsüppchen und essen zu Hause sonst kalt. Die Kinder bekommen im Hort, Ulrich bei seiner Dame und ich in der Kantine warmes Essen. Sonst essen wir nur trocken Brot mit Zucker drauf.

In Berlin sind wir mit unserer armseligen Kleidung kaum aufgefallen, aber hier in Heidelberg, das vom Krieg verschont wurde und daher wohl am schnellsten wirtschaftswundert, wirken wir offensichtlich schon exotisch mit unserem Ostzonendreß. Der Anblick meiner Kinder provoziert mildtätige Gefühle und einen inneren Drang zum Almosenspenden in unserer Straße, in der nur Arbeiter wohnen. Wir finden immer wieder anonyme Beutel mit Lebensmitteln oder Kinderkleidung an unserer Wohnungstür; man ruft die Kinder auf der Straße nach oben: »He! Kleine! Komm mal rauf, ich hab was für dich!« Und dann bekommen sie Stiefel oder Ähnliches. Man hat uns Stühle geschenkt, die noch fehlenden Matratzen und die Zudecken. Auch eine Kommode haben wir jetzt. Irgendwie sehr rührend und nett.

Aber bei aller christlichen Wohltätigkeit und Freundlichkeit einzelner – die meisten hier sehen in uns doch nichts anderes als hergelaufenes Gesindel und Lumpenpack, das an seiner Misere selbst schuld hat. Genau wie die meisten gutsituierten Bürger früher die Unterschicht verachteten, blicken viele Bewohner unserer Straße naserümpfend auf uns herab, als seien wir eine andere, minderwertigere Sorte Mensch als sie. »Ihr Rucksackdeutschen stinkt ja alle«, hat ein Arbeiterkind zu Nella gesagt. Seitdem zieht Nella kein geschenktes Kleid mehr an, weil alle geschenkten Kleider nach Mottenpulver riechen. Unter den sechs Mietparteien unseres Hauses gibt es zwei Arbeiterfamilien, die sehen uns genau in der gleichen Weise *nicht* an wie die vornehmen Berliner Verwandten die Ausgebombten in ihrem Haus. Von wegen, Herr Marx, daß der Hochmutteufel nur in den Herzen von Kapitalisten steckt!

Die Kinder und ich hatten uns geschworen, daß wir im Westen nie, nie wieder lügen wollten, aber glaubst Du, ich könnte und dürfte in der Fabrik irgend jemandem erzählen, daß ich früher einmal Schauspielerin war oder daß mein geschiedener Mann ein Dr. phil. ist oder daß ich in Henkhof ein Haus hatte oder daß mein Vater Architekt war? Man würde mich höhnisch auslachen! So, wie wir aussehen im Vergleich zu den Heidelbergern, glaubt man mir nur, daß ich Küchenlehrling in Stubbenhof oder im Höchstfall Gaststättenköchin in Henkhof war, und so sage ich's denn auch. Das ist wenigstens nicht gelogen. Mir trug eine Nachbarin zu, sie habe zwei Frauen über mich reden hören: »Komisch, daß die Kinder von der Frau Röder alle dem Dr. Röder so ähnlich sehen, wo die doch gar nicht verheiratet sind und jedes Kind einen anderen Vater hat.«

So etwas baut einen innerlich auf und stärkt einen seelisch, nicht wahr, Ulla?

Hast Du auch so ein entsetzliches Heimweh? Betti und ich sterben fast daran. Wir kriechen zusammen unter die Bettdecke und heulen, damit es die anderen nicht sehen.

Ulrich ist irgendwie rührend und gibt sich große Mühe, und ich finde auch das Verhalten der Dame, die ihn anscheinend wirklich liebt, sehr anständig. Aber sobald ich allein die Wohnung bezahlen kann, soll er nur zu ihr ziehen. Die Trennung war zu lange, es läuft nichts mehr zwischen uns. Die Kinder können sich auch nicht mehr an ihn gewöhnen. Im Osten war er für sie eine Art Weihnachtsmann, der höchstens einmal im Jahr mit ein paar guten Gaben aufkreuzte und dann wieder verschwand. Hier können sie wegen seiner vielen Sachen noch nicht einmal ihre Kleider auf einen Bügel hängen und können nirgends hintreten wegen all der Bücher. Sie lassen sich von ihm nichts sagen, er versteht ihre Bedürfnisse nicht und sie nicht seine. Ein Kopfverletzter braucht Ruhe. Er ist weit, weit überfordert durch die Drängelei von sechs Menschen auf 65 Quadratmetern und durch das Spielen und den Lärm der Kinder. Und ich bin durch seine Bibliomanie und schnelle Erregbarkeit überfordert.

So, jetzt habe ich genug von mir erzählt. Bei dem, was Du schriebst, macht mir Sorge, daß Du Deine Buben jetzt nur in die Volksschule schickst, damit sie rasch fertig sind und möglichst bald Geld verdienen können. Das klingt, als ob Du resigniert hast und nun für immer einschließlich der Nachkommen am untersten Boden der Gesellschaft ausharren willst. Wo der Wind das Sandkorn hinweht, da soll es bleiben, meinst Du? Ihr seid doch keine Sandkörner und habt selbst Energie in Euch. Denk doch ja nicht, daß Stephan und Viktor dumm sind, weil sie jetzt nach der Flucht und dem Lageraufenthalt schlecht in der Schule geworden sind! Du solltest nicht immer so schnell resignieren und Dich klein machen. Das hast Du gegenüber Deinem berühmten Bruder getan und gegenüber Deinem Mann. Du bist doch wer!! Ich finde Dich toll, Ulla! Du bist viel begabter als Dein Bruder. Er hätte Dir helfen müssen! Es ist mein einziger Trost in meinem gegenwärtig so rabenschwarzen Leben, daß es Dich gibt und ich wenigstens Dir alles erzählen kann. Sonst habe ich ja niemanden!

Außer den Berlinern weiß noch keiner aus meiner ganzen Verwandtschaft, kein Daubler, kein Regen, kein Kernrebe, kein von Stubben und kein Röder, daß ich im Westen bin. Nicht einmal Tante Hedwig, die bei ihrer Tochter lebt, habe ich geschrieben. Es würde sie bedrücken, daß sie mir nicht helfen *kann*, da sie ja nun auch bettelarm ist. Ich melde mich erst, wenn ich wieder fest auf den Beinen stehe. Außerdem kann ich mich nirgends mehr sehen lassen. Meine Zähne fallen aus!!!

O Ulla, was hat man aus uns gemacht! Ich bin ein altes Weib mit 38 Jahren!

Mach Dir keine Sorgen, wenn es lange dauert, bis ich wieder schreiben kann.

Es umarmt Dich   Deine Erika

NS.: Eben komme ich nach Hause, da erzählt mir die Nachbarin, im Radio sei gemeldet worden, daß die DDR die Grenze abriegelt, Telefonleitungen unterbrochen sind und Westberliner keine Besuche mehr im Ostsektor machen dürfen! Entlang der Grenze machten sie einen fünf Kilometer langen Sperrgürtel, in dem Eisenbahnverbindungen demontiert werden. Den Fahrzeugen der Alliierten wird der Transitweg nach Berlin gesperrt!

Ulla, haben wir ein Glück gehabt, daß wir gerade noch so herausgekommen sind! Eben sind sie noch dicke Freunde gewesen, die Amis und die Russen, und nun können sie es schon wieder nicht abwarten, bis sie übereinander herfallen!

Stell Dir vor, es gibt wieder einen Krieg, und wir sind auf der falschen Seite! In Null Komma nichts wären wir beide, die die Klappe nie halten können, doch in Sibirien oder am Galgen!

Nochmals umarmt Dich

                                                               Deine Erika

5. Brief

CDU oder SPD? · Über Kinder, Schule und Zukunftspläne

Heidelberg, September 1952

Liebe Ulla,

Dein langer Brief hat mich sehr gefreut und interessiert. Ich hatte beim Lesen das Gefühl, daß Du neben mir sitzt und ich Deine Stimme höre. Du kannst so schön lachen, Ulla, und ich entbehre das Lachen so sehr! Obwohl wir nun wenigstens einen alten Gasherd haben und kochen können, vergeht mir das Lachen täglich, wenn ich in unsere Wohnung komme. Die Kinder sind unschuldig an dem totalen Chaos, aber sie verstärken es natürlich noch allein durch ihre Anwesenheit in all dem Kram, der auf der Erde herumliegt. Von den häuslichen Zuständen mag ich gar nicht erzählen.

Ich staune, daß Du trotz allem immer noch überschüssige innere Energie hast für Flirts. Ich denke an so etwas gar nicht mehr, es macht mich auch nicht mehr verrückt, daß ich allein bin. Das merke ich in dem Gedrängel zu Hause gar nicht. Obwohl Du selbst schreibst, daß Dein O. es bestimmt nicht ernst meint und Du auch nicht, frage ich doch: Machst Du Dir ehrlich Hoffnungen? Enttäuschte Hoffnungen zehren mehr an Kraft und Gesundheit als alles andere. Man sollte unbedingt seine Phantasie in bezug auf potentielles Glück im Zaum halten. Lieber immer gleich das Schlimmste erwarten, dann kann es nie so schlimm werden. Das ist kein Pessimismus, wie die Leute sagen, das ist ein vernünftiger Aberglaube, zweckmäßig eingesetzt als vorbeugende Therapie.

Schade, daß es nicht anders geht mit der Schule Deiner Jungen, aber man kann ja auch auf Umwegen wieder nach oben kommen. Jedenfalls habt Ihr jetzt eine kleine Wohnung, die Mutter ist bei Dir, und Du hast Arbeit. Das ist die Hauptsache.

Du fragst, was ich von Ollenhauer als Nachfolger Schumachers halte? Frag mich nicht, mir geht's ähnlich wie Dir. Ich weiß immer noch nicht, ob ich mehr für die CDU oder mehr für die SPD sein soll. Die SPD meint, die Wiedervereinigung sei das Wichtigste für den Frieden und die Konstituierung Europas, die CDU meint, Integration eines Teiles von Deutschland mit anderen europäischen Ländern garantiere den Frieden eher. Ich bin kein Stratege, aber ich glaube nicht, daß die Russen je eine Wiedervereinigung zulassen, solange Stalin lebt. Sie haben durch den gewonnenen Krieg ein so großes Stück vom Kuchen Europas für sich abgeschnitten, wollen außerdem auf Biegen und Brechen auch ganz Berlin in ihre »DDR« integrieren, daß ich eine Wiedervereinigung ohne Krieg für ganz und gar illusorisch halte, es sei denn, die Grenze zum sozialistischen Lager werde der Rhein. Die Vorstellung, ich müßte noch einmal entmündigt in einem SED-Staat leben, läßt mich schaudern.

Ich mag den Kurt Schumacher, ich mag den Ollenhauer, und ich mag die Annemarie Renger, vor Adenauer habe ich Respekt, aber er spricht mein Herz nicht an. Was jedoch die Sicherung des Friedens anbelangt, so hat er, glaube ich, recht. Allein im August sind 16000 Flüchtlinge in den Westen gekommen, das ganze Jahr jeden Monat Zigtausende, und drüben bauen sie seit Juli eine Volksarmee auf. Stalin ist es doch vollkommen egal, wie viele Millionen Menschenleben sein Ehrgeiz noch kostet! Man vergißt immer, daß 1939 nicht nur Hitler Polen überfallen und die Hälfte seines Territoriums an sich gerissen hat, sondern auch Stalin, der sich die andere Hälfte nahm. Der Krieg mit Rußland begann ja erst, als die Grenzen Rußlands und Deutschlands aneinanderstießen und kein Puffer mehr dazwischen war. Nein, solange dieser schreckliche Mann die Macht hat, müssen alle freien europäischen Länder fest zusammenhalten, damit er nicht tut, was er will. Er ist doch genauso skrupellos wie Hitler. Ich glaube, Schumacher und Ollenhauer sind (oder waren) viel zu »nette« Menschen, um es mit Bestien aufnehmen zu können. Gegen Hitler haben »nette Menschen« auch nichts ausrichten können. Sie haben es nicht einmal geschafft, ihn mit vereinten Kräften umzubringen. Herrliche Geschichte übrigens von Ollenhauer, die sich die Arbeiter erzählen: Er will hier seine Tochter im Internat besuchen, steht ratlos im Schulhof und sucht nach ihr. Da fragt eine Lehrerin: »Erwarten Sie ein Kind?« Er antwortet: »Nein, ich war schon immer so dick!« Und so ein sympathischer Mann soll in einem wiedervereinigten Deutschland einem Stalin gewachsen sein?

Aber was politisiere ich da, Ulla, ich bekomme doch kaum etwas mit. Die Alltagsprobleme schütten ihren Müll über alle »höheren« Interessen...

Deshalb zu Deinen anderen Fragen: Ja, Judith und Cornelia sind in ein Mädchengymnasium aufgenommen worden. Ditta geht in die neunte und Nella in die achte Klasse. Beide mußten Latein und Englisch nachlernen, weil sie ja drüben nur Russisch hatten. Mit Hilfe ihres Vaters und eines sechzehnjährigen entfernten Vetters, der hier wohnt, haben sie das spielend geschafft und in beiden Fächern schon eine Drei. Die Schulbegabung haben sie von ihrem Vater, bestimmt nicht von mir; aber ich habe immer den Verdacht, daß zumindest Judith ihre vielen Einser auch dem zu verdanken hat, daß sie alle Lehrer so gewinnend und freundlich anlächelt. Nella ist ein bißchen herber, was sie für viele aber noch attraktiver macht. Sie sind inzwischen 15 und 14 Jahre alt, immer unzertrennlich, und ihr »Ankratz« bei Jungen ist für mich schon beängstigend. Die Kleinen, Betti und Susanne, gehen noch in die Volksschule. Bei Betti wollten sie wegen der Umschulung noch etwas mit der Aufnahme ins Gymnasium warten.

Was Judith und Cornelia einmal werden wollen, steht schon so ziemlich fest. Beide wollen Musik studieren, Judith Klavier und Nella Gesang. Die »Dame« von Ulrich hat ihnen ein Klavier besorgt und auch eine Lehrerin, die sie wegen ihrer Begabung (oder wegen Ulrich?) umsonst unterrichtet. Gesangsstunden hat Nella noch nicht, weil ihre Pubertät noch nicht abgeschlossen ist; aber es besteht wohl kein Zweifel mehr, daß sich diese Stimme nicht wieder verflüchtigt. Nur darf sie nicht zu früh ausgebildet und dadurch in ihrer Entwicklung gestört werden. (Eine Nachbarin sagt immer: Puperzität. Beinahe hätte ich mich verschrieben.) Betti will Ärztin werden und Susanne Lehrerin. Neulich hatten wir allesamt Grippe mit hohem Fieber. Nur Betti blieb verschont. Die Nachbarin traute sich nicht in die Wohnung. Da band ich Betti ein Tuch um den Kopf wie bei einer Krankenschwester, und Ulrich verteilte an alle kleine Kuhglocken (so etwas hat er alles in seinem Gerümpel, nur lebensnotwendige Dinge fehlen), damit die Kranken nach der Schwester läuten konnten. Es wurde so viel geklingelt, daß Betti schließlich ihre Haube abriß und rief: »Wer jetzt noch was will, den schlag ich tot.« Später sagte sie dann: »Ich werde nicht Krankenschwester, ich werde Ärztin.« Susi benutzt immer noch wie eh und je ihre zehn

Fußzehen als Schulklasse und spielt »Lährerin«. Das wollte sie schon in Henkhof werden.

Wenn ich allerdings in der Fabrik von den Berufswünschen meiner Töchter spreche, lachen nicht nur die Arbeiterkollegen, sondern auch Meister und Ingenieure und sagen: »Die Röder hat Fürz im Kopp mit ihre Kinner. Die soll mal lieber uffm Teppisch bleibe!« Denkst Du vielleicht auch so, Ulla? Bin ich wirklich größenwahnsinnig, in dieser Situation so hochfliegende Ziele anzustreben?

Schreibe bald, bitte –

Deine Erika

6. Brief

Wolljacke und Harzer Käse · Horrorfilm · Boxkämpfe und Neid auf Marion · Heimweh

Heidelberg, November 1952

Liebe Ulla,
entschuldige bitte, ich wollte Dich wirklich nicht kränken und Dir durch die Blume zu verstehen geben, Du hättest Viktor und Stephan mehr lernen lassen müssen! Ich weiß, Du hast Angst, Deine Kinder (wie so viele Mütter) zu überschätzen und mehr in sie hineinzusehen, als drin ist. Du willst sie nicht durch falschen Ehrgeiz überfordern. Dir steckt noch in den Gliedern, wie sehr Du als Kind die Schule gehaßt hast. Ich habe sie auch gehaßt, Ulla, aber ich glaube, Du entscheidest so, weil Viktor und Stephan noch keine bestimmten Wünsche geäußert haben und außer für Musik noch wenig Interessen zeigen. Um Musiker zu werden, hätten sie natürlich viel früher mit einer gezielten Ausbildung anfangen müssen. Das stimmt. Ich hatte das Glück, daß immer ein Klavier da war, in Henkhof, in Rostock und auch hier, und auch das Glück, daß sich immer eine Lehrerin oder Schule fand, die kein Geld nahm. Außerdem gehen meine Kinder einfach gern zur Schule, und so möchte ich ihre Berufswünsche nach Kräften fördern, wenn aus mir schon umstände-

halber nichts geworden ist. Ich bringe jedes Opfer dafür, daß sie ihre Begabungen entfalten können. Ich weiß, Du würdest das auch tun, sobald Du weißt, wo die Begabungen von Viktor und Stephan zu finden sind. Das zeigt sich bei Jungen oft erst spät.

Warum ich nicht ins Büro ging? Das ist ein wunder Punkt! Ich hab's noch niemandem erzählt, weil es mich so unerträglich demütigt: wegen meiner Henkhofer Schafwolljacke und wegen Harzer Käse. Du kennst doch meine gewebte Jacke, deren Wolle direkt vom Schafsvlies abgesponnen wurde? Sie war sehr teuer und so ungeheuer praktisch mit ihren selbstreinigenden Eigenschaften. Im Winter friert man nicht darin, und im Sommer schwitzt man nicht. Wenn die Kinder sich an mich kuscheln, dann sagen sie immer: Ach, Mutti, du riechst so gut! Für sie ist der leichte Schafsgeruch ein herrliches Muttiparfum, und auch ich rieche es gern, wenn ich es überhaupt noch wahrnehme.

Als ich auf Stellensuche ging, hatte mir Ulrich ein bißchen von »seinem« Harzer Käse geopfert und mir ein damit belegtes Brot in die Handtasche gesteckt. Ich stell mich also bei einem Werbebüro als Schreibkraft vor, und man erklärt mir, daß es bei meiner Maschinenschreibtätigkeit vor allem auf absolute Sauberkeit und Korrektheit ankomme, denn die von mir geschriebenen Texte würden als Werbematerial verkauft. Ich öffne meine Handtasche, um das prachtvolle Abschlußzeugnis aus Rostock hervorzuholen. Da brechen die Herren plötzlich das Gespräch ab mit steinernen Gesichtern und sagen, für mich als *Flüchtling* käme diese Arbeit in dieser Werbeagentur, bei der man mit *allem* werben müsse, auch mit Äußerlichkeiten wie Aufmachung, Gepflegtheit und Ausstrahlung der Mitarbeiter, wohl doch nicht in Frage. Ich erstarre geradezu und stottere: »O Gott, der Harzer Käse!« Da sagt dieser Mensch süffisant: »Nicht nur!« Wie ich da wieder rauskam, weiß ich nicht. Ulla! Und sie haben mich für fünfzig gehalten!! Ehe ich mir nicht eine neue Jacke kaufen kann (und das kann Jahre dauern), trau ich mich nie wieder in ein Wirtschaftswunderbüro!

Überhaupt, wie ich aussehe! Meine Haare, meine Zähne, meine Schuhe, meine Kleidung! Man hat doch mal zu mir gesagt, ich sei schön, und nun bin ich hier im Westen ein stinkendes Lumpengesindel, zu ekelhaft, um in einer Werbeagentur als Schreibkraft in der untersten Gehaltsgruppe zu arbeiten! In der Fabrik stinkt es wenigstens überall, und alle haben die gleichen grauen Kutten an, und das gleiche verdiene ich auch. Allerdings – der allerletzte Dreck bin ich auch hier!

Du siehst, es ist wohl nicht nur Tugend, warum ich nicht, wie Du, nach Männern gucke. Allerdings hast Du's ja mal geschafft, daß sogar Dein beim Küssen immer rausgesaugter Stiftzahn zur ganz besonderen Attraktion für Deinen Verehrer wurde! Erinnerst Du Dich noch an das Kostümfest mit dem Hamburger Opernfundus in Henkhof? Mein Gott, was haben wir da gelacht, wie er Dir immer wieder liebevoll und mit äußerster Präzision den Stiftzahn einschob! Bei dem Fest bin ich mir, glaub ich, zum letzten Mal schön vorgekommen. Da war ich 32!

Ulrich ist rührend. Er findet mich, glaube ich, immer noch anziehend. Aber wohl nicht ich halte ihn in unserer Wohnung, sondern die Bücher, die er nicht mit zu seiner Dame nehmen darf, oder wenigstens nicht alle.

Neulich ist etwas Schreckliches passiert. Ditta und Nella wurden von Freunden zu einer Nachmittagsvorstellung ins Kino eingeladen. Sie haben bisher einmal in Rostock einen Kinderfilm »Schneeweißchen und Rosenrot« gesehen, waren aber sonst noch nicht im Kino. Ich hatte ja niemals Geld für so etwas. Ich habe nicht nach dem Filmtitel gefragt und mir nichts Böses gedacht, als sie freudestrahlend losmarschierten. Zwei Stunden später hielt ein Taxi vor der Tür, und die Eltern der Freunde, die mitgegangen waren, brachten mir eine laut schreiende Judith, die unter einem Schock stand.

Sie hatten einen amerikanischen Horrorfilm gesehen, und die weniger sensible Nella, die aber auch noch zitterte, erzählte mir, in dem Film sei ein Mann erschossen und als Toter mit gebrochenen Augen in eine Badewanne gelegt worden. Die Gehilfin des Mörders, mit der sich Judith wohl identifiziert hat, sei dann mit dem Mörder ins Badezimmer gegangen, um den Toten wegzuschaffen, da hätten sich dessen gebrochene Augen wieder zurückgedreht und er habe einen grauenhaften Schrei ausgestoßen. Von da an habe Judith angefangen zu kreischen und könne nun nicht wieder aufhören. Die Leute, die über uns wohnen, kamen herunter, weil sie dachten, ich mißhandle eines meiner Kinder. Sie konnten gar nicht begreifen, warum das Kind so schreit. Wie kann man aber auch solche Filme drehen! Natürlich hätte der Film für Jugendliche verboten sein müssen, war er wohl auch, aber offensichtlich achten sie in Nachmittagsvorstellungen nicht so darauf, und die Kinder waren ja auch in Begleitung von Erwachsenen. Die Freunde sagten, *so* schlimm sei der Film doch nun auch wieder nicht gewesen, sie hätten schon schlimmere gesehen. Da kann ich mich hier im Westen ja auf einiges gefaßt machen!

Sonst aber machen mir die Kinder viel Freude. Sie scheinen zu spüren, daß wir die ersten Jahre hier nur heil überstehen können, wenn sie sich anstrengen. Wenn wir auch jetzt kochen können und schon zwei Kochtöpfe haben, so müssen doch noch alle vier an einem wackeligen kleinen Tisch Schularbeiten machen und sich alles, was sie brauchen, aus Koffern und Kartons heraussuchen. Sie sind wirklich zu bewundern, wie sie unter diesen Umständen ihre Schularbeiten anständig, erfolgreich und selbständig erledigen, wie konzentriert und ausdauernd Ditta und Nella Klavier üben, obwohl sie oft gestört werden, nicht nur von den Schwestern, auch vom Vater, wie lieb die Kleinen sich fast ohne jedes Spielzeug beschäftigen und sich die lustigsten Spiele ausdenken.

In Rostock waren beide mal auf der Messe und haben, obwohl ich es ihnen streng verboten hatte, heimlich in ein Zelt geschaut, in dem Schauboxkämpfe stattfanden. Nun weißt Du ja, wie zierlich und klein Betti und Susi sind. Da lach ich mich immer kaputt, wenn sie sich die Oberkörper freimachen und in Turnhöschen, mit Mundschutz und den Fausthandschuhen vom Vater schnaufend und schwer keuchend wie die Athleten Boxkampf spielen. Sie machen aber auch alles nach, was sie dabei beobachtet haben! Das sind so meine kleinen Freuden.

Susi spielt immer mit einer kleinen Arzttochter von nebenan, Marion. Da sagte sie doch neulich zu mir: »Ach, Mutti, die Marion hat's gut!« Ich dachte nun, sie sagt das, weil Marion Butter auf der Stulle hat und Susi nur Zucker oder weil Marion bessere Kleider und mehr Spielzeug hat. Aber nein, sie erklärte: »Die kriegt von ihrer Mutti wenigstens immer Haue!« Meinst Du, das hat zu bedeuten, daß ich mich zu wenig um sie kümmere? Ich kann die Kinder doch nicht auch noch hauen, bei all der Not, die sie auszustehen hatten und haben. Susi will natürlich nicht, daß ich ihr Schmerzen zufüge, aber sie will sicher, daß ich ihr ganz klar zeige, wo's langgeht, und mich um sie kümmere. Vielleicht ist es falsch, daß ich an meinen Kindern so gar nichts auszusetzen habe? Vielleicht bin ich blind für ihre Fehler? Ist es das, was man Affenliebe nennt und was den Kindern so schaden soll? Sag mal ehrlich, Ulla: Strafst Du Deine Buben manchmal, und wenn ja, wofür?

Wie ist es bei Euch mit dem Heimweh? Betti und ich sind immer noch krank davon. Den anderen Kindern geht es etwas besser. Die sind nicht so depressiv. Wenn ich nur das Wort Henkhof höre oder nur jemand von Wolken oder vom Meer spricht, schießt es mir wie eine Lähmung durch die Glieder, ich werde ganz starr und kann nichts mehr tun. Erst wenn ich heule, geht's wieder. In der Fabrik haben sie das mitgekriegt. »Warum sind Sie nicht geblieben, wo Sie hergekommen sind?«

Nein, ich höre auf, davon zu erzählen, es geht wieder los.

Tschüs, meine liebe Ulla!

Deine Erika

1953

7. Brief

Mottenkugeln · Weihnachtsfotos · Ratenzahlung ·
Reiche Nachbarn und Zelluloidpüppchen

Heidelberg, Januar 1953

Liebe Ulla,
Prost Neujahr! Haben sie bei Euch in Berlin auch so geknallt? Ich bin in den Keller gelaufen und habe mir die Ohren zugehalten! Es ist doch unfaßbar! Der Krieg ist noch keine acht Jahre vorbei, der mit seiner sinnlosen Knallerei Aber- und Abermillionen Menschenleben gekostet hat. Eben haben wir noch in Kellern gezittert, die Leuchtkugeln erhellten den feindlichen Flugzeugen ihre Ziele, und da finden sie es schon wieder lustig, wenn's knallt. Die menschlichen Urinstinkte sind doch wohl recht teuflisch angelegt. Kants Bewunderung für das »moralische Gesetz« im Menschen, von dem er glaubte, daß es allen innewohne, kann ich wirklich nicht mehr teilen!

Ich danke Dir sehr herzlich für das schöne Weihnachtsbild, das Viktor und Stephan gemalt haben, und für die Schokolade! Wie lieb von Dir!

Unser Weihnachten roch diesmal nach Mottenkugeln statt nach angekokeltem Tannengrün und Kerzen.

Die Verwandten habe ich zwar bis auf wenige immer noch nicht davon benachrichtigt, daß ich hier bin, aber ziemlich vielen ehemaligen Cafégästen aus Henkhof, die schon länger im Westen sind, habe ich eine Karte geschickt. Was war die unerwartete Folge? Ich bekam neun Pakete mit ausgewachsenen, bereits eingemotteten Kinderkleidern. Die meisten haben zwar noch Ostzonenlook, aber sie sind heil und brauchbar. Alle Kinder sind glücklich damit, nur Nella weigert sich, getragene Sachen auch nur anzuprobieren. Ihr steckt der Schock mit den stinkenden Flüchtlingen noch in den Knochen, mir übrigens auch, und es macht große Mühe, den Mottenkugelgestank wegzubringen.

Das beiliegende Bildchen hat Ulrich am Heiligabend fotografiert. Wir haben zwar alle einen vor Schreck starren Blick, als ob wir gerade einer Medusa begegnen, aber Du siehst die Garderobe. So sehen Ulrichs Fotos alle aus. Seine Blitzlichtkonstruktion an seinem uralten Fotoapparat strapaziert die ganze Familie bis zum Äußersten. Er setzt den Apparat auf ein Stativ, baut mich und die vier Töchter in eine Pose auf, die ihm wohlgefällt, uns aber knochenknirschende Verrenkungen abfordert. Dann drückt er irgendwo drauf und brüllt: »Stillhalten! Ganz stillhalten!«, jagt zu unserer Gruppe hinüber und drapiert sich selbst dazu, wobei wir alle ins Wanken geraten. Und dann passiert nichts, gar nichts. Aber wenn wir schon denken, es funktioniert nicht, gibt es plötzlich Blitz und Knall und Rauch, die Kinder erschrecken zu Tode, die Kleinen schreien, und den Großen vergeht das Lachen, weil Ulrich nun schimpft: »Ich habe doch gesagt, ihr sollt stillhalten, und ihr habt trotzdem gewackelt!«

Ich mache jetzt von der kapitalistischen Möglichkeit Gebrauch, auf Raten zu kaufen, damit ich endlich zu etwas Hausrat komme. Es ist einfach zu mühsam, wie eine Beduinin im Zelt kochen und wirtschaften zu müssen.

Auf die Idee mit der Ratenzahlung bin ich durch einen Fotografen gekommen, der Susis Klasse in der Volksschule fotografiert hat und jedes Kind fragte, ob es auch ein Farbfoto von sich allein wolle. Susi hat einfach ja gesagt, und da wird mir doch ein Foto mit einer Rechnung über fünf Mark ins Haus geschickt. Ich laufe in das Geschäft (bei meiner Zeitknappheit) und sage, tut mir leid, ich habe das Bild nicht bestellt. Da sagt der Fotograf, tut mir leid, es ist bestellt und ist gemacht, Sie müssen es nehmen. Dann lacht er zynisch und sagt, zahlen Sie es doch in Raten, so als ob es für ihn völlig unvorstellbar wäre, daß einer keine fünf Mark übrig hat. Da hab ich gesagt, Sie werden lachen, aber das mach ich. Sie kriegen jeden Monat 50 Pfennig von mir, Susi wird sie vorbeibringen. Mit solchen Methoden scheffeln die Leute hier Geld!

Was sagst du zu unserer neuen Errungenschaft, dem Fernseher? 4000 Leute soll es schon geben, die sich bereits einen gekauft haben, das Stück zu 1150 Mark! Dafür muß ich fast sechs Monate arbeiten! Zu Weihnachten wurden den reichen Leuten schon eine Stunde und

58 Minuten bewegte Bilder ins Haus geliefert! Kannst Du Dir das vorstellen? Ist das wie Kino? Hast Du das in Berlin schon einmal gesehen?

Es gibt hier wirklich wieder reiche Leute. Zum Beispiel meine Wohnungsnachbarin. Sie haben im Krieg nichts verloren und daher einen prall gefüllten Haushalt, für den nichts neu angeschafft werden muß. Der Vater ist Monteur, wobei er bombig verdient, denn die werden in den Fabriken sehr gesucht, der Sohn ist schon Werkmeister, wohnt aber noch zu Hause. Die kugelrunde, mehr breite als lange Mutti verwöhnt Dackel und ihre zwei Männer mit den Produkten ihrer exorbitanten Kochkunst, von denen ich auch gelegentlich mal ein Teelöffelchen kosten darf. Keine Kohlrüben mit Pellkartoffeln, wie bei Professors in Berlin! Nein, vom Feinsten und Kostbarsten! Und sie reden täglich davon, daß sie sich spätestens zur Krönung von Englands Elizabeth einen Fernseher kaufen werden!

Unsere Freuden sind da bescheidener: Ulrich hat irgendwo etwas verdient und für die beiden Kleinen je ein Zelluloidpüppchen gekauft, das zwischen den Beinen ein Löchlein hat. Das Kind bekommt aus einer kleinen Milchflasche Wasser zu trinken (weil durch ein Loch im Mund Wasser reinläuft), und wenn man es dann mit Windeln wickelt, macht es diese naß. Welch ein Jubel jedesmal! Das kann so ein Fernseher bestimmt nicht bieten! Aber wer weiß, was uns die technische Entwicklung noch alles bringt! Vielleicht gibt es, wenn wir alt und grau sind, Telefone, mit denen man sich gegenseitig »fern« sehen kann, und die sind billiger als Briefe. Dann könnten wir wechselseitig unsere falschen Zähne bewundern und die Anzahl unserer Falten vergleichen, aber wir bekämen keine Briefe mehr. Das wäre schade. Briefe lese ich doch so gern, und vor allem Deine!

In Liebe

Deine Erika

8. Brief

Fabrikbeschreibung · Der Arbeitsplatz

Heidelberg, März 1953

Liebe Ulla,
Dein Brief war mal wieder Klasse! Wieviel Interesse Du doch immer wieder für alle Deine Kindergartenkinder aufbringst! Du hast so anschaulich erzählt, daß ich mir Deinen Alltag sehr gut vorstellen kann. Und nun willst Du wissen, wie es in einer Fabrik aussieht und zugeht? Hast Du wirklich noch nie eine von innen gesehen? Dann will ich mich mal an die Arbeit machen und den Aufsatz schreiben: Meine Fabrik. Heute ist ja Feiertag, und die Kinder sind mit dem Vater spazierengegangen.

Meine Fabrik hat zur Straße hin ein elegantes Vorderhaus mit Portal, Vorgarten und einem Häuschen für den Pförtner, der jeden Ein- und Ausgehenden überwacht. In dem Haus sind die Büros all derer, die sich bei ihrer Arbeit nicht schmutzig machen können und daher in ihrer eigenen Kleidung herumlaufen, Einkäufer, Verkäufer, Buchhalter, Direktoren mit ihrem Personal usw. Mindestens dreißig Prozent der dort Angestellten sind junge, hübsche Mädchen in den untersten Gehaltsgruppen. Es sind die Kaffeekocherinnen, Tippmamsellen und Aktenablegerinnen ihrer Herren. Viele von ihnen haben genau wie ihre männlichen Vorgesetzten eine Kaufmannslehre mit Abschlußprüfung gemacht und ihre berufliche Karriere mit ihnen gemeinsam begonnen. Sie bleiben dann aber für immer dienend an der Schreibmaschine oder am Aktenschrank, bestenfalls am Telefon, auch wenn sie ein Einserexamen hatten, während ihre männlichen Schulkameraden, mit Dreierexamen, schnell ihre Vorgesetzten werden. Ich komme mit diesen weiblichen, wohlduftenden Angestellten nur bei Betriebsversammlungen oder Festen in Berührung. Sie sehen auf uns Arbeiterinnen herab, obwohl in ihrer Gehaltstüte nicht mehr ist als in unserer Lohntüte. Sie müssen keinen Kittel tragen.

Am Pförtnerhäuschen vorbei führt eine Straße nach hinten zum Werksgelände, wo sich die großen eingeschossigen Hallen mit Glasdach, durch die das Licht einfällt, und der große Werkhof befinden, auf dem Gabelstapler, Lastwagen, Autos und Karren umeinanderkurven. Eine dieser Hallen ist in Büros aufgeteilt, in denen weißbekittelte Ingenieure und technische Zeichner sitzen und auch der technische Direktor seinen Thronsaal hat. Dort sind außer vielen Männern auch einige weibliche Zeichnerinnen beschäftigt. Dann gibt es die Montagehalle, wo all die vielen Teilchen und Teile, die in der Fabrikation angefertigt wurden, per Gabelstapler und Karren landen. Hier wimmelt es von Frauen in grauen Kitteln, die man nicht wegen ihres hübschen Gesichts oder guten Geruchs, sondern um ihrer Fingerfertigkeit und Duldsamkeit willen eingestellt hat. Auch sie erhalten den Mindestlohn, obwohl wenige Männer in der Lage wären, ihre Arbeit mit einer derartigen Präzision auszuführen. Was Frauen können, ist eben automatisch weniger wert.

Die Fabrik stellt alle möglichen Werkstücke her, die zum Einbau in Lastkraftwagen benötigt werden. Für die Montage der Einzelteile braucht man nicht nur starke Männer, welche riesige Eisenteile bewegen können, sondern auch Frauen mit Feingefühl für winzigste Schräubchen und Nägelchen. Ich hätte ganz gern zu diesen Frauen gehört, die in größeren Gruppen gemeinsam im Kreis sitzen, wie früher in Stubbenhof beim Erbsenpalen, kichern, schwätzen und singen und sich durch ihren gestrengen Montagemeister nur wenig aus der Ruhe bringen lassen. Nur fürchte ich, dort ist für alle diese Frauen auch Endstation. Da kann keine von ihnen den Beweis antreten, daß sie mehr kann, als Muttern einzuschrauben.

Endlich ist da noch die Fabrikationshalle, in der die Maschinen stehen, an denen produziert wird. Stell Dir eine Halle vor, so groß wie ein Oktoberfestzelt, in der, durch Gänge abgeteilt, unzählige ratternde und dröhnende Maschinen stehen. Gabelstapler und Karren bringen die Werkstücke von der einen zur anderen Maschine oder zu den Kontrolleuren. An einer Längswand sind viele Glastüren und Fenster, durch die man aber nicht in die dahinter befindlichen Büros blicken kann, weil die Schreibtisch- und Stuhlbesitzer sie mit weißer Farbe undurchsichtig gemacht haben. Das sind die sogenannten Arbeitsvorbereiter, fast ausschließlich, wie auch der Werkdirektor, aus dem Arbeiterstand auf dem zweiten Bildungsweg zu Ingenieuren aufgestiegene Angestellte, die aber auch graue

Kittel tragen und sich von uns äußerlich nicht unterscheiden. In jedem ihrer Büros sitzt je eine weibliche Schreibkraft, sonst sind auch bei ihnen, wie bei mir in der Werkhalle, nur Männer. Da bin ich die einzige Frau. Meine Maschine produziert keine Eisenteile, sondern vervielfältigt die in der Arbeitsvorbereitung ausgetüftelten und auf Matrizen geschriebenen Arbeitsanweisungen für die Männer an jeder Maschine und die Kontrolleure. Die muß ich überall verteilen. Steht dann auf so einem Papier wieder einmal der oft und gern gemachte Tippfehler: »Schenkel zusammen*scheißen*« anstelle von »zusammen*schweißen*«, ist das stets ein freudig wahrgenommener Anlaß, mir schmutzig lachend auf den Hintern zu hauen. Genau wie die Arbeiter an den Maschinen habe ich keinen Stuhl, darf in den Pausen nur auf einem unbequemen Schemel hocken und muß sonst stehen, zur Wonne meiner Krampfadern, die sich dadurch so recht von Herzen ausbreiten dürfen.

Mein Chef ist kein Werkmeister, sondern der Abteilungsleiter der Arbeitsvorbereitung. Das ist ein entsetzlich grober, unfreundlicher Mann, der sich wegen des ewigen Maschinenlärms angewöhnt hat, auch im Gespräch nur zu brüllen. Ich habe seinen Dialekt anfangs nicht verstehen und deshalb nie unterscheiden können, ob er jemanden ausschimpft oder nur sachlich mit ihm redet. Noch nie habe ich ihn lachen oder jemanden loben hören. Ich denke immer, er fühlt sich im Herzen wie ein Antreiber auf Negerplantagen oder wie ein Rekrutenschleifer auf Kasernenhöfen. Er hat sich aus dem Arbeiterstand hochgearbeitet, entpuppt sich aber nun, da er an der Macht ist, keineswegs als ein »besserer Mensch«, wie man uns drüben in der DDR beibrachte.

Ich werde nicht im Akkord-, sondern im Zeitlohn bezahlt – wie übrigens alle Arbeiter an den Produktionsmaschinen, die ja auch nicht schneller können, als ihre Maschinen wollen – und muß deshalb wie sie eine Karte in einem Zeitautomaten abstempeln lassen, wenn ich die Halle betrete oder verlasse. Dadurch fühle ich mich sehr benachteiligt, weil ich mir auch meine Klozeiten vom Zeitlohn abziehen lassen muß. Bei uns gibt es keine Damentoilette. Ich muß über den Hof in die Montagehalle. Auch mein Garderobenschrank steht dort, so muß ich schon zehn Minuten *vor* sieben Uhr da sein, die anderen erst fünf vor sieben. Und ich komme demgemäß auch erst zehn nach 17 Uhr fort. Es gibt zweimal eine

Viertelstunde und einmal eine halbe Stunde Pause. Brot mit Harzer Käse oder Zucker ist noch billiger als das Kantinenessen, so sitze ich in den Pausen meist allein. Aber nicht nur deshalb. Anfangs habe ich es mit der Kantine versucht, aber dort kann ich einfach den Ekel vor dem Geruch und den schmutzigen Tischen nicht überwinden. Es ist ja dumm, daß man so erzogen ist, sich vor schlechten Tischmanieren zu ekeln, aber mir kommt's da immer hoch. Außerdem bin ich ganz gern mal allein. Zu Hause ist es ja auch so laut und überfüllt.

Hast Du nun ein Bild davon, wo ich mich täglich zehn und samstags fünf Stunden aufhalte?

Deine Kindergartensituation hast Du ja auch sehr anschaulich beschrieben! Es ist doch wirklich unzumutbar, daß sie Dir eine Gruppe von sechzig Kindern aufhalsen! Unzumutbar für die Kinder und für Dich. Das ist doch überhaupt nicht zu schaffen! Da kommt ja jedes Kind zu kurz, und Dir nimmt man die Freude an der Arbeit und die Liebe zu den Kindern. Aber was kann man machen, wenn immer mehr Leute fliehen und der Kindergarten im Lager zu einer Massenverwahranstalt entarten muß!

Ich glaube, Du hast es erheblich nervenaufreibender als ich. Da ist meine dröhnende Werkhalle fast eine Erholung. Schwer ist meine Arbeit wirklich nicht, nur tödlich langweilig. Das Gute dabei ist, ich ruhe mich von den hektischen Zuständen zu Hause aus, von Ulrich, von den Problemen der Kinder, von der Hetzjagd beim Einkaufen und dem nächtlichen Wäschewaschen und Kleidernähen. Ich glaube, auch die Frauen in der Montage genießen es, der Enge und den Anforderungen ihres Hausfrauendaseins wenigstens tagsüber entfliehen zu können. Wenn ich die Männer an den Maschinen von ihren Frauen reden höre, klingt das immer so, als seien das alle Faulenzerinnen, die sich auf Kosten ihrer Männer einen guten Tag machten. »Na, der hab ich aber den Marsch geblasen! Komm ich doch nach Hause, und das Frühstücksgeschirr ist noch nicht abgewaschen!« Oder: »Was hat das Weibsbild denn den ganzen Tag zu tun?« Aber wehe, das Weibsbild schlägt vor, auch arbeiten zu gehen, um den Familienetat aufzubessern. Dann pochen sie auf ihr unveräußerliches Männerrecht, die Arbeitskraft ihrer Sklavin ganz allein für sich auszubeuten. Und wie sie sie ausbeuten! Hier in der

Fabrik wird geistig und nervlich nichts von ihnen verlangt. Geh doch auch in eine Fabrik, Ulla!

Die Kinder kommen nach Hause. Ich muß schließen! Es umarmt Dich

Deine Erika

9. Brief

Seufzen nach Liebe · Ich werde Patentante ·
Der eine und der andere Bruder · Kaninchen

Heidelberg, April 1953

Liebe Ulla,

hab vielen Dank für den ausführlichen Osterbrief. Siehst Du, ich hatte doch gleich das Gefühl, daß mit dem O. etwas schiefgeht. Nimm's Dir nicht zu Herzen, Ulla, obgleich das leichter gesagt als getan ist. Bei den Kerlen heute muß man doch immer damit rechnen, daß sie irgendwo 'ne Macke haben. Sie haben den Krieg seelisch schlechter verarbeitet als wir. Jetzt bist Du also wieder allein und kannst vor lauter Seufzen nach Liebe nachts nicht schlafen. Dabei fällt mir unsere kleine Anning ein. Das war ein buckliges, zwergenhaft kleines Dienstmädchen in Henkhof, das bekam in sechs Jahren dreimal je einen achtpfündigen Knaben. Beim dritten Kind sagte Großmama: »Anning, kannst du dich denn gar nicht mal ein bißchen zusammenreißen? Muß das denn sein?« Da sagte Anning: »Ach, gnä Fru, ick weit ook nich. Ick will ja nich, aber, und wenn ick mi in den Kleiderschapp verstecken dau, de Kööper verlangt sien Recht!« Freu Dich, daß Du wenigstens nicht schwanger geworden bist, und denk nicht mehr dran!

Meine Kinder machen mir auf diesem Gebiet auch alles und jedes unmöglich, aber wenn es sein muß, kann ich darauf verzichten, ohne daß ich verrückt werde. Man muß sich einfach jeden Gedanken an sich selbst streng verbieten und sich ganz auf Arbeit und Kinder konzentrieren. Ich drück Dir den Daumen, daß Du bald einen anderen findest, aber bitte nicht wieder einen Wäschevertreter!

Was das Recht des Körpers betrifft, habe ich bei einer Kollegin gerade ein Drama miterlebt. Wir haben hier in der Montage eine junge Frau, die mir auf der Toilette gelegentlich erzählt hat, ihr Liebhaber schlage sie. Ich fragte sie nämlich, woher sie ihr blaues Auge habe. Seitdem sucht sie Gespräche mit mir und vertraut sich mir an. Ich habe ihr wiederholt dringend ans Herz gelegt, sich von diesem Kerl zu trennen, sie sei doch bildhübsch und nett, sie finde ganz gewiß auch noch einen anderen. Prügelnde Männer seien in der Regel in ihrer Kindheit so verkorkst worden, daß man sie im Erwachsenenalter nur noch schwer ändern könne.

Aber nein, ihr »Kööper« wollte sein Recht ausgerechnet bei diesem und bei keinem anderen Mann, und prompt wurde sie schwanger. Von dem Augenblick an wollte der Kerl natürlich nichts mehr von ihr wissen und forderte eine Abtreibung. Jetzt flehte sie mich an, ihr bei der Suche nach einem Arzt, der das macht, behilflich zu sein. Die anderen Frauen in der Montage kennen nur Engelmacherinnen, und vor denen hat sie zu große Angst. Ich bin doch erst gut ein Jahr in Heidelberg, woher soll ausgerechnet ich so einen Arzt kennen! Außerdem, so sagte ich ihr, sei Abtreibung eine Sünde, so etwas könne und dürfe ein Mann nicht von einer Frau verlangen. Ob sie es denn selber wirklich wolle? Aber sie wußte nicht, was sie selber will. Ihre innere Einstellung zu dem Kind war vom ersten Augenblick an beeinflußt von dem Mann, der es nicht will. Sie sagte: »Wenn er es nun auch schlägt, was hat es dann für ein Leben! Ich kann es doch gar nicht schützen. Außerdem, er heiratet mich ja dann nicht. Was soll aus einem Kind ohne Vater werden? Ich kann es doch nicht allein ernähren?« Da hab ich gesagt: »Hör mal zu, ich ernähre vier Kinder allein! Man kann das, wenn man will!« Nun, nach langem Hin und Her hat sie sich dann doch entschlossen, das Kind zu behalten, und ich hab mir den Kerl vorgeknöpft, der auch bei uns arbeitet. Mir gegenüber wurde er ganz klein und gab nach. Vier Wochen vor der Geburt hat er sie geheiratet, und seit gestern bin ich Patentante von einem kleinen Harry, weil ich der jungen Frau versprochen habe, wenn sie es mit dem Mann und dem Kind nicht schafft, dann kümmere ich mich um das Kind. Schimpf nicht wieder, Ulla. Ich bin immer ein bißchen voreilig, und dieses Versprechen war bestimmt ein Risiko, aber sollte ich zulassen, daß sie das Kind abtreibt?

Erstaunlich, wie sich Dein Bruder verhält! Wie habe ich ihn früher als junges Mädchen immer angeschwärmt! Ich bin zu seiner Villa im Grunewald gelaufen und stand anbetend und seufzend vor seinem Haus. Nur weil Du ihm so ähnlich siehst, habe ich Dich sofort so sympathisch gefunden! Das war doch Liebe auf den ersten Blick, als Du da plötzlich an der Glocke vor meinem Henkhofer Haus läutetest, von einem Fuß auf den anderen tratest, in Entzücken ausbrachst über die gelungene Architektur dieses außerordentlichen Hauses, das Du so gerne auch mal von innen betrachtet hättest – und dann wolltest Du drinnen nichts anderes als so schnell wie möglich auf die Toilette!

Ich versuche zu begreifen, warum Dein Bruder so schofel gegen Dich und Deine Mutter ist. Es paßt so gar nicht zu seinem Image. Ich glaube, Ruhm ist eine eigenartige Sache. Er steigt den Leuten zu Kopf. Sie werden dann wie eingenebelt vom eigenen Charisma, das ihnen aus allen Poren sprüht, so daß sie andere Menschen nur noch schemenhaft wahrnehmen. Wenn ich auf der Bühne stand, war der Zuschauerraum für mich nur ein großes schwarzes Loch, in das ich mich selbst und meine Rolle hineinprojizierte. Da waren keine anderen Menschen! Horst kann die Rolle, die er für das Publikum spielt, privat nicht mehr ablegen. Es paßt nicht in das Bühnenbild, auf dem er und Mizzi die moralisch Aufgerüsteten darstellen, wenn darauf auch eine unversorgte Mutter, eine Schwester und Kinder in Lumpen herumgeistern und ihn in seinem Text unterbrechen. Lange schon hat Mizzi sein Geld verwaltet. Er hat keine Ahnung, wieviel irgend etwas kostet. Mizzi sagt, es reicht aus, was er Euch gibt, da glaubt er das und legt vielleicht sogar noch was drauf aufs Trinkgeld. Er hat außerdem, genau wie mein Bruder, von klein an nie gelernt, in Frauen etwas anderes zu sehen als Geschöpfe, die zum Verzichten und zum Dienen geboren sind. Mein Bruder sagte mir einmal, nach welchen Gesichtspunkten er sich seine spätere Frau aussuchen würde. Er werde einem hübschen Mädchen in der Straßenbahn scheinbar unabsichtlich auf den Fuß treten. Schimpfe die dann los, sei sie nichts. Schweige sie vornehm und tue so, als habe sie den Tritt nicht bemerkt, sei sie ebenfalls nichts. Sage sie aber schüchtern: »Entschuldigen Sie bitte!«, dann sei sie die Richtige. Außerdem prüfe er auch noch ihre Handtasche. Habe sie Nähzeug darin, um immer gerüstet zu sein, jemandem einen Knopf anzunähen, dann komme sie in Betracht.

Dein Bruder ist wie meiner der einzige Junge neben zwei Schwestern gewesen, und ihm sind immer Sonderrechte eingeräumt worden, auf die er jetzt Anspruch zu haben glaubt wie auf die Luft zum Atmen. Er hält sich allen Ernstes für einen gütigen, warmherzigen Menschen, der alles für Euch tut, was in seinen Kräften steht. Und Du bist so gewohnt, Dich zu ducken, daß Du auch noch »Entschuldige« sagst, wenn er Dich tritt.

Da gibt es zwei Männer, die die verdammte Pflicht und Schuldigkeit und auch die finanzielle Möglichkeit hätten, Dir ein sorgenfreies Leben zu ermöglichen, denn Dein geschiedener Mann hat ja schließlich auch Verpflichtungen, aber Du verhältst Dich wie der kleine Junge, der sagt: »Geschieht meinem Vater ganz recht, wenn ich mir die Finger erfriere, warum kauft er mir keine Handschuhe!« Ulla! Dieser Standpunkt ist falsch! Man muß lernen, sein Recht zu fordern!

Du darfst nicht schreiben, ich zwänge meinen Ulrich ja auch zu nichts. Mit Ulrich ist es etwas anderes. Wenn er etwas hätte, würde ich ihn schon zwingen! Erstens wird er in diesem Jahr sechzig, und dann kam er als schwer Kopfverletzter in den Westen. Wenn ich wütend war, habe ich ihm immer vorgeworfen, daß er mit seinen Talenten und seiner Bildung als Dr. phil. nicht wie ich irgendeine Arbeit unter seinem Niveau angenommen hat. Schließlich bin ich ja auch nicht dazu geboren und ausgebildet, als ungelernte Hilfsarbeiterin in einer Fabrik zu arbeiten. Aber ich bin gesund und jung, er ist alt und krank. Die Bibliomanie ist auch eine Krankheit. Selbst wenn er wirklich wollte, er wäre nicht in der Lage, es in einer Fabrik auch nur einen Tag auszuhalten; außerdem würde man ihn schon nach dem ersten Tag rausschmeißen. Um unselbständiger Arbeiter oder Angestellter zu sein, muß man sich anpassen und gehorchen können. Da ist man ein Rädchen in einem Getriebe, das Kurzschlüsse verursachen würde, wenn es sich drehte, wie es will, und die Aufmerksamkeit auf sich lenken würde. Ulrich ist ein genialer Regisseur, der viele Puppen tanzen lassen kann. Als Rädchen in einer

Maschine wäre er vollkommen unbrauchbar. Schon als Hilfe in meinem Haushalt ist er nur eine ganz große Last. Völlig zwecklos, mit ihm um irgendwelche »Rechte« zu prozessieren. Ich würde alle Prozesse gewinnen, aber am Ende alle Prozeßkosten bezahlen müssen und doch nie etwas bekommen. Bei Dir wäre das etwas völlig anderes.

Aber ich habe gut reden, Dir Mut zum Kämpfen machen zu wollen. Wenn ich an Deiner Stelle wäre, würde ich mich vielleicht ähnlich resigniert verhalten. Es stimmt, Du mußt an Deine Mutter und an ihre Gefühle denken. Du kannst sie nicht einfach dem reichen Bruder vor die Tür legen wie einen Säugling, dessen Vater die Alimente verweigert. Nimm also als Trost, daß sie Dir den Haushalt versorgt und Dir damit die schwersten Lasten abnimmt. Ich könnte Dich darum beneiden. Wenn ich Ulrich mitzähle, habe ich fünf »Kinder« zu versorgen und niemanden, der mir hilft.

Hast Du von den elf Todesurteilen gelesen, die im November über tschechische Juden gefällt wurden? Ist es zu fassen, daß die Kommunisten jetzt schon wieder das Feindbild Jude aufbauen? Und hast Du von den »Säuberungen« in der DDR im Januar gelesen? Dann wundern sie sich, daß alle wegrennen!

Neuester Witz: Zwei Kaninchen schlüpfen atemlos und aufgeregt über die Grenze in den Westen. »Gott sei Dank, wir sind gerettet! Stellt euch vor, in der DDR erschießen sie jetzt alle Schweine!« – »Ihr seid doch aber keine Schweine!« – »Ja, das schon, aber wie sollen wir das beweisen!«

Hast Du Dich auch so gefreut, daß Stalin im März gestorben ist? Jetzt mumifizieren sie ihn noch und bahren ihn auf! Irgendwann aber werden ganz bestimmt auch die Russen erkennen, daß sie statt eines Gottes einen Teufel angebetet haben. Irgendwann werden die 50 Millionen Seelen der von Stalin Ermordeten auch ihr Recht fordern, bedauert und betrauert zu werden, wie Hitlers Opfer.

Ich muß Schluß machen, Ulla. Die Putzfrauen kommen ins Büro und vertreiben mich.

Ganz liebe Grüße an Kinder und Mutter

Deine Erika

10. Brief

Maikäfer · Kräuselkrepp · Der kleine Rau

Heidelberg, Mai 1953

Liebe Ulla,
ich muß Dir schnell erzählen, daß wir gerade eine Naturkatastrophe ganz besonderer Art erleben. Wenn es eine Seelenwanderung geben sollte, so scheint es, als ob die Seelen aller ganz bösen Menschen jetzt zum Maikäferleben verurteilt worden wären, die zu Millionen, vielleicht gar zu Milliarden grauenhafte Tode unter jeder Laterne, jedem beleuchteten Fenster erleiden, gegen Autos prallen, mit ihren Leichen die Fenster verschmutzen, von Kindern totgetrampelt oder ins Feuer geworfen werden und gegen die alle Menschen zum gnadenlosen Kampf mit Gift und Rauch angetreten sind. Wenn man auf der Straße geht, knacken unter den Füßen die Schalen der früher so geliebten Frühlingsboten. Ich kenne niemanden, der solche Schwärme schon einmal erlebt hat. Was mich dabei so fertigmacht, ist, daß diese Tierchen ja nur in Glücksfällen gleich sterben, sonst aber nach einem Aufprall tage-, vielleicht wochenlang auf dem Rükken liegen und sich von allein nicht wieder umdrehen können, auch wenn sie nur leicht verwundet sind. Welche Qualen! Die Hölle der Maikäfer! Wo ich kann, trete ich schnell drauf, damit sie wenigstens gleich tot sind, aber das macht mich auch ganz krank. Ich denke oft daran, wie Karl August in der Schule einmal Maikäfer sammeln sollte, sie der Gouvernante in einer Tüte brachte, sagte: »Die sollst du vernichten«, und diese nicht wußte, wie sie das anstellen sollte. Tottreten wollte sie sie nicht, anstelle eines Ofens hatten wir nur eine Zentralheizung, da hat sie sie im WC heruntergespült und gedacht, jetzt sind sie weg. Aber Vater, der ins Klo ging, kam schreiend mit offener Hose herausgelaufen. Prrr, prrr kamen sie alle wieder nach oben geschossen.

Schluß mit Maikäfern. Nun noch etwas Erfreuliches, von dem ich Dir ein Foto beilege. Ich war vor einigen Wochen mit allen vier Töchtern bei entfernten Verwandten zu Besuch. Da hat unser Anblick einen reichen Herrn ans Herz gerührt, und er hat uns einen Ballen von diesem neuen Stoff geschenkt, Kräuselkrepp. Man braucht ihn nur zu waschen und aufzuhängen. Das Bügeln kann man sich sparen. Sehr praktisch! Er ist knallrot mit weißen Punkten. In Ermangelung von zu teuren Schnittmusterbögen habe ich die Kinder am Gründonnerstag auf den Boden gelegt und um ihre Körper herum zugeschnitten. Den ganzen Karfreitag und Ostersamstag, an dem wir ausnahmsweise auch frei hatten, habe ich auf der auf Raten angeschafften Nähmaschine genäht, und am Ostersonntag hatten alle vier Töchter die ersten neuen Kleider aus Weststoff. Es ging natürlich auch die Nächte durch, aber ich war sehr stolz auf meine Produkte! Habe ich nicht vier schöne Kinder? Vier ganz moderne, mode- und qualitätsbewußt gekleidete junge Damen? Ein einziges knallrotes Kleid mit weißen Punkten fällt schon auf, aber wenn *vier* Mädchen daherkommen, die alle rotgepunktet den gleichen Schnitt tragen, dann drehen sich die Leute um und sagen: »Aaaah.« Das tut gut, nachdem sie so lange über uns ein Gesicht gemacht haben, als wollten sie »Iiih!« sagen. Ditta und Nella haben sich besonders gefreut, sie litten mehr unter der schlechten Kleidung als die Kleinen. Wie gut, daß ich in Pommern Nähen gelernt habe!

Ach ja, Pommern! Ich kann den Dialekt der Leute hier immer noch nicht richtig verstehen. In der Fabrik bin ich so eine Art Aussätzige, weil sie mein Hochdeutsch für den reinen Hochmut halten und Preußen ohnehin nicht ausstehen können. Was mögen die Preußen den Heidelbergern wohl einstmals angetan haben? Die haben hier einen schlechten Ruf wie bei uns die Russen. Und als Flüchtling bin ich in der Fabrik immer noch »Gesocks«.

Am meisten habe ich auszustehen unter einem sehr intelligenten Arbeitsvorbereiter, der das Unglück hat, einen Buckel, eine nicht operierte Hasenscharte und verkrüppelte Hände zu haben. Er ist nur etwa ein Meter fünfundvierzig klein. Der sollte mich in meine Arbeit einweisen, und ich habe kein Wort verstanden von dem, was er im schlimmsten Dialekt schräg nach oben lispelnd hervorpfiff und nuschelte. Ich fragte so lange »Wie bitte?«, bis er ärgerlich wurde, dann sagte ich gottergeben »Ach so«, hatte aber trotzdem nichts verstanden. So müssen sich die Ausländer fühlen. Der Kleine hielt mich für geistesschwach und amüsierte die Arbeiter mit Geschichten über meine Beschränktheit. Es wird lange dauern, bis ich den Ruf, strohdumm zu sein, wieder loswerde, denn auch mein Hochdeutsch können die Leute hier nicht sehr gut verstehen.

Es ist erstaunlich, alle respektieren den Kleinen (er heißt übrigens Rau). Einmal sah ich ihn wie den bösen Giftzwerg in dem Märchen Schneeweißchen und Rosenrot mit erhobenen Fäusten vor einem Hünen von Arbeiter stehen, einer Art Schmeling, und wütend krächzen: »Ich schlag Sie ungespitzt in den Boden!« Der Riese wurde ganz kleinlaut und trollte sich. Rau, der sich unter meinem Busen vor dem Regen schützen könnte, haßt mich, was ich ihm in seiner Situation nachfühlen kann, und ich habe mir vorgenommen, ihn zum Freund zu gewinnen, wenn er erst meine Sprache versteht und ich sein Genuschel. Er ist nämlich sehr witzig und trägt sein Schicksal wirklich wie ein Mann. Vorläufig verbreitet er, ich sei eine dumme preußische Kuh, zu nichts nutz als zum Kalben. Wie hält es so ein armer Mensch nur aus? Alles hat ihm die Natur versagt, nur Verstand und Potenz nicht, und damit steht er nun im Regen und kann nichts damit anfangen. Ich sollte ihm böse sein, weil er die abwertende Stimmung gegen mich anheizt, aber ich kann es nicht, er imponiert mir.

Grüß Deine Mutter und die Buben, und Kopf hoch!

Deine Erika

11. Brief

17. Juni · Organisation und REFA-System

Heidelberg, Juni 1953

Liebe Ulla,
ich bin noch ganz aufgeregt! Hast Du viel mitgekriegt vom 17. Juni? Da hätten wir beide mitgemacht, wenn wir noch drüben gewesen wären, nicht wahr, Ulla? Und der Aufstand ist losgegangen, ohne vorher geplant und organisiert gewesen zu sein! Da können die Herren von der SED einmal lernen, wie es wirklich zugeht, wenn eine echte Revolution ausbricht. Aber sie werden dem Aufstand den Namen »*Konter*revolution« geben und weiter behaupten, ihre

eigene Machtergreifung sei *revolutionär* gewesen! Es ist natürlich klar, daß gegen russische Panzer niemand eine Chance hatte und daß nichts verändert werden konnte. Gegen russische Panzer hätte eine Französische Revolution auch keine Chance gehabt. Aber man hat mal wieder klare Verhältnisse geschaffen. Jeder in der Welt weiß nun, daß der Sozialismus in der Zone ein aufgezwungenes Regime ist, hinter dem das Volk nicht steht.

Der äußere Anlaß für den Aufstand, der das Faß zum Überlaufen brachte, daß sie nämlich willkürlich überall die Arbeitsnorm um zehn Prozent erhöhen wollten, ist doch typisch für die ganze Unsinnigkeit der Planwirtschaft! Ich habe früher oft gedacht, wenn es beim Kommunismus nur um die staatliche Planwirtschaft ginge, wollte ich nichts dagegen haben. Bei uns sind ja die Post, die Bahn und viele andere Dinge auch staatlich. Jetzt erlebe ich an der Basis, wie sich der Unterschied bei der Produktion aller Handelswaren auswirkt, und erkenne den Grund dafür, daß es bei uns immer mehr und drüben immer weniger zu kaufen gibt. Ich lerne, wie so eine Fabrik organisiert sein muß, damit alles funktioniert, und erkenne, daß die Behauptung der Funktionäre drüben, hier im Kapitalismus beuteten die Unternehmer die Arbeiter einseitig zu ihren eigenen Gunsten aus, eine längst gegenstandslose Beschuldigung ist. Ebenso könnten sie behaupten, man hielte hier noch Negersklaven. Eigentümlich, daß gerade die angeblichen Vertreter der Dialektik unbeirrbar auf uralten Thesen und Antithesen beharren, ohne je zu erkennen, wann eine Synthese sie in der Praxis längst überwunden hat! Sie merken weder, daß es hier in der Bundesrepublik längst keine Klassen mehr gibt, wie Marx sie definierte, noch merken sie, daß es keine Ausbeuter in diesem Sinne mehr gibt. Sie nennen sich progressiv und sind so altmodisch wie der Vatikan, der Jahrhunderte brauchte, bis er zugab, daß die Erde sich um die Sonne dreht.

Mich interessiert die Organisation unserer Produktion sehr, da ich ja den ganzen Tag mitten unter den Maschinen und den Arbeitern zubringe. Ich sehe mir jeden Arbeitszettel an, den ich vervielfältige, und spreche mit Arbeitsvorbereitern, Werkmeistern, Einkäufern und Verkäufern, um mich zu orientieren. Die Firma Brombach ist eine Zulieferfabrik für Lastkraftwagen-Fabriken, das heißt, wir stellen Einzelteile her, die zu fertigen Lastkraftwagen gehören. Es werden immer nur so viele Lkw gebaut, wie bereits feste Kundenaufträge vorliegen. Kein Mensch stellt sie auf Halde wie in der Zone. Was diese Fabriken bei uns bestellen, muß genau zu einem festgesetzten Termin bei ihnen eintreffen, nicht früher und nicht später, kein Stück zuviel und keines zuwenig. Jedes Werkstück, das unnütz in einem Lager herumliegt, kostet Geld, und jedes Stück, das fehlt, kostet auch Geld. Genauso müssen wir darauf vertrauen, daß unsere Zulieferer pünktlich liefern, kein Stück zuviel, keines zuwenig, denn auch wir fertigen nur das, was unsere Kunden bereits fest bestellt haben. Mehr als zehn Prozent Vorrat sind in den Lagern nicht erlaubt.

Alle metallverarbeitenden Fabriken in der ganzen Bundesrepublik, vom Schräubchen- bis zum Motorenhersteller, sind durch einen unsichtbaren Kreislauf miteinander verbunden, der wie ein Blutkreislauf alle Zellen eines großen Körpers ernährt. Sobald jemand mehr herstellt, als unmittelbar weitergeleitet werden kann, verursacht er so etwas wie eine Thrombose. Das hat die gleiche verheerende Wirkung wie ein Streik. Beide – Blutleere und Thrombose – können töten.

Wir haben Zeitkontrolleure, die bis auf Sekunden ausgerechnet haben, wie lange irgendein Handgriff dauert, der ausgeführt werden muß. Diese Zeitplaner, die REFA-Leute, haben keinerlei Interesse daran, dem einzelnen Arbeiter mehr Stückzahlen aufzubrummen, als er in aller Sorgfalt und unter Berücksichtigung aller notwendig werdenden Unterbrechungen leicht schaffen kann. Es ist *viel, viel* wichtiger, daß die zugesagte Frist bis zur Fertigstellung eingehalten wird und daß das Werkstück die Kontrolle unbeanstandet durchläuft, als daß der Arbeiter mehr Werkstücke fertigt, als er soll. Ich habe einmal erlebt, wie sie hier einen »Hennecke« fertiggemacht haben, der nach DDR-Manier sich abgestrampelt hat, viel, viel mehr zu schaffen, als ihm vorgeschrieben war. Der ist bald geflogen, und man hat ihn beinahe die Kosten, die sein Eifer der Firma verursachte, selber zahlen lassen. Man hat ihn nur entschuldigt, weil er aus der DDR kam und nicht begriffen hat, worauf es hier ankommt.

Kein einziger Arbeiter wird hier in unserer Fabrik zu mehr Leistung gedrängt, als er bequem schaffen kann. Meist bestimmt ja auch die Maschine und nicht der Mann das Tempo. Wenn einer sagt: »Meine Norm ist zu hoch«, kommt sofort der REFA-Mann zu ihm und prüft neu. Er *dankt* dem Arbeiter für seine Aufmerksamkeit.

Drüben bestimmen Funktionäre im Rathaus, über den Daumen gepeilt ohne jede Detailkenntnis, eine schon zu hohe Norm noch einmal um 10 Prozent zu erhöhen, und lassen schießen, wenn die Arbeiter dagegen protestieren. Sturheit und Dummheit!

Aus meiner Sicht hier unten ist es, glaube ich, auch dem einfach genialen REFA-System zuzuschreiben, daß es bei uns im Westen ein Wirtschaftswunder gibt. Da muß man sich doch wirklich fragen, was hindert eigentlich ein sozialistisches System daran, sich ebenfalls so einer perfekten Organisation zu bedienen? Was entspricht denn daran nicht der »Gerechtigkeit«, die der Sozialismus doch angeblich allen Leuten bringen soll? Warum blind in Rathäusern planen lassen, wenn es durch REFA-Leute an der Basis, in Koordination mit den Kunden, viel besser geht?

Aber nein! Sie hängen Spruchbänder über die Straße, auf Teufel komm raus *mehr* zu machen, als sie sollen, prämieren Henneckes, die hier rausfliegen würden, und erhöhen vom grünen Tisch aus, ohne jede Kenntnis der in jeder Firma vorliegenden Kundenaufträge, blind drauflos die Norm, damit nur ja recht viel unnütz auf Halde verrottet! Das ist doch nicht nur menschenverachtend, sondern einfach strohdumm!

Kannst Du Dich erinnern, wie wir Tränen gelacht haben über das Spruchband, das in Rostock groß über den Straßen hing und dessen kriegerischer Text pausenlos von Marschmusik aus einem Lautsprecher unterstrichen wurde? »Arbeiter! Wendet immer kühner die Methode der wirtschaftlichen Zerspanung an!« Weißt Du noch, was das uns fremde Wort »Zerspanung« bedeuten sollte? Die Arbeiter sollten mit »Heldenmut« Stahlstücke sparsam abschleifen, damit nicht so viele Späne abfallen, was ja unwirtschaftlich wäre. Diese Politiker drüben meinen allen Ernstes, die Arbeiter seien blöd und könnten nur denken, wenn man ihnen ihre Gedanken vorschreibt. Hier hängen auch Spruchbänder in den Gängen zwischen den Maschinen. Da steht drauf: »Jedes erste Stück in die Kontrolle.« Ganz nüchtern und ohne Aufruf zum Heldenmut, und jeder normale Mensch kann den Sinn dieser Aufforderung verstehen. Maschinen stellen die Werkstücke her, sie müssen millimetergenau eingestellt sein, das muß man beim ersten Stück, das herausfällt, prüfen, damit nicht die folgenden Stücke auch falsch sind. Hier hat kein Arbeiter darüber zu entscheiden, wieviel oder wie wenig er abschleift. Das ist ihm auf den Millimeter von den REFA-Leuten und der Arbeitsvorbereitung vorgeschrieben.

Die Arbeiter hier schütteln nur die Köpfe über die Ursachen des Aufstandes vom 17. Juni und begreifen den Zusammenhang zwischen Sozialismus und Normerhöhung nicht, so sehr sind sie an Effektivität bei der Arbeit gewöhnt.

Vor vier Wochen haben wir bei den Nachbarn, die tatsächlich jetzt einen Fernseher haben, die Krönung der Königin Elizabeth angesehen. Toll, was? Dieser Prunk und dieser Glanz! Ich finde, die kleine Elizabeth sieht sehr lieb aus! So bescheiden und uneitel. Die Krone erdrückt sie ja fast. Vielleicht wäre sie viel, viel lieber Verkäuferin in einem Schuhgeschäft!

Übrigens, typisch für Dich, Deine Bemerkung über den kleinen Rau. Natürlich wirst Du wohl recht haben, was ihn betrifft; ich habe gleich gemerkt, warum er so tat, als ob er mich hasse. Was mich betrifft, so irrst Du gewaltig, wenn Du meinst, daß ich ein Faible für kleine Leute hätte. Ich kann nur immer so sehr stark mit- und nachfühlen, was einer leidet. Mir wächst nie und nirgendwo eine Hornhaut, auch körperlich nicht. Das macht mich oft so wehrlos. Dieser Rau wäre als Gesunder genau der Typ Mann, den ich am allerwenigsten ausstehen kann: gewalttätig, starrköpfig und sexbesessen. Mir imponiert nur sein Wissensdurst, seine Tapferkeit und sein Witz.

Für heute mal wieder Schluß. Grüß herzlich Deine Mutter und den verbliebenen Stephan.

Ich umarme Dich

Deine Erika

12. Brief

Unsere Kinder · Die selbstgenähte Bluse

Heidelberg, Oktober 1953

Liebe Ulla,
über Deinen Brief mußte ich sehr lachen, hab vielen Dank! Der »kleine« Viktor will also jetzt zur See fahren und Matrose werden. Meinst Du wirklich, daß er, trotz seiner einsachtzig, nicht noch zu klein ist, um schon in so ein rauhes Leben hinausgeschickt zu werden? Ich kann es mir ja nicht richtig vorstellen, wie man als Mutter von Söhnen empfindet, aber ich staune über Deine Courage! Täuscht einen die Höhe der Meterzahl nicht doch über die Kraft so eines Buben? Ich sehe Viktor noch vor mir, wie er in Henkhof als Sechsjähriger eines Tages vor unserer Tür stand, mit großem Blumenstrauß, und mit wohlgesetzten Worten, die Du ihm wohl einstudiert hattest, um Judiths Hand anhielt! Da hat er allerdings so viel Mut bewiesen, ganz allein den weiten Weg zu machen, daß man ihm den Matrosen durchaus zutrauen kann. Und nun schickst Du ihn ohne Braut auf die Reise?

Judith ist für mich immer noch ein kleines Mädchen, obwohl auch sie im Juni sechzehn wurde. Sie ist erst ein Meter achtundfünfzig groß. Einerseits ist sie schon recht reif. Sie geht jetzt neben der Schule ins hiesige Musikkonservatorium. Sie bekam ein Stipendium, und ihr Klavierspiel ist wirklich beachtlich. Daß sie es unter diesen widrigen Umständen so weit gebracht hat, rechne ich ihr hoch an. Sogar ihre Schulzeugnisse sind recht imponierend. Andererseits staune ich oft wieder über ihre Unreife. Sie will nicht begreifen, daß man Jungen nicht wahllos den Kopf verdrehen darf, ob man sie mag oder nicht, weil das ja schließlich auch verletzliche Menschen sind. Sie ahnt gar nicht, was sie ihnen mit ihrer schnippischen Verachtung nachher antut, wenn sie sie wieder fallenläßt. Sie war noch niemals selbst verliebt. »Was kann ich denn dafür, daß die so doof sind«, sagt sie und wippt mit dem Pferdeschwänzchen, das anscheinend ihre ganz besondere Attraktivität ausmacht, seit das Picassobild »Mädchen mit Pferdeschwanz« so berühmt geworden ist. Jedes Jahrzehnt hat wohl sein Schönheitsideal, und Judith scheint das ihres Jahrzehnts zu sein. Sie bekommt anbetende, schwärmerische Liebesbriefe von wildfremden Menschen, die sie einmal irgendwo gesehen haben, auch von Erwachsenen. Es ist ja klar, daß ihr das den kleinen Kopf verdrehen muß. Wie soll man bei so vielen Ovationen bescheiden bleiben?

Unsere bittere Armut ist bei all dem Aufsehen, das sie erregt, für sie natürlich sehr genierlich. Alle Mädchen in der Klasse haben mehr und bessere Kleider, beklagt sie sich. Im Mai habe ich mich zu etwas hinreißen lassen, was sie mir »niemals verzeihen« wird, wie sie sagt. Nach dem Erfolg mit den roten getupften Kleidern hat sie Nähmaschinennähen gelernt, um sich auch selbst noch etwas schneidern zu können. Völlig ahnungslos darüber, wie wichtig Stoffqualität ist, und gewöhnt an Ostzonenoptik, ist sie an meinen Lumpenkarton gegangen, hat ein altes Bettlaken genommen, das ich ausrangiert hatte, weil es nicht mehr zu flicken war und überall riß, und sich eine im Schnitt recht modische und von weitem wirklich ganz elegant wirkende Bluse genäht. Nur hat das Laken schon die Jugend meiner Mutter und meine eigene mitgemacht, ist jahrelang ohne Seife nur mit Buchenasche gewaschen worden und hat so manchem Kind gedient, das noch nicht sauber war. Dementsprechend sieht es aus. Man braucht nur daran zu zupfen, dann reißt es. Mit diesem Prachtstück wollte sie mich an einem Werktag morgens um halb sieben Uhr überraschen und damit in die Schule gehen!

Jetzt mußt Du Dir vorstellen, wie es bei mir morgens zugeht. Ich muß als erste aus dem Haus, pünktlich um halb sieben Uhr, denn ich muß in der Fabrik stechen. Jede Verspätung wird mir vom Lohn abgezogen. Als besondere Drohung für mich als Mutter hatte der Chef bei meiner Einstellung gesagt: »Wir wollen mal *Gnade* vor Recht ergehen lassen und es mit Ihnen versuchen, *obwohl* Sie vier Kinder haben. Normalerweise lassen wir uns auf so etwas nicht ein. Aber eines sage ich Ihnen im voraus: Wenn Sie auch nur ein einziges Mal zu spät kommen, sind Sie sofort entlassen!«

Ich stehe also immer schon um fünf Uhr früh auf, da ich noch das Essen für den Tag vorbereiten und das Gröbste aufräumen muß, damit ich in Ruhe losgehen kann. Aber es vergeht kein Tag, an dem ich nicht durch die Kinder und Ulrich noch aufgehalten werde. Ich kann tausendmal flehen: »Sagt und fragt alles abends. Morgens bin ich noch nicht wach, da habe ich keine Zeit.« Immer fällt ihnen alles erst morgens in letzter Minute ein. Da werde ich dann meistens schrecklich aufgeregt und nervös und fahre die Kinder an, und wenn ich dann losrenne, japse ich wie nach einem Zwanzig-Kilometer-Lauf, kriege kaum noch Luft und heule unterwegs vor Anstrengung. Ich komme abends ja selten vor Mitternacht ins Bett.

Und dann dies: Zwei Minuten vor halb sieben, schon vor der offenen Tür, dreht sich Judith wie ein Mannequin vor mir und sagt strahlend: »Na, was sagste! Ist das nicht schön geworden?«

Ich habe gedacht, mich rührt der Schlag! Wir stinkenden Flüchtlinge laufen zu allem Überfluß auch noch mit vergilbten, zerschlissenen Blusen herum, und wenn uns einer daran anfaßt, schwups, stehen wir nackt da! So habe ich gedacht, anstatt mich riesig zu freuen, wie das Kind erwartet hatte. »Ja«, sagte ich mühsam, »die Bluse hast du wirklich fabelhaft genäht. Ich muß staunen, aber leider kannst du damit nicht in die Schule gehen! Die reißt ja wie Papier!«

Judith war außer sich. Sie war so überzeugt gewesen, ich würde begeistert sein, und war so stolz auf ihr Werk! Ich konnte sie so gut verstehen. Wie sollte sie denn in der DDR gelernt haben, Stoffqualitäten zu unterscheiden. Da hatten sie ja Kleider aus Fahnen und allen möglichen Fetzen und Lumpen. Ich durfte mich aber nicht mehr auf Diskussionen einlassen. Ich mußte weg! Um ihr zu demonstrieren, wie schnell der Stoff riß, faßte ich an den Ausschnitt, ruckte ein bißchen, und schon war die Bluse vom Leib gerissen. So wollte ich das natürlich gar nicht! Aber dann mußte ich wegrennen und konnte Judith nicht einmal mehr trösten. Alle anderen Kinder heulten auch, und ich hörte noch von weitem Ulrichs aufgeregtes Brüllen, mit dem er seine Töchter »beruhigen« wollte.

Von allem ist dies das Schlimmste, daß ich eine Stunde *vor* den Kindern aus dem Haus und sie in der Zeit ihrem Schicksal überlassen muß. Es gibt hier doch so viele Fabriken, in denen Frauen arbeiten, aber nirgendwo wird versucht, Arbeits- und Schulbeginnzeiten miteinander zu koordinieren. In anderen Ländern geht das doch auch!

Komisch, daß die beiden Großen immer noch so wenig Verständnis für meine Lage haben. Nella verzeiht mir zwar immer gleich großmütig, wenn ich mal die Beherrschung verliere, aber *warum* ich sie verliere, kann sie nicht verstehen.

Die beiden Kleinen sind in der Beziehung viel reifer. Sie haben immer um mich werben müssen, damit ich ein bißchen Zeit für sie aufbringe. Die Großen wurden zu sehr verwöhnt in ihren ersten Lebensjahren und sind es geblieben, trotz aller Lebenshärte, die sie nach dem Krieg erfuhren. Ich habe sie auch schon zu früh zu »Freundinnen« befördert. Das darf man nicht, sie werden dadurch überfordert. Bis zum Erwachsenenalter brauchen sie nur Führung und dürfen nicht als Liebesersatz ausgenützt werden. Ulrich hat seine Vaterrolle niemals lernen können, weil er so selten zu Hause war. Jetzt ist die Bindung zwischen mir und den Kindern viel zu eng, als daß er sich noch dazwischenschieben könnte. Er ist auch zu alt, um die Welt, in der unsere Kinder aufwachsen, zu verstehen. Er begreift nicht, daß Gehorsam nicht mehr die einzige Kindertugend sein darf, ja daß ich ganz auf blinden Gehorsam verzichte.

Die Kinder erleben: Vater und Mutter sind keine Einheit, was die Mutter erlaubt, verbietet der Vater, und weil die Mutter sich vor den häufigen Zornesanfällen des Vaters oft zu ihnen retten muß, geht die Distanz zu ihr verloren, die in diesem Alter notwendig wäre. Ich weiß genau, was unter diesen Umständen in der Erziehung falsch läuft und bleibende Schäden hinterlassen wird, und kann es beim besten Willen nicht ändern.

Ich glaube, bei Dir geht es etwas leichter. Da hat Deine Mutter von Anfang an die Funktion der zweiten Bezugsperson gehabt, und Ihr seid Euch in Euren Erziehungsprinzipien fast immer einig gewesen. Wie haben es die armen Leute früher gemacht? Sie haben sich in so bedrängten Verhältnissen, wie wir sie erleben, mit »Frau Mutter« und »Sie« anreden lassen. Das schafft Distanz, auch wenn die ganze Familie in einem Bett schläft. Distanz ist für Kinder vor allem in der Pubertät nötig, glaube ich.

Ulla, leb wohl für heute. Grüße den großen Viktor! Ich wünsche ihm Glück! Und grüße die anderen!

Deine Erika

1954

13. Brief

Kaputtes Weihnachtsradio · Was alle schon haben ·
Staubsauger · Außenpolitik

Heidelberg, Januar 1954

Liebe Ulla,
wahrscheinlich hast Du genauso wenig Zeit gehabt, rechtzeitig zum Fest zu schreiben, wie ich. Heute ist Feiertag, da will ich mich schnell hinsetzen. Hoffentlich ist Dein Viktor zum Fest heimgekommen und hat Dein Bruder wenigstens ein bißchen was spendiert. Ich wünsche Dir ein recht gesundes Jahr 1954! Und endlich wieder Glück in der Liebe!

Wir verbrachten das zweite Weihnachten zwischen den Büchern, leben also immer noch aus Kartons ohne Möbel, aber demnächst will Ulrich gottlob zu seiner Dame ziehen, die endlich nachgegeben hat, die Bücher, die noch Rücken und Deckel haben und die man noch in ein Regal stellen kann, mitzuehelichen. Sie soll schon Regale bestellt haben. Nur den anderen Kram muß er wegwerfen, und zu dem Behuf hat sie bereits mehrere Container bestellt. Wir kommen uns ja auch seit zwei Jahren wirklich vor wie auf einer Müllhalde. Weder die Kinder noch ich können Freundinnen nach Hause einladen und müssen uns so sehr genieren. Die Kinder kennen die Dame und finden sie nett. Ich bin ihr richtig dankbar.

Die Töchter hatten sich zu Weihnachten alle vier gemeinsam so sehr ein Radio gewünscht, weil Ulrich seines mitnehmen will. Es wurde eines weit außerhalb von Heidelberg angeboten. Da bin ich am 23. Dezember hingefahren und habe es gekauft, und als wir es am Heiligabend anstellen wollten, ging es nicht. Der junge Werkmeister von nebenan sagt, ich habe es falsch herum getragen, da ist die Batterie ausgelaufen. So etwas muß einem doch gesagt werden! Es ist total hin, läßt sich nicht wieder reparieren. So war der Heiligabend ziemlich verdorben, obwohl Freunde uns wieder einige Pakete mit Kinderkleidern schickten.

Alle meine Kollegen haben sich in diesem Jahr irgendwelche elektrischen Geräte neu gekauft. Die sind zur Zeit der Erfolgsschlager, und jeder schwärmt davon, was er hat. In der Zeitung stand, 5,3 Prozent der Deutschen haben schon Kühlschränke, 3,5 Prozent Waschmaschinen, 9,8 Prozent Elektroherde, und der große Renner sind Küchenmixgeräte. Staubsauger haben fast alle. Bei uns hier sind diese Prozentzahlen natürlich erheblich höher, weil kein Einheimischer im Krieg etwas verloren hat und deshalb nichts Unentbehrliches neu zu kaufen braucht. In ganz Heidelberg ist eine einzige Bombe gefallen! Meine Nachbarn haben jedenfalls schon alles, und viele Monteure, Werkmeister und Ingenieure aus der Arbeitsvorbereitung auch.

Nun ja, und als ich in der Vorweihnachtszeit gerade so träume, wie schön es wäre, wenn ich wenigstens einen Staubsauger hätte, weil ja mit Kehrbesen, Scheuereimer und Wischtuch der ständig zunehmende Staub vom Boden, auf dem die Bücher gestapelt sind, einfach nicht zu entfernen ist, klingelt es gegen sechs Uhr abends an der Tür. Ich mache mit Susi an der Hand auf, da steht eine Frau draußen, die beim Anblick von Susi in lautes Entzücken ausbricht: »Nein! Was für ein zauberhaftes Kind!« Und schon hat sie den Fuß in der Tür und ist drin. Sie schweigt diskret über das, was sie sieht, nur als immer mehr Töchter auftauchen, setzt sie ihre begeisterten Lobsprüche fort. Ich komme gar nicht dazu, sie zu fragen, was sie will, da rückt sie damit heraus, daß sie mir einen Staubsauger verkaufen will, der gleichzeitig als Waschmaschine dienen kann. Und dann redet sie und redet, erklärt und erklärt, bis ich ganz dumm im Kopf werde und tatsächlich glaube, man könne mit diesem Wunderstaubsauger auch waschen. Der kleine Rau hatte wohl recht. Ich bin, was Technik anbelangt, wirklich äußerst beschränkt. Ich habe ja keine Ahnung von solchen Geräten. Ich war todmüde und der Frau in keiner Weise gewachsen. Ich war geschmeichelt, weil sie meine Kinder lobte, und daher aufgeschlossener für ihre Argumente; und ich brauchte wirklich ganz, ganz nötig einen Staubsauger. Er war sehr teuer, aber mittels Ratenzahlung und Bankkredit rückte die Anschaffung in den Bereich des Möglichen. Ehrlich, ich habe immer wieder versucht, die Frau hinauszukomplimentieren – sie ging nicht. Es wurde immer später, und die Kleinen mußten ins Bett. Kurz und gut – ich geniere mich, es zu sagen –, ich kaufte das Ding.

Weißt Du, was die »Waschmaschine« war? Der Sauger kann an seinem Hinterteil auch *blasen*, wenn man das Rohr hinten hineinsteckt. Weil es ja angeblich der Sauerstoff ist, der die Wäsche reinigt (ich habe noch nie eine Waschmaschine aus der Nähe gesehen und ließ mir das einreden), kommt durch dieses Blasen Sauerstoff in die Seifenlauge. Hältst Du es für möglich, daß ich so dumm war, das zu glauben? Ich habe einfach noch nie erlebt, daß mich jemand so schamlos anlügt! Was herauskommt, wenn man das hinten eingesteckte Rohr in die Lauge hält, sind natürlich nur Seifenblasen in derartiger Menge, daß wir in der Küche bald im Schaum ertrunken sind! Einfach irrsinnig! Mein einziger Trost ist, daß das Staubsaugerrohr vorne sehr gut saugt, das muß man ihm lassen, und so ist wenigstens die Hälfte des Geldes nicht umsonst ausgegeben. Ich muß noch drei Jahre an dieser »Waschmaschine« stottern! Ein teures Lehrgeld! Sie sagen, es gäbe jetzt auch richtige Waschmaschinen, die gleichzeitig Geschirrspülmaschinen sind! Ist das ein Werbegag, hinter dem die Porzellanindustrie steckt?

Ich mußte neulich wieder so intensiv an meinen Vetter Karl von Stubben denken, der in Stalingrad gefangengenommen wurde. Hier sagen sie, daß von den etwa 1 300 000 in Rußland vermißten Soldaten 71 Prozent mit Sicherheit gefallen, aber rund 120 000 in russische Gefangenschaft geraten sind. Die Sowjetunion behauptet aber, sie habe nur 18 000 Gefangene. Da besteht wohl kaum Hoffnung, daß Karl je lebend zurückkommt. Mir tut Tante Hedwig so leid. Wie können Menschen nur so mit Menschen umgehen!

Ob Euer Bürgermeister Reuter, der im September starb, wohl auch, wie so viele meiner ehemaligen prominenten Cafégäste in Henkhof, vom Vertrauen zum Marxismus endgültig geheilt worden ist, ehe er starb? Solche Gefahren, wie jetzt in Korea, würden uns auch blühen, wenn wir uns nicht den anderen europäischen Ländern anschlössen. Du schriebst, Du würdest die SPD wählen? So gern ich das täte, ich habe das nicht gewagt. Deren Kurs ist mir einfach zu riskant. Die Politik der schroffen Abgrenzung aller westeuropäischen Länder gemeinsam gegenüber dem Osten erscheint mir ungefährlicher. Aber wie will man als Laie beurteilen, ob dieser oder jener Kapitän sein Schiff sicherer durch Klippen und Untiefen steuert! Vom moralischen Standpunkt aus halte ich alle großen Parteien in ihren Absichten und Grundsätzen für integer. Im Charakter einzelner Politiker steckt man natürlich nicht drin. Bis jetzt noch nicht erwischte Schurken wird es in jeder Partei geben, man kann hoffen, daß die Journalisten die aufspüren. Ich habe früher immer geglaubt, Standesdünkel sei nur eine Eigenschaft konservativer CDU/CSU-Wähler und SPD-Wähler seien »fortschrittlich«. Als ich in den Westen floh, hatte ich mir vorgenommen, sofort in die SPD einzutreten. Jetzt erlebe ich aber zu meinem Erstaunen, daß sich unter den Arbeitern in meiner Fabrik die Rechten für wirklich neue Gedanken erheblich aufgeschlossener zeigen als viele traditionell Linke. Der Standesdünkel mancher Arbeiter kann einem nicht weniger auf die Nerven gehen als der Standesdünkel mancher Adliger. Die Leute vergessen immer, daß der Sozialismus auch altert! Vielleicht machst Du in Berlin andere Erfahrungen. Wähle Du nur SPD. Was richtig ist, wissen wir beide nicht.

Was ich ganz schrecklich finde, ist, daß die Amerikaner Wasserstoffbomben bauen, die noch viel wirkungsvoller sein sollen als die Bomben von Hiroshima, und daß acht Monate danach auch die UdSSR erfolgreiche Wasserstoffbombenversuche machte. Das hätten alle deutschen Parteien dulden müssen, ganz gleich, welche wir wählten.

Ob es die Militärs und die Waffenfabrikanten sind, die den Politikern in Ost und West einreden, so etwas sei erforderlich zur Sicherung des Friedens? Ob die Politiker Angst vor den Militärs haben, wenn sie deren Willen nicht tun? Es ist doch einfach unfaßbar, daß normale Demokraten, die den Krieg miterlebt haben, die wissen, was solche Bomben anrichten, so etwas anordnen.

Das erste, was ich abschaffen würde, wenn ich zu regieren hätte, wäre das Militär. Bei mir gäbe es nur noch Schutzpolizei, und zwar erstens eine deutsche für Deutschland und zweitens, in einer größeren Organisation, eine internationale bewaffnete Weltschutzpolizei, die nur darüber zu wachen hätte, daß nirgendwo jemand Krieg anfängt. Jegliche Waffenherstellung mit Ausnahme für diese beiden Organisationen würde ich verbieten. Am liebsten würde ich diese Polizisten dann auch nur mit Keulen und Flitzbogen oder Armbrusten ausrüsten. Aber das sind so meine Utopien. Wer das Militär abschaffen will, muß wohl die Männer abschaffen; das wird keiner wollen, ich will es in Wirklichkeit natürlich auch nicht. Ich hätte wohl Söhne haben müssen, um zu begreifen, was am Krieg für Männer so faszinierend ist, daß sie meinen, ohne Militär ginge die Welt unter.

Entschuldige, Ulla, ich vergaß, daß Dein Viktor in der Marine ist! Wir leben wie auf einem Vulkan!

Noch einmal, Ulla, ein recht gutes neues Jahr für Dich, Deine Mutter und die beiden Buben! Schreibe bald mal wieder!

Deine Erika

14. Brief

Auszug von Ulrich · Im Krankenhaus · Meine Nerven · Ordnung · Betti wird Herr im Haus · Funken sprühen

Heidelberg, September 1954

Liebe Ulla,
Du weißt ja schon von den Kindern, warum ich so lange nicht schrieb. Habe vielen Dank für die Postkarten, die Du mir ins Krankenhaus geschickt hast! Ja, im Juli und August habe ich »krankgefeiert«, aber gottlob waren Ferien, so konnte ich die Kleinen zu Karl-August nach Bad Homburg schicken und die Großen eine Zeitlang zu Annemarie. Zwei Wochen haben sie es schon allein geschafft. Vor dem Krankenhausaufenthalt ging es mir so schlecht, daß ich zum Briefeschreiben keine Kraft fand.

Wie sich meine Krankheit eigentlich nannte, weiß ich nicht. Der Arzt sagte, ich sei völlig unterernährt. Das wollte ich erst nicht glauben, weil ich doch eher dick als dünn war. Das sei alles Wasser, sagte er, und tatsächlich bin ich jetzt nach dem Krankenhaus sehr dünn geworden, obwohl ich nun »gut genährt« bin. Ich glaube, es war eher ein Zusammenbruch aus Erschöpfung. Im Januar fand der Auszug Ulrichs samt Büchern und sonstiger Habe zu seiner Dame statt, und das war ein nervenzerrüttendes Ereignis. Die Folgen seines Schädelbasisbruches sind immer noch schlimm. Alles regt ihn gleich übermäßig auf, und so hat er bei diesem tagelangen Abschied von soviel Kram und so vielen kaputten Büchern ohne Deckel und Rükken, die in den Container wandern mußten, maßlos gelitten und herumgebrüllt.

Aber bin ich viel besser? Natürlich haben die Zustände und das Heimweh auch mich so nervös gemacht, daß ich ebenfalls gelegentlich laut werde. Seit wir nun die Wohnung für uns allein haben und der Fußboden nicht mehr ein Abladeplatz für Bücher und Gerümpel ist, drängt es mich unwiderstehlich dazu, den Kindern nach all den Jahren in Dreck und Chaos endlich beizubringen, wie segensreich Ordnung und Sauberkeit sein können. Das wieder zum Vorschein gekommene Kiefernparkett späne, wachse und wienere ich nach Meinung meiner Töchter auf manisch übertriebene Weise blank. Ich rege mich maßlos und ganz unangemessen auf, wenn die pfenniggroßen Absätze ihrer modernen (meiner Meinung nach gesundheitsschädigenden) Stöckelabsätze lauter Löcher in das weiche Holz des billigen Bodens bohren; und wenn ich sehe, daß Nellas Schreibtisch ähnlich aussieht wie der ihres Vaters, nämlich über und über vollgekramt, dann kann mich die Wut so übermannen, daß ich ihr einmal den Mülleimer auch noch dazu über den Tisch kippte! Das ist für die Kinder natürlich ebenso schädlich, wie die Wutanfälle ihres Vaters es waren.

O Gott, Ulla, was ist aus uns geworden! Mich hat doch bisher kaum etwas aus der Ruhe bringen können! Ich war doch einmal so diszipliniert! Ich glaube, so viele Menschen auf so wenig Platz, dazu das stundenlange Klavierüben von Judith, das Trällern von Nella, das Brüllen des Vaters, das Radio, das Kreischen und Toben der beiden Kleinen, dann den ganzen langen Arbeitstag lang der Lärm der Maschinen in der Fabrik und auch dort das Herumgebrülle und ungehemmte Schimpfen der Männer, das hält man auf die Dauer im Kopf nicht aus. In meiner Erinnerung verbindet sich »Heimat« mit Ruhe und Stille! Weißt Du noch, wie leise meine Großmutter und die Großtanten waren? Ich habe Heimweh!!

Ich war vermutlich nicht nur unterernährt und erschöpft, meine Krankheit war wohl auch ein ganz solider Nervenzusammenbruch.

Das Krankenhaus war für mich eine Erholung. Nur machte mich eine Bettnachbarin rasend, die pausenlos vor sich hinsagte: »Mir is ja so *chl*echt, mir is ja so *chl*echt!« Verdammt noch mal, mir war auch schlecht! Auch wäre ich wahrscheinlich schneller gesund geworden, wenn man mich nicht in einen Saal mit 24 (!!) Frauen gelegt hätte. Als Arbeiterin bei der AOK versichert, kommt man in derartige Massensäle. Die meisten haben es so lieber, sagten die Schwestern. Einmal brachten sie eine Bauersfrau, die von ihrer Familie nicht mehr ins Haus gelassen worden war und deshalb monatelang im Schweinestall geschlafen hatte. Entsprechend mußte sie von den Schwestern bearbeitet werden, ehe man sie kahlgeschoren in ein weißes Bett legen konnte. Dann weckte sie uns jede Nacht mehrere Male mit ihrem schaurigen Geschrei: »Isch muß sch...!« Ja, das ist so meine geistige Nahrung, seit ich in Heidelberg bin!

Betti ist jetzt zwölf und hat seit meiner Krankheit beschlossen, von nun an die Zügel unseres Haushalts in die eigenen Hände zu nehmen. Judith und Nella sind auf vielen Gebieten hochbegabt und auch sehr fleißig, aber geborene Hausfrauen sind sie nicht. Ich habe gar keine Unterstützung von ihnen. Sie haben ja auch noch nie wirkliche Ordnung erlebt. Meinen Ordnungsfimmel finden sie lächerlich und bürgerlich, dabei hat man ihn mir als Kind so mühsam und mit so viel Strafen beigebracht.

Da ich besonders oft am frühen Morgen die Nerven verliere, wenn ich viel zu früh um fünf Uhr unausgeschlafen aufstehen und alles für den Tag vorbereiten muß, und da es immer wieder passiert, daß ich verschlafe und dann in rasender Hetzjagd herumfuhrwerke und jammere, weckte Betti mich eines Tages und sagte: »Es ist sechs Uhr.« Als ich schon aufschreien und losheulen wollte, sagte sie: »Beruhige dich, ich hab schon alles gemacht, und ich werde auch in Zukunft alles machen, damit du länger schlafen kannst. Du brauchst nicht mehr um fünf Uhr aufzustehen!« Seitdem ist sie der »Herr« im Haus, alle anderen Schwestern gehorchen ihr. Ich kann mich nur noch wundern.

Gibt es bei Euch in Berlin eigentlich auch Sperrmüll? Das ist wirklich eine segensreiche Einrichtung. Wer sich hier neue Möbel kauft, und das tun ja jetzt viele, stellt seine alten an bestimmten Tagen einfach auf die Straße. Wer keine Möbel hat, holt sie sich dann, und nur den Rest bringen die Müllmänner weg. Ich habe auf diese Weise jetzt einen Kleiderschrank, einen Küchenschrank, einen Küchentisch und fünf eiserne Bettgestelle, so daß die Matratzen nicht mehr auf der nackten Erde liegen müssen. Im Wohnzimmer stehen nun außer dem Tisch und dem Sofa, auf dem Susi schlief, auch ein paar Sessel und Stühle. Im Schlafzimmer liegen nur noch Betti, Susi und ich. Im ehemaligen Arbeitszimmer von Ulrich schlafen jetzt Judith und Nella und haben dort das Klavier und ihre Arbeitstische und Stühle. Bis auf dieses Zimmer sieht die Wohnung jetzt akzeptabel aus. Wir haben sogar eine Stehlampe mit zwei tütenähnlichen Lampenschirmen, die man schwenken kann! Einen Nierentisch haben wir natürlich noch nicht, aber der wird sich schon auch noch einfinden. Der Staubsauger ist noch nicht abgezahlt, aber wenn es soweit ist, dann will ich versuchen, einen Sisalteppich fürs Wohnzimmer zu kaufen. Die sind hübsch und billig, findest Du nicht? Dann kriegt der Fußboden nicht so viele Löcher. Er sieht schon ganz gesiebt aus, und das ärgert mich schrecklich. In der Küche habe ich Stragula, das kann man gut wischen. Meine Sehnsucht ist ein Kühlschrank, aber den findet man nicht beim Sperrmüll. In Heidelberg ist es heiß, da verdirbt alles so schnell. Im Sommer sind mir Stearinkerzen auf dem Klavier geschmolzen. An eine Waschmaschine kann ich noch lange nicht denken. Ich bin die einzige in unserem Sechs-Familien-Haus, die im Keller noch den Waschkessel anheizt und die Wäsche mit der Hand rubbelt. Wenn ich unsere Wäsche auf unserer Wiese aufhänge, wo alle Leute sie sehen, muß ich mich immer genieren mit meinen uralten Laken, die so oft geflickt sind, daß das Original nicht mehr zu sehen ist.

Es gibt ja jetzt ulkige neue Stoffe, auch in der Ostzone. Meine Freunde aus Ludwigslust schickten mir neulich ein Paket mit einem Nachthemd für mich. Als ich es anzog, knisterte es so komisch. Ich machte das Licht aus, und siehe da, ich wurde im Dunkeln zum funkensprühenden Weihnachtsengel! Die Kinder haben sich totgelacht! Jede wollte mal Wunderkerze sein! Erinnerst Du Dich noch, wie wir in der Ostzone einmal Kinderstrümpfe gekauft haben, die sich wie Pulverkaffee in Nichts auflösten, als wir sie waschen wollten? Jetzt knistert und sprüht es wenigstens! Das ist eben der Fortschritt!

Gemein finde ich es, daß sie hier in der Bundesrepublik die Nylonstrümpfe so machen, daß sie *doch* nach einiger Zeit kaputtgehen! In der SBZ hielten sie wirklich jahrelang. Wenn man mich damals fragte, was ich für die beste moderne Erfindung hielte, sagte ich: die Nylonstrümpfe, weil man nicht mehr nächtelang Strümpfe stopfen muß. Jetzt weigern sich die Töchter schon, Strümpfe zu stopfen oder von mir gestopfte anzuziehen, also müssen alle naselang neue gekauft werden. Das ist wohl der Zweck der Übung, warum man sie wieder zerreißbar macht. Diesen Sommer haben sich Ditta und Nella der von uns oft erprobten Methode bedient, sich die Beine einfach anzumalen und an der Wade einen Strich als »Naht« aufzuzeichnen. Weißt Du noch? Ditta näht jetzt ganz gut, seit ich ihr als Ersatz für die von mir zerrissene Bluse bei Sonderangeboten gelegentlich einen Stoffrest kaufe. Sie kopiert Dior-Schnitte!

Ich höre auf – das Schreiben strengt mich doch noch ziemlich an.
Es grüßt und umarmt Dich

Deine Erika

15. Brief

Monopoly · Freier und Jazzkeller · Erste Schwarze · NATO

Heidelberg, Dezember 1954

Liebe Ulla,
da in unserer Wohnung jetzt Platz ist und ich auch einmal an den Tisch kann, konnte ich Dir diesmal dieses klimperkleine Weihnachtspäckchen packen. Ich hoffe, es erfreut Dich und die Jungen. Ich habe Dir das Monopoly in Erinnerung an lustige Zeiten in Henkhof geschenkt, wo wir dieses Spiel bei zugezogenen Vorhängen und Kerzenlicht ganz heimlich gespielt haben, weil es doch so streng verboten war. Es ist eigentlich nicht zu fassen, daß man drüben erwachsenen Menschen Kinderspiele verboten hat, damit ihre Seele nicht kapitalistisch vergiftet wird! Seitdem liebe ich dieses Spiel. Es ist bei unserer Armut doch schön, wenn man mal so richtig Geld in die Hand kriegt! Leider verliere ich auch dabei immer!

Meine beiden Großen haben in den Sommerferien, als ich im Krankenhaus war, bei Annemarie auf dem Land bei Bauern gearbeitet und sich ein bißchen Geld verdient. Davon haben sie sich etwas Wäsche und Kleiderstoff gekauft, aus dem sie sich jetzt zu Weihnachten etwas Schönes genäht und auch den Kleinen etwas geschenkt haben.

Letzte Woche gab das Konservatorium ein Konzert (auf dem Programm: Sonaten und Lieder von Mozart), da hat Ditta Klavier gespielt und Nella das erste Mal vor Publikum gesungen. Die Stimme zitterte zwar am Anfang ein wenig vor Angst, aber es ging gut. Sie haben beide viel Applaus und zum Schluß auch noch je dreißig Mark bekommen. Solche Erfolge erfreuen mein Mutterherz.

Weniger erfreut bin ich über die Erfolge der beiden Mädchen bei den Männern. Ja, ich sage nicht: bei den Jungen, sondern: bei den »Männern«. Die sehen Ditta irgendwo in der Straßenbahn oder auf der Hauptstraße, steigen ihr nach, erkunden ihre Adresse, schreiben ihr Briefe oder sprechen sie an. Da Ditta zu meiner Beruhigung überall nur gemeinsam mit Cornelia anzutreffen ist, versucht derjenige, den Judith abgewimmelt hat, wenigstens bei Nella zu landen. Neulich kam einer zu mir und hielt sehr förmlich um Judiths Hand an. Er bewies mir anhand seiner Einkommensteuer, daß er gut eine Frau ernähren kann, und erzählte von seiner makellosen Familie. Es war schwer, ihm klarzumachen, daß Judith ein siebzehnjähriges Schulmädchen ist, sich nicht das Geringste aus ihm macht, und daß ich außerdem doch keinerlei Einfluß darauf hätte, in wen sich meine Töchter verlieben. Die Wahl ihres Ehepartners müsse ich doch ihnen selbst überlassen. Er schien völlig verzweifelt, sagte dann aber, von neuer Hoffnung beseelt: »Na, wenn nicht Judith, dann wenigstens Cornelia!« Es schien fast, als ob ihm weniger daran lag, ein Ehemann, als mein Schwiegersohn zu werden!

Es gibt jetzt diese Jazzkeller in Heidelberg. Da gehen viele junge Mädchen ohne Begleitung zum Tanzen und Musikhören hin. Ich habe das nicht so gern. Meine Töchter sind zwar von mir voll aufgeklärt und längst nicht so gefährdet, wie ich früher gewesen wäre, wenn es so etwas für uns schon gegeben hätte, sie haben vor allem erheblich mehr Selbstbewußtsein, als ich es hatte, so daß sie so leicht keiner gegen ihren Willen verführen kann, aber sie sind mir dennoch zu jung. Ich bin nicht hundertprozentig sicher, daß ich ihnen alle Gefahren klargemacht habe, weil ich sie ja selbst kaum kenne. Ich habe keine Ahnung, wie sich die heutigen jungen Männer verhalten und wie moderne Mädchen sich verhalten sollten, die so starkes Aufsehen erregen wie Ditta und Nella. Es war früher doch alles einfacher, als man einem Familienclan oder einem bürgerlichen Stand angehörte, in dem man sich nur nach den anderen zu richten brauchte, um zu wissen, was sich für einen selbst schickt und was nicht. Hier ist alles anders, als es früher bei uns im Grunewald war. Ich kenne hier keine Familien, die mir als Vorbild für unser Verhalten dienen könnten. Ich selbst war in dem Alter meiner Töchter eine Spätentwicklerin voller Minderwertigkeitskomplexe, eher ein Mauerblümchen, so kann ich auch aus eigener Erfahrung keinen Rat geben. Deshalb habe ich beschlossen, wenn schon getanzt werden muß, dann soll das zu Hause bei uns unter meinen Augen geschehen.

Seit wir die Wohnung für uns haben, kommt daher der ganze Freundeskreis von Jungen und Mädchen häufig abends zu uns. Es gibt dann Limonade, manche bringen Coca-Cola mit, sie hocken auf dem Boden, und dann tanzen, spielen und lachen sie bis um zehn, spätestens halb elf Uhr. Einen Plattenspieler bringt immer einer mit. Da ich keinen Platz habe, wo ich mich sonst aufhalten könnte, wenn die Bude voll ist, bin ich immer dabei, und keiner nimmt mir das übel. Susi und Betti können gottlob trotz des Lärms sanft und selig schlafen. Besonders beliebt ist dieser amerikanische Tanz, bei dem der Herr die Dame akrobatisch über seine Schulter schwingt. Judith kann das großartig. Sie hat dabei einmal mit ihrem Stöckelschuhabsatz ein Loch in die Zimmerdecke geschlagen!

Sehr hilfreich finde ich es, daß die beiden Großen zwei kleine Schwestern haben, die, solange sie wach sind, jeden Verehrer höchst kritisch unter die Lupe nehmen. An jedem haben sie etwas auszusetzen; und wenn Ditta oder Nella gerade in Gefahr sind, sich zu verlieben, dann machen Betti und Susi Bemerkungen, die den Großen »die Augen öffnen«. Die wollen sich aber auch gar nicht verlieben. Die wollen nur Spaß haben und ihre Wirkung auf Männer ausprobieren. Wie früher die Vettern in Stubbenhof die Gehörne ihrer abgeschossenen Böcke, so horten Ditta und Nella die erhaltenen Liebesbriefe und Heiratsanträge. Es war wirklich unsinnig, daß Ulrich immer solche Angst um ihre Unschuld hatte. Denen passiert das nicht, was Ulrich mit mir gemacht hat. Die schliddern nicht in eine ungewollte Ehe, weil ein Kind unterwegs ist.

Aber ich komme mir doch oft vor wie eine Henne, die Enteneier ausgebrütet hat und jetzt hilflos gackernd am Ufer steht und ihre Kinder in völlig unbekannten Gewässern schwimmen sieht, wohin sie ihnen nicht nachlaufen kann. Ich wollte, es gäbe für uns Heimatlose, die aus allen alten Traditionen gerissen sind, festere Maßstäbe dafür, was wir erlauben dürfen oder verbieten müßten. Ich bin sehr unsicher. Ob ich den Kindern schade, wenn ich zu viel erlaube? Zu viel verbieten ist aber, glaube ich, noch gefährlicher.

Stell Dir vor, Ditta wollte in die DDR nach Henkhof *trampen*! Sie meinte, es sei doch ganz ungefährlich, sie werde einfach einen Schlagring in die Tasche stecken! Das habe ich aber doch verboten, und Ditta war mir sehr böse deswegen. Andere Mädchen aus ihrer Klasse, deren Mütter zu viel verbieten, machen so etwas dann trotzdem, oder gerade. Ich muß dankbar sein, daß meine Töchter meine seltenen Verbote schließlich doch respektieren, weil sie ihr Vertrauen zu mir nicht verloren haben.

Noch etwas Nettes muß ich Dir erzählen. Hier in Heidelberg studiert Christoph, ein weit entfernter Neffe vom mir. Der ist auch ein glühender Verehrer Dittas. Neulich wurde gespielt, wer am schnellsten und besten in einer vorgegebenen Zeit mit vorgegebenen Reimpaaren ein Gedicht machen kann. Die Wortpaare waren: riechen – kriechen; Land – Stand; schlachten – achten; Bild – wild. Christoph machte in einer Zeit, in der keiner von uns auch nur ein einziges Gedicht fertig hatte, gleich zwei:

»Ob sie aus heißem oder kaltem Land,
ob sie nach Seife oder Seehund riechen,
ob sie von hohem oder niedrem Stand,
ob nachts ins Stroh sie, ob ins Bett sie kriechen,
ob christlich sie das Schaf, ob jüdisch schlachten,
ob weiß ihr Gott, ob ihnen schwarz sein Bild –
ich weiß: Der Gute ist gewillt,
in allen Menschen Menschen nur zu achten.«

Das zweite war an Judith gerichtet:

»Ich weiß es wohl, sie kann mich nicht mehr riechen,
wenn sie mich sieht, wird sie schon völlig wild,
so laßt mich denn zu ihren Füßen kriechen,
verschmähter Liebe jammervolles Bild.
Würd' ich ihr folgen über Stadt und Land,
ja würde ich mich ihr zuliebe schlachten,
sie würd' mich immer nur noch mehr verachten
und bringt mich endlich noch um den Verstand.«

Toll, wie? Den hätte ich gerne als Schwiegersohn! Er ist auch sonst hochbegabt und sehr musikalisch. Aber Ditta und Nella sind noch zu jung, um Qualitätsunterschiede zu erkennen, und haben vorläufig überhaupt noch keine Lust, irgend etwas oder irgend jemand ernst zu nehmen. Für sie ist die Flirterei ein harmloses Spiel, bei dem sie sich langsam Menschenkenntnis aneignen. Das ist ja auch nötig, da sie keine Brüder haben und in eine reine Mädchenschule gehen.

Nur meine freundliche, dicke Nachbarin hat sich anfangs aufgeregt, daß immer so viele junge Männer zu uns kommen dürfen. Ich fragte sie: »Halten Sie es für moralischer, die Töchter allein mit fremden Männern in der Stadt ausgehen zu lassen? Bei mir passiert nichts, ich bin ja dabei, darauf können Sie sich verlassen.« Dieser Gesichtspunkt war ihr neu. Seitdem erlaubt sie mir wieder, bei ihr abends im Fernsehen »Die Familie Schölermann« anzusehen. Das Fernsehen erweitert wohl auch ihren Horizont. In meiner Jugend habe ich Frauen den ganzen Tag auf ein Kissen gestützt im Fenster liegen sehen, wo sie mit Hilfe eines Spions, eines Spiegels, danach ausspähten, welche unmoralischen Sachen ihre Nachbarn tun.

Auch mein Horizont wird erweitert. Ich kannte früher nur den kohlpechrabenschwarzen Mohr aus dem Struwwelpeter, hatte aber noch nie einen Afrikaner mit schwarzem Krusselhaar und schwarzer Hautfarbe von nahem gesehen. Als ich einmal in der Straßenbahn stehen mußte und vor mir so einer auf der Bank saß, habe ich es nicht lassen können, ganz vorsichtig, damit er es nicht merkt, mit den Fingerspitzen über die Krussel zu streichen. Die Neugierde war übermächtig, wie sich das anfühlt. Ich habe dann gehofft, daß sie es mit mir in Afrika genauso machen würden, wenn sie in mir die erste Weiße ihres Lebens erblickten. Jetzt habe ich mich schon daran gewöhnt, ja, es kommt vor, daß unsere Gäste auch einmal einen schwarzen Kommilitonen mitbringen und mir das gar nicht mehr auffällt.

Schnell zum Schluß noch eine Frage: Was hältst Du von unserem Eintritt in die NATO? Ich bin hin und her gerissen und wäre am liebsten bei dem Protestzug gegen die Wiederbewaffnung dabeigewesen, wenn mich Leute mitgenommen hätten. Ich bin nur so isoliert, ich kenne niemanden, der dabei mitmacht. Bist Du mitmarschiert? Ich kann aber auch die Argumente verstehen, die dafür sprechen. Wenn die Westmächte damals härter und entschlossener gegen Hitler aufgetreten wären und aus lauter Angst vor einem Krieg nicht immer und immer wieder nachgegeben hätten, als er sich eine Scheibe nach der anderen von der Wurst abschnitt, hätte der sich vielleicht anders verhalten. Man weiß es nicht. Die Amerikaner sind im Moment aber wohl wirklich ein wenig überkandidelt mit ihrem übertriebenen Kommunistenhaß. Da sagen sie doch, der Oppenheimer sei ein Kommunist, nur weil er vor weiteren Bombenprojekten warnt! Dann bin ich auch ein Kommunist! Wiederum kann man ja wirklich vor der Ausbreitung des Kommunismus Angst kriegen. Mao Tse-tung ist jetzt zum Staatsoberhaupt von ganz China geworden und hat Tschiang Kai-shek in die Wüste gejagt, die roten Vietminh haben im Mai die Franzosen vertrieben, eine kommunistische Invasion besetzt die gesamte Halbinsel Korea – da soll man nun vertrauen, die Kommunisten würden nicht auch bis zum Rhein marschieren, wenn sie könnten? Sie sind doch jetzt überall grade im schönsten Zuge zur Eroberung der Welt. Und dabei nennen sie den Westen imperialistisch!

Obwohl ich sie für die gefährlichsten Menschen halte, beneide ich immer alle, die so genau wissen, was zu tun ist. Die plagen keine Skrupel und Zweifel. Die handeln einfach, und wenn es schiefgeht, lassen sie andere die Suppe auslöffeln. Früher aber drohte bei ihren Fehlentscheidungen »nur« Krieg, heute droht Weltuntergang!

Ulla, ich muß schließen, der Brief wird bald ein Päckchen!

Schreibe bald! Ich bin jetzt wieder aufnahmebereit für das, was Du inzwischen erlebt hast. Ich weiß im Moment nur, daß Stephan jetzt Maurerlehrling ist, und Viktor sagt, daß er sich in der Marineschule ganz wohl fühlt.

Grüße Deine Mutter und Stephan!

Deine Erika

1955

16. Brief

Töchter verweigern Ordnung · Studenten ·
Soziale Stellung in der Fabrik ·
Rau und die Klassenfeinde

Heidelberg, Januar 1955

Liebe Ulla,
ich wünsche Dir von ganzem Herzen, daß es Dir im neuen Jahr '55 besser geht als im alten. Die Wirtschaftswunderwellen werden bei uns beiden Flüchtlingen mit einiger Verspätung gewiß auch noch einmal an unseren Strand branden.

Bei meinem Bruder Karl-August taten sie das schon. Seine Frau hat geerbt, er hat in der Gefangenschaft Uhrmacher gelernt, so haben sie jetzt ein Uhren- und Juweliergeschäft und damit solchen Erfolg, daß seine mitarbeitende Frau sich bereits ein Dienstmädchen halten kann. Kinder haben sie nicht. Als Susi während meiner Krankheit bei ihnen zu Gast war, hat ihr das Mädchen riesig imponiert. Es waren Engländer zu Besuch. Da zeigte Susi auf die Tischklingel und sagte zu ihnen: »Siß iß e Bell. Huen man da ringt, camt die Magd.«

Bei uns »camt« leider keine Magd, und ich hadere oft mit den großen Töchtern, die schon aus weltanschaulichen Gründen mein Bedürfnis, wenigstens äußerlich wieder etwas Ordnung in mein Leben zu bringen, verdammen. Sie wollen nicht verstehen, daß, wenn ein Deich gebrochen ist und alles überschwemmt hat, zunächst einmal die Neubefestigung dieses Deiches durch Arbeit den Mittelpunkt aller Aktivitäten bilden muß. Das ist doch schon bei den Ameisen so und bei den Bibern und etwas ganz Natürliches, weil es notwendig ist für die Zukunftssicherung des Nachwuchses. Sie aber und ihre Freunde, die ja nun schon in relativer Sicherheit sind und die Katastrophe vergessen haben, lassen uns Alte den »Deich« allein schippen, rümpfen verächtlich die Nase und unterstellen uns, wir sähen in diesem geistlosen, banalen Schuften und »Schippen« den Sinn unseres Lebens. Sie nennen »altmodischen *Mief*«, was für uns dramatischer Neubeginn ist. Ich muß sagen, nichts beleidigt mich so in meiner Ehre wie das Wort »Mief« für meine Bemühungen um die Kinder.

Wenn Nella sich konstant weigert, mir die Hausordnung abzunehmen und statt meiner die Treppen im Treppenhaus aufzuwischen, begründet sie ihre Unlust damit, ein vernünftiger Mensch erkenne derartige Hausordnungen nicht an. »Damit fängt es schon an«, sagt sie, »daß man anonymen Befehlen von Kapitalisten« (sie meint die gemeinnützige Wohnbaugesellschaft) »gehorcht, und mit Judenmorden endet das dann.« Bei solch einer Antwort habe ich ihr mal aus Zorn den Scheuereimer über den Kopf gegossen! Pubertät ist schon eine schwierige Zeit. Kommen Deine Jungen auch manchmal mit so unverschämten Bemerkungen, und sind sie auch so überheblich wie viele Freunde meiner Töchter? Vielleicht hast Du recht daran getan, sie nicht studieren zu lassen, da verwirrt man wenigstens nicht ihre Gedanken.

Bei uns hier in Heidelberg gibt's zwei Typen von Studenten. Da sind einmal die Exis, die Existentialisten, die sehen alle blaß, ernst, unfröhlich, katastrophenbewußt, skeptisch und abweisend aus, solange sie nicht in Ditta oder Nella verknallt sind. Dann jedoch blicken sie völlig irritiert und fast schizophren und hilflos aus der Wäsche. Die Haare kämmen sie in Cäsarenmanier nach vorn, tragen quergeknöpfte Dufflecoats, lange schwarze Schals, und wer verliebt ist, kommt immer nur mit einem Buch in der Hand zu uns oder lagert sich vor der Haustür auf der Straße malerisch hin, bis die Töchter nach Hause kommen und ihn einlassen.

Die zweite große Gruppe bemüht sich darum, auszusehen wie James Dean. Hast Du »Jenseits von Eden« oder »Denn sie wissen nicht, was sie tun« gesehen? Der sieht auch aus wie jemand, der seine Illusionen bloß deshalb nicht verloren hat, weil er nie welche hatte. Der strahlt so ein poetisch-melancholisches Lebensgefühl aus, aber totale Resignation.

Um mir zu beweisen, daß die Jazzkeller die Unschuld junger Mädchen nicht gefährden, wie ich immer befürchtete, hatten Ditta und Nella mich neulich mitgenommen in ihren Lieblingskeller, das

»Cave 54« (weil es 1954 gegründet wurde). Die Jazzmusik hat auch mich beeindruckt. Wenn sie nicht so laut wäre, könnte ich ihr stundenlang zuhören und ihren musikalischen Geheimnissen nachspüren, aber so platzt mir fast das Trommelfell. Seit den Bombennächten kann ich alles Laute nicht mehr ertragen. Aber die Jugend in diesem Keller! Ich war ganz erschlagen von der *Freudlosigkeit*, mit der sie ihre Tänze absolvierten wie Pflichtübungen! Ulla! Wir haben doch gestrotzt vor Lebensfreude, wenn wir tanzten! Das sah man unseren strahlenden Gesichtern doch auch an, oder? Warum sind diese Jungen denn nur alle so schlapp und trübselig? Nein, wirklich, ich muß hier nicht um die Unschuld meiner Töchter fürchten. Diesen Knaben sind sie gewachsen. Ich habe mich überzeugt, sie gehen nur wegen der Musik und nicht um möglicher Abenteuer willen hin. Sie selbst sind, wohl im Gegensatz zu vielen ihrer Altersgenossen, voller Lebensfreude und Tatendrang, wenn es sich nicht gerade um häusliche Arbeiten handelt. Wenn ich ehrlich bin, konnte ich Hausarbeit ja auch nie leiden.

Du schreibst, Viktor ist bei der Marine jetzt in einer Musikkapelle und lernt das Trompeteblasen von der Pike auf? Da siehst Du, daß sich bei Deinen Kindern die künstlerischen Talente ebensowenig unterdrücken lassen wie bei meinen. Paß nur auf, hintenherum auf dem Weg über die Kunst kommen Deine Buben doch noch dahin, wohin sie gehören. Das Sein bestimmt eben durchaus nicht immer das Bewußtsein!

Bei Brombach ist für mich alles unverändert. Meine geistigen Gaben hat noch keiner entdeckt, da sich niemand von denen, die vielleicht ein bißchen Geist haben, mit mir unterhält. Ich bin in meinem Kittel Teil der Maschine, an der ich stehe. Das Odium, »Gesocks« zu sein, zu dem der Personalchef und vor allem der bucklige Rau mich anfangs hatten stempeln wollen, habe ich allmählich verloren. Es hat auch nachgelassen, daß man mich mit Zudringlichkeiten und Zoten belästigt. Wenn einer schon als Fremder mit fremdem Stallgeruch das schwarze Schaf in einer weißen Herde ist, dann ist er natürlich auch als einziger Angehöriger des anderen Geschlechts ein besonderes Angriffsziel. Ich habe das aber nicht so sehr auf mich bezogen, denn ich hatte beobachtet, daß in den Semesterferien ein Student an die Tische in der Montage gesetzt wurde und dort der einzige Mann unter lauter Frauen war. Der Arme hatte vermutlich mehr zu leiden als ich am Anfang. Frauen sind in dieser Hinsicht nicht besser als die Männer. Auch der Student würde mit den Jahren seine Ruhe gehabt haben wie ich, sofern er meinen Rat befolgt und sich nicht geärgert hätte. Er blieb nur nicht so lange.

In bezug auf meine soziale Stellung in der Fabrik bleibt mir auf die Dauer ein anderes Problem. Obwohl als Großbürgerin geboren, habe ich doch, wenn man es recht betrachtet, fast mein ganzes Leben im Souterrain der menschlichen Gesellschaft zugebracht. Schon als mutterlose Waise habe ich mich als das Kind unseres Kindermädchens gefühlt, dessen Platz die Küche und nicht der Salon der Großmutter war. Dann war ich Küchenmädchen in Stubbenhof, Waldarbeiterin bei den Russen, jetzt ungelernte Hilfsarbeiterin in der Fabrik. Auch in der kurzen Zeit als Schauspielerin und/oder als Schreibkraft in Büros gehörte ich doch beileibe nicht irgendwelchen höheren Gesellschaftsschichten an. Und als ich die Ehefrau des Offiziers Dr. phil. Röder war? Da war er im Krieg, und wir evakuierten Frauen in Henkhof fragten einander nicht, welchen Rang unsere Männer oder Väter bekleideten. Ich weiß von Dir heute noch nicht, was Dein Mann oder Dein Vater war. Mein »Sein«, wie es uns die SED einzutrichtern versuchte, entsprach also fast so lange wie ich lebe genau dem, was Marx mit dem Begriff »Proletarier« definiert hat, nämlich dem eines besitzlosen Lohnarbeiters, dessen Arbeitskraft von Besitzenden ausgebeutet wird. Und Du weißt ja, wie lange wir beide in Henkhof zum Lumpenproletariat gehörten, das für die Russen Fronarbeit machte. Nun müßte ich doch nach allen sozialistischen Theorien ganz eindeutig auch das Bewußtsein einer Arbeiterin haben, mich also all den Männern in meiner Fabrik gesellschaftlich zugehörig fühlen! Aber nein. Weder erkennen sie mich als ihresgleichen an, noch fühle ich mich unter ihnen an meinem Platz. Die erste Zeit blickten sie naserümpfend auf mich herab und hielten mich wegen meiner Ostzonenkleidung für Lumpengesindel. Jetzt, da ich in der Kleidung den anderen Frauen angeglichen bin und auch die Zähne in Ordnung bringen lassen konnte, muß ich mich dauernd wehren gegen den unausgesprochenen Vorwurf, »etwas Besseres« sein zu wollen. Ich mache die erstaunliche Erfahrung, Minderwertigkeitskomplexe wegen meiner Herkunft unter den Arbeitern zu bekommen, wie zum Beispiel in Stubbenhof der Schafscherer Minderwertigkeitskomplexe an der Tafel der adligen

Herrschaften bekam. Der spreizte die Finger, um die Tasse recht zierlich zu halten, versteckte sich unter dem Tischtuch, um sich möglichst unsichtbar vornehm die Nase zu schneuzen – ich habe, genauso albern und lächerlich, so oft wie möglich »Scheiße« gesagt und mir widerspruchslos auf den Hintern hauen lassen, nur um dazuzugehören. Was mich von den Arbeitern und den Schafscherer von den Adligen unterscheidet, hat also mit dem *Sein* eines Menschen nicht das allergeringste zu tun. Das ist ein großer und, wie ich glaube, verhängnisvoller Denkfehler von Marx gewesen. Es sind die in frühester Kindheit von der Mutter anerzogenen *Manieren*, die das Bewußtsein prägen, und die haben mit dem Besitzstand der Leute und dem, was und wie sie produzieren, meist schon lange nichts mehr zu tun. Es sind alte Traditionen, die viele gesellschaftliche Systeme und Produktionsweisen schon überstanden haben. Völker und Gesellschaftsklassen unterscheiden sich, glaube ich, voneinander durch andere Sprache, andere Manieren und andere Sitten, nicht durch gegenwärtige ökonomische Verhältnisse. Dein Viktor wird nie ein Matrose unter Matrosen, Dein Stephan nie ein Maurer unter Maurern werden, weil er von Dir Sprache und Manieren gelernt hat, meine Lumpenkinder werden ihre Verehrer und Freunde nur unter den Intellektuellen und Künstlern finden und werden sich nie als die Proletarier fühlen, die sie sind, und somit erweist sich mir an der Basis meiner Fabrik alles, was wir in der DDR gelernt haben, als falsch.

Der kleine Rau mit seiner sozialistischen Schulung glaubt an den »Klassenfeind« wie früher die Christen an Teufel und Hexen und wie die Nazis an die »bösen Juden«, die ja mit dem »Klassenfeind« weitgehend identisch waren, was die unterstellten »bösen Eigenschaften« betraf.

Was ich hier in Wirklichkeit erlebe, wo tausend Frauen und Männer zusammenarbeiten, um Geld zu verdienen, ist eine Gesellschaft, die durch Verhaltensgesetze von Wolfsrudeln geregelt wird. Wie gerecht die gemeinsam erjagte Beute in Form von Lohn und Gehalt unter die Leute verteilt wird, scheint verhältnismäßig unwichtig. Ich erlebe als Betriebsrätin nicht oft die Frage nach dem, was ein anderer verdient. Danach, was für den nicht anwesenden Besitzer des Werkes abfällt, hat mich noch keiner gefragt. Ich weiß es auch nicht, und es interessiert mich nicht. Wie mir ist es allen vollkommen egal, ob der Besitzer sich »Staat« nennt oder den Privatnamen Brombach trägt. Es gibt natürlich geborene Neidhammel, aber die sind immer und überall neidisch.

Hier in der Fabrik gibt es zwar Vorgesetzte und Untergebene, aber Beförderungen erfolgen nicht automatisch und vorbestimmt wie beim Militär oder bei den Beamten. Ich habe hier erst entdeckt, daß die mir so verhaßten Hierarchien, die ich bisher kannte, deshalb so unangenehm sind, weil darin Leute Vorgesetzte werden, die überhaupt kein Talent dazu haben. Nur deshalb muß wohl beim Militär das Gehorchen mit soviel Zwang durchgesetzt werden. Hier, wo sich alles natürlich, ohne feste Regeln, entwickelt, stelle ich erst fest, daß es offensichtlich ein elementares Bedürfnis der meisten Menschen nach Hierarchien gibt, das Bedürfnis, klarzustellen, wer wem zu befehlen und wer wem zu gehorchen hat, und daß diejenigen, die lieber gehorchen als befehlen, dann weit in der Überzahl sind. Diejenigen, die befehlen, sind keineswegs die Intelligentesten und nicht unbedingt die, die in der Schule Streber oder Primus waren. Wenn ich charakterisieren sollte, was sie von den geborenen Untertanen, dem Volk, zu dem ich auch Künstler und Individualisten rechne, unterscheidet, so würde ich sagen, daß sie vitaler, erheblich unsensibler, nervenstärker, selbstbewußter und kämpferischer veranlagt sind als das »Volk«. Ich nenne sie mal die geborenen Leithammel. (Die Nazis nannten sie Führernaturen.) Sie haben eine ganz besondere Begabung, bei anderen Menschen sofort abschätzen zu können, wozu sie diese verwenden und wo sie sie einsetzen können. Sie ziehen diejenigen an, die gerne gehorchen, sind schon in der Schule die »allseits Beliebten« und die Anführer bei Streichen. Diese vitalen geborenen Leithammel rangeln und kämpfen und streben von ihrer Lehrzeit an um höhere Plätze in der Hierarchie. Der Anteil des Lohnes, den sie bekommen, ist ihnen viel weniger wichtig, als daß sie klare Verhältnisse herstellen, in denen jeder weiß, wo er hingehört, also wer über und wer unter ihm steht. Wenn sie ihren Platz in einer durch freies Spiel der Kräfte entstandenen natürlichen Hierarchie gefunden haben, gehorchen sie stärkeren Naturen ebenso gerne, wie sie es lieben, schwächeren zu befehlen. Kannst Du solche Verhaltensmuster nicht auch schon bei Deinen Kindergartenkindern beobachten? Diese Leithammel sind es, die entsetzlich darunter leiden, wenn andere sich zu Herren über sie aufspielen, die anlagemäßig nicht das Zeug dazu haben. Das sind dann die geborenen Revolutionäre, die von Klassenfeinden sprechen, die es zu bekämpfen gilt, die sich ausgebeutet fühlen. In Wolfsrudeln sind es die Tiere, die nicht zum Zug kommen beim Kampf um die Anführerschaft, sich von der Herde lösen und versuchen, ein neues, eigenes Rudel zu gründen. Glaube ja nicht, daß es nicht genauso viele dünkelhaft standesbewußte Arbeiter gibt wie standesbewußte Adlige. Aber die Mehrzahl des sogenannten *gewöhnlichen* Volkes (zu dem ich mich immer rechne, ob unter Adligen, Bürgerlichen oder Arbeitern) ordnet sich überall erheblich lieber unter, als daß es sich an den Hierarchiekämpfen beteiligt. Sie ziehen sich lieber ins Private zurück. Ich habe hier erst begriffen, was ich bisher nie verstanden habe, warum die Völker früher so neidlos auf ihre im Luxus prassenden Monarchen geblickt, ja sogar ihre Freude an deren Prunkentfaltung gehabt haben.

In jeder Schulklasse, jeder Kaserne, jedem Büro, in jeder Fabrik, in jedem Rathaus – überall, wo Menschen in großen Herden zusammenarbeiten oder leben, sitzen also die »*Klassenfeinde*«, und daran ändert eine Verstaatlichung von Privateigentum überhaupt nichts. Das ist in der DDR genauso wie hier im Westen. Was ich nicht weiß, ist, ob es nur bei den Deutschen so ist.

Nachdem man in mir nicht mehr »Gesocks« vermutet, wittert man in mir infolge meiner Manieren und meiner Sprache den »Klassenfeind«; das war mit ein Grund, warum der kleine Rau, der geborene Leithammel, mich anfangs so angriff. Der Chef Decker, der mich demütigt, wo er kann, sagte neulich: »Die Röder muß immer einen auf den Deckel kriegen, sonst wird sie zu groß.« Ein Arbeiter, dem ich etwas vom Chef ausrichten sollte, fing an, vor mir zu zittern. Dabei ist es doch höchstens die Armut, die mich zwingt, so zu arbeiten, als sei ich ehrgeizig. Wenn ich als Klofrau mehr Geld verdienen könnte als jetzt, würde ich Klofrau werden. Ich bin einfach überhaupt keine Herdennatur, weder als Leittier noch als Gefolgstier. Ich würde in der Gemeinschaft mit reichen Unternehmern ganz genauso leiden wie in der Gemeinschaft mit Arbeitern. Wohl fühle ich mich nur unter Künstlern oder unter Kindern, glaube ich.

All diese Probleme bleiben Dir erspart. Ich verstehe jetzt, warum Du – wenn Du schon nicht Schauspielerin sein darfst – lieber die Strapazen der Kindergärtnerin auf Dich nimmst, als ins Büro oder in eine Fabrik zu gehen, wo es physisch weniger anstrengend wäre. Unter Kindern fühlt man sich als Frau immer an seinem Platz. Da ist man von selbst Leittier, ohne darum rangeln und kämpfen zu müssen, aber nicht auf der Basis von Befehl und Gehorsam, sondern auf der Basis von Liebe und Vertrauen.

Ulla, ich hoffe, Du nimmst mir meinen Exkurs in die Sozialphilosophie nicht übel. Ich weiß, es interessiert Dich eigentlich genauso wenig wie Politik. Aber sowenig mich Politik auch interessiert, weil sie in das Gebiet von Kampfeslust und Hierarchiestreben gehört, so fühle ich mich doch gezwungen, mich mehr damit auseinanderzusetzen, weil ich die Ergebnisse von Politik immer am eigenen Leib ertragen mußte. Wie lernt man, ohne Wut, ohne Haß, ohne »Kampfgeist«, ohne Hierarchiestreben, auf mütterliche Weise Interessen durchzusetzen? Hat Jesus das gelehrt? Eigentlich auch nicht, denn er verzichtete auf die Durchsetzung jeglicher materieller Interessen.

    Sanftmut gilt unter den Klassenkameradinnen meiner Töchter so viel wie Dummheit. Die Tendenz geht dahin, Mädchen zu lehren, daß sie mehr »Wut« haben sollen, damit sie besser kämpfen. Ich finde, mit Wut kämpft man nur unfair, und das bringt gar nichts. Da gefällt mir der männliche Spaß am Kampf doch besser. Schluß! Sonst komme ich vom Hundertsten ins Tausendste! Grüße Mutter und Stephan!
    In treuer Verbundenheit

                                                   Deine Erika

17. Brief

Ulla, ihre Mutter und Horst · Betriebsrat Rau ·
Frauenprobleme · Ullas Paul · Verehrer im Netz

Heidelberg, Juni 1955

Liebe Ulla,
ich danke Dir sehr für Deinen langen Brief. Ich kann mir lebhaft vorstellen, wie kompliziert die neue Bekanntschaft mit P. ist, wenn Du niemals mit ihm allein sein kannst. Selbst wenn Deine Mutter mal bei Horst und Mizzi ist, sind ja meist noch die Söhne, oder mindestens Stephan, in der kleinen Wohnung. Gratuliere doch bitte Deiner Mutter ganz herzlich zu ihrem 70. Geburtstag. Ob Horst und Mizzi ihr zu ihrem Ehrentag mal etwas Gutes tun?

Ja, weißt Du, ich bin ohne Mutter aufgewachsen und kann daher nicht mitreden über die Schwierigkeit, als 42jährige noch als Kind angesehen zu werden, und wie einen das entmutigt. Es wird wohl so sein, wie Du schilderst, daß ein äußerlich so sanfter, so nachgiebiger, so schwacher Charakter wie Deine Mutter für seine Mitmenschen eine stählerne Geißel werden kann, die alle unter ihrer Fuchtel hält. Vielleicht hat das, was es da an Schwierigkeiten zwischen ihr und Horst und ihr und Dir gibt, schon in frühester Kindheit entstandene Wurzeln.

Du hättest Dich freimachen sollen von ihr und von Horst. Ich nehme an, sie ist bei aller Liebe für Dich die größere Last als Deine beiden Buben. Sie war zwar sehr lange Witwe, ist aber wohl doch innerlich nie ganz reif und selbständig geworden. Daran hat sie die Erziehung gehindert, die man früher den Töchtern gab. Ihre Behinderung hält sie für Tugend und will sie unbedingt an Dich weitergeben. Dabei halte ich es für wahrscheinlich, daß Deine und Horsts künstlerische Talente von ihr vererbt sind. Was den Umgang mit ihr so schwierig macht, ist vermutlich dies künstlich verkrüppelte und unterdrückte große Talent. Sonst würdest Du es nicht auch für eine Tugend halten, Dein Talent den Kindern aufzuopfern.

Du schreibst, ich würde mich genauso verhalten wie Du und meinen reichen Bruder auch nicht um Hilfe für mich und die Kinder bitten. Du hast recht. Kinderlose Brüder sind juristisch nicht zum Unterhalt mitteloser Schwestern, Nichten und Neffen verpflichtet, wie das wohl in Afrika und anderswo der Fall ist. Zwischen Deinem Horst und meinem Karl-August besteht aber ein großer Unterschied: Karl-August hat keine mittellose Mutter, zu deren Unterhalt er verpflichtet wäre. Ich meine, als Entschädigung für die Jahre in Henkhof, in denen Du allein für alle Unkosten durch die Mutter aufkamst, könnte Horst nun auch Dich und Deine Kinder ein Jahr lang unterstützen. Außerdem gehört meines Bruders Reichtum nicht ihm, sondern seiner Frau, und Karl-August stellt sich nicht vor der Weltöffentlichkeit als Prediger der moralischen Aufrüstung hin. Im Gegenteil. Er predigt ganz offen das Recht des Stärkeren, wie in alten Zeiten. Du leidest unter Horst, weil er Dir eigentlich noch nahesteht und die Mutter Euch ja auch noch zusammenhält. Karl-August und ich sind einander fremd geworden. Außerdem habe ich ihm infolge der Verhältnisse unter den Russen keine Pakete nach Kanada schicken können, und was ich während des Krieges schickte, kam nicht an. Er hat sich in den acht Jahren wohl sehr im Stich gelassen gefühlt. Andere Kameraden, die eine findige Mutter hatten, sind nicht ganz so leer ausgegangen. So habe ich Verständnis für seine Reaktion: »Mir hat keiner geholfen, ich helfe auch keinem. Jeder muß sehen, wo er bleibt.« Immerhin: Als ich voriges Jahr ins Krankenhaus mußte, hat er Susi und Betti bei sich aufgenommen. Und falls Ditta und Nella in Frankfurt Musik studieren wollen, will er ihnen ein Gartenhäuschen in Bad Homburg zur Verfügung stellen. Niemals würde ich ihn um etwas bitten, was er nicht von sich aus anbietet.

Weißt Du, wer in letzter Zeit bei Brombach mein Verteidiger ist, seit man mich nicht mehr dem Lumpengesindel zuordnet? Der kleine Rau. Während meiner Krankheit war er es, der mich mehrmals im Krankenhaus besuchte. Er konnte bei der Gelegenheit so schön auf mich herabsehen und hatte nicht immer meinen Busen direkt vor seinen Augen. Er ist Betriebsratsvorsitzender und hat mich als einzige Frau auf die Liste gesetzt. Ich sollte gewählt werden, damit die Gewerkschaft dem Vorwurf entgegentreten kann, sie sei frauenfeindlich. Arbeiter wählen die, die sie kennen. Mich kennt jeder bei Brombach, weil ich an alle Arbeitspapiere verteile und einzige Frau in der Halle bin. Natürlich war es dann doch nicht ganz im Sinne des Erfinders, daß ich aus diesem Grund auch die meisten Stimmen erhielt, noch mehr als Rau, den auch jeder wegen seiner Mißgestalt kennt. Eigentlich hätte ich nun Betriebsratsvorsitzende werden müssen, aber das kam natürlich weder für mich noch für die Kollegen in Frage. Der Rau war mir sehr dankbar, daß ich mich freudig mit der Betreuung der Sozialfälle in der Firma begnügte. Eine Möglichkeit, die besonderen Probleme werktätiger Frauen, insbesondere der Mütter, ins Bewußtsein der Gewerkschafter zu bringen, sehe ich übrigens nicht. Die sind absolut blind für Frauenfragen, seit man in der Nazizeit die Mütter so blödsinnig hochgejubelt hat.

Einmal fragte ich den Rau: »Findest du es nicht auch ungerecht, daß Frauen nicht nur weniger Lohn bekommen als Männer, sondern daß man ihnen auch mehr Steuern abzieht?« Er bestritt das, aber ich bewies ihm, daß ein junger lediger kinderloser Hilfsarbeiter, der bei seinen Eltern wohnt und brutto ganz genau den gleichen Lohn hat wie ich, netto mehr ausgezahlt bekommt als ich mit vier Kindern. Rau lachte und klärte mich darüber auf, daß dieser Arbeiter doch auswärts wohne, ohne Fahrverbindung, und daß er daher ein Auto benötige. Der könne *natürlich* für sein Auto soviel Steuern absetzen. Mir ist das ganz unfaßlich. Ein Auto gilt steuerlich mehr als vier Kinder!! Rau und auch die anderen Betriebsräte finden nichts daran auszusetzen. »Er hat das Auto ja nicht zum Vergnügen«, meinen sie. »Du kannst doch zufrieden sein. Du bist für den Kinderreichtum doch schon mit dem Mutterkreuz prämiert worden!«

Kinderkriegen wird bei den Leuten hier nicht mehr als eine Tugend, sondern eher als etwas Unanständiges angesehen. Die Verherrlichung der Mütter im Nazireich ist ins Gegenteil umgeschlagen. Ein Arbeiter wandte sich einmal an mich mit der Bitte, ihm zwei freie Tage zu ermöglichen, ohne daß der Grund dafür im ganzen Betrieb bekannt werde. Seine Frau bekomme das siebente Kind, und wenn das herauskäme, sei er unten durch. Er werde dann nur noch zum Gespött und könne einpacken.

Jetzt sind meine Töchter ja schon ein klein bißchen älter, Susi ist elf geworden und nicht mehr ganz so unvernünftig, aber Du, deren Mutter Deine Kinder betreut hat, machst Dir wohl kaum einen Begriff davon, wie schwer es anfangs war, für meine Kinder während meiner Abwesenheit eine lückenlose Betreuung zu organisieren. Ich suchte die Schulen, die städtischen, kirchlichen und privaten, und die Verbände der freien Wohlfahrt auf. Es wollte mir nicht in den Kopf, daß es in einer Arbeiterwohnsiedlung, in der es soviele Fabriken gibt, die alle früh um sieben Uhr mit der Arbeit anfangen, *keine* Schulen oder Kindertagesstätten gibt, die ebenfalls um sieben Uhr öffnen und zur gleichen Zeit Feierabend haben wie die Arbeiter und Arbeiterinnen.

Wenn ich darauf hinwies, daß in der DDR doch nahezu alle Mütter berufstätig sind und die Unterbringung der Kinder dort *kein* existenzbedrohendes Problem ist, antwortete man mir stets stolz und keineswegs beschämt: »Wir hier leben ja auch in der *Freiheit*. Wir wollen die Jugend nicht mehr manipulieren und einheitlich ideologisch ausrichten, wie das in der Nazizeit und in der DDR der Fall war und ist.« Was hat denn nun schon wieder der sehr löbliche Verzicht auf einheitliche ideologische Manipulation mit der Koordination der Öffnungszeiten zwischen Betrieben und Kindertagesstätten zu tun? In anderen Ländern des freien Westens geht's ja auch. Ich konnte nicht einmal den Verwaltern der kirchlichen Einrichtungen begreiflich machen, daß auch ein freiheitlich demokratischer Staat Mütter nicht mit ganz unnötigen und absolut vermeidbaren Hindernissen an ihrer Pflicht hindern dürfe, ihren Kindern lückenlosen Schutz am Tag zu gewährleisten. Mütter sollen gefälligst zu Hause bleiben, bekam ich überall zur Antwort. Und warum mußte ich mich dann schriftlich verpflichten, auf Sozialhilfe zu verzichten, als ich hier Zuzug haben wollte?

Ein weiterer Alptraum sind für mich die abendlichen Ladenschlußzeiten. Dieses Gehetze jeden Tag! Unmöglich, jemals noch Sonderangebote zu ergattern! Die tun so, als ob alle Frauen nur Hausfrauen wären, denen ich es natürlich gönne, daß sie tagsüber einkaufen können. Das ließe sich doch durch Flexibilität regeln! Aber nein, die Deutschen müssen eben alles über einen Kamm scheren. Für mich sind die Ladenschlußzeiten wie ein von Männern erdachter, raffinierter Trick, um Frauen wieder zu Kirche, Kindern und Küche zurückzutreiben. Oft habe ich vor einer verschlossenen Ladentür das gleiche Empfinden, wie wenn ich auf eine Straßenbahn zurenne, dem Fahrer zuwinke und dieser dann kaltblütig die Türen schließt, wenn ich den Griff schon in der Hand habe.

Manchmal frage ich mich, ob es sich für mich überhaupt noch lohnt, so schwer zu arbeiten, wenn die Einsparungen durch preiswerteres Einkaufen die Differenz zwischen Arbeitslosengeld und jetzigem Lohn doch nahezu wettmachen würden. Aber ich habe immer noch die kleine Hoffnung, bei Brombach höher bezahlte Stufen zu erklimmen. Fast alle in der Arbeitsvorbereitung waren ja einmal Arbeiter wie ich. Manche grüßen mich schon, und der Rau beginnt, mich zu respektieren.

Gestern schrieb ich gerade an diesem Brief, da traf Deiner ein. Es hat mich alles sehr interessiert, was Du erzählt hast. Wir schreiben ja selten, aber wenn, dann ausführlich. Also Paul war der Grund Deines langen Schweigens! Wie machst Du das nur? Da bist Du den ganzen Tag nur unter Kindern und Frauen, aber Dein unwiderstehlicher Charme läßt die Schar Deiner Verehrer nie abreißen! Ich sehe kaum Frauen außer der Nachbarin und den Töchtern, bin von früh bis spät in einem Gewimmel von Männern und habe nie Verehrer, wenn man den kleinen Rau nicht dazurechnen will. Es liegt wohl daran, weil ich's nicht will. Was hätte ich davon bei so vielen Kindern und so viel Arbeit? Doch nur zusätzliche Sorgen und Aufregungen. Du bist in der Beziehung anscheinend vitaler und belastbarer.

Da fällt mir ein, neulich hätte ich mir doch beinahe einen Verehrer eingefangen. Ich steige aus der Straßenbahn aus und habe ein gefülltes Einkaufsnetz in der Hand. Weißt Du, eines von diesen neuen Netzen aus Plastikfäden mit den großen Maschen, in die man so viel hineinstecken kann, ohne daß sie reißen. Plötzlich bleibe ich an irgend etwas hängen. Ein Herr schreit auf. Die Maschen des Netzes haben sich ausgerechnet an seinem vorderen Hosenknopf verhakt. Er fummelt und fummelt und kriegt's nicht ab. Ich stelle mich vor ihn, damit niemand sieht, woran er fummelt. Schließlich muß ich mich bücken, um zu sehen, woran es hängt. Die Leute kichern schon! Es fehlte nur noch, daß ich den Faden abbeißen mußte, aber er löste sich dann, mit vereinten Bemühungen. Da sagte der Herr – und deshalb habe ich mich direkt in ihn verliebt –: »Also, gnä Frau, da bin ich Ihnen doch im wahrsten Sinne des Wortes ins Netz gegangen!« Wir haben so gelacht, daß der Herr mich dann zu einem Eis mit Schlagsahne in ein Café eingeladen hat. Mein erstes Eis mit

Schlagsahne, seit ich im Westen bin! Also mit dem hätte ich gern einen Flirt angefangen. Er wollte es wohl auch, aber er trug einen dicken Ehering. Wir haben keine Adressen ausgetauscht. Wann hat jemand das letzte Mal »gnä Frau« zu Dir gesagt? Ich hatte aber auch keinen Kittel an, mit dem ich in der Fabrik alle meine Reize gründlich verberge, sondern ein Sommerkleid.

Bei Dir hat es mit Paul also auch in der Straßenbahn angefangen? Bist Du hundertprozentig sicher, daß er nicht verheiratet ist? Ach Ulla, ich würde Dir ja so sehr wünschen, daß Du diesmal Glück hast! Aber vergiß nicht, wir sind zweiundvierzig!

Tschüs, und noch mal: viel, viel Glück!

Deine Erika

18. Brief

Karl kommt aus Rußland zurück · Bestrafung von Sünde in Ost und West · Karls Geschichte · Nixenkinder

Heidelberg, Oktober 1955

Liebe Ulla,
ich bin noch ganz durcheinander, aufgewühlt und erschüttert, daß ich kaum Worte finde. Ich habe nicht nur die Heimkehr eines Totgeglaubten erlebt, sondern auch viele Verwandte wiedergetroffen, die ich 1942 das letzte Mal gesehen hatte. Alle sind ja geflohen oder vertrieben und wohnen nun über die ganze Bundesrepublik verstreut. Es war für mich, als hätte auch ich versucht, von den Toten aufzuerstehen und zurückzufinden in ein Leben, das ich doch lange, lange schon verlassen habe, zu dem ich nicht mehr gehöre, aber als sei mir das nicht gelungen.

Ich schluchze und heule seit Tagen und kann gar nicht aufhören damit. Ich kann nicht auseinanderhalten, was ist Freude, was ist Rührung, was ist Selbstmitleid, was ist Schmerz, was betrifft den Vetter Karl, der nach dreizehn Jahren aus russischer Kriegsgefangenschaft heimgekehrt ist, was betrifft meine eigene Identifikation mit ihm, was ist daran Neid, daß es für ihn so eine grandiose Heimkehr gab in die offenen Arme des Familienclans, was ist Trauer und Mitgefühl für dreizehn gestohlene Jahre? Ich weiß es nicht. Natürlich haben alle geweint. Jeder von uns hatte Schreckliches erlebt, alle hatten die Heimat verloren, und dieses Wiedertreffen in der fremden, unvertrauten Umgebung machte jedem von uns die eigenen Lebenstragödien wieder bewußt. In die Freudentränen für den einen, der wiedergekehrt war, mischten sich die Tränen um die Millionen Toten, die dem Wahnsinn des Nationalsozialismus zum Opfer gefallen sind. Noch nie habe ich so brennend und so schmerzhaft auf einmal in meinem Herzen gefühlt, was seit 1933, also seit 22 Jahren, an Leiden über die Welt ausgeschüttet wurde, welche Apokalypse sich abgespielt hat, und daß danach die Welt nie wieder so sein wird, wie wir glaubten, daß sie wäre.

Die Frage, was ist menschliche Schuld und was ist göttliche Strafe für menschliche Schuld, muß, glaube ich, ganz neu gestellt und neu überdacht werden, nachdem die »Strafe« so viele Unschuldige getroffen hat und die nach menschlichem Ermessen Schuldigen in vielen Fällen so ungestraft davongekommen sind. Die Erkenntnis hat mich wie ein Blitz getroffen, was vielleicht in *Wirklichkeit* die menschliche Erbsünde ist: Es ist *unsere* menschliche Erkenntnis des Guten und Bösen, die nicht mit Gottes Erkenntnis übereinstimmt.

Die Vertreibung aus dem Paradies geschah ja nicht wegen irgendeines Verstoßes gegen irgendein moralisches Gebot, also einer Tat, die wir meistens als »Sünde« bezeichnen. Es gab im Paradies nur ein einziges Gebot, und das lautete: »Von dem Baum der Erkenntnis des Guten und Bösen sollst du nicht essen.« Der Mensch wurde also aus dem Paradies vertrieben, weil er sein wollte wie Gott und wissen wollte, was Gut und Böse ist. Und da hat er sein primitives Bedürfnis nach Rache für erlittene Unbill zum Maßstab für Gut und Böse gemacht, hat sich angemaßt, Strafen an Schuldigen vollstrecken zu dürfen, hat sie zu Feinden erklärt, auszumerzen versucht, sich als Stellvertreter Gottes auf Erden ausgegeben, obwohl, wo Gott allein regiert, in der Natur, auch die verheerendsten Folgen niemals ihre Ursachen strafen. Setzen wir mit unserem Bedürfnis, über Verursacher böser Folgen zu richten, nicht nur immer neue Ursachen böser Folgen und eskalieren damit das Böse in der Welt? Heißt es darum nicht: »Richtet nicht, auf daß ihr nicht gerichtet werdet«, oder »Mein ist die Rache, spricht der Herr«? In unserer europäischen Kultur, wo eine gewisse Logik in der Bestrafung eines Schuldigen liegt, weil wir zwischen ihm und seiner bösen Tat einen ursächlichen Zusammenhang herstellen und unser Rachebedürfnis sich dann gegen den Täter richtet, ist mir das bisher nicht klargeworden. Durch die stark vom asiatischen Denken beeinflußte russische Kultur jedoch, nach deren Denklogik mein Vetter Karl und seine Mitkriegsgefangenen verurteilt und bestraft wurden, sind mir die Augen aufgegangen für einen *tieferen* Sinn der biblischen Botschaft, den ich in dem, was ich in und von unserer Kirche bisher gehört habe, noch nicht entdecken konnte.

In Rußland spielt es für die Befriedigung des Rachebedürfnisses und die Wiederherstellung von Gerechtigkeit – wie Menschen das Strafen nennen – offenbar gar keine Rolle, *wer* die Strafe erleiden muß, sondern nur, *daß* sie überhaupt an irgend jemandem vollstreckt wird. Jeden kann Gott also zum Hiob machen. Auch bei den (in den mosaischen Gesetzen von Gott angedrohten) Strafen ist immer die Rede davon, daß er sie bis ins dritte und vierte Glied (also an Unschuldigen) vollstrecken wird.

Von über einer Million dreihunderttausend deutschen Kriegsgefangenen waren 1949 in Rußland noch 18 000 am Leben, und die wurden stellvertretend für *alle* Deutschen vor ein Gericht gestellt und für Verbrechen bestraft, die andere begangen hatten. In Abwesenheit von Anklägern oder Verteidigern wurden mit frei erfundenen Beschuldigungen Todesurteile, 25 Jahre, zweimal 25 Jahre, dreimal 25 Jahre Zwangsarbeit verhängt, wobei es nur darauf ankam, *daß* die bösen Taten der Deutschen, nicht, *an wem* sie gesühnt wurden. Uns kommt so etwas geradezu grotesk ungerecht vor, und doch scheint mir dahinter vielleicht ein tieferes Verständnis der biblischen Botschaft durchzuleuchten als in unseren abendländischen Vorstellungen von Gerechtigkeit. Ich fange an zu ahnen, was der Kreuzestod des unschuldigen Gottessohnes bedeuten kann, wie der Gedanke zu verstehen sein kann, er habe damit die »Schuld der Welt« für uns auf sich genommen. Gott verurteilt nicht die *Sünder*, er läßt die ganze Welt – und zwar Gerechte und Ungerechte – die Konsequenzen aus ihren Sünden tragen. *Gott verzeiht jedem Sünder, aber er haßt die Sünde!*

Unsere Art des Strafens macht es uns fast unmöglich, die Täter –

in unseren Augen also die Sünder – weiterhin zu lieben. Die von Christus geforderte Feindesliebe erscheint uns utopisch, ja nahezu unmöglich, so sehr identifizieren wir den Menschen mit seiner bösen Tat. Die deutsche Erbarmungslosigkeit mit den Juden scheint mir das Resultat dieses falschen Denkens zu sein. Man hat sie identifiziert mit allem Bösen. Wären die jetzt heimgekehrten letzten deutschen Kriegsgefangenen von deutschen Gerichten wegen tatsächlicher Kriegsverbrechen zu der langjährigen Zwangsarbeit verurteilt worden, niemand hätte sie mit Jubel wieder in unsere Gesellschaft aufgenommen und mit Liebe überschüttet. Man hätte sie verachtet. Da sie jedoch nur stellvertretend bestraft wurden, war die Frage, ob der eine oder der andere von ihnen vielleicht wirklich ein Kriegsverbrecher gewesen ist, ganz unerheblich gegenüber dem Gefühl der Liebe und Freude und Dankbarkeit über ihre Rettung. Die schier unerträgliche Last der Schuld war durch sie erleichtert worden. Es schien, als sei der Gerechtigkeit doch irgendwie Genüge getan worden. Anders ist kaum zu erklären, welche Begeisterung diese Heimkehr der letzten 6000 Gefangenen auslöste.

Karl hatte auf dem Bahnhof der ersten deutschen Stadt, die sein Transport durchfuhr, einer Frau einen Zettel mit der Adresse seiner Mutter zugesteckt, und diese hatte Tante Hedwig telegrafiert oder telefoniert, daß ihr Sohn auf dem Weg nach Friedland sei. So waren sie und alle seine Geschwister bereits in Friedland, als er eintraf. In allen Wochenschauen und Zeitschriften hast Du deswegen ihn und seine Familie sehen können. Unter ein Bild, das ihn in den Armen von Tante Hedwig zeigt, neben der eine Schwägerin mit siebenjährigem Kind steht, hat ein schlauer Reporter geschrieben: »Zärtlich begrüßt eine Mutter den Sohn, eine Gattin den Gatten, ein Kind den Vater«, ohne zu erklären, wie einer zu einem siebenjährigen Kind kommen soll, der dreizehn Jahre in Gefangenschaft war.

Zwei Tage mußte er noch in Friedland bleiben, dann fuhr er im Auto eines Bruders in Montabaur ein, wo Tante Hedwig bei ihrer Tochter wohnt. Die Kirchenglocken läuteten, die Menschen standen Spalier, ein Kinderchor sang, die Haustür war bekränzt, ein Gottesdienst wurde abgehalten, und wir etwa hundert Verwandten, die aus nah und fern zu dieser Heimkehr angereist waren, wurden in die Häuser wildfremder Menschen eingeladen und gespeist, als sei die ganze Stadt mit Karl verwandt. Ich habe nie etwas ähnlich Erschütterndes erlebt.

Er erzählte folgendes: In Stalingrad waren 200000 deutsche Soldaten eingeschlossen, 100000 davon kamen lebend, allerdings zum größten Teil krank, in Gefangenschaft. 6000 davon sind nach Deutschland zurückgekehrt, also etwa drei Prozent, ebenso wie von allen deutschen Kriegsgefangenen in Rußland auch nicht mehr als drei Prozent heimkamen. Ich habe gehört, daß Stalin seine eigenen russischen Soldaten, die in deutsche Gefangenschaft geraten und 1945 nach Rußland heimgekehrt waren, in sibirische Lager steckte und ebenfalls umbringen ließ. Ich nehme an, in Stalins und Hitlers Köpfen waren Menschen nichts anderes als das, was für Fischer Heringsschwärme in Netzen sind. Das, was sie taten oder verursachten, ist mit menschlichen Maßen doch gar nicht mehr zu messen und zu sühnen. An ihnen wird die Absurdität menschlicher Vorstellungen von »Gerechtigkeit« deutlich.

Nach Beendigung der Kriegshandlungen kamen die Mannschaften von Stalingrad alle direkt in Arbeitslager, zumeist zum Straßenbau oder in den Steinbruch. Karl, der in der NS-Kraftfahrerkolonne diente, weil er schon einen Führerschein hatte, als er eingezogen wurde, war zum Schluß Oberleutnant und kam mit anderen Offizieren zuerst in ein großes altes Kloster, Oranki bei Gorki. Das zweite Lager war in Jelabuga an der Kama in der Tatarischen Republik. Mit Flecktyphus, Ruhr und allen möglichen anderen Krankheiten lag er auf dreistöckigen Pritschen in einer großen Kirche. Die Pflege der Kranken bestand darin, daß sie alle vierzehn Tage mit zwei Litern Wasser zum Waschen nach draußen getrieben wurden, während man die Strohsäcke neu füllte und entlauste. Die Kranken hatten wegen des hohen Fiebers großen Durst, bekamen aber auf Anweisung der Ärzte, die um die Belastung für ihr Herz fürchteten, wenig zu trinken. In seinem Durst suchte Karl draußen nach etwas Trinkbarem und fand in einem Nebenraum einen Kübel voll eiskaltem Wasser, das, wie er später erfuhr, sehr stark gechlort war. Er trank viel davon. Das Chlor hatte eine durchschlagende Wirkung, alle Bakterien erstarrten durch den Schock und segneten das Zeitliche. Ruhr und Typhus waren geheilt, erzählte er.

Bis 1945 wurden die Offiziere mit Einsätzen für die Versorgung der Lager beschäftigt. Sie wurden zu vier bis sechs Mann im Sommer vor ein Fahrzeug, im Winter vor einen Schlitten gespannt und mußten in 15 bis 30 Kilometer Entfernung täglich Holz holen. Dies diente nicht nur als Brennmaterial für das Lager, sondern praktisch für die ganze Stadt. Nach 1945 wurden sie dann in ganz Rußland herumgeschickt. Das Klima war überall anders. Er erlebte bis zu 45 Grad Frost, aber auch bis zu 45 Grad Hitze. Am schlechtesten war es in Swerdlowsk, wo auf dem Scheitelpunkt des Ural Europa und Asien zusammentreffen. Dort gab es große Luftdruckunterschiede, die auch Leuten mit gesundem Herzen, wie er es hat, erhebliche Schwierigkeiten bereiteten.

Die Verpflegung war meist unter dem Existenzminimum, aber nicht nur abhängig vom guten Willen der Bewacher und der politischen Lage, sondern auch von der Versorgungslage in ganz Rußland. In vielen Gegenden hungerten die Russen ja selbst.

Als wir Karl fragten, welche Arbeiten er nach 1945 ausgeführt habe, antwortete er: »Fragt mich lieber, welche nicht.« Er arbeitete in Betrieben, auf Kolchosen, im Straßenbau, in einer Sperrholzfabrik, einer Pelzfabrik, auf einer Werft, im Steinbruch, er lernte Maurer, Tischler, Elektriker, kurz alles, was auf einem Bau gebraucht wird, die längste Zeit aber war er in einem Bergwerk unter Tage. Als er dort anfing, war er zuerst Führer einer Brigade von 25 Mann, am Ende war er nach deutschen Begriffen so etwas wie der Bergwerksdirektor und hatte eine große Zahl von Russen unter sich.

Nach der internationalen Vereinbarung sollten bis 1949 alle Kriegsgefangenen in ihre Heimat zurückgeführt sein. Aber dann wollten die Russen das deutsche Arbeitspotential offensichtlich doch nicht hergeben. Es muß entsetzlich gewesen sein, als sie in Züge gesetzt wurden und glauben durften, es gehe nach Hause, und in Wirklichkeit ging es zu diesen Gerichtsverhandlungen, die pro Kopf zehn Minuten dauerten – ohne Ankläger und ohne Verteidiger –, und bei denen ausnahmslos alle 16 000 zu Kriegsverbrechern erklärt wurden. Karl wurde erst zum Tode verurteilt, danach zu 25 Jahren Zwangsarbeit begnadigt mit der Begründung: er sei Sohn eines Gutsbesitzers. Es sei daher anzunehmen, daß auf dem Gut seines Vaters russische Kriegsgefangene gearbeitet hätten. Außerdem habe er an der Zerstörung russischen Territoriums teilgenommen. Sein Vater starb, als Karl zwei Jahre alt war! Ein anderer grotesker Fall war ein Eisenbahner, der verurteilt wurde, weil er die

Weichen für die Züge gestellt hatte, in denen die Ostarbeiter verschleppt worden sind. Ein Flieger wurde verurteilt, weil durch verirrte Kugeln im Luftkampf elf sowjetische Bürger getötet wurden. Wenn den Richtern gar nichts mehr einfiel, gaben sie antisowjetische Propaganda an. Karl sagt, ihm sei niemand bekannt, dem bei diesen Prozessen noch ein Kriegsverbrechen nachgewiesen wurde. »Schuldige« waren längst vorher abgeurteilt und nach einem Schauprozeß erhängt oder erschossen worden. Diese Prozesse hatten in Orten stattgefunden, die im Krieg heiß umkämpft worden waren, wie Welikie-Luki oder Rostow.

Sie hörten natürlich jetzt von den Verhandlungen Adenauers mit Malenkow und regten sich sehr darüber auf, daß Malenkow sie als Kriegsverbrecher bezeichnete, die jedes menschliche Antlitz verloren hätten. Ich finde es großartig, wie Adenauer diesen Behauptungen entgegengetreten ist. Aber es gibt tatsächlich Ignoranten, vor allem auch unter einigen hiesigen Journalisten, denen die Stellvertreterfunktion dieser Heimkehrer nicht klargeworden ist und die sie tatsächlich als Kriegsverbrecher bezeichnen. Bei denen muß ich immer daran denken, wie Thomas Mann ihren Typ in den Buddenbrooks beschrieben hat. In der Klasse des kleinen Hanno haben ausnahmslos alle Schüler ihr Pensum nicht gelernt und lesen heimlich von Spickzetteln ab, als sie drankommen und die Verse aufsagen sollen. Einigen gelingt die Mogelei. Sie werden vom Lehrer gelobt und bekommen gute Noten. Einige haben Pech, sie werden erwischt und getadelt. Worüber der kleine Hanno sich vor Ekel übergeben muß, ist, daß die Gelobten in allem Ernst glauben, sie seien fleißiger und klüger als die anderen, und die Gestraften seien tatsächlich faule dumme Schwindler.

Da Karl sich auf dem Gebiet des Bergbaus am besten auskennt und nichts anderes gelernt hat – er wurde ja als Abiturient gleich in den Krieg geschickt –, wollen seine Brüder versuchen, ihm im Bergbau eine Stellung zu verschaffen. Aber es wird für ihn schwer sein mit 33 Jahren.

Was mich und mein Selbstmitleid betrifft, Ulla, so kann ich es Dir nur schwer erklären. Niemand in meiner Familie kann, glaube ich, so intensiv nachfühlen, was Karl seelisch in Rußland durchgestanden und entbehrt hat. Sie haben wohl alle ihren Besitz und ihre Heimat, aber nicht ihre Standeszugehörigkeit und ihr Selbstbewußtsein eingebüßt. Hunger, Krankheiten und Unfreiheit sind nicht das Schlimmste. Du kennst ja das Wort: »Der Mensch lebt nicht vom Brot allein...« Was der Mensch sonst braucht, um Mensch zu bleiben, die »Nächsten«, die Geborgenheit in einer Gruppe, die ihn liebt, mußte Karl – genau wie ich – immer nur aus sich selbst schöpfen, so wie ein Taucher nur Luft aus der Sauerstoffflasche bezieht und nicht aus seiner natürlichen Umwelt einatmen kann. Ich glaube, Tante Hedwig hat ihrem Sohn, genau wie mir, viel von diesem »Sauerstoff« mit auf den Weg gegeben, sonst hätten wir beide nicht überlebt.

Erinnerst Du Dich an das Gedicht der Agnes Miegel über die Frau, die den »schlammschwarzen Wassermann« geheiratet hat, nun im Wasser leben muß und nicht zurückdarf zur Mutter und zu den anderen Verwandten? In Gestalt eines »weißen, weißen Wässerleins«, welches »das ganze heilige Hochamt lang vor der Kirchentüre sprang«, fleht sie ihre Mutter an: »Liebste Mutter, ach ich bitte dich, liebste Mutter, ich bitte dich flehentlich, wolle beten mit deinem Ingesind für meine grünhaarigen Nixenkind!« Verstehst Du, was ich meine? Deutlicher kann ich nicht beschreiben, warum ich in Montabaur so viele Tränen vergoß. Es hat mich niemand mehr gesehen.

Es umarmt Dich, immer noch heulend,

Deine Erika

1956

19. Brief

Bild-Zeitung · Ignoranz der Männer · Wehrpflicht ·
Heidelberg · Der kleine Rau · Scherze der Arbeiter ·
Der Verehrer · Harry macht Sorgen

Heidelberg, März 1956

Liebe Ulla,

ja, Du hast recht, wenn Du Dich beschwerst: Nicht mal zu Weihnachten oder Neujahr habe ich diesmal geschrieben, und von Dir hatte ich so liebe Post, die ich so lange nicht beantwortet habe! Es gibt keine besonderen Gründe oder Entschuldigungen für die Saumseligkeit. Manchmal habe ich solche Lust zum Briefeschreiben, daß ich gar nicht wieder aufhören kann, und manchmal gar keine.

Mein löblicher Entschluß, mich mehr um Politik zu kümmern, scheitert immer wieder an Zeitmangel und meiner chronischen Überarbeitung. Ich komme meistens so erschöpft aus der Fabrik nach Hause, daß ich die Tageszeitung nur überfliege und kaum aufnehme, was ich gelesen habe. Manches höre ich nur von den Kollegen in der Fabrik. Es wird so viel gespottet über Bild-Zeitungs-Leser, aber diese Intellektuellen wissen nicht, wie es im Kopf eines (bestimmt ebenso intelligenten) Menschen aussieht, der morgens noch schlaftrunken in seine Fabrik torkelt und am Feierabend ganz gerädert ist vom Lärm der Maschinen. Man kann ja kaum miteinander sprechen. »Hast du von der sechsköpfigen Familie gehört, die mit dem Auto gegen einen Baum gerast ist?« – »Wo?« – »An einem Abgrund. Der Baum stand direkt an einem Abgrund.« – »Alle tot?« – »Ja, alle tot.« – »Haben die Glück gehabt. Stell dir vor, das Auto wäre noch dazu den Abgrund runtergefallen!« So habe ich Arbeiter tatsächlich reden hören, das ist kein Witz. Ich werde auch immer teilnahmsloser. Worauf kann ich auch nur den geringsten Einfluß nehmen? Die Amerikaner und die Russen werden sich durch mich nicht hindern lassen, H-Bomben zu zünden. Ich kann amerikanischen Negern nicht helfen, auf Universitäten zu kommen, und meine Kritik an den Wehrpflichtgesetzen interessiert niemanden.

Du kannst nicht einmal Deine Mutter ändern und mußt sie nehmen, wie sie nun einmal geworden ist, ich kann nicht einmal meinen Vater ändern. Stell Dir vor, er hat die Edelgunde geheiratet!

Meinst Du, irgend jemand nimmt heute noch alten Leuten Onkelehen übel? Dafür sind doch die Rentengesetze viel zu kompliziert und ungerecht. Mein Vater hat aber derartige Angst, die Verwandtschaft könne ihn der »Unzucht« bezichtigen, daß er sein Verhältnis doch noch legalisiert hat. Er wußte genau, daß sie nur sein Erbe will. Susi hat ihm zur Hochzeit geschrieben, ohne Arg und böse Hintergedanken, weil ihr nichts Besseres einfiel: »Lieber Großvati, ich gratuliere Dir zu Deinem Geburtstag und zu Deinem Heiratsfest. Im Mai, im Mai, im frischen grünen Mai, da blühen alle Blümelein, da wolln wir alle lustik sein!«

Und mein Vater, dem ich zu klagen wagte, wie schwer es ist, mit vier Kindern berufstätig zu sein, schrieb mir, ich hätte doch keinen Grund zu klagen, wie mir gehe es doch vielen. Ich solle mir doch ein Beispiel an meiner Cousine M. nehmen, die als Krankengymnastin arbeitet, obwohl sie vier Kinder hat. Die Cousine hat einen Mann, der ebenfalls Geld verdient, und Tante Hedwig, die ihr den Haushalt führt. Männer sehen solche Unterschiede gar nicht, können Frauenarbeit überhaupt nicht beurteilen. Ein Beispiel soll ich mir daran nehmen, daß M. als Krankengymnastin mehr verdient als ich! Du siehst, Dein Bruder ist nicht der einzige Ignorant.

Dich und Deine Jungen betrifft ja nun die Einführung der Wehrpflicht unmittelbar! Das ist der Preis für das Bündnis mit den Westmächten und die Folge der amerikanischen und russischen Testversuche mit der H-Bombe. Hätten Du und ich daran etwas ändern können, wenn wir anders gewählt oder uns anders verhalten hätten? Vielleicht hätten wir durch Demonstrationen unser Gewissen entlastet. Geändert hätten wir überhaupt nichts. Jede Partei hätte das tun müssen, was uns die Amerikaner befehlen. Sie sind die Sieger. Und in der DDR müssen sie tun, was die Sowjets befehlen. Wir haben doch noch gar keinen Friedensvertrag! Ich kann mir vorstellen, wie Dich diese Entscheidung aufregt. Dein kleiner Deppi und Soldat, unvorstellbar! Und wenn er Dich später einmal fragt, wie uns unsere Kinder heute fragen: »Warum hast du das nicht verhindert?«, kannst Du auch nur die Achseln zucken und sagen: »Ich hatte doch keinen Einfluß auf den Lauf der Geschichte.«

Schlimm waren jetzt bei uns die sintflutartigen Regenfälle vor zwei Wochen. Der Neckar hat die Innenstadt weit überschwemmt. Die Kinder kamen kaum in die Schule oder ins Konservatorium, und unser Keller stand unter Wasser. Gut, daß wir hier so weit entfernt vom Neckar wohnen. So ist uns nichts passiert. Auch bei der großen Kälte im Februar haben wir verhältnismäßig wenig gelitten, aber ich habe oft mit Sorge an Henkhof gedacht. Da sind sie wohl mal wieder auf der Ostsee spazierengegangen! Wir sind von dort noch so abgehärtet, daß ich die ersten zwei Jahre in Heidelberg keine Feuerung gekauft habe. Wir hätten sie auch nicht bezahlen können. Jetzt heizen wir ab und zu mal ein bißchen im Kanonenofen, und bei der großen Kälte haben wir ordentlich geheizt. Richtig gefroren, wie in Henkhof, haben wir hier noch nie.

Ich sollte froh sein über das milde Klima in Heidelberg, aber mir ist das hier alles zu süßlich, zu lau, zu weich, zu konturenlos. Fünfmal Schloßbeleuchtung im Sommer, und da kommen Hunderttausende, um sich an der rosastrahlenden Schloßruine und dem knallenden Feuerwerk zu ergötzen. Kitsch as Kitsch can! Und im Sommer schmelzen die Stearinkerzen auf dem Klavier, da bekommt man Atemnot. Nie weht auch nur ein lindes Lüftchen! »Ja«, sagte der Arzt zu mir, »kein Wunder, daß Sie schlapp sind. Hier in Heidelberg werden die Leute schon schlapp geboren und bleiben es ihr Leben lang.« Die Stadt brütet im Tal zwischen den Hügeln.

In Henkhof war es immer zu kalt und zu windig, zu hart. Zugegeben, das halten nicht alle aus. Die ortsfremden Sudeten fanden es auch entsetzlich. Aber Berlin zum Beispiel, meine Heimatstadt, hat doch ein ideales Klima! Wenn ich mir schon das Heimweh nach Henkhof verbieten muß, dann will ich wenigstens Heimweh nach Berlin haben. Da bist Du! Hier habe ich niemanden!

Es liegt nicht nur daran, daß ich hier in der Fabrik ausschließlich unter Arbeitern bin, daß ich wenig Kontakte habe, und nicht nur daran, daß ich soviel Arbeit und keine Zeit habe. Es liegt auch an den – allerdings wenigen – Menschen, die ich hier kennenlernte. Keiner von ihnen hat den Krieg erlebt oder etwas verloren. Keiner ist durch den Wolf gedreht worden und hat sich innerlich erneuert wie wir. Ob es meine entfernten Verwandten sind, die hier leben, oder die Arbeiter bei Brombach oder die Nachbarn in der Straße, alle kommen mir so verschwommen vor, so wischi-waschi, so oberflächlich in ihrem Denken. Ich habe gar keine Lust zu näheren Kontakten!

Der einzige, der Konturen hat von denen, die ich hier kennengelernt habe, ist Rau. Aus dem hat sein schweres Schicksal, mit dem wir uns ja alle gar nicht vergleichen können, wirklich einen Charakter herausgehobelt! Und das merken auch die Dümmsten. Es ist erstaunlich, welchen Respekt er sich zu verschaffen weiß.

Man hat ihm leider keine höhere Schulbildung gegeben, ihn gleich mit 14 Jahren in die Lehre gesteckt. Wegen seiner Sprachschwierigkeit hat man ihn wohl für dumm gehalten, außerdem waren die Eltern sehr arm. Jetzt versucht er, Bildung auf autodidaktischem Wege nachzuholen, ist ständiger Gast der Stadtbücherei und besucht Kurse der Volkshochschule. Seit ihm klargeworden ist, daß ich wohl doch keine dumme Kuh bin, hockt er sich nach Feierabend zwischen die Maschinen in meine Nähe und sucht Gespräche über Gott und die Welt. Schade, daß ich es oft wegen der Kinder so eilig habe, nach Hause zu kommen. Er sammelt alle Zeitungsberichte über Ufos und will mich mal zu sich nach Hause einladen, um mir diese Sammlung zu zeigen. Jetzt studiert er die Bibel, um herauszufinden, ob die Menschen in der Antike auch Ufos gesehen haben und ob nicht vielleicht die Cherubim in Wirklichkeit Ufos waren. Originelle Idee, wie? Wenn ich etwas mehr Zeit hätte, würde ich ihm bei seiner Recherche gern helfen. Im Gegensatz zur großen Mehrzahl unserer Arbeiter und Arbeitsvorbereiter, die mit Sozialismus nichts mehr im Sinn haben, seit der National»sozialismus« sie so hereingelegt hat, hat er einiges von Marx und Feuerbach gelesen und lehnt jede Religion mit Leidenschaft ab. Klar: einen »*lieben* Gott«, der ihn grundlos mit so einem Körper gestraft hat, kann er nicht akzeptieren. Er staunt, daß ich vollstes Verständnis für seinen

Atheismus habe und trotzdem gelegentlich das Wort Gott ohne Spott in den Mund nehme. Das sei schizophren, sagt er. Bei unserer Betriebsratstätigkeit streiten wir uns natürlich oft. Er findet es läppisch, mit irgend jemandem Mitleid zu haben. »Hat mit mir jemand Mitleid? Dem würde ich eins auf den Deckel geben, der es wagen würde, mit mir Mitleid zu haben!« sagt er.

Da war zum Beispiel der Meister in der Lehrwerkstatt. Jahrzehntelang hat er die Lehrlinge unterrichtet. Jetzt war er lange krank, nicht mehr recht arbeitsfähig, durfte aber nicht entlassen werden wegen zu langer Betriebszugehörigkeit. Da hat man ihn zum Kehren der Halle eingesetzt, für den gleichen Meisterlohn. Auch in seiner alten Lehrwerkstatt mußte er den Boden kehren, zum Gespött der Lehrlinge. Ich wehrte mich mit Händen und Füßen gegen diese Grausamkeit. Aber Rau brachte die Mehrheit der Betriebsräte auf seine Seite, indem er sagte: »Was ist denn daran grausam? Er kriegt doch das gleiche Geld wie früher.« Der Meister starb bald, und seine Tochter sagte mir, er starb aus Gram. »Ach was«, sagte Rau, »der starb an seiner Blödheit!«

Sensibel ist hier bei Brombach kein Mensch, ich habe jedenfalls noch keinen getroffen. Da haben wir einen geistig behinderten Hilfsarbeiter. Der wird von den anderen jungen Männern bis aufs Blut geneckt. Man lacht sich tot, wenn man ihm irgendeinen Blödsinn einreden kann, zum Beispiel, er sei schwanger. Sein Meister macht bei dieser Grausamkeit fröhlich und ohne jede Hemmungen mit. Ich habe ihn einmal zur Rede gestellt und ihn gebeten, doch auf die jungen Leute etwas Einfluß zu nehmen und ihnen zu erklären, wie gemein es ist, einen, der schwächer ist als man selbst, so zu verhöhnen. Ich sagte, in jedem jungen Mann könne man doch die angeborene Ritterlichkeit wecken, wenn man es geschickt anfange, es seien doch nicht alle von Natur aus grausame Menschen. Da antwortete er: »Ritterlich? Was heeßt hier ritterlich? Isch kann dene Kerle hundertmal sache, sie solle mit der Maschin nur 70 Umdrehunge mache, und sie mache doch immer wieder 100! Is des vielleicht ritterlisch?« Der hat in seinem Leben das Wort ritterlich noch nie gehört!

Ein anderer Meister wollte sich mit mir einmal einen besonders lustigen Scherz erlauben. Er legte mir etwas auf meine Maschine, was in sein Butterbrotpapier eingewickelt war. Was war drin? Die

Fingerkuppe eines jungen Arbeiters, der sie sich eben an seiner Maschine abgesäbelt hatte.

Kein Wunder, daß der Rau bei dem Umgang knallhart geworden ist. Ich werd' auch allmählich härter.

Ditta und Nella machen jetzt bald gemeinsam die Aufnahmeprüfung für die Musikhochschule in Frankfurt. Das hiesige Konservatorium wird zwar auch zu einer Hochschule erweitert, aber auf die Dauer können beide Schwestern nicht gleichzeitig hier in unserer hellhörigen Wohnsiedlung Musik studieren. Es kommen Klagen über Klagen von den Mitbewohnern wegen des dauernden Geklimpers. Karl-August hat in seinem Garten ein Gartenhäuschen. Darin kann man Krach machen, soviel man will. Es ist zwar in Bad Homburg, und die Mädels müssen täglich von dort mit der Bahn nach Frankfurt, aber das ist nicht so schlimm. Sie brauchen keine Miete zu zahlen, bekommen Stipendium, und den Rest kann ich ihnen geben, indem ich ihr bisheriges Zimmerchen vermiete. Vielleicht ziehen Betti, Susi und ich ins Wohnzimmer um, und wir vermieten unser bisheriges Schlafzimmer auch noch. Ulrich spricht davon, daß er eine Hausratsentschädigung für die Rostocker Wohnung beantragt hat. Wenn er etwas bekommen sollte, gibt er es uns, und dann können wir endlich für unsere Wohnung noch dringend benötigten Hausrat kaufen und die Kinder so ausstaffieren, daß sie selbständig leben können.

Stell Dir vor, der höfliche Herr, der mir im Juni »ins Netz« gegangen war, hat mich wieder aufgespürt. Plötzlich stand er an derselben Haltestelle, wo das damals passierte, lachte und sagte: »Da sind Sie ja endlich! Ich warte schon so lange!« Diesmal hat er es sich nicht nehmen lassen, mich mit der Straßenbahn nach Hause zu begleiten und neben mir herzugehen, bis ich vor der Haustür stand. So weiß er nun meinen Namen und meine Adresse. Heidelberg ist eben doch eine Provinzstadt. Er ist Schriftsteller und freier Mitarbeiter beim Rundfunk. Ich habe gesagt, ich bin Arbeiterin, aber er hat es nicht geglaubt. Nur die vier Töchter glaubt er jetzt, denn die kamen gerade alle auf einmal um die Ecke. Am nächsten Tag bekam ich elf Rosen über Fleurop. Wir hatten nicht einmal eine Vase dafür. Trotzdem kriegt er mich nicht rum. Wo käme ich denn da hin? Mir genügt die ständige Aufregung mit den Verehrern von Ditta und

Nella! Gibt es in der Beziehung bei Deinen Buben auch schon etwas zu melden?

Dir wünsche ich von ganzem Herzen, daß es mit Deinem Paul so herrlich weitergeht!

Herzliche Grüße an alle   Deine Erika

NS: Der kleine Harry, mein Patenkind, wird von seinem Vater mißhandelt. Ich habe viel Sorge um ihn. Du hattest recht!

20. Brief

Gedanken über Weltuntergang · Fliegende Untertassen · Die Amerikaner

Heidelberg, Juni 1956

Liebe Ulla,
hoffentlich ist Euch nichts passiert! Ich schreibe gleich, nur damit Du weißt, wie sehr ich an Dich denke. Im Radio brachten sie, daß gestern in Berlin 2137 Blitze gezählt wurden und bei Euch die Unwetter noch schlimmer waren als bei uns.

Komisch, hier haben sie in den letzten Monaten immer das Lied gesungen: »Am 30. Mai ist der Weltuntergang, wir leben nicht mehr lang, wir leben nicht mehr lang«, und nun kamen tatsächlich solche weltuntergangähnlichen Wetterkatastrophen, allerdings erst am 7. Juni.

Meinst Du, es stimmt, was die Leute sagen, daß die Atombombenversuche schuld an dem verrückten Wetter sind? Alle Arbeiter bei Brombach sind fest davon überzeugt. Nur Rau lacht sie aus. Er setzt sein ganzes Vertrauen in die menschliche Vernunft, wie die französischen Revolutionäre vor 150 Jahren. Die rissen die Kreuze in den Kirchen ab und bauten der Vernunft Altäre! Und wohin hat uns die Vernunft geführt seitdem? Zu den Atombomben. Die Kirchen geben aber auch keine Antwort. Sie können nicht behaupten, es sei Gottes Wille, daß die Menschheit so, wie sie ist, fortdauert. Dazu gibt es zu viele apokalyptische Prophezeiungen.

Von diesen Prophezeiungen können wir heute nicht mehr sagen, ach, das wird in Millionen Jahren geschehen, wenn die Sonne ausgebrannt ist und die Erde ihr natürliches Ende findet. Nach der Entdeckung der Kernenergie ist die Apokalypse doch eine reale, ernst zu nehmende Möglichkeit geworden. Ein Kollege gab mir ein Buch, in dem ein Physikprofessor die Offenbarung des Johannes mit den Folgen vergleicht, die ein mit Atomwaffen geführter Krieg haben würde. Es gibt da erstaunliche und erschreckende Vergleichsmöglichkeiten.

Sowohl Rau, der die Bibel für Unsinn hält, als auch dieser Kollege, der sie ernst nimmt, sind überzeugt, ein Atomkrieg, der die Erde zerstört, sei unvermeidlich. Rau, weil er sagt: Alles, was der Mensch kann, das tut er auch eines Tages. Offensichtlich handelten die Menschen, wie die Bienen, nach einem Naturgesetz, das sie zwinge, ständig ihre alte Welt zu verlassen und nach Neuland zu suchen. Seit es auf der Erde kein Neuland mehr gebe, müßten sie es im Universum suchen. Dort fänden sie es nur mittels einer Energie, welche die alte Erde zerstören werde. Auch unsere Erde sei von Außerirdischen einmal zu diesem Zweck gefunden worden, und daraus erkläre sich unsere genetische Unterscheidung von den Tieren. Vernunftbegabte Wesen erfüllten im Kosmos die Aufgabe von Viren. Sie sorgten für die Zerstörung von Himmelskörpern, damit sich neue bilden können. Der andere Kollege glaubt daran, weil er mit den Zeugen Jehovas sympathisiert und in unserer Gegenwart die Zeichen zu sehen glaubt, nach denen in der Bibel das Ende der Zeiten zu erkennen sei.

Wenn ich dann in die Diskussion eingreife und sage, daß mit den Seelen der Menschen, die beim Weltuntergang sterben, vermutlich auch nichts anderes passieren würde als mit den Seelen der Menschen, die vorher gestorben sind, und ich mir deshalb nicht Sorgen um etwas Zukünftiges mache, sondern darum, daß meine und meiner Kinder Seelen keine »tauben Nüsse« würden, die zur Neuaussaat und »Auferstehung des Fleisches« untauglich würden, lacht mich der Rau aus, weil ich wohl noch an den Osterhasen glaube, und der andere, weil ich mit so einer Meinung bestimmt zu einer »tauben

Nuß« würde. Es komme nur darauf an, die richtigen Vorstellungen zu haben.

Der komischen Idee von Rau zu Ehren, daß biblische Cherubim in Wirklichkeit fliegende Untertassen waren, habe ich mal wieder ein bißchen gereimt. Rau hat gelacht, aber über die Bedeutung des Satzes in der Bibel: »Ich will aber, daß mein Wort nicht leer wieder zu mir zurückkommt« will er nicht nachdenken. Deshalb versteht er die letzten Verse nicht:

Ich hab heut von Adam und Eva geträumt,
die waren auf einer Wiese.
Es war ringsherum noch ganz unaufgeräumt,
so ist es im Paradiese.

Und mitten im Garten, da stand so ein Baum,
wie wir ihn hier gar nicht kennen.
Er trug keine Äpfel, er schien mir im Traum
ein Funkturm, mit vielen Antennen.

Es war wohl ein Lautsprecher drin, denn es rief
ein Mann, der war nicht zu sehen.
Die nackten Geschöpfe verneigten sich tief,
sie konnten die Stimme verstehen.

Ich sah es wohl deutlich, doch merkte ich dann,
es war in sehr weiter Ferne.
Ich wußte, daß Gott nun von vorne begann
mit Menschen auf einem Sterne.

Ich selber, das spürte ich nämlich, ich stand
noch immer auf unserer Erde
und blickte durchs Fernrohr, ganz blaß und gespannt,
ob's diesmal gelingen werde.

Sehr leuchtend und rund und mit großem Gedröhn
flog da eine helle Masse
wie Feuer! Ich dachte: Jetzt seh ich mal schön
'ne fliegende Untertasse!

Die stößt nun, und glänzt dabei schrecklich türkis,
zur anderen Erde oben,
wo beide Geschöpfe in »Neu Paradies«
noch ahnungslos Gott sehr loben.

Da kommt sie! OH! Und ich kann es gut sehn,
sie muß sich nicht drehen und lenken!
Jetzt ist es um Adam und Eva geschehn,
muß ich mir verzweifelt denken.

Die glauben nun sicher, das komme von Ihm,
von Gott, um sie zu bewachen,
und bringe zu ihnen die Cherubim,
dies Raumschiff, das Menschen machen!

Es mußte so kommen! Ich habe es gewußt!
Der Tasse entsteigt im Traume
ein Mensch mit sehr männlicher Heldenbrust,
der schreitet nun hin zum Baume.

Er dreht an den Knöpfen und schaltet was an,
und schon kann man ihn laut hören.
Die Eva kommt gleich etwas näher heran,
der Adam läßt sich nicht stören.

Ich schreie ganz laut, denn ich weiß ja genau,
es *darf* diesmal nicht passieren,
daß wiederum Leute nun auch diese Frau
vom neuen Adam verführen!

Da wach ich dann auf... und ich denke erschreckt,
es ist doch immer das gleiche!
Und wenn auch der Mensch alle Sterne entdeckt,
er macht stets dieselben Streiche!

Wie oft hat wohl Gott schon dasselbe probiert,
so oft er jedesmal warnte,
es hat immer jemand die Eva verführt,
der sich als ein *Cherub* tarnte.

Doch geb ich die Hoffnung gewiß noch nicht auf,
die Schöpfung ist nicht beendet.
Gott läßt wohl den Dingen so lang ihren Lauf,
bis endlich der *Mensch* vollendet.

Er kann es sich leisten, er hat ja viel Zeit,
denn Jahrbillionen-Milliarden
sind nur ein paar Stunden der Ewigkeit,
da kann er in Ruhe warten.

Schluß mit der Exkursion ins Außerirdische. Ditta hat das Abitur sehr gut bestanden und will sich noch ein Jahr im hiesigen Konservatorium auf die Musikhochschule in Frankfurt vorbereiten. Sie könnte gleich dorthin, weil sie die Aufnahmeprüfung schon bestanden hat, aber da Karl-August das Gärtnerhäuschen zur Verfügung stellen will, wartet sie mit der Übersiedlung nach Bad Homburg, bis Nella auch das Abitur hat und beide dann dort zusammen wohnen können. Allein würde sie sich in dem Häuschen graulen, und ein Zimmer in Frankfurt ist unbezahlbar. Sie will vorläufig, neben ihrer Musik, mittags in einer Gaststätte bedienen, damit sie etwas Geld in die Finger bekommt. Sehr schön finde ich die Idee nicht, aber sie hat Übung im Abwimmeln von Aufdringlichen. Bis jetzt, toi, toi, toi, hat sie noch keiner verführt.

Im Augenblick erlebe ich das herzzerreißende Drama zweier amerikanischer Soldaten mit, die hier ihren Wehrdienst ableisten. Der eine heißt Don, der andere Ronald. »That's my girl!« sagt der eine zum anderen, und ich mußte neulich bei einem gemeinsamen Picknick eine lebensbedrohliche Schlägerei verhindern. Hinterher weinen sie sich bei mir aus, denn Ditta ist eindeutig weder das »girl« des einen noch das des anderen. Ich kann auch bezeugen, daß sie keinem von beiden Hoffnungen macht.

Die amerikanischen Soldaten leben zur Zeit hier in Saus und Braus, weil sie für einen Dollar über fünf D-Mark bekommen und sich wie die Krösusse aufführen können. Eines der wenigen, aber streng kontrollierten Verbote, die ich meinen Töchtern erteile, ist also, daß sie sich nichts, aber auch überhaupt nichts schenken lassen dürfen. Ich sage das den jungen Männern auch selbst mit allem Nachdruck.

Weißt Du, was der Don daraufhin gemacht hat? Er fuhr neulich mit einem Auto voller Sperrholzplatten vor. Die habe er nicht gekauft, sondern gestohlen, behauptete er, in der Kasernentischlerei. Er brachte auch Sägen, Feilen, Nägel, Hammer und anderes Werkzeug mit. Dann ging er mit allen vier Töchtern – beileibe nicht mit Ditta allein, was ich verboten hätte – in den Keller und leitete sie nach mitgebrachten Zeichnungen an, eigenhändig, mit eigenem Schweiß, einen Schrank mit vielen Fächern und Regalen anzufertigen. Natürlich durfte Ditta ihn dann behalten, die sich so sehr ein eigenes Möbelstück gewünscht hatte und der Don es auch ohne weiteres hätte kaufen können. Ich fand diese Idee, mein Verbot zu umgehen, ganz reizend, und ein Herz hat er sich damit auch erobert: aber nicht Dittas, sondern Bettis, die nun ihrerseits heftigen Liebeskummer leidet. Meines übrigens auch.

Der andere, Ronald, ist ein ganz anderer Typ. Der ist ganz durchgeistigt, leidet entsetzlich unter seiner aufgezwungenen Rolle als Soldat und dichtet. Auch er hat, wie Don, zu dem, was für Ditta das Wichtigste ist, nämlich zur Musik, keinen unmittelbaren Zugang, und wie wunderschön er dichtet, kann eigentlich nur ich verstehen, weil ich unglückliche Liebe und Verzicht nachempfinden kann. Mit ihm führe ich lange philosophische Gespräche, bei denen er zu meinem großen Erstaunen mein radebrechendes Deutsch-Englisch-Gemisch so gut versteht, als hätte ich in seiner Muttersprache gesprochen. Ein unglaublich sensibler Mensch! Aber auch er ist mir als Schwiegersohn verloren, denn nicht Ditta, sondern Nella ist in ihn verliebt, die aber paßt gar nicht zu ihm. Nella ist ein urwüchsiger Mensch, platzt vor Vitalität, sie würde die zarte Seele Ronalds schnell kaputtmachen.

Ja, Ulla, es ist nie so einfach, den richtigen Deckel auf den richtigen Topf zu finden! Je origineller und eigenständiger ein Mensch ist, desto schwieriger wird es! Krethi und Plethi haben schnell ihre Deckel!

Weil Du mich gefragt hast, Ulla, nicht, weil ich mich einmischen will, würde ich Dir abraten, eine Ehe mit P. anzustreben oder heimlich zu wünschen. Willst Du Dich von noch einem dritten Menschen abhängig machen, ehe Du ganz zu Dir selbst gefunden hast? Du willst ja keine Kinder mehr. Es ist schön für Dich, daß Du jetzt diese Selbstbestätigung durch die Liebe eines Mannes gefunden hast. Genieße es! Aber mache Dich nicht abhängig! Das ist aber natürlich nur ein Rat.

Es umarmt Dich

Deine Erika

1957

21. Brief

Brecht-Theater · Beförderung zur Angestellten · Die Nachbarn und die Kirche · Weihnachten mit Don

Heidelberg, Januar 1957

Liebe Ulla,

hab vielen Dank für Deinen langen Brief zu Weihnachten. Bei mir reicht es vor dem Fest nie zu Briefen, weil ich dann immer in besonderer Hetzjagd bin. Jetzt habe ich endlich Urlaub.

Am meisten hat mich interessiert, wie Du es geschafft hast, Dich nach Ost-Berlin zu schmuggeln und in das Theater am Schiffbauerdamm zu einer Brecht-Aufführung zu gelangen. Brecht ist ja nun im August gestorben, der Arme, viel zu früh. Ich beneide Dich, daß Du wenigstens einmal da warst, denn daß Brecht ein dramatisches Genie war, darin stimme ich voll mit Dir überein. Ich finde es aber schlimm, wenn Dichter so für die Politik ausgenutzt werden. Man kann den Namen Brecht doch jetzt nicht mehr aussprechen, ohne ihn mit Stalin in Verbindung zu bringen, so wenig wie man jetzt von Hamsun sprechen kann, ohne ihn mit Hitler in Zusammenhang zu bringen. Das ist so schade. Annemarie und ich haben Ende der zwanziger Jahre so sehr für Brecht geschwärmt, ganz reinen Herzens. Hoffentlich kommt noch mal eine Zeit, in der man in ihm nur den großen Dichter und nicht mehr nur den großen Kommunisten sieht. Für mich ganz persönlich bleibt Bert Brecht ewig als der erste nackte Mann in Erinnerung, den meine Töchter gesehen haben. Erinnerst Du Dich noch, wie er und Becher und die anderen Geistesgrößen vom kommunistischen Kulturbund keine Badehosen zu kaufen bekamen und daher einfach das Nacktbaden einführten? Man hat ihnen das später als fortschrittliche Heldentat angerechnet. In Wirklichkeit hatten sie nur aus der Not eine Tugend gemacht. Und dann legten sie sich ausgerechnet immer in die Strandburg meiner Kinder, die natürlich auch nackt badeten, weil es nichts anzuziehen gab. Wir Erwachsenen wagten uns zu der Zeit noch nicht wieder ins Wasser. Da haben mich Ditta und Nella aufgeregt an den Strand gerufen, um mir die nackten Männer zu zeigen, über deren Bäuche sie wegsteigen mußten, wenn sie in ihre Burg wollten. Schön waren sie ja nicht gerade. Vielleicht haben Ditta und Nella deshalb noch kein gesteigertes Interesse an Männern, weil Brecht und Bechers Anblick sie abgeschreckt hat? Wer weiß?

Daß Du solche Gefahren auf Dich nimmst, um die »Mutter Courage« zu sehen, Ulla! Warum nimmst Du nicht auch mal die Gefahr auf Dich, Dich bei irgendeinem Regisseur als die begabte Schauspielerin vorzustellen, die Du in Wahrheit bist? Warum läßt Du Dich noch immer von Deinem Bruder daran hindern? Zu alt dazu bist du wirklich noch nicht, wie Du meinst.

Ich habe einen Sprung nach oben gemacht und bin seit September Angestellte. Ein Streik hatte durchgesetzt, daß die Arbeiter nicht mehr, wie bisher, im Krankheitsfall die ersten drei Tage nur 60 Prozent ihres Lohnes erhalten, sondern gleich 100 Prozent wie die Angestellten. Man hatte uns nämlich unterstellt, sonst allzugerne bei einer kleinen Grippe krankzufeiern. Nachdem wir nun in fast allem, was die Leistungen der Firma betraf, den Angestellten gleichgestellt waren und nur noch kürzere Kündigungsfristen hatten, haben sie bei Brombach immer mehr Arbeiter zu Werksangestellten gemacht. Die Gehaltsabrechnung ist für das Lohnbüro weniger arbeitsaufwendig als mit all den Zetteln beim Zeitlohn. Ich habe gehört, daß sie jetzt in den meisten Fabriken besonders die Frauen gerne »erhöhen«, weil wir nämlich als Angestellte Nachtschicht machen dürfen, während dies bei Arbeiterinnen verboten ist.

Aber bei mir kam noch etwas anderes hinzu: Da ich immer noch keine Schreibmaschine besitze, schreibe ich meine Briefe gern nach Feierabend in dem Büro der Arbeitsvorbereitung. Da ging eines Abends der Betriebsdirektor durch die Hallen, hörte mich tippen, kam ins Büro und fragte mich, wer ich denn sei. Als er hörte, daß ich sonst draußen an der Maschine stehe, schimpfte er auf Herrn Decker, den Chef der Arbeitsvorbereitung, daß er nicht schon längst gemerkt habe, daß ich gut tippen kann und nicht nach draußen, sondern ins Büro gehöre. Es war das erste Mal, daß einer von den höheren Chargen mit mir gesprochen hat. Weißkittel haben mich sonst immer völlig übersehen. Dieser Direktor Schuster ist aber wirklich ein netter Mann, groß, dick und menschenfreundlich. Auch er hatte, wie mir die anderen erzählten, nur Volksschule und hat sich auf dem zweiten Bildungsweg hochgearbeitet. Der Gründer der Fabrik, der verstorbene Herr Brombach, hat seine Begabung entdeckt, als er noch ein kleines Bürschchen in der Lehrwerkstatt war, und ihn veranlaßt, immer mehr und immer noch mehr Kurse und Examen zu machen. Jetzt regt er sich, als Herr Direktor Schuster, über jeden Abteilungsleiter auf, der die Talente seiner Untergebenen nicht bemerkt und fördert. Mir kommt es natürlich nicht gerade zugute, daß er den Herrn Decker am nächsten Tag meinetwegen so angeschrien hat. Der ist schon immer ein Übelmann mit ewig schlechter Laune, aber nun mir gegenüber besonders muffig und unfreundlich. Gottlob verstehe ich inzwischen den Heidelberger Dialekt, so daß die Verständigung mit ihm und den anderen Bürokollegen nicht mehr ein solches Problem ist wie anfangs mit den Arbeitern. Hier in Heidelberg ist der Dialekt nicht nur ein Akzent, wie in Berlin, hier kann man ihn als Norddeutscher wirklich nicht verstehen. Zwei hiesige Stenotypistinnen erzählten mir, sie seien im Urlaub auf Sylt gewesen und hätten sich vorgenommen, dort nur reines Hochdeutsch zu sprechen, und sich deshalb die ganzen 14 Tage fast die Zunge abgebrochen in diesem Bemühen. Als sie abreisten, habe die Wirtin zu ihnen gesagt: »Ach kommen Sie doch bald wieder, wir hatten so viel Spaß an Ihrem Dialekt!«

Ich muß jetzt all das auf Matrizen tippen, was ich vorher nur vervielfältigt habe. Sie haben auch eine neue Vervielfältigungsmaschine gekauft. Die ist kleiner, viel schneller, nicht so laut, und ich kann jetzt daran sitzen, deshalb wurde sie ins Büro gestellt. Ich arbeite an ihr aber nur noch wenige Stunden am Tag, die meiste Zeit tippe ich. Ich laufe auch nicht mehr in der Halle herum, sondern gebe den Arbeitern ihre Papiere an einem Schalter auf Anforderung heraus. Was meinst Du, wie höflich die jetzt auf einmal sind! Aber ich will nicht über sie schimpfen. Gemein waren sie nur am Anfang, als ich ihnen so fremd war. Sonst sind sie ganz genauso wie alle Angestellten, da gibt es menschlich keinen Unterschied.

Im Monat verdiene ich etwas mehr. Natürlich, so viel, wie ein männlicher Arbeiter heimbringt, habe ich noch nicht, aber das wird nicht mehr lange dauern. Bald kommt ein Lehrmädel an die Maschine, und es harren hier in der Arbeitsvorbereitung noch ungeahnte Aufgaben auf mich. Gut, daß ich in der Halle immer genau aufgepaßt habe, wie alles läuft.

In unserer Siedlung gehen die Kinder und ich an den Sonntagen nun ordentlich gekleidet in die Kirche, niemand blickt uns mehr naserümpfend nach. Die Kinder sind keine Außenseiter mehr. Auch die Nachbarn in der Straße grüßen uns jetzt alle. Über das ewige Klavierspielen haben sie sich zwar anfangs geärgert, jetzt imponiert ihnen Dittas und Nellas Virtuosität aber allmählich, und sie wagen nur noch selten, um Ruhe zu bitten, dann aber mit Ehrfurcht. Sie vermuten auch offensichtlich nicht mehr, daß unsittliche Orgien gefeiert werden, wenn uns so viele junge Leute besuchen. Die dicke Nachbarin hat alle aufgeklärt, warum sie kommen, und daß dies der Tugend und nicht der Verderbnis der Mädels dient. Sie hat oft genug auch an der Tür gelauscht, wie es bei uns zugeht. Ich habe sie mehrmals dabei ertappt und dann hereingebeten, um sie an den Spielen teilnehmen zu lassen. Jetzt lobpreist sie in der ganzen Straße meine Pädagogik, und niemand wagt mehr, die Mädchen der Unzucht zu verdächtigen. Wir beginnen, wie alle Arbeiterfamilien in der Siedlung, *Bürger* zu werden. Mitbürger. Wir sind nicht mehr das verachtete Proletariat, das heutzutage meistens verkörpert wird durch diejenigen, die keine Einheimischen sind. Es kommen ja immer noch viele Flüchtlinge aus der DDR, der Strom reißt nicht ab.

Aber noch mehr Flüchtlinge kommen gegenwärtig aus Ungarn. Die haben mit der Sprache weit größere Probleme, als ich sie hatte. Einige von ihnen hat Brombach eingestellt, zu denen habe ich gleich guten Kontakt gefunden; sie merken wohl, daß ich verstehen kann, was es heißt, die Heimat verlassen und in der Fremde neu anfangen zu müssen, ganz unten. Was sie erzählen von dem Aufstand in Ungarn, von den großen Hoffnungen und von der bitteren Enttäuschung, der Wut und der Resignation, als dann die russischen Panzer alle Aufbrüche in ein freieres Leben niederwalzten – Ulla, es dreht mir das Herz um. Die Bilder vom 17. Juni tauchen wieder auf. Müssen denn die Kommunisten immer wieder alles tun, um sich der übrigen Welt als machthungrige Imperialisten darzustellen? Sie zwingen uns ja geradezu, Adenauer mit seiner auf den Westen ausgerichteten Politik recht zu geben. Es ist heute ja nicht der Westen, von dem irgendeine Kriegsgefahr ausgeht. Hier richtet man sich nach dem, was die Bevölkerung will. Man läßt bei den Wahlen den Kommunismus ja zu. Wenn er in Freiheit gewählt würde und alle ihn wollten, könnte und dürfte niemand etwas dagegen haben. Kriegsgefahr geht doch immer nur von denen aus, welche mit Gewalt über andere herrschen wollen, ohne Rücksicht auf den Willen der Bevölkerung.

Ich habe Dir noch gar nicht Glück gewünscht zum neuen Jahr 1957! War Weihnachten schön, als Viktor endlich wieder einmal zu Hause war? Geht es ihm gut bei der Marine? Ich hatte diesmal besonderen Spaß am deutschen Weihnachtsfest, weil ich damit den Amerikaner Don so beglücken konnte, den mit den Sperrholzbrettern. Er hat voller Kinderseligkeit mit mir den Baum geschmückt und mein Verbot, uns zu beschenken, wieder einmal auf originelle Weise umgangen. Er kam als Weihnachtsmann mit einem Riesensack. Ich wollte schon schimpfen, da holte er unzählige Päckchen heraus, in denen lauter kleine, billige Geschenkchen waren: Taschentücher, Eierbecher, selbstgestickte Sets und so weiter, nichts, was mehr als fünf Mark kostete, wie ich befohlen hatte. Und jedes Päckchen kam von anderen Verwandten von ihm, von der Mutter, vom Vater, von Brüdern, von Basen, von Vettern, von Onkeln und Tanten. Alle hatten begriffen, warum ich als Mutter von attraktiven Töchtern teure Geschenke verboten hatte, und waren so liebevoll darauf eingegangen. Sie müssen ihren Don sehr liebhaben. Ich und auch die Mädchen haben sich viel mehr darüber gefreut, als wenn er uns ein protziges Geschenk gemacht hätte.
    Ronald feierte nicht mit uns, weil er Besuch von seiner Tante bekam. Das ist eine Schriftstellerin, die uns auch mehrmals besuchte und mit mir philosophierte. Auch sie spricht kein Wort Deutsch, und doch habe ich mich mit ihr glänzend verstanden. Da leben nun weit weg in Amerika Leute, die mir innerlich viel verwandter sind als hier alle deutschen Heidelberger. Mit ihnen habe ich keinerlei Sprachschwierigkeiten!
    Ulla, mit Dir habe ich auch keine Sprachschwierigkeiten. Auch wenn wir ein halbes Jahr lang nur Postkarten schreiben, wie diesmal, fühle ich mich von Dir verstanden und glaube, Dich zu verstehen.
    Grüße die Deinen ganz herzlich!

Deine Erika

22. Brief

Was kauft man mit tausend Mark? ·
Familie am runden Tisch

Heidelberg, Mai 1957

Liebe Ulla,
ich nehme an, daß Du nicht schreibst, weil Du gerade glücklich bist und anderes zu tun hast? Macht nichts, ich denke trotzdem an Dich.

Nella hat nun auch das Abitur und wird ab Beginn des Herbstsemesters (bis dahin will sie irgendwo »jobben«) zusammen mit Ditta in Bad Homburg das Gärtnerhäuschen von Karl-Augusts Frau beziehen, das eigentlich zum Wohnen nicht gedacht ist, aber doch so eingerichtet werden kann, daß sich's darin hausen läßt. Das Schöne ist, sie können da Klavier spielen und singen, so laut und so lange sie wollen. Hier wäre es auf die Dauer nicht gegangen. Die Nachbarn sind ja rührend wohlwollend, aber überstrapazieren darf man sie auch nicht.

Sehr gelegen kommt mir gerade zu diesem Zeitpunkt, daß Ulrich eine Hausratsentschädigung für die verlorene Rostocker Wohnung bekommen hat und uns die ganzen tausend Mark gibt. Seine Frau hat genug Hausrat. Für das Haus in Henkhof kann man immer noch nichts beantragen. Die Einheimischen hier behaupten alle, wir schwämmen im Geld vom Lastenausgleich, dabei sind für Anträge von DDR-Flüchtlingen noch nicht einmal die Formulare ausgedacht und gedruckt, obwohl alle Hausbesitzer schon lange Lastenausgleich zahlen müssen. Wenn die Hälfte von uns Flüchtlingen gestorben ist, wird's wohl endlich diese Anträge geben. Bis jetzt haben, wie ich hörte, noch nicht einmal alle Juden eine Entschädigung bekommen, obwohl sie bald Formulare bekamen. Hast Du als Vertriebene schon etwas erhalten? Du warst ja beides, erst eine in die DDR Vertriebene, dann eine von dort Geflohene.

Aber immerhin, ich habe jetzt tausend Mark, und wir fünf sitzen jeden Abend – mal mit, mal ohne Gäste – um den Küchentisch herum und planen, was wir dafür kaufen wollen. Es muß ja nicht nur meine Wohnung, sondern auch die von Ditta und Nella eingerichtet werden. Übereinstimmung bei allen: Kein Nierentisch! Wir sitzen lieber gemeinsam um einen Eßtisch herum mit einer Lampe darüber. Es war immer so gemütlich mit uns fünf Frauenzimmern, wenn wir nach dem Essen noch so lange geredet, gelacht und gesungen haben, und wenn dann fast jeden Abend die vielen Freunde kamen und die Tischrunde immer größer wurde. Wir haben dabei oft ganz die Zeit vergessen. Sonntags frühstücken wir meist noch in Nachthemden oder Morgenröcken, weil jede in aller Ruhe baden und nicht wie sonst hetzen will. Neulich war es draußen noch dunkel, als wir damit anfingen, und daher waren die Fensterläden noch geschlossen. Wir haben gelacht und erzählt und gesungen, dann klingelte es, es kam ein Besuch, der setzte sich dazu, lachte mit, sang mit, bis ich schließlich sagte: »Kinder, es ist jetzt wohl hell draußen, wir wollen doch mal die Fensterläden öffnen.« Da hat sich der Besuch überhaupt nicht mehr fangen können vor Lachen: Es war bereits nachmittags vier Uhr! Er hatte gedacht, er bekommt ein Mittagessen. Wir sind schon eine ganz unmögliche Familie!

Ich werde die Großen sehr vermissen, wenn sie aus dem Haus sind! Ich mag noch gar nicht richtig daran denken. Seit 1945, schon zwölf Jahre lang, habe ich die Zeit für die Kinder aus den Nächten stehlen müssen. Ich habe doch noch gar nichts von ihnen gehabt! Und hatten sie genug von mir? Ich bezweifle es. Ich war die letzten Jahre so überanstrengt und gereizt, habe vieles so verkehrt gemacht – sehenden Auges –, weil es einfach nicht zu ändern war. Und jetzt sollen die Kinder schon aus dem Haus? Aber wem sag ich das! Du hast es ja auch gemacht wie die Vögel und Deine Jungen aus dem Nest gestupst, sobald sie allein »fliegen« konnten. Wir müssen abwarten, ob es so richtig ist.

In bezug auf die Anschaffungen gibt es zwischen mir und den Töchtern gravierende Meinungsunterschiede. Es ging natürlich fünf Jahre auch ohne alles, was eigentlich unentbehrlich ist, aber das ist so entsetzlich arbeitsaufwendig! Ich möchte doch verhindern, daß Ditta und Nella so schnell verblühen wie ich. Sie sollen schließlich an ihren Beruf und an ihre künstlerische und geistige Fortentwicklung denken können und nicht nur ans Überleben wie ich. Sie haben dort in dem Gärtnerhäuschen nur ein Außenklo, kein Bad, kein fließendes Wasser, keine richtige Küche, sondern nur ein Primitiv-Feuerungsherdchen, wie es in Gartenlauben steht, auf dem sie mit

Brennholz kochen müssen. Ich brauche auch noch so viel, vor allem, weil ich zwei Zimmer vermieten und mit Betti und Susi in Wohnzimmer und Küche leben will. Sonst kann ich den beiden Großen kein Geld schicken. Für uns hier ist das Wichtigste eine Eckcouch, die tagsüber um den Küchentisch als Sitzmöbel und nachts zum Schlafen für zwei dienen kann. Ich brauche im Wohnzimmer auch eine Sitzcouch zum Schlafen. Für die Untermieterinnen haben wir schon Couchen vom Sperrmüll. Wir sind gerade dabei, das Badezimmer frisch zu streichen und den Boden mit Stragula auszulegen. Die Genossenschaft hat uns jetzt anstelle des alten Holzbadeofens einen Gasbadeofen eingebaut, der uns auch in der Küche am Spülstein mit warmem Wasser versorgt. Es fällt Ditta und Nella schwer, sich davon nun schon wieder zu trennen. Sie baden so gern.

Die tausend Mark müssen reichen. Jetzt diskutieren wir uns jeden Abend die Köpfe heiß, ob es auf Dauer sparsamer ist, die billigsten Angebote wahrzunehmen und vieles zu kaufen, damit hinterher nicht wieder Unentbehrliches fehlt, oder nicht auf den Preis zu achten und wenig, aber das Beste zu kaufen, was dann länger hält. Ich meine, das Solide und Gute kann einem das Fehlende nicht ersetzen, und bin wie alle Proletarier ganz prosaisch und pragmatisch vorläufig nur für Quantität. Das Entbehren allernotwendigsten Hausrates hat mich so nervös gemacht und wundgerieben! Die Kinder sind alle vier für Qualität und wollen nichts Häßliches mehr um sich haben, was an Sperrmüll erinnert. Ich schimpfe dann: »Ihr habt die Dinge eben immer nur angeguckt und nicht selbst damit gearbeitet. Ihr rührt ja keinen Finger! Wartet nur, wenn ihr erst alles selbst machen müßt! Wie froh werdet ihr dann sein, zwei billige Kochtöpfe zu haben statt nur eines schönen!«

Dann ist Betti natürlich wieder – mit Recht – beleidigt, weil sie und Susi nämlich doch mit den Dingen gearbeitet haben und trotzdem mehr für das Solide sind. So schnell wird man ungerecht und beleidigt eines der Kinder, wenn man im Eifer des Zornes »ihr« sagt statt »du«. Wie hast Du es gemacht, Ulla? Hast Du lieber gut und wenig oder viel und ramschig gekauft? Wie ich Dich kenne, bist Du mehr von der Art meiner Kinder. In Henkhof hat es Dir auch immer am Unentbehrlichsten gefehlt.

Hast Du in der Zeitung gelesen, daß der Bischof von Münster,

Michael Keller, erklärt hat, für Mitglieder der katholischen Kirche sei die SPD nicht wählbar? Es ist doch unfaßbar, daß es immer wieder Menschen gibt, die andere Menschen mit anderen Meinungen nicht ertragen können und sie deshalb als böse Menschen verurteilen! Man sollte jedem das Gedicht von der Toleranz unter die Nase halten, das mein Neffe Christoph gemacht hat! Wähle Du nur ruhig weiter Deine SPD, ich liebe Dich deswegen ganz genauso. Jeder Mensch sieht aus seiner eigenen Perspektive die Dinge anders, aber deswegen doch noch lange nicht falsch oder gar »unmoralisch«. Was unmoralisch ist, das hätten beide Kirchen erkennen sollen, als es wirklich darum ging und nicht um unterschiedliche »Ansichten«.

Für heute tschüs, meine liebe Ulla,
es umarmt Dich

Deine Erika

23. Brief

Pfarrer Brombach, der Unternehmer · Das Leben des kleinen Rau · Mit Ronco auf dem Sommerfest

Heidelberg, August 1957

Liebe Ulla,
danke für die Postkarten. Du lebst also und bist gesund. Ich habe Verständnis für Seelenzustände, in denen man keine langen Briefe schreiben kann. Nein, der Gedanke an eine Urlaubsreise ist uns noch nicht gekommen, wir sind doch wegen der tausend Mark noch keine Kapitalisten!

Hast Du eine klare Vorstellung davon, wer hier in der Bundesrepublik eigentlich ein Kapitalist ist, wie ihn Marx beschrieben hat und wie wir ihn drüben in der Zone hassen lernen sollten? Wenn ich unseren linken kleinen Rau frage, mit dem ich nach wie vor über Marx' Theorien freundschaftlich herumstreite, nennt er mir immer den Besitzer unserer Fabrik, einen promovierten Theologen mit

Namen Brombach. Wir nennen ihn in der Firma den Pfarrer, obwohl er gar kein Pfarramt hat, sondern als Dozent an der Uni arbeitet. Irgendwann soll er mal als Pfarrer tätig gewesen sein. Als der Gründer der Fabrik ohne Erben starb, fand der Nachlaßverwalter einen unehelichen Sohn, der, in einem Waisenhaus aufgewachsen, inzwischen Pfarrer geworden war. Der nahm daraufhin den Namen Brombach und auch das Erbe an, hatte aber weder kaufmännische noch technische Interessen. Er setzte die drei Direktoren ein, die schon von seinem Vater auf diese Aufgabe vorbereitet worden waren, und begnügte sich mit einem gewissen Prozentsatz des jährlichen Nettogewinns. Alle Angestellten, deren Tätigkeit zur Erhöhung des Umsatzes beiträgt, erhalten zum Jahresabschluß Prämien, die sie finanziell am Erfolg beteiligen, und auch an Arbeiter werden bei guter Konjunktur Erfolgsprämien verteilt. Im übrigen richten sich Löhne und Gehälter nach den von den Gewerkschaften ausgehandelten Tarifen. Ich habe als Betriebsrätin immer nur Klagen über ungerechte Behandlung durch direkte Vorgesetzte gehört. Von dem Pfarrer sprechen alle mit einem spöttischen Lächeln, als würden sie selbst sich mehr Vorteile verschaffen, wenn sie in dessen Lage wären.

Ich habe Rau gefragt, ob er, wenn ihm unerwartet so ein Erbe zugefallen wäre, darauf verzichtet und es seinen Arbeitern geschenkt hätte, damit ihn niemand mit dem verhaßten Namen »Kapitalist« beschimpfen kann. Natürlich nicht, sagte er, solche Experimente seien ja bekanntlich immer schiefgegangen, weil sich die Arbeiter als Besitzer wie Kapitalisten verhalten müssen. »Nein, ich hätte es dem Staat geschenkt«, meinte er.

»Hättest du als Gegenleistung dafür eine Rente verlangt?«
»Natürlich.«
»Na, dann wäre ja dein Vorteil durch die Erbschaft ganz genau der gleiche, wie ihn der Pfarrer hat. Nur hätte wahrscheinlich der Betrieb unter staatlicher Führung längst nicht den Profit gemacht wie unter unseren Direktoren. Staatliche Betriebe in der DDR jedenfalls arbeiten selten mit Gewinn. Die Direktoren haben weniger, die Angestellten haben weniger, und die Arbeiter haben erst recht weniger als bei uns.«

»Aber es ist gerechter«, meinte er.

Komische Vorstellung von Gerechtigkeit, die lieber hungert und hungern läßt als zuläßt, daß von allen *Satten* einer sich überfressen kann!

Aber persönlich finde ich es verständlich, daß der kleine Rau besonders anspricht auf alle Theorien, die an den Neid appellieren. Er ist darin aber hier eine Ausnahme.

Nachdem er so lange darum gebeten hat, habe ich ihn neulich tatsächlich besucht. Er wohnt in einem kleinen, vollständig möblierten Einzimmerappartement mit eingebauten Schränken, eingebauter moderner Küche, Standardlampen und Standardbildern an der Wand. Alles sieht aus, als käme es direkt aus dem Kaufhaus und sei noch nie benutzt worden. Nierentisch, Couchgarnitur, Fernseher, alles ist vorhanden, kein Stäubchen, kein Fussel, kein herumliegender Zettel deutet darauf hin, daß hier einer wohnt. Vielleicht hat er vor meinem Besuch auch besonders gut aufgeräumt und alles blank gerieben. Fast alle Fächer in seinen Schränken kann er nur erreichen, wenn er auf eine kleine Stehleiter klettert. Nie wurde mir die gähnende Einsamkeit so deutlich, in der dieser Mensch seine Tage zubringen muß, wie in dieser sterilen, unbewohnten Wohnung, in der er allein wie ein Vogel im Käfig herumhüpft, ohne jede Aussicht, jemals menschliche Wärme zu erfahren oder seinen angeborenen Trieben entsprechend zu leben.

Das Erbarmen mit seinem Leid hat mir fast die Kehle zugeschnürt, und ich bin so schnell wie möglich wieder gegangen, nachdem ich mir seine Sammlung von Zeitungsberichten über Ufos angeschaut und einen klitschigen Bäckerkuchen verzehrt hatte. Ich kam mir vor wie jemand, der auf einer Brücke seelenruhig einem Ertrinkenden zuschaut und sagt, ich kann ja selbst nicht schwimmen, was hülfe es, wenn ich hinterherspränge. Man fühlt sich sehr übel und schäbig dabei. Da ist die Atmosphäre in den Büros bei Brombach geeigneter, um mit ihm Gespräche über seine Interessen zu führen. Da hat er sich ein Podest geschaffen, von dem aus er nicht zu anderen Menschen aufblicken muß und sie es nicht wagen, auf ihn herabzublicken.

Sein entstelltes Gesicht mit der schrecklichen Hasenscharte verhindert, daß man sein Mienenspiel differenziert deuten kann. Vielleicht ist es gut für seinen großen Stolz, daß er wie hinter einer Maske leben darf und seine Gefühle nicht offenbaren muß. Wenn er sich Hoffnungen gemacht hat und durch meinen Besuch enttäuscht wurde, hat er es sich wenigstens nicht anmerken lassen müssen.

Die Beziehung zu dem Rundfunkmenschen, er heißt übrigens Eduard Ronco, der in meine Netze gegangen war, entwickelt sich auch recht seltsam. Er tauchte immer wieder mal an der bewußten Haltestelle auf und schickte auch immer wieder mal Rosen. Endlich lud er mich zu einem Betriebsfest beim Funk ein, zu dem alle freien Mitarbeiter geladen waren. Ich sagte, wenn er mich seiner Frau vorstellen und sie auch mitkommen würde, käme ich gern.

Da stand er das nächste Mal mit seiner höchst interessierten Ehefrau tatsächlich an der Haltestelle, und wir gingen zu dritt in das Restaurant, in dem ich mein erstes Eis gegessen hatte. Beide haben so getan, als ob sein Interesse an mir rein platonisch und ganz ohne erotische Wunschträume wäre und als ob es ihnen nur darum ginge, meine verrückte Lebensgeschichte in Erfahrung zu bringen und diese dann irgendwie schriftstellerisch auszuwerten. Die Frau sieht blendend aus, adrett gepflegt bis zum Zehennagel, tadellose Dauerwellen, blanke, gesunde Zähne, faltenlose Haut, schlank, sportlich, sehr hübsch, sehr intelligent und sehr humorvoll. Sie hat ein dröhnendes, herzliches Lachen, und ich fühlte mich neben ihr wie damals in dem Büro der Werbefritzen: heruntergekommen, verwahrlost und stinkend. Es hat mich doch sehr erleichtert, daß ich für diese Frau wahrlich keine Konkurrenz bin, daß die ihren Mann jederzeit halten kann, wenn sie will, und daß ich mich nicht zu einer unnatürlich abwehrenden Haltung Ronco gegenüber zwingen muß.

Ich war dann mit auf dem Ball. Trotz der vereinten Kräfte meiner vier modebewußten Töchter, die sich selbst übertrafen, um ihre Mutter schick zu frisieren, die fehlende Eleganz des Kleides durch raffinierte Accessoires zu kaschieren, die Lippen und Wangen zu schminken und mir ihre Stöckelschuhe zu leihen, kam ich mir auf dem Ball unter all den glitzernden Damen doch wie ein Aschenputtel vor, dem keine milde Fee mit einem Gewand ausgeholfen hat. Aber es lag nicht nur an der Kleidung, daß ich Minderwertigkeitskomplexe bekam. Wir drei saßen mit mehreren Leuten vom Funk und ihren Ehefrauen zusammen, und meine Rolle als zweite Dame im Gefolge Roncos wirkte sicherlich ein bißchen zweideutig, jedenfalls tanzte keiner außer ihm mit mir, und bei den Gesprächen konnte ich weder folgen noch mitreden, da ich ja völlig hinter dem Mond lebe und vom kulturellen Trend der Zeit keine Ahnung habe. Ich war hier im Westen, aber auch vorher seit 1942 (seit 15 Jahren!) noch nie wieder im Theater, nie wieder in einem Konzert, für das Eintritt gezahlt werden mußte, hatte fast nie Zeit zum Lesen, und meine Teilnahme am Zeitgeschehen beschränkt sich auf eiliges Überfliegen des Heidelberger Tageblattes und gelegentliches Lauschen auf die Nachrichten im Radio. Sicherlich habe ich aus zweiter Hand durch Dittas und Nellas Studentenfreunde einiges mitbekommen vom Zeitgeist, aber das reicht nicht, ich kann doch bei keinem Thema mitreden, weil ich viel zu unorientiert bin. Das ist das Schlimmste, wenn man keinen Partner hat, daß man geistige und andere Erfahrungen nicht mehr richtig verarbeiten und verdauen kann, weil man mit niemandem mehr darüber spricht.

»Es ist nicht gut, daß der Mensch allein sei!« Das stimmt wirklich. Meine Briefe an Dich alle paar Monate sind mein einziges Ventil, auch mal wieder herauszulassen, was so von außen in mich hineinkommt. Ohne Geld, ohne Auto, ohne Partner oder Freunde in fremder Umwelt ist man isoliert wie in einem Gefängnis. Was interessieren mich Autoersatzteile!! Ich hätte in einem Verlag Arbeit finden müssen! Jetzt ist es zu spät. Nun gehöre ich zu den Intellektuellen ebensowenig wie zu den Arbeitern, zu den unversehrten Heidelberger Bürgern ebensowenig wie zu den Künstlern. Ich habe also eigentlich nur die Kinder, zu denen ich reden kann, und die haben ganz andere Interessen als ich. Gehst Du abends allein in Lokale, um Anschluß zu finden? Ich kann und will das nicht. Erstens kostet es Geld und zweitens: Wen würde ich denn da finden? Doch nur alle die Typen, mit denen ich den ganzen Tag bei Brombach arbeite! Von denen erhole ich mich ja gerade abends!

Entschuldige bitte das Gejammer. Immer wenn ich mir einbilde, entsetzlich bedauernswert zu sein, fällt mir ein, daß es doch Klausner gibt, die sich absichtlich in so eine Eremitage zurückziehen und geistig davon ungeheuer profitieren, ja behaupten, das Entbehren mache sie reich! Daran ist vielleicht auch etwas Wahres, denn ich wundere mich immer wieder darüber, daß meine Kräfte dabei nicht nachlassen, sondern eher zunehmen.

Schnell noch eine Neuigkeit. Weißt Du, wer mit am Tisch saß bei dem Betriebsfest im Funkhaus? Ein Herr Brombach! Ich habe nicht gewagt zu fragen, ob das der Pfarrer und Besitzer meiner Fabrik war, aber ich nehme an, daß er's war. Er hatte genauso etwas Scheinheiliges an sich wie die Funktionäre in der Ostzone, die heimlich im Herzen noch Nazis sind. Nun, er ist im Heim aufgewachsen, woher soll er da wissen, ob er im innersten Herzen eher ein ausbeuterischer Unternehmer oder ein Bote Gottes ist, wie er vorgibt zu sein? Mir wäre es nicht recht, wenn er erführe, daß er im Kreis von Intellektuellen mit einer seiner Arbeiterinnen – oder zumindest niedrigsten Angestellten – am Tisch gesessen hat. Mein Vater sagte immer: »Gehe nie zu deinem Fürst, wenn du nicht gerufen wirst!« Dahinter steckt wohl eine alte Erfahrung.

So, nun aber Schluß für heute!

Deine Erika

24. Brief

Dittas Verlobung · Der Chef Decker · In der Werkhalle wird ein Film gedreht · Jeder bedauert den anderen

Heidelberg, Dezember 1957

Liebe Ulla,
ich glaube, es war August, als ich Dir das letzte Mal schrieb. Ditta und Dein Viktor sind jetzt 20, Nella ist 19, Dein Stephan 15, und meine beiden kleinen Mädchen sind 15 und 13 Jahre alt. Wir beiden Alten sind 44! Mit Riesenschritten nähere ich mich der Großmutter, denn Ditta hat sich vorgestern, am Heiligabend, verlobt! Ich werde alles tun, um die Hochzeit so lange wie möglich aufzuschieben, weil Judith noch viel zu jung und zu unreif ist, um schon zu heiraten; aber sie ist das erste Mal selbst verliebt, da ist es schwer, Vernunft zu predigen. Ihr Bräutigam ist ein neun Jahre älterer amerikanischer Dirigent. Sie lernte ihn in der Hochschule in Frankfurt kennen, wo er eine Gastprofessur für Orchesterleitung und Partiturspiel hat.

Seine Eltern sind ausgewanderte jüdische Deutsche, die als Musiker in Los Angeles leben. Der Vater ist Bratschist in einem großen kalifornischen Orchester. Die Mutter kam zur Verlobung her, um sich die Braut anzusehen, und wohnte in Bad Homburg ausgerechnet bei meinem Bruder, der immer noch nicht vollständig von seinen nationalsozialistischen Grundüberzeugungen geheilt ist, aber nach wie vor behauptet, gegen einzelne Juden nichts zu haben, nur gegen das Weltjudentum! Ich konnte sie schlecht in unsere überfüllte winzige Wohnung einladen. Da Karl-August perfekt Englisch spricht, war sie bei ihm auch besser aufgehoben. Auch sie hat Ditta überredet, vor der Hochzeit auf alle Fälle wenigstens ihr Schulmusikexamen zu machen, wenn sie seinetwegen schon darauf verzichten will, Konzertpianistin zu werden. Mein künftiger Schwiegersohn wurde noch in Deutschland geboren, heißt deshalb Johannes Spamer, nennt sich aber nun John und spricht Spamer wie Spaimer aus. Ich kann über ihn und seine Mutter noch wenig sagen, außer daß sie natürlich außerordentlich liebenswürdig zu uns sind. Die Mutter kleidet sich sehr duftig und wolkig in Blausa, Rosa, Grünsa und Lila, die Haare sind weizenblond und die Fingernägel silbern. Da alle Amerikanerinnen hier so herumlaufen, lassen sich aber daraus noch keine anderen Schlüsse ziehen, als daß die Familie keinen Mangel leidet. Meine beiden Kleinen dachten schon, modisch ganz up to date zu sein, als sie zur Verlobung ihrer Schwester und zu Weihnachten endlich auch Petticoats bekamen, die sie sich so sehnlichst gewünscht hatten (und in denen sie ganz goldig aussehen), aber nun hinken sie hinter dem, was in der großen weiten Welt modern und schick ist, doch immer noch jämmerlich hinterher. Dennoch, Ulla, es gibt Augenblicke, da schwillt einem die Mutterbrust vor Stolz. Als am Verlobungstag in Bad Homburg alle meine vier Töchter mit ihren Pferdeschwänzchen und Petticoats im verschneiten Garten meines Bruders fröhlich die Hula-Hoop-Reifen um ihre Hüften kreisen ließen und jeden, der es ihnen nachzumachen versuchte, um Längen schlugen, da habe ich doch gierig die vielen Komplimente über den »zauberhaften Nachwuchs« in mich eingesogen. Dabei, was ist an ihnen schon mein Verdienst? Höchstens, daß sie nicht verhungert sind. Da muß sich eine Jungenmutter wie Du vermutlich mehr anstrengen, bis sie Komplimente wegen ihrer »bezaubernden« Kinder bekommt!

Ich bedaure ja immer noch, daß Dein Viktor meine Ditta nicht gekriegt hat!

Was mich auch freut und stolz macht, ist, daß Ditta und Nella sich bisher in Bad Homburg so reibungslos gut miteinander vertragen haben und dabei so selbständig und ordentlich wurden. Sie sind bisher mit sehr wenig Geld erstaunlich gut ausgekommen, nicht in schlechte Gesellschaft geraten und sehr fleißig gewesen. Nellas Stimme entwickelt sich immer mehr zum Koloratursopran. John ist entzückt davon. Weißt Du, welches »Ständchen« sie ihrem Schwager zur Verlobung brachte? Ausgerechnet die Arie der Königin der Nacht aus der »Zauberflöte«: »O zittre nicht, mein lieber Sohn...«

In der Firma Brombach wird allerdings dafür gesorgt, daß mich mein Mutterstolz nicht übermütig werden läßt. Mein Chef, der Arbeitsvorbereiter Decker, hat eine wirklich empörende Art, mit Menschen umzugehen. Er brüllt mich zum Beispiel wegen nichts und wieder nichts an, hört nicht auf zu zetern, und ich schweige dazu. Jede Rechtfertigung würde ihn nur noch mehr reizen. Er steigert sich, bis ich sage: »Aber Herr Decker, ich habe doch gar nichts gesagt!« Da brüllt er: »Aber ich seh', was Sie denken!«

Neulich hat er sich dazu hinreißen lassen, vor unser aller Augen einen siebzehnjährigen Lehrling zu ohrfeigen. Da mußte ich als Betriebsrätin eingreifen, und das hat mich allen Mut gekostet, da ich fürchtete, beinahe selbst geschlagen zu werden. Ich hatte dann eine Aussprache mit ihm unter vier Augen, wobei er allmählich ganz menschlich wurde und zugab, von Kindheit an unter Jähzorn gelitten zu haben. Er und seine Frau stünden zur Zeit unter einem besonderen Druck, da seine Mutter an schwerer Verkalkung leide, immer von zu Hause weglaufe und in der Nachbarschaft mit der Begründung bettele, man lasse sie verhungern. Dann erzählte er noch von seiner großen Verehrung für Betriebsdirektor Schuster, dem er alles verdanke, was aus ihm geworden sei, und für den er durchs Feuer gehen würde. Es habe ihn hart getroffen, daß der ihn meinetwegen so ausgeschimpft habe, aber er hätte doch wirklich nicht ahnen können, daß ich »eigentlich« eine Bürokraft sei. Ha, hab ich gedacht, wenn du wüßtest, was ich »eigentlich« bin! So viel mehr als in der Halle wird im Büro geistig von mir ja auch nicht verlangt.

Ulla, es ist mir ein Rätsel, wie man sich von morgens bis abends für die Herstellung von Autoersatzteilen interessieren kann! Decker interessiert sich so leidenschaftlich dafür, daß ich ihn neulich sagen hörte, wenn er im Lotto gewinnen würde, dann würde er alles Geld in die Firma stecken, um interessante Patente entwickeln lassen zu können!

Dabei fällt mir ein: Neulich wurde unsere Werkhalle für einige Stunden von einer Filmgesellschaft gemietet, die dort eine Filmszene drehen wollte. Ein Schauspieler mußte als »Meister« mit einem »Arbeiter« (natürlich auch Schauspieler) an einer Maschine so in Streit geraten, daß sie sich dann verprügelten. So gut wie unser Decker konnte der Schauspieler nicht schimpfen, der Regisseur ließ die Szene wieder und wieder spielen. Irgend etwas war immer falsch. Später hörte ich einen Arbeiter sagen: »Mein Gott, die armen Schauspieler! So ein langweiliger Beruf! Immer und immer und immer noch mal müssen sie denselben Quatsch machen!« Und dabei sollte der Film darstellen, wie eintönig das Leben der Arbeiter ist, die immer und immer und immer noch mal dasselbe machen müssen!

Die christlichen Lebensregeln »Was du nicht willst, das man dir tu, das füg auch keinem andern zu« oder »Was du willst, das dir die Leute tun sollen, das tue ihnen auch« stellt sich für mich in der Praxis der Zusammenarbeit mit so vielen Menschen, insbesondere Männern, immer wieder als nur bedingt richtig und höchst problematisch dar. Oft, ja meistens, ist gerade das, »was ich nicht will, das man mir tu« genau der innigste Wunsch eines anderen und umgekehrt. Ich kann es zum Beispiel nicht ausstehen, wenn Männer in mir ein Sexobjekt sehen, andere Frauen tun alles, um als das zu gelten. Susi wünschte sich, auch mal Haue zu kriegen, wie Evelin, Arbeiter bedauern die Schauspieler, Schauspieler bedauern die Arbeiter, ich wünsche für meine Kinder so viel Bildung wie möglich, fast alle Ingenieure in der Arbeitsvorbereitung verachten Studenten, schicken ihre begabten Kinder mit Absicht nur auf die Volksschule, damit sie keine »Fürz innen Kopp kriegen« und »uff dem Teppisch bleibe«.

Bis auf die ehrgeizigen Männer bei uns, die nach Führungspositionen streben, zu denen natürlich auch der linke kleine Rau gehört und ein charmanter österreichischer Ingenieur Meier, der politisch mit Rau sympathisiert, sind meine Kollegen in der Arbeitsvorbereitung glücklich, daß sie nun Angestellte sind. Mit ihrem Vorgesetzten Decker konkurrieren sie nicht mehr. Der kann auf alle Fälle lauter schimpfen als sie. Nur Rau wagt es manchmal, auch gegen den eine Lippe zu riskieren. Ich weiß nicht genau, wo meine ehemaligen Arbeiterkollegen an den Maschinen überall hin entschwinden, wenn sie so etwa fünfunddreißig Jahre alt und Angestellte geworden sind. Manche werden Kontrolleure, manche Meister, manche Lagerverwalter, oder sie kommen in die Arbeitsvorbereitung. Ältere Akkordlohn- oder Zeitlohnempfänger sind bei uns jedenfalls selten. Das sind fast nur Ungelernte, Ausländer oder Frauen.

Ich habe früher immer großes Mitleid mit Fabrikarbeitern gehabt, aber das war fehl am Platz. Genauso könnte ich jeden Menschen bedauern, der für Geld irgendwo arbeitet, auch Lehrer, Beamte oder Lokführer. Wer nicht das elementare Bedürfnis nach Selbständigkeit hat, findet sein Glück im Privaten. Die meisten Leute hier sind in irgendeinem Verein. Ich habe nie für möglich gehalten, wie viele Vereine es in unserer Siedlung geben kann. Briefmarkensammler, Bierdeckelsammler, Taubenzüchter, Rosenzüchter, Schachspieler, Skatspieler und was nicht noch alles. Bei Faschingsumzügen zähle ich mindestens zwanzig Vereine mit eigenen Fahnen. Nur einen Verein für alleinstehende Mütter, die eigentlich Schauspielerinnen sind, aber vier Kinder haben und in einer Fabrik im Büro arbeiten, gibt es noch nicht, auch keinen Verein für Ladenschluß-Geschädigte! Wann hätten die denn auch Zeit, wie die Männer. Ich muß ehrlich sagen, Ulla, ich bedauere Dich und mich erheblich mehr als die Arbeiter. Nicht sie sind es, wir Frauen sind benachteiligt und ausgebeutet.

Ich hoffe, Du bist glücklicher!

Deine etwas depressive Erika

1958

25. Brief

Herr Birne und die Mutti ·
Über Autoritäten und Erziehung

Heidelberg, Februar 1958

Liebe Ulla,
es ist zwei Uhr nachts, ich kann nicht mehr einschlafen, weil wieder einmal mitten in der Nacht ein Vorarbeiter aus meiner Fabrik angerufen hat. Alle vier Wochen hat der seinen Kegelabend, bei dem er sich sinnlos betrinkt. Dann ruft er mich an, nennt mich »Mutti« und will mir sein Herz ausschütten. Lege ich den Hörer wütend auf, steht er unweigerlich eine Viertelstunde später auf der Straße vor meinem Fenster, ruft laut »Mutti!, Mutti« und weckt die ganze Nachbarschaft.

Dieser Herr Birne wohnt im Haus nebenan, hat eine hübsche Frau und einen netten kleinen Jungen, jeder kennt ihn und mich, ich muß ihn also anhören, wenn es keinen Skandal geben soll. Dann ist es aus mit dem Schlaf. In der Fabrik grüßen wir uns immer nur freundlich, wechseln ein paar höfliche Worte, wenn wir uns begegnen, niemals scheint er sich daran zu erinnern, was er in der Nacht gemacht hat, und ich werde mich morgen früh auch davor hüten, ihm von heute nacht zu erzählen.

Denke aber ja nicht, daß Herr Birne etwa sexuelle Anwandlungen hat. Bei dem soll ich nur als Klagemauer und als Beichtvater oder besser Beichtmutter fungieren. Über alles, was er in der letzten Zeit getan hat, legt er mir Rechenschaft ab, lauter banale Dinge. Ich sage dazu immer nur achso, jaja, dochdoch, neinnein. Rat oder Antworten würde er gar nicht anhören. Erst wenn er sich müde gelallt hat, lege ich den Hörer auf, sonst ruft er gleich noch einmal an, alles beginnt von vorne, oder er erscheint vor dem Fenster.

Weißt Du noch, wie ich in Henkhof als Gastwirtin auch immer als Klagemauer für alle Betrunkenen fungierte? Nicht nur betrunkene

Russen sagten »Mamutschka« zu mir, »Mutti« war ich auch für meine Cafégäste, wenn sie anfingen, mir ihr Herz auszuschütten. Jetzt habe ich in der Fabrik auch wieder diesen Spitznamen weg. Der Name kam auf bei einem der für mich fürchterlichen Betriebsfeste mit ihrer forcierten Lustigkeit, bei denen ich hinterher Muskelkater in den Wangen habe vor lauter künstlichem Lachen. Da fing der sonst immer übelgelaunte strenge Chef Decker an, mich »Mutti« zu nennen, und das machen nun seine Untergebenen nach. Offensichtlich wollen viele nur höchst ungern erwachsen und selbstverantwortlich sein, fühlen sich ohne »Mutti« hilflos, wie verlassene kleine Jungen, brauchen jemand, der für sie denkt, entscheidet und ihnen die Verantwortung abnimmt. Brauchen sie deshalb im nüchternen Zustand so notwendig einen »Boß« als Ersatz? Ob es in anderen Ländern die Sehnsucht so vieler Männer nach der »Mutti« und dem Zustand der Unverantwortlichkeit auch gibt? Bei den Russen sicher, denn die nannten mich ja auch so und haben mich respektiert. Ich frage mich manchmal, ob der Militarismus in der heutigen Form, den die Preußen erfunden haben, nur wegen dieser Sehnsucht, Verantwortung zu delegieren, möglich wurde?

Ich habe Männer persönlich bisher immer nur als Einzelperson gekannt. Als marschierende Masse, wie beim Nationalsozialismus, waren sie mir früher ein unbegreifliches Phänomen. Uniformen stießen mich ab, erschreckten mich. Ich konnte nie begreifen, wie man als Mann stolz auf eine Situation sein kann, die einem die eigene individuelle Würde nimmt und einen nur zum funktionierenden Befehlsempfänger macht. Hier bei Brombach – heute nacht, da der Kollege Birne droht, laut auf der Straße nach mir zu schreien, wenn ich seine Beichten nicht anhöre und mich nicht bereit erkläre, seine Schuld auf mich zu nehmen – kommt mir die große Erleuchtung.

Preußische Gehorsamkeitsdressur, die so entsetzlich viel Unheil angerichtet hat, wäre bei mündigen Menschen, die sich wirklich von ihrer Mutter abgenabelt haben, niemals möglich gewesen. Nicht nur der Wille der Befehlshaber, sich andere Menschen untertan zu machen, war dazu nötig, sondern auch der elementare Wunsch nach Unterordnung bei vielen Menschen. Man hat vielen Nazis nachgewiesen, daß sie gar keine schweren Strafen befürchten mußten, wenn sie dem Befehl zum Töten nicht gehorchten. Dennoch glaubten sie, völlig von eigener Schuld entlastet zu sein, wenn sie sagten:

Es war doch befohlen. Ist das angeboren, oder stimmt in der Tradition deutscher Kindererziehung etwas nicht, daß sie ausgerechnet die Knaben, die sich später so martialisch gebärden, seelisch so unreif ohne selbständiges Gewissen ins Leben entläßt? Meinst Du nicht, daß vielleicht das ganze Männlichkeitsgetue mit dem Bedürfnis, Frauen zu unterdrücken und über Kinder Gewalt auszuüben, Kompensation einer weitverbreiteten Schwäche ist?

Aber wie läßt sich freies individuelles Gewissen ohne Autorität entwickeln?

Ich habe keine Erfahrung mit aufsässigen wilden Jungen. Bei meinen Töchtern war Gehorsam nie ein Problem, weil ich selten etwas befohlen, sondern meist nur einsichtig gemacht habe, warum man dies oder jenes so oder so machen müsse. Ich habe auch, glaube ich, selten etwas verboten, ohne zu erklären, warum dies oder das nicht getan werden darf. Nur als sie so klein waren, daß sie Worte noch nicht verstanden, habe ich mit einem kleinen Klaps dem Verständnis nachgeholfen, wie das Affenmütter ja auch tun. Ich habe niemals erlebt, daß meine Kinder vor der Pubertät mit Absicht etwas taten, was ich nicht wollte. Später kollidierten dann natürlich oft ihr und mein Wille. Wenn sie aber ihren Willen durchsetzten, taten sie dies nicht, um mich zu ärgern. Du mußt es doch wissen: Ist das bei Jungen wirklich so anders, oder ist deren sogenannte Aufsässigkeit nur Folge davon, daß man von ihnen immer gleich blinden Gehorsam verlangt und daß sich die Väter mehr in die Erziehung einmischen? Man hört jetzt von Amerika, daß sie dort eine ganz antiautoritäre Erziehung ausprobieren, bei der den Kindern gar nichts verboten oder befohlen wird. Wenn man unter »Autorität« eine Diktatur versteht, die nur Befehlen und Gehorchen kennt, ist das wohl richtig. Autorität aber, wie ich sie verstehe, lenkt den Willen des Kindes durch Vorbild und Erklärung dahin, wohin die Mutter will, läßt ihm also nicht einfach freien Lauf, sondern bildet diesen eigenen Willen aus. Wie hilflos und verzweifelt sind Kinder ohne Führung und Anleitung und eine Autorität, an die sie sich halten können.

Wenn Du Zeit hättest, Dich um jedes einzelne Deiner Kindergartenkinder zu kümmern, säßest Du eigentlich am Hebel, von dem aus die Gesellschaft zum Besseren revolutioniert werden könnte, denn ich halte *alle* Revolutionen, mit denen Erwachsene ihre Gesellschaft zum Besseren verändern wollen, für völlig sinnlos. Erst einmal müssen reife, mündige Menschen aus den Kinderstuben ins Leben entlassen werden, dann können reife, mündige und funktionierende Ordnungssysteme entstehen. Jedes System kann gut funktionieren, wenn die Menschen freundlich und nächstenliebend sind, die damit umgehen. Und das beste System kann zur Hölle werden, wenn teuflische Menschen es bedienen. Ulla, zu mir als Betriebsrätin kommen oft Väter und klagen mir ihre Probleme bei der Erziehung ihrer Kinder. Man sollte es nicht für möglich halten, was ich da oft zu hören bekomme. Einer sagte einmal völlig verzweifelt: »Ich kann meine Friederike noch so oft grün und blau schlagen, immer wieder wacht sie nachts auf und kommt zu uns ins Schlafzimmer. Was kann man nur noch dagegen machen!« Oder sie erzählen mir voll Stolz, daß sie es durchgehalten haben, ihr Baby die ganze Nacht schreien zu lassen, bis es ganz blau gewesen sei, aber sie seien als verantwortungsbewußte Väter nicht schwach geworden. »Keine Minute früher hat das Gör seine Flasche gekriegt, die zieh ich mir, darauf können Sie sich verlassen!« Der Vater meines Patenkindes Harry behandelt sein Kind wie einen Hund, den er »abrichten« will. Das Kind ist schon völlig verhaltensgestört.

Es ist grauenhaft, welche totale Unkenntnis die meisten Menschen, vor allem Väter, von den Bedürfnissen eines Kindes haben. Da muß man ansetzen, wenn man die Welt verändern will!

Du wirst lachen, Ulla, aber seit Ditta sich verlobt hat, mache ich mir jetzt schon Sorgen um meine zukünftigen Enkelkinder. Es grassieren heutzutage so unmögliche Theorien über Kindererziehung, die mir so gefährlich erscheinen! Wenn Ditta und John sagen, sie würden ihre Kinder später antiautoritär erziehen, dann klingt das in meinen Ohren so, als würden sie beschließen, ihren Kindern nichts zu essen zu geben, damit sie schlank bleiben.

Aber für heute muß ich mal wieder Schluß machen. Es wünscht Dir noch nachträglich ein gutes 1958

Deine »Mutti« Erika

NS: Mit den beiden Untermieterinnen geht es trotz der drangvollen Enge ganz gut. Sie vertragen sich mit Betti und Susi und helfen ihnen oft bei den Schularbeiten. Sie sind selbst nicht verwöhnt.

26. Brief

Ulla schreibt nicht mehr · Kirche und Gemeinde ·
Verzicht auf Ronco · Vermietung an Studentinnen ·
Nella besucht DDR · Arbeit im Büro wird
anspruchsvoller · Dalottis Geschichte ·
Brombachs Einladung

Heidelberg, Juni 1958

Liebe Ulla,
wieder nur eine Postkarte von Dir?! Ist etwas los? Nein, wir haben Bettis Konfirmation voriges Jahr nicht vergessen, wir legen sie nur mit Susis (in vierzehn Tagen) zusammen. Bei Ditta und Nella haben wir das vor fünf Jahren auch so gemacht, sonst werden diese Feste ja zu teuer. Es werden auch nur Karl-August mit seiner Frau und Tante Hedwig von auswärts kommen. Ulrich und seine Frau laden uns fünf dann alle zum Essen in ein Restaurant ein. Ich habe meine Nachfolgerin inzwischen näher kennengelernt und mag sie sehr gern. Sie hat sich so herzlich meiner Kinder angenommen und das etwas gestörte Verhältnis zwischen ihnen und ihrem Vater sehr behutsam und mit viel Humor wiederhergestellt. Es gibt ja auch nichts, was ich ihr vorwerfen dürfte.

Du fragst, ob ich nicht in der Kirche Anschluß an nette Frauen finden könnte. Du weißt doch, Ulla, welche Probleme ich früher mit der christlichen Religion hatte. So, wie sie mir nahegebracht wurde, konnte ich weder mit dem Wort »Gott« noch mit dem Wort Jesus etwas anfangen. Da habe ich mich ganz von der Kirche zurückgezogen, bin aber in den gottlosen Zeiten der Nazis von 1933 bis 1945 und der Kommunisten von 1945 bis 1952 immer mehr von der Bibel angezogen worden, habe sie immer wieder gelesen und darüber nachgedacht, bis ich schließlich so ergriffen war von Wahrheiten, die sich mir auftaten, daß ich glaubte, Christ geworden, ja eigentlich um dieses Glaubens willen aus der DDR geflohen zu sein.

Aber was ich jetzt unter »Glauben an Jesus« verstehe, finde ich hier weder in der Gemeinde noch bei den Pfarrern. Überall in der Bundesrepublik haben sie neue Kirchen gebaut. Auch bei uns in unserer Siedlung steht ein schmuckes nagelneues Kirchlein, wie aus dem Bilderbuch, schlicht und ohne moderne Kunststücke, die die Aufmerksamkeit auf sich statt auf Gott lenken. Aber ich habe immer das Gefühl, der, für den alle diese Kirchen gebaut sind, steht draußen und weigert sich, einzuziehen in dieses neue Haus. Es heißt doch: »Wo zwei oder drei versammelt sind in meinem Namen, da bin ich mitten unter ihnen.« Ich habe mich so gesehnt danach, mich mit anderen Menschen »in seinem Namen« zu versammeln, nach all den riesigen Kundgebungen, bei denen Menschenmassen sich im Namen von Antichristen versammelten und von Begeisterung erfüllt wurden. Nichts davon hier. Ich bin in den ersten Jahren häufiger in die Kirche gegangen, manchmal jeden Sonntag, vor allem wegen der Kinder, weil ich hoffte, sie könnten etwas davon mitnehmen. Aber was habe ich vorgefunden? In den hiesigen Kirchen versammeln sich konservative Leute, die alte Traditionen hochhalten und wieder aufleben lassen wollen, vorwiegend Frauen. Der Pfarrer sagt seine Sprüchlein auf, bei denen sich niemand etwas denkt und zu denen die Gemeinde ebenfalls ihre Sprüchlein murmelt. Der Organist spielt laut und lustlos die unmodernen alten Choräle, und die Versammelten singen pflichtbewußt und leise die alten Texte aus dem Gesangbuch ab, ohne zu verstehen, was sie da singen. Mal setzen sie sich, mal stehen sie wieder auf, und dann hört man sich sitzend und halb schlafend eine langweilige Rede an, in der ein für diesen Tag vorgeschriebener Bibeltext erklärt und erläutert wird. Den Spekulationen des Pfarrers darüber, was diese zwei, drei Zeilen völlig aus dem Zusammenhang gerissener Bibelverse aussagen wollen und sollen, sind kaum Grenzen gesetzt. Dann wieder Aufstehen, Hinsetzen, Aufstehen, Singen, Sprüche, Segen, und dann werden Groschen eingesammelt, und vor der Ausgangstür steht der Pfarrer und verabschiedet die Frommen mit einem freundlichen Lächeln. Einige Leute sprechen noch ein paar Worte miteinander, die meisten gehen stumm, ernst und so unfröhlich wieder nach Hause, wie sie gekommen sind. Da geht es lebhafter zu, wenn sich die Leute in einem Verein für Brieftauben oder für Fußball versammeln. Da haben doch alle wenigstens ein gemeinsames Interesse. Welches Interesse verbindet die Kirchgänger? Ich erkenne es nicht. Meine Seele wird nicht satt bei diesen Gottesdiensten.

Ich bin auch zu Frauenabenden und zu Bibelkreisen gegangen,

aber ich sagte Dir ja schon, daß sich in Heidelberg durch den Krieg nichts verändert hat. Zu diesen Abenden treffen sich ausschließlich Frauen, die schon zusammen in die Schule oder zum Konfirmationsunterricht gegangen sind. Wahrscheinlich waren sie in der Nazizeit auch gemeinsam im BDM. Alle duzen sich und kennen sich in- und auswendig. Du glaubst gar nicht, wie fremd und unerwünscht man sich unter ihnen vorkommt. Mir fehlt die Kraft, diese eisige Wand der höflichen Fremdheit zu durchbrechen. Jetzt hat die Gemeinde einen zweiten Pfarrer bekommen, der sich mit dem ersten um Kompetenzen streitet, und dieser Kleinkrieg hat die ganze Gemeinde gespalten. Das hat mich endgültig vertrieben.

Andere Möglichkeiten, außerhalb der Fabrik mit Menschen ins Gespräch zu kommen, gibt es in unserer Siedlung nicht. Ich müßte dazu abends mit der Straßenbahn in die Stadt fahren, und wo auch immer ich hingehen würde, es würde Geld kosten. Das habe ich eben nicht. Es reicht ja immer noch gerade zum Essen wegen der Raten für den unentbehrlichen Hausrat. Immer noch nähe ich alle Kleider selbst.

Wie meine Geschichte mit Eduard Ronco weitergeht? Auf Sparflamme, Ulla. Er und seine Frau sind für mich die einzigen Menschen hier in Heidelberg, die meine Sprache sprechen, meinen Humor teilen, kurz aus demselben »Stall« kommen wie ich. Sie sind mir vertraut wie nahe Verwandte, mit ihnen verstehe ich mich ohne viele Worte, die unsichtbare Barriere der Fremdheit, wie sie zwischen mir und allen anderen mir hier bekannten Heidelbergern besteht, fehlt zwischen ihnen und mir. Beide sind gebürtige Berliner und haben bei Bombenangriffen ihr einziges Kind verloren und auch sonst so einiges durchgemacht. Frau Ronco erinnert mich manchmal an Dich, Ulla, und sie könnte wohl eine vertraute Freundin werden, wenn da nicht das gefährliche starke Gefühl wäre, das ich zu ihrem Mann habe und er wohl auch zu mir. Die Tür zum »Weihnachtszimmer« steht so einladend offen. »Der Baum brennt«, nichts würde mich hindern, einzutreten und mir die aufgebauten Gaben anzueignen, wenn ich nicht wüßte, daß sie nicht für mich bestimmt sind, sondern einem anderen »Kind« gehören. Möglicherweise macht das andere Kind keinen Gebrauch davon, will sie gar nicht, aber das ändert nichts. Mir sind Deine Erfahrungen mit einem verheirateten Mann ein warnendes Beispiel. Dennoch bin ich dem Zufall dankbar, der diese seltsame Bekanntschaft zustande gebracht hat. Ich hätte sonst, seit ich hier bin, also seit über sechs Jahren, nicht mehr mit geistig interessierten und gebildeten Leuten gesprochen, wenn man von Ulrich einmal absieht, mit dem ich aber keine Gespräche mehr führe.

Man munkelt, ehemalige Offiziere würden demnächst doch die ihnen zustehende Pension nachgezahlt bekommen. Das wäre ja schön, dann brauchte ich wenigstens nicht länger die Hälfte unserer kleinen Wohnung zu vermieten und könnte mich mit Betti und Susi etwas ausbreiten, Ditta und Nella könnten auch außerhalb der Semesterferien mal nach Hause kommen, ohne auf der Erde nächtigen zu müssen. In Ermangelung von Fahrgeld kann ich meine beiden Großen bis jetzt nur sehr selten in Bad Homburg besuchen. Ditta wird nun bald einundzwanzig und mündig, aber ich muß sagen, alle beide haben sich schon lange wie mündige Erwachsene verhalten. Mit allen möglichen Jobs als Babysitter, Putzfrau oder Bedienung in Restaurants haben sie sich immer genug dazuverdient, so daß sie mit dem Geld ausgekommen sind. Es war gut, daß sie zu zweit waren, da hat immer eine die andere korrigiert, und von klein an waren sie unzertrennlich.

Ich habe Dir noch gar nicht erzählt: Vorigen Herbst, als Ditta mit Spamer und seiner Mutter eine Reise machte, ist Nella ganz allein, ohne mich zu fragen und obwohl sie genau wußte, daß ich es streng verbieten würde, doch nach Henkhof getrampt, mit Schlagring in der Tasche, wie Ditta es damals vorhatte. Ich bekam plötzlich ein Paket von drüben, wunderte mich, wer mir das wohl geschickt haben könnte, und fand beim Öffnen leicht angefaulte Birnen und einen Zettel darin: »Das sind Birnen aus unserem Garten in Henkhof!« Nella war einfach durch das Pförtchen in unseren Garten und um das Haus herumgegangen, in dem jetzt ein DDR-Minister wohnt, und hatte in die Fenster hineingeguckt. Eine Frau kam heraus und fragte erzürnt: »Was machen Sie hier auf meinem Grundstück?«, woraufhin Nella scheinheilig-treuherzig zurückfragte: »Das wollte ich grade Sie fragen! Was machen Sie hier auf *meinem* Grundstück?« Sie erklärte dann, wer sie war, die Frau wußte gar nichts mehr zu sagen, aber dann ging Nella doch schnell fort, ehe die Frau auf den Gedanken kommen konnte, sie verhaften zu lassen. –

Solche Kinder habe ich, Ulla! Nella ähnelt am meisten ihrem Vater, der ja auch immer die verrücktesten und gefährlichsten Dinge macht, ohne an die möglichen Folgen zu denken.

In der Fabrik geht alles so seinen Gang. Ich bin jetzt mit etwas anspruchsvolleren Arbeiten betraut. An der Vervielfältigungsmaschine sitzt eine Ungarin, während ich Sekretärin für einen Ingenieur bin und außerdem eine Kartei mit Ein- und Ausgängen des Zwischenlagers führe. Mit meinem Ingenieur stimmt etwas nicht, fürchte ich. Er ist erschreckend vergeßlich, ich muß ihn an alles erinnern. Die Kollegen necken ihn wegen des rieselnden Kalkes, aber er ist noch nicht alt genug, um schon verkalkt zu sein. Ich fürchte, es steckt etwas anderes dahinter, vielleicht die Alzheimer-Krankheit? Jedenfalls passe ich wie ein Schießhund auf, was er zu machen hat, damit ich ihn notfalls ersetzen kann, wenn er ausfallen sollte. Obwohl ich von Technik nicht viel verstehe, ist es gar nicht so schwer und größtenteils Routine, was er mir diktiert. Man muß bloß lernen, die technischen Zeichnungen mit all den Fachausdrücken zu verstehen, dann ist die Übersetzung in Anweisungen für die Arbeiter, das heißt für ihre Maschinen, sogar ziemlich einfach. Ich war ja lange genug in der Halle und weiß, welche Arbeiten die einzelnen Maschinen ausführen. Ich hatte mir früher immer eingebildet, als Frau könne ich so etwas nicht, was den Männern vorbehalten ist. Aber so, wie Männer sicherlich eines Tages auch lernen können, Knöpfe anzunähen und Strümpfe zu stopfen, so können Frauen sicherlich auch lernen, mit der Technik umzugehen.

Als Betriebsrätin bin ich mal wieder eine gegen alle: Es geht um eine Frau, die entlassen werden soll, weil sie »spinnt«. Eigentümlich, daß den Männern so jedes Gespür für die Tragik mancher Schicksale fehlt und daß sie sich totlachen über Dinge, die eigentlich zum Weinen sind. Die Frau ist in einer der anderen Hallen als Werkstattschreiberin beschäftigt und arbeitet auch, wie ich, nur unter Männern. Sie heißt Gerda Dalotti, hat einen italienischen Vater und eine deutsche Mutter und ist in einer Ausländerbaracke am Rand von Heidelberg in den zwanziger Jahren als Fremdarbeiterkind aufgewachsen. Sie hat als Kind nur deutsch gesprochen und ist hier in unserer Siedlung zur Schule gegangen. Sie zeigte mir einmal ihre Einserzeugnisse, unter welche die Lehrerin regelmäßig ein besonderes Lob geschrieben hatte für Fleiß, Ordnung und Intelligenz. Von klein an hat sie sich bemüht, reines Hochdeutsch und keinen Heidelberger Dialekt zu sprechen und sich durch besonders gepflegte Kleidung auszuzeichnen. Sie wollte das Image loswerden, das den Barackenkindern als angeblich Asozialen anhaftete. Ihr Vater trank, aber die Mutter strampelte sich als Waschfrau ab, um ihr Kind aus den Niederungen in die Welt der »besseren Leute« hineinzuerziehen. Bei Kriegsausbruch 1939 wurden von einem Tag auf den anderen alle Ausländer ausgewiesen, was viele Familien auseinanderriß. Deshalb nahm Herr Dalotti Frau und Tochter mit nach Italien. Aber weder Gerda noch ihre Mutter konnten Italienisch, der Vater hatte in Italien keine Verwandten und Bekannten mehr. Die Mutter verdingte sich als Dienstmädchen bei einer römischen Familie, der Vater hauste in Asylen und arbeitete als Gelegenheitsarbeiter, Gerda wurde ein Jahr lang in ein von Nonnen geleitetes Heim für Waisenkinder gesteckt. Ich muß mir nur vorstellen, man hätte, als ich nach Heidelberg kam, meine Kinder einfach von mir getrennt und in Heime gesteckt, in denen eine wildfremde Sprache gesprochen wird, um schon vom Mitleid überwältigt zu werden.

Die ehrgeizige Gerda strengte alle Kräfte an, um möglichst schnell Italienisch zu lernen und sich aus der Tiefe wieder herauszuarbeiten. Den Nonnen gefiel das hübsche, ehrgeizige Kind offensichtlich, und sie rieten ihr das an, was sie selbst für das allerwichtigste im Leben hielten, damit ein armes Mädchen nicht unter die Räder gerät, nämlich rein zu bleiben und sich auf keinen Fall von irgendeinem Mann verführen zu lassen. Sie flößten ihr ein derartiges Entsetzen vor allen Annäherungsversuchen eines Mannes ein, daß Gerda daraus die alleroberste Richtschnur ihres Lebens machte, deren Befolgung der einzige Halt war, an den sie sich klammern und durch den sie ihr Selbstbewußtsein aufrechterhalten konnte. Nach ihrer Entlassung aus dem Heim arbeitete sie zunächst auch als Dienstmädchen wie ihre Mutter, nahm aber nebenbei Stenographie- und Schreibmaschinenkurse, um etwas Besseres werden zu können. Sie wurde immer hübscher, die Männer stellten ihr nach, aber sie behauptete ihre Unberührtheit gegen alle Versuchungen, ja verpaßte dadurch auch Heiratsmöglichkeiten mit Leuten, die es ernst meinten. Das Kriterium für den Wert eines Mannes wurde für sie, daß er keine »schmutzigen, entehrenden« Dinge von ihr wollte. Sie bestand 1944 schon ihre Sekretärinnenabschlußprüfung, was bei ihrer mangelhaften Vorbildung und ihren anfangs völlig fehlenden Sprachkenntnissen ein Beweis für hohe Intelligenz ist, lernte Nähen, so daß sie auch ihre Kleidung selbst anfertigte, und geriet als Dolmetscherin durch Zufall in den Stab des Duce Mussolini. Die Abenteuer, Verfolgung und Flucht dieser Offiziere erlebte sie mit, bis der Duce gehängt und seine Leute ermordet oder in alle Winde geflohen waren. Sie rettete sich zu ihrer Mutter, aber die starb gerade. Den Vater fand sie nicht wieder. Da zog es sie mächtig in ihre Heimat nach Heidelberg, und sie machte sich 1946 zu Fuß auf den Weg über die Alpen. Als einziges Kapital, wie sie meinte, brachte sie die Ehre ihrer unberührten Jungfernschaft mit nach Deutschland. Sie wußte nicht, daß die Deutschen dieses Kapital mittlerweile weniger respektieren und achten als die Italiener. Zu jung hatte sie das Land verlassen. Auf ihrer Wanderung verdingte sie sich in Hotels oder Krankenhäusern, an denen sie vorbeikam, wochenweise als Putzfrau, um etwas essen und übernachten zu können. Sie hatte natürlich, wie alle, kein Geld. Einmal mußte sie in einem Irrenhaus Fenster putzen. Da zog ihr ein Kranker die Leiter weg, auf der sie stand. Sie stürzte schwer und bekam einen Schädelbasisbruch, der sie viele Jahre zur Patientin dieses Hauses machte. Als man sie dann endlich wieder entließ, hatte sie im wahrsten Sinne des Wortes einen »Dachschaden«, der sich darin äußert, daß sie ohne Punkt und Komma reden und ihre schrecklichen Erlebnisse erzählen muß, wobei sie bei den schlimmsten Geschichten in ein hohes kicherndes Lachen verfällt, das die Zuhörer natürlich irritiert und belustigt. Oder könntest Du jemanden ernst nehmen, der berichtet, wie die Mutter verhungert oder wie ein guter Bekannter gehängt wird, und dabei lauthals kichert?

Das Schlimmste ist, daß sie geradezu zwanghaft bei jeder passenden und unpassenden Gelegenheit darauf aufmerksam macht, daß sie – dreiunddreißigjährig – eine reine Jungfrau und noch völlig unberührt ist. Du kannst Dir denken, welche Anzüglichkeiten das in einer Werkhalle provoziert, in der nur Männer arbeiten, und daß die Dalotti sich zum Gespött gemacht hat. Sie ahnt aber überhaupt nicht, womit sie einen derartigen Anstoß erregt und warum man sie überall wieder entläßt. Sie macht ihre Arbeit tadellos, ohne jede Beanstandung, sie kommt gepflegt und adrett gekleidet in die Fabrik, sie ist ehrlich und zuverlässig, es gibt keinerlei Grund, sie zu entlassen, und niemand hat es nötiger als sie, in der Arbeitswelt wieder Fuß fassen zu können. Ich bin überzeugt, daß sich ihre Spinnerei mit den Jahren geben wird, wenn sie anerkannt wird und es nicht mehr nötig hat zu demonstrieren, daß sie eigentlich »etwas Besseres« ist. Wie der kleine Rau besucht sie die Volkshochschule und Kurse, und ich finde, ihre Behinderung müßte man ebenso ertragen können, wie man Raus Behinderung erträgt, die viel mehr ins Auge fällt. Aber nein, sowohl die Geschäftsführung und das Personalbüro als auch die Betriebsräte sind unerbittlich gegen sie. »Was wollt ihr denn in die Kündigung reinschreiben?« habe ich ihnen zugerufen, »wollt ihr schreiben: Ist stolz auf Unberührtheit? Hat sie nicht in gewisser Weise ein Recht, darauf stolz zu sein, wenn sie weiter keine Ehre hat im Leben? Oder wollt ihr schreiben: Lacht bei unpassenden Gelegenheiten? Ich kenne euch doch! Ihr habt anfangs, als ich hierherkam, auch bei sehr unpassenden Gelegenheiten über mich gelacht und habt gar nicht gemerkt, wie dumm das war! Was der Dalotti fehlt, ist eine amtliche Bestätigung darüber, daß sie eine durch einen Unfall herrührende Behinderung hat. Dann müßt ihr sie behalten!« Aber niemand hat auf mich gehört. Sie haben in ihrem Kündigungsschreiben nicht einmal erwähnt, wie gut sie ihre Arbeit macht. Nun bekommt das arme Ding wohl endgültig keine andere Stelle mehr, mußte ihre zu teure Wohnung kündigen und wohnt wieder in einem Asyl, wo sie herkam. Sie macht aber tapfer weiter Englischkurse mit der Hoffnung, später vielleicht bei den Amerikanern Arbeit zu finden. Wegen meines Einsatzes für sie besucht sie mich jetzt, sooft sie kann, aber auch Betti und Susi können sie oft nur schwer ertragen. Man sagt doch immer, daß Italiener so lebhaft mit den Händen reden. Offensichtlich hat sie das geerbt. Obwohl ihre Muttersprache Deutsch ist, fuchtelt sie beim Reden so mit den Händen, daß einem ganz schwindlig wird, und wenn sie beispielsweise von ihrem Blinddarm spricht, kann sie es nie lassen, ihr Kleid hochzuziehen und uns zu zeigen, wo ihr Blinddarm sitzt. So etwas wirkt natürlich auf Heidelberger Arbeiter besonders lächerlich, vor allem, wenn sie gleichzeitig ihre Unschuld betont. An ihr kann man wieder einmal sehen, was grausame politische Verhältnisse aus einem Menschen machen können. Eigentlich ist die Frau bildschön, sehr intelligent, dynamisch, ehrgeizig, fleißig, hat einen grundanständigen Charakter und wäre unter anderen Verhältnissen vielleicht sogar ein bedeutender Mensch geworden. Obwohl das Schicksal dieser Frau fast noch ergreifender und tragischer ist als das des kleinen Rau, sieht dieser die Parallele nicht und ist fast am eifrigsten, sie zu verspotten, so wie er anfangs mich verspottet hat.

Was gibt es sonst noch zu berichten? Ach ja, der Herr damals beim Silvesterball war tatsächlich der Pfarrer Brombach und Besitzer meiner Fabrik. Roncos haben ihm gegen meinen Willen doch erzählt, daß ich in seiner Firma arbeite, und jetzt hat er mich neulich gemeinsam mit dem Ehepaar Ronco zum Abendessen eingeladen. Er hat zwei halbwüchsige Söhne, für die es offensichtlich eine Sensation war, daß jemand aus der Firma bei ihnen speiste, denn sie guckten immer heimlich in das Zimmer herein, wo wir saßen. Ich hatte ganz stark das Gefühl, daß Brombach und seine Frau mich darüber aushorchen wollten, wie es in seiner Firma zugeht, was ich von den einzelnen Direktoren oder Abteilungsleitern halte, was in der Belegschaft so geredet wird und dergleichen. Aber ich habe geschwiegen wie ein Grab. Ich tat so, als ob mich die vornehme Gesellschaft einschüchterte, und ließ Roncos reden. Mir ist immer noch nicht klar, was dieser Pfarrer eigentlich für ein Mensch ist. Mein Eindruck von Scheinheiligkeit hat sich verschärft. Ein Mittelding zwischen Kardinal, SED-Funktionär, Luftschutzwart und Zeitschriftenvertreter. Seine Frau ist sehr schlicht und stammt sichtlich aus allerkleinsten Verhältnissen. An Geld liegt ihm wohl nicht besonders viel, aber er sagte einmal beiläufig von Betriebsdirektor Schuster, den ich ja sehr gern habe wegen seiner Ehrlichkeit und Offenheit: »Das ist ein Mann, der versteht es, Seelen zu stehlen« – was immer er damit meinte. Vielleicht leidet der Pfarrer an seiner Unbeliebtheit, weil er doch eigentlich zum Seelenfang angetreten ist. Ganz wohl fühlt sich das ehemalige Waisenkind aus dem Waisenhaus anscheinend immer noch nicht in seiner Rolle als reicher Unternehmer. Seine Frau nimmt das gelassener. Für sie ist die Fabrik ein Sparstrumpf. Sie kauft sich, soviel sie kann und was ihr gefällt, und mehr will sie nicht vom Reichtum. Ihn dürstet es nach Macht, zu der ihm aber Selbstbewußtsein und seelische Kraft fehlen.

So, liebe Ulla, für heute muß ich endlich wieder schließen. Ich will noch schnell zu meiner Nachbarin. Im März habe ich im Fernsehen gesehen, wie die neue amerikanische Rakete in den Weltraum startete, und im Januar habe ich beim Satellit Explorer 1 auch zugeschaut und gestaunt. Vielleicht hat der kleine Rau mit seinen Weltraumideen doch recht. Ja, unsere Kinder wachsen in eine uns ganz fremde Welt hinein. Was hat sich seit unserer Kindheit nicht alles verändert!

Es umarmt Dich in Liebe

Deine Erika

27. Brief

Paul wird in die DDR entführt · Volksbefragung · Die Untermieterinnen und ihre Ansichten

Heidelberg, August 1958

Liebe Ulla,

ich habe Deinen Brief gestern erhalten und will gleich antworten. Jetzt verstehe ich, warum Du so lange nur Postkarten geschrieben hast, aber ich glaube, Deine Sorge ist unbegründet. Briefe von West-Berlin in die Bundesrepublik können von Ostzonenleuten bestimmt nicht gelesen werden, weil sie alle mit Luftpost befördert werden. Etwas anderes wäre es, wenn Du in Ostberlin wohntest. Es steckt uns eben von drüben her noch so in den Knochen, daß man bei jedem Brief fürchtet, er werde geöffnet. Bei Paketen, die durch DDR-Gebiet transportiert werden, kann man immer noch Angst haben, da wird immer noch geklaut.

Was Du schreibst, ist ja entsetzlich! Paul in die DDR entführt! Weil sie über derartige Ereignisse nicht mehr in den Zeitungen berichten, hatte ich angenommen, so etwas passiere nicht mehr. Dabei schweigen sie offensichtlich nur, damit die Leute nicht noch mehr gefährdet werden. So viel Rücksichtnahme habe ich der Presse gar nicht zugetraut! Ist es zu glauben? Da geht Dein Paul morgens aus dem Haus, will zur Arbeit fahren, Nachbarn sehen, wie ihn Männer in einen Wartburg zerren, und weg ist er – nun schon sieben Monate! Kannst Du Dich wirklich auf die Leute drüben verlassen, die Dich benachrichtigt haben, er sei in Bautzen im Gefängnis und wegen Spionage zu zehn Jahren verurteilt? Vielleicht ist das ein Trick, damit Du hinfährst und sie Dich auch greifen? Du warst ja schließlich auch einmal mit ihm drüben am Schiffbauerdamm im Brecht-Theater! Man stelle sich vor, jeder Deutsche, der zum Beispiel nach Frankreich führe, um den Eiffelturm zu besichtigen, oder nach Italien, um den Petersdom zu sehen, würde wegen Ausspionieren eines fremden Landes zu zehn Jahren Haft verurteilt! Da müßten ja alle Journalisten und Touristen der Welt in Gefängnissen sitzen! Was sind das nur für Menschen, die drüben regieren! Haben die so viel Angst davor, ihre Untaten könnten ans Licht kommen, daß sie deshalb in jedem Menschen gleich einen »Spion« sehen?

Oh, Ulla, wie gut kann ich nachempfinden, was Du inzwischen durchgemacht hast und noch durchmachst. Wenn jemand gestorben ist, kann man sich wenigstens beim Denken an ihn auf das Vergangene konzentrieren, kann sich fröhliche, heitere Bilder ins Gedächtnis zurückrufen, und daran heilt wohl langsam die Wunde, die das Auseinanderreißen hinterläßt. Bei Dir wird jeder Gedanke der Gegenwart gelten, Du wirst Dir dauernd vorstellen müssen, was er jetzt eben, in diesem Augenblick, durchmacht. Da Du auf Gerüchte über die Zustände in den DDR-Gefängnissen angewiesen bist, wirst Du Dir möglicherweise noch Schlimmeres vorstellen, als was ihm tatsächlich passiert, und darüber kannst Du dann nicht zur Ruhe kommen. Ich weiß von Tante Hedwig, wie schrecklich sie unter diesen Phantasien litt, als Karl in Rußland war, und erinnere mich auch daran, was meine Großmutter bis zu ihrem Tod durchgemacht hat, deren Sohn 1918 vermißt wurde und nie wieder auftauchte. Ich bin ja nur froh, daß sich diesmal Dein Bruder bewährt hat und es seinen Beziehungen zu verdanken ist, daß Ihr jetzt wenigstens wißt, wo Paul ist. Ich wollte, ich hätte Dir auch beistehen können! Ganz lieb scheint sich ja Stephan verhalten zu haben. Ich kann ihn mir gar nicht als rasierten jungen Mann mit tiefer Stimme vorstellen.

Mir ist immer unbegreiflich, was in den Herzen der Schergen von totalitären Staaten vorgeht, wenn sie Willkürstrafen vollstrecken müssen. Sie entleeren sich völlig vom eigenen »Ich« und eigenen

Gewissen und sind nur noch Roboter zur Ausführung fremden Willens. Es gehört zwar Mut dazu, mit einem Wartburg nach West-Berlin zu fahren und dort einen ihnen fremden Mann auf Befehl zu entführen und den eigenen Behörden auszuliefern, aber ob das für sie einfach nur ein Abenteuer ist, wie das Einfangen von Löwen oder Giraffen in der freien Wildbahn? Wer zu so etwas fähig ist, kann sein Mitgefühl mit anderen Menschen doch nicht erst verloren haben, seit drüben die SED regiert. Der ist als Kind vermutlich schon bei den Nazis abgehärtet worden gegen das Mitempfinden fremden Leides. Aber wenn sich ein Mann wie Dein Paul sein lebhaftes Interesse am Schicksal anderer Menschen erhalten konnte, dann wird er dafür bestraft wie ein Schwerverbrecher.

Ich habe Dein Problem neulich mit Ronco und seiner Frau besprochen. Er meint, Du (besser noch Dein Bruder) solltest versuchen, an Ollenhauer oder einen anderen prominenten Politiker heranzukommen. Er hat gehört, derartige Gefangene würden gelegentlich von der Bundesrepublik heimlich freigekauft, müßten dann aber in den Westen. Wenn sie ihren Prozeß gehabt haben und ein Urteil gefällt ist, sei es der DDR ziemlich gleichgültig, was mit den Gefangenen weiter geschieht. Jede Strafe gilt drüben nur der Abschreckung. Besserung oder gar »Sühne« ist damit nicht beabsichtigt. Der Mensch interessiert sie nicht.

Es hat mir gefallen, daß Ollenhauer eine Volksbefragung wegen der Pläne, die Bundeswehr mit Atomwaffen auszurüsten, beantragt hat, und ich habe es nicht ganz nachvollziehen können, warum das Bundesverfassungsgericht eine solche Befragung für verfassungswidrig hält. Ich würde so gerne glauben, daß dieses Bundesverfassungsgericht eine wirklich unparteiische Institution ist, die sich nur der Verfassung und der Moral verpflichtet hat. Aber seine Juristen sind eben auch keine Engel, sondern irrende, beeinflußbare Menschen wie wir alle. Sie haben vielleicht auch andere Informationen als wir. Außerdem bin ich nicht hundertprozentig sicher, daß die Deutschen bei einer Volksbefragung die Ausrüstung mit Atomwaffen in der Mehrzahl auch ablehnen würden. Die »Stimme des Volkes« bei Brombach ist jedenfalls nicht einmütig dagegen. Da beunruhigt sich unter den Parlamentariern vermutlich eine größere Prozentzahl.

Don und Ronald haben mir gesagt, die Amerikaner hätten sowieso schon Atombomben auf deutschem Boden. Don wird damit beschäftigt, Landkarten von russischen Territorien zu zeichnen, in denen jedes Waffendepot erkennbar ist.

Schade, die beiden müssen in einem Monat wieder nach Hause. Dann werde ich sie wohl nicht wiedersehen. Seit Ditta und Nella in Bad Homburg sind und Ditta verlobt und ohnehin für sie verloren ist, haben sich beide an mich gehängt und kommen so oft wie früher zu uns. Auch sie nennen mich »Mutti«, aber zu ihnen habe ich wirklich Muttergefühle entwickelt und bin oft ganz stolz auf meine »Söhne«. Schade, daß Betti noch zu klein ist, sie hätte wirklich zu Don gepaßt. Aber sie ist im Gegensatz zu vielen ihrer Klassenkameradinnen noch gar nicht zur Frau entwickelt, Don sieht in ihr nur das Kind.

Das Leben mit den beiden Untermieterinnen gestaltet sich ganz friedlich trotz der Enge. Eine von beiden muß ich bewundern. Sie will Dolmetscherin werden und lernt Spanisch in einer Geschwindigkeit, über die ich nur staunen kann. Sie war in der Schule in Latein sehr gut. Wenn Spanisch dem Lateinischen so ähnlich ist, frage ich mich, warum lernen die Kinder in der Schule nicht gleich die Weltsprache Spanisch, statt sich mit der später im Leben nie benötigten toten Sprache Latein abzuquälen. Susi geht es in der Beziehung, wie es mir ging. Die Logik der lateinischen Grammatik ist für sie keine unüberwindbare Hürde, aber sie kann sich die Vokabeln nicht merken.

Die andere Studentin will Lehrerin werden und wird mit ganz merkwürdigen pädagogischen und psychologischen Theorien gefüttert, die meinen Erfahrungen mit Kindern oft widersprechen. Sie gehört zu den Menschen, die begierig aufnehmen, was man ihnen beibringt, und nichts durch eigenes Denken nach- oder überprüfen. Was ich ihr sage, glaubt sie nicht, weil ich ja kein Professor bin, und denkt auch nicht darüber nach. Gottlob hat sie mich gern, sonst würden wir uns oft zanken, aber so schlägt sie einfach nur in den Wind, was ich ihr sage. Meine Generation ist ihr überhaupt suspekt. Durch uns ist ja Hitler groß geworden, also ist alles, was ich denke, falsch. Ich muß schon froh und dankbar sein, daß sie mir wenigstens nicht unterstellt, Nazi gewesen zu sein. Wehe den armen Kindern, die mit einer Pädagogik, wie sie sie lernt, später einmal groß werden müssen.

Stell Dir vor, einer ihrer Psychologieprofessoren hat gesagt, Umwelt sei alles, angeboren sei gar nichts, nach dem Motto, wenn die Nazitheorie falsch war, muß das Gegenteil richtig sein, was nicht weiß ist, ist eben schwarz. Er mache sich anheischig, aus jedem beliebigen Kind, das man ihm zur Erziehung allein überlasse, jeden gewünschten Charakter und jeden gewünschten Intelligenzgrad zu formen. Ein neuer Rousseau! Und warum hört man dann, daß gerade Kinder von Psychologen so häufig total mißraten, kriminell oder rauschgiftsüchtig werden oder sich das Leben nehmen? Warum heißt es von Pfarrerskindern, deren Väter sie auch oft nach eigenen »Idealen« formen wollen: »Pfarrers Kinder und Müllers Vieh gedeihen selten oder nie«?

Nein, Ulla, jede Pädagogik, die Kinder zu einer gewünschten Persönlichkeit abrichten will, ist Dressur, der Tierdressur vergleichbar, und verdirbt den eigentlichen Charakter. Nur in absoluter innerer Freiheit lernt ein Kind, andere Mitmenschen zu lieben und zu respektieren. Mehr braucht es eigentlich gar nicht zu lernen. Der Dressierte sieht in anderen nur Schablonen. Die Art, wie meine Studentin von »Kapitalisten« oder von »Arbeitern« spricht, verrät, daß für sie alle menschlichen Gruppen wirklich nur Schablonen sind, in die sie Individuen hineinpreßt, ob sie passen oder nicht. Sie kennt weder einen Arbeiter außer mir, die sie nicht als klassenzugehörig akzeptiert, noch einen Kapitalisten, weiß aber ganz genau, was Arbeiter und Kapitalisten denken und fühlen und wollen. Sie lernt, auf Attrappen zu schießen!

Schade, daß Du nie darüber schreibst, wie sich Stephan unter den Maurern fühlt. Mag er darüber nicht sprechen? Viktor scheint sich durch seine Orchesterzugehörigkeit ja schon weitgehend vom simplen Matrosendasein distanziert zu haben!

Ich muß schließen, die Dalotti ist eben gekommen, und ich muß mich mit Sanftmut und Geduld wappnen. Hi, hi, hi, wie komisch ist doch alles Gräßliche und Tragische! Die Dalotti spricht übrigens schon erheblich besser Englisch als Ditta und Nella.

Ulla, ich umarme Dich mit aller Liebe und Teilnahme, und bete mit Dir, daß es gelingt, P. zu befreien!

Deine Erika

1959

28. Brief

Typen im Büro · Kindergarten und seelische
Bedürfnisse · Pubertät · Nähstunden · Des Pfarrers
Direktorenprobleme · Dalotti findet wieder Arbeit

Heidelberg, Januar 1959

Liebe Ulla,
wieder sind Monate vergangen seit meinem letzten längeren Brief. Entschuldige, wenn ich Telefonate immer so schnell wieder abbreche, aber mein Monatsetat erlaubt trotz Gehaltserhöhung längere Gespräche noch nicht. Immerhin erfährt man das Notwendigste und hört wieder die lange vermißte Stimme. Bei Dir muß ich jedesmal denken: Mein Gott, wie ist es schade, daß sie nicht Schauspielerin geblieben ist. Du hast eine wundervolle Stimme, Ulla, weißt Du das?

Also, Du hast Hoffnung, daß P. die zehn Jahre nicht absitzen muß, und es kümmern sich höhere Stellen um den Fall? Das ist wohl beruhigend, aber es nimmt die Qual der Trennung und die täglichen Phantasien nicht von Dir. Wenn Du wenigstens Post bekommen könntest!

Ich kann gut verstehen, daß Du unter dieser Nervenbelastung den Kindergarten nicht mehr ausgehalten und es in einem Büro versucht hast. Du irrst Dich aber, wenn Du meinst, ich hätte Dir zu einem *Büro* geraten. Ich schrieb: Versuche es doch mal als Arbeiterin! Daß Du kein Sitzfleisch für eine Bürotätigkeit haben würdest, habe ich mir schon gedacht, ich kenne doch Dein Temperament! Als ich Arbeiterin war, mußte ich stehen und herumlaufen, das hättest Du auch gekonnt. Aber daß Du so entsetzlich leidest, wenn Du den ganzen Tag, auf einem Stuhl sitzend, nur mit Papieren und nicht mit Menschen zu tun hast, hätte ich mir doch nicht vorgestellt.

Mir macht das nicht soviel aus. In meinem Büro sitzen 16 Männer, das stillt mein Bedürfnis nach menschlicher Kommunikation am Arbeitsplatz vollkommen, zumal alle mich mit dem Spitznamen »Mutti« anreden und entsprechende Anforderungen stellen, was Kaffeekochen oder Streitschlichten oder Schuldaufmichnehmen oder Gewissenerleichtern betrifft. Mein Ingenieur, von dem ich Dir schrieb, ist tatsächlich wegen der Alzheimer-Krankheit arbeitsunfähig geschrieben und durch keinen neuen ersetzt worden. Einiges von dem, was er bisher machte, erledigen andere Kollegen mit, den größten Teil der Routinearbeiten mache ich jetzt schon allein, wobei ich natürlich auch meine eigene Sekretärin bin. Ich sitze an einem richtigen Schreibtisch mit Telefon und habe mein Schreibmaschinentischchen neben mir im rechten Winkel. Der Betriebsdirektor Schuster grüßt mich jetzt oft oder spricht auch mal ein paar Worte mit mir, und der Herr Decker hat mir erklärt, er lobe *nie*, wenn er nicht schimpfe, so habe ich das als ein Lob zu betrachten, basta.

Neulich habe ich mich als Betriebsrätin beim Personalchef für einen Kollegen eingesetzt, dessen Gehaltsabrechnung fehlerhaft war. Da hat der eine solche Wut auf mich bekommen, daß er auf mich losstürzte. Ich dachte, er will mich schlagen, wich zur Seite, da rannte er mit dem Kopf durch die Türglasscheibe und schnitt sich das Gesicht auf. Die Heidelberger sind eine aufbrausende Gesellschaft! Ich bin vor ein paar Tagen unter den Schreibtisch gekrochen, weil sich einige Herren derart lautstark stritten, daß ich glaubte, jetzt werfen sie mit Gegenständen. Aber gleich darauf waren sie wieder gut Freund. Sehr unterscheidet sich mein Büro also nicht von Deinem Kindergarten!

Aber wenn es Dich trotz Deines Alters doch wieder zu Kinderscharen zieht, dann geh nur! Zwinge Dich nicht zum Büro. Sieh aber zu, daß Du diesmal in einen Privathort kommst, wo die Zahl der Kinder erträglich und ihr Alter höher ist. Im Notaufnahmelager muß es für Dich ja wirklich eine Hölle gewesen sein. Ich staune nur, daß Du das ausgehalten hast. Gewiß, Du kannst Dich zu Hause erholen, aber so richtig nervenberuhigend ist es mit Deiner Mutter wohl auch nicht, dafür mußt Du zu viele Rücksichten nehmen.

Weißt Du, was ich manchmal denke? Es ist nicht gut für den Charakter, wenn man allzu lange gezwungen wird, auf allzu viele Menschen Rücksicht zu nehmen. In Henkhof und in der Zone waren immer so viele wildfremde Leute in Wohnung, Bad und Küche, hier sind es außer den Kindern die Studentinnen. Im gleichen Maß, wie ich mich zwinge, eigene Bedürfnisse mehr und mehr zu unterdrükken, stelle ich fest, daß ich auch für echte Bedürfnisse anderer Menschen langsam unsensibler werde, als ich früher war. Ich merke, wie ich abhärte und rücksichtsloser werde. Ich ertappe mich dabei, gemeinsam mit dem kleinen Rau hinter dem Rücken anderer über sie zu spotten und Witze zu machen, was ich früher nie getan hätte. Ich setze mich als Betriebsrätin nicht mehr mit solcher Vehemenz für die Rechte Benachteiligter ein, sondern denke manchmal: Wieso soll ich mich um dich kümmern, du kümmerst dich ja auch nicht um mich. Ja, es kommt sogar immer häufiger vor, daß eines meiner Kinder sagt: »Mutti, du verstehst mich nicht.« Ich bin dann oft versucht zu sagen: »Ich verstehe dich sehr wohl, aber ich toleriere es nicht, oder ich ertrage es nicht, was du da tust.« Seit ich im Westen bin, hat sich um mich ja auch wirklich kein Mensch gekümmert. Sei froh, daß Du Deine Mutter hast!

Hast Du übrigens in der Pubertät Deiner Kinder auch gemerkt, was Du alles falsch gemacht hast, solange sie noch kleine Kinder waren? Ich habe immer geglaubt, ich sei eine hervorragende Mutter. Wie ich mich auch verhielt, die Kinder liebten mich kritik- und bedingungslos. So wird man wirklich niemals wieder geliebt! Es war aber ein Irrtum zu glauben, diese Liebe sei mein Verdienst gewesen. Sie war ein ohne jede Vorleistung dargebotenes Geschenk, das die Kinder mit auf die Welt gebracht haben. Leistung muß ich erst jetzt erbringen, da ich nämlich lernen muß, die Kinder ebenfalls vorbehalt- und kritiklos und ohne alle Ansprüche an Gegenleistungen so zu akzeptieren, wie sie sich nun einmal in dieser Phase der Selbstfindung gebärden. Bei Ditta fiel es mir unendlich schwer zu ertragen, wie eitel sie plötzlich wurde und wie rücksichtslos sie Jungen den Kopf verdrehte. Bei Nella konnte ich nicht aushalten, wie stur und radikal sie Mithilfe im Haushalt verweigerte. Bei Betti regten mich ihre völlig unnötigen Minderwertigkeitskomplexe auf, und die kleine Susi hat ständig Lachen und Weinen in einem Topf. Ihr Gemüt schwankt wie stürmische Wellen eben noch in strahlendem Lachen und stürzt im nächsten Augenblick hinab in bittere Tränen, wobei es vermutlich auch der sensibelsten Mutter nicht möglich ist, immer zu erraten, was die Lachtränen und was die Weintränen ausgelöst hat. Das aber erwartet sie und fühlt sich als das Aschenputtel der Familie, weil ich mich als unfähig erweise, die jeweiligen Ursachen der Gefühlsstürme zu erraten, denn selbstverständlich schweigt sie eisern und ist nicht zu bewegen, ihre »Beweg«gründe preiszugeben.

Da hat man nun vier Mädchen, und jedes ist anders, *will* irgend etwas mit aller Sehnsucht und sträubt sich gegen anderes mit aller Kraft. Und ich stehe dazwischen und habe auch Dinge, die ich gern und die ich absolut nicht gern möchte. Wie macht man es dann in der Praxis, daß sie merken, man liebt sie wie sich selbst?

Nun ja, Ditta und Nella fallen sich in Bad Homburg wahrscheinlich auch auf die Nerven, brauchen aber nicht zu befürchten, daß die jeweilige Schwester sich zur »Erziehung« verpflichtet fühlt wie eine Mutter. Daher vertragen sie sich ziemlich reibungslos. Dazu trägt natürlich auch John Spamer bei, der übrigens eine große Karriere vor sich zu haben scheint. Ich wurde von ihm zu einigen Konzerten in Frankfurt und Wiesbaden eingeladen und war sehr beeindruckt von seinem Können. Ich hatte zwar im stillen immer gehofft, daß aus Ditta eine große Pianistin wird, aber wenn dann einer kommt, der künstlerisch noch größer und begabter ist, dann verzichtet offensichtlich auch die emanzipierteste Frau freiwillig auf die eigene Karriere. Sogar Clara Schumann hat sich unter ihren Mann gestellt, solange er gesund und arbeitsfähig war. Ditta hat ihre frühere Koketterie ziemlich abgelegt und scheint sehr glücklich zu sein. Jetzt ist es Nella, die derzeit für mein Gefühl mit ihren Verehrern etwas zu brutal umgeht; aber ich hatte auch mal so eine Phase. Vielleicht steckt eine Enttäuschung dahinter. Sie erzählt mir nicht so viel wie Ditta. Ich konnte früher auch nie jemandem etwas erzählen. Ihre Stimme entwickelt sich wundervoll, und ich hoffe, daß wenigstens sie ihre Karriere einmal nicht abbricht. Wie es verhinderten Künstlern geht, das wissen wir ja nun.

Über Weihnachten waren meine beiden Studentinnen auf Heimaturlaub, so konnten Ditta und Nella wieder hier sein, und es war wie früher, als alle noch klein waren. Allerdings haben sie mir diesmal beim Kleidernähen geholfen, denn alle vier Töchter haben zu Weihnachten Stoff für je ein Kleid bekommen, das sie im April anziehen wollen, wenn es zu Tante Hedwigs 70. Geburtstag ein großes Familientreffen geben wird. Onkel Otto und die Vettern wollen mir und den Töchtern die Reise und die Unterbringung bezahlen, damit auch jeder die Kinder der anderen Vettern und Kusinen kennenlernen kann. Wir waren ja einmal ein Clan, der sich jedes Jahr in den Ferien entweder in Stubbenhof oder in Henkhof traf.

Stell Dir vor, ich müßte zu diesem Fest fünf Kleider kaufen! Das ginge gar nicht. Aber so einfach wie früher, als ich für alle das gleiche aus dem gleichen Stoff schneidern konnte, geht es heute nicht mehr. Da sind die Damen doch schon anspruchsvoller geworden. Ich sehe schwarz, wie das bei Dittas Hochzeit werden wird. Ich lege jetzt schon jeden Pfennig zurück, damit Ditta wenigstens ein anständiges Hochzeitskleid kriegt, wenn sie schon keine Aussteuer hat, und damit ich auch einmal ein gekauftes Kleid anziehen kann. Du solltest mal sehen, wie mein Wohn-Schlafzimmer deshalb zur Zeit aussieht, mit all den Stoffen, Fäden, Schnittmusterbögen, Schnipseln, der Nähmaschine und fünf stichelnden Frauenzimmern, die dauernd lauthals zusammen singen wie früher in den Spinnstuben. Das Klavier haben wir nicht mehr hier, das ist in Bad Homburg.

In der Adventszeit war ich wieder einmal beim Pfarrer Brombach eingeladen. Ich dachte, Roncos kommen auch, deshalb ging ich hin; aber ich war allein dort, das war mir sehr peinlich, denn nun konnte ich dem Ausgefragtwerden über alle meine Vorgesetzten nicht entkommen. Vom Betriebsdirektor Schuster habe Dir ja schon öfter erzählt, aber da gibt es noch den Technischen Direktor Kalus und den Kaufmännischen Direktor Himbert. Ich kenne die beiden letzteren wenig, weil sie im Haupthaus residieren, aber was die Leute so über sie reden, weiß ich natürlich. Auch als Betriebsrätin habe ich manchmal mit ihnen zu tun. Jetzt klopfte der Pfarrer auf den Busch: ob ich dies von diesem, jenes von jenem und das von dem gehört hätte, denn seit Jahren liege ihm der Schuster in den Ohren, Himbert und Kalus hätten dies und jenes verbrochen, flüstere ihm der Himbert zu, Schuster und Kalus seien Betrüger, und höre er von Kalus, Himbert und Schuster bereicherten sich heimlich. Jeder von den dreien habe also zwei Ankläger, und er wisse absolut nicht, wem er glauben könne. Ich sagte ihm, ich hätte im Betrieb von keiner einzigen dieser Verdächtigungen gehört, und er solle doch ganz einfach Schuster, Kalus und Himbert gemeinsam einladen und dann jeden der drei auffordern, seinen Verdacht offen vorzutragen und Beweise dafür vorzulegen, in Gegenwart aller anderen. O Gott, nein, das könne er nicht, meinte der Pfarrer, er selbst habe ja alle drei in Verdacht, daß sie die Rivalen nur deshalb bei ihm verdächtigten, um selbst Generaldirektor zu werden, und in Wahrheit gar keine Beweise für ihre Anklagen hätten. Die drei würden sich sofort gegen ihn verbünden, wenn er offen ausspräche, was sie ihm unter vier Augen anvertraut hätten. Sie würden alles leugnen. Ich sagte ihm, dann solle er jedem unter vier Augen sagen: »Ich will von diesen Beschuldigungen nichts wissen, ehe Sie mir Beweise vorlegen. Basta.« Na ja, ähnlich mache er es ja auch, meinte der Pfarrer, aber ob ich nicht..., ich hätte doch Einblick in dies und das..., ich könnte mich doch mal umhören... und so weiter. Ich sagte, nein, ich kann nicht, ich habe in nichts Einblick, und ich kann mich auch nicht umhören. Du kannst Dir vorstellen, wie peinlich das für mich ist!

Natürlich brauchte ich nur den kleinen Rau zu fragen, der seine Ohren überall hat und von jedem im Betrieb etwas Schlechtes zu erzählen weiß. Wenn ich mich recht erinnere, hat er auch schon Andeutungen gemacht, die ich bis dahin überhört habe oder nicht einzuordnen wußte, aber das ist alles doch nur der übliche Klatsch. Rau hört die Flöhe husten, und wenn der erfahren würde, daß ich privat beim Pfarrer Brombach eingeladen worden bin, dann wäre es ein für allemal mit seiner Freundschaft für mich aus. Mit einem Kapitalisten macht man sich nicht gemein. Das ist für ihn genauso ein Verbrechen wie für einen Nazi die Freundschaft mit einem Juden. Ich selbst fühle mich dabei auch nicht wohl. Ich habe gar keine Lust, mit den Brombachs befreundet zu sein, weiß aber nicht, wie ich ohne Schaden für mich weitere Einladungen ablehnen soll.

Ronco hat diese Verbindung wohl deshalb hergestellt, weil er meinte, es sei für mich beruflich von Vorteil, wenn ich den Besitzer des Werkes kenne. Er hat nicht bedacht, daß ein solcher Vorteil in jedem Fall eine Gegenleistung verlangt. Solche Gegenleistungen kann ich aber nicht erbringen. Pfui Teufel! Wenn es in kleinen Betrieben schon so zugeht, wie ist das dann wohl erst in der großen Politik? Nein, nein, davon laß ich die Finger. Diplomatie ist mir nicht in die Wiege gelegt.

Stell Dir vor, die Dalotti hat jetzt tatsächlich bei den Amerikanern eine Anstellung gefunden. Sie kann immerhin drei Sprachen sprechen und schreiben: Deutsch, Italienisch und Englisch. Ihr Gehalt ist nur geringfügig kleiner als meines. Jetzt will sie sich wieder eine Wohnung einrichten. Ich wünsche ihr so sehr, daß man sie nicht wieder hinauswirft. Leider kann ich ihr nicht begreiflich machen, womit sie überall solchen Anstoß erregt. Ich habe sie neulich mal imitiert, um ihr zu zeigen, wie sie auf andere wirkt. Sie lachte sich tot, kam aber gar nicht auf die Idee, *sie* könnte gemeint sein. Merkwürdig, diesem Mangel an der Fähigkeit, sich selbst zu objektivieren, begegne ich häufig. Der Arbeitsvorbereiter Decker sagte neulich in allem Ernst: »Mein schlimmster Fehler ist: Ich bin zu gutmütig!«

So, meine liebe Ulla, für heute will ich wieder Schluß machen, aber vorher muß ich Dich rasch noch fragen: Was sagst Du zu Kuba und zum Sturz dieses Diktators dort (wie heißt er noch?) durch Fidel Castro? Ist der Kommunismus nicht wie ein Flächenbrand? Das Komische dabei ist, dieser Brand verhält sich vollkommen unvorschriftsmäßig. Marx prophezeite, der Feudalismus gehe in den Kapitalismus über, und aus dem Kapitalismus erwachse mit zwingender Logik der Kommunismus. Aber denkste! Wo auch immer der Kommunismus siegte, erwuchs er direkt aus dem Feudalismus ganz ohne vorherigen Kapitalismus. Merkwürdig, daß die ideologischen Chef-Denker diese Tatsache nie analysieren. Wenn der Kommunismus sich gar nicht als Feind des Kapitalismus, sondern als der Feind des überholten Feudalismus erweist, könnte er sich doch mit dem Kapitalismus friedlich verbünden, um die Entwicklungsländer schneller voranzubringen! Leb wohl für heute, Ulla, und sei gewiß, ich denke täglich an Dich und bete für Deinen P.

In Treue

Deine Erika

29. Brief

Matrose und Maurer · Sprachanpassung ·
Heidelberger Mentalität · Preußisches Familienfest ·
Regens gehen in die DDR · Probleme mit Müttern

Heidelberg, Mai 1959

Liebe Ulla,
reizend sind die Fotos von Stephans Maurergesellenprüfungsfeier. So habe ich ihn mir als Erwachsenen gar nicht vorgestellt. Er sieht aber auch ganz anders aus als der Viktor! Ein verschiedeneres Brüderpaar läßt sich kaum denken! Meine Töchter dagegen werden immer miteinander verwechselt, obwohl ich selbst sie sehr verschieden finde. Nun bleibt der Stephan also doch nicht Maurer, sondern hat, der Charmeur, Deinen Bruder und die Mizzi herumgekriegt, die Schauspielschule für ihn zu bezahlen! Das will etwas heißen! Dann hat er also, was Dir für Dich nicht gelungen ist, Deinen Bruder von seiner Begabung überzeugen können! Glaube aber ja nicht, daß Du wirklich nicht begabt genug warst! Das hat Dir der Horst nur aus Egoismus eingeredet. Stephan hat es sicherlich verstanden, an Mizzis mütterliche Gefühle zu appellieren, während sie auf Dich, wie ich vermute, immer eifersüchtig war. Na, jedenfalls bin ich sehr froh, daß Deine beiden Buben nun aufs richtige Gleis gekommen sind. Matrose und Maurer waren wirklich nicht die richtigen Berufe für Deine Söhne mit Künstlerblut. Tapfer aber, daß die Jungen durchgehalten und einen ordentlichen Abschluß gemacht haben.

Ich freue mich sehr für Dich, daß Du Stephan während seiner Ausbildung zum Schauspieler noch bei Dir behalten kannst und Dich nicht von ihm trennen mußt wie von Viktor.

Wegen Pauls Freilassung ist immer noch nichts weitergegangen? Das ist schlimm für Dich und für ihn. Versuche Du nur wenigstens den Kopf oben zu behalten. Wenn Du in Trauer versinkst, nützt ihm das gar nichts. Es ist gut, daß Du jetzt in einem neuen, kleineren Kindergarten bist und Dich endlich im Beruf wieder wohl fühlst. Schade, daß Du es im Büro so entsetzlich gefunden hast. Für Deine Nerven wäre es dort sicherlich besser gewesen.

Allerdings – Nerven kostet das Büro auch mich. Ich spielte neulich mit den Töchtern und ihren Freunden ein Spiel, bei dem man eine Minute lang über ein Thema reden muß, ohne die Hauptsache zu erwähnen. Man soll also zum Beispiel über ein Fußballspiel sprechen, ohne daß das Wort »Ball« oder das Wort »Tor« vorkommt. Da sagte Betti: »Mutti, rede doch mal eine Minute über die Firma Brombach, ohne das Wort ›Scheiße‹ zu benutzen!« Bei meinen Bemühungen um Anpassung habe ich mir dieses Wort so angewöhnt, daß ich gar nicht mehr merke, wenn es mir über die Lippen kommt. Kein sehr gutes Zeichen für mein Wohlbefinden in diesem Job, nicht wahr? Was ich so schwer ertrage, ist der oft bösartige, geist- und humorlose Umgangston in der Fabrik. Liebenswürdigkeit ist ein Wort, das dort vielen ganz unbekannt ist. Nur ein österreichischer Ingenieur Meier in der Arbeitsvorbereitung ist liebenswürdig. Ich weiß nicht, ob es in Heidelberg überall so ist, aber ich habe in der Firma und in der Siedlung wenige gefunden, die andere Gesprächsthemen kennen als betriebliche Angelegenheiten, Sport, Klatsch über andere Leute oder vielleicht noch Tagesereignisse, die in der Bild-Zeitung standen. Und die trostlose Umgebung hier in unserer Arbeitersiedlung! Außer, wenn alles in die oder aus den Fabriken strömt, sind die Straßen wie leergefegt und totenstill. Bei Fußballmeisterschaften im Sommer wirkt es geradezu gespenstisch, wenn es aus allen geöffneten Fenstern gleichzeitig auf einmal »Toor! Tooor!« tönt, weil alle das Radio oder den Fernseher anhaben. Fußball ist ein Interesse, das alle vereint. Hier findet das allen Männern so wichtige Nationalgefühl sein Ventil, um dessentwillen sie früher freudig in den Krieg zogen und sich totschießen ließen. Ich finde es segensreich, daß es dieses Ventil gibt, um patriotische Emotionen abzulassen, ich habe mich auch schon sehr bemüht, mir die Regeln zu merken, aber ich schaffe es nicht. Um derlei Unvermögens willen galt ich früher bei meinen Vettern immer als dumm.

Neulich hatte ich Überstunden gemacht und ging erst nach Hause, als die Straßen schon wieder leer waren. Da kamen plötzlich fünf junge Burschen, umringten mich mit drohenden Gesichtern, und einer faßte an meinen Hals: »Is die Kett' escht?« Es war eine imitierte Perlenkette für fünf Mark, ich sagte daher, lächelnd und freundlich wie zu den Russen in Henkhof: »Natürlisch, escht falsch für fünf Mark. Könnt ihr haben.«

Da ließen sie von mir ab; aber stell Dir vor, ich hätte nicht schon Übung in so etwas. Wem das das erste Mal passiert, der schreit doch. Eine alte Frau im Laden erzählte, drei junge Kerle hätten sie nach dem Weg zum Friedhof gefragt. Als sie höflich Auskunft gab, sagte einer: »Wenn Sie das so genau wissen, warum liegen Sie nicht schon dort?«

Von unseren Lehrlingen in der Halle hat neulich einer dem anderen mit einem Metallstück das Auge ausgeworfen, einfach nur so zum Spaß, und zwei Herren im Büro haben sich einmal in aller Freundschaft derartig gekabbelt, daß einer sein Messer zog und den anderen durch sein weißes Hemd hindurch in den Rücken piekte, worauf das Hemd im Nu blutgetränkt war. Dann fiel aber nicht der Gestochene in Ohnmacht – der merkte das erst gar nicht richtig –, sondern der Stecher. Ich werde nie vergessen, wie er bleich wurde und hinsank, mit dem Messer in der Hand. Derselbe, Breinatter heißt er und ist sonst ganz nett und ulkig, hat auch einmal seine Zigarette in den Papierkorb geworfen und beinahe einen Großbrand verursacht. Ich habe ihm mehrmals zugerufen: »Herr Breinatter! Ihr Papierkorb brennt!« Er hörte einfach nicht und sprang erst hoch, als seine Hosen Feuer fingen! Ich seh ihn noch hüpfen! Als er die Hose gelöscht hatte, lief er zum Minimax und beschämte sich selbst, anstatt endlich den lodernden Papierkorb zu löschen, dessen Flammen schon auf den Schreibtisch übergegriffen hatten.

Und so ein Menschenschlag gedeiht in der sprichwörtlich schönsten Landschaft Deutschlands (»O Heidelberg, du feine!«), an deren Schönheit ich aber keine ganz reine Freude finden kann. Erstens liegt unsere Siedlung außerhalb der Stadt in einer trostlosen Ebene ohne jeden Reiz, nur mit Fabriken, zweitens ist mir eine landschaftliche Schönheit, die von Touristen wimmelt, die sie bestaunen, unangenehm. Eine schöne Landschaft kann ich nur genießen, wenn ich mit ihr allein bin und *sie* dominiert. Sonst wird sie mir zur Theaterkulisse.

Laß Dich nicht von mir beeinflussen, Ulla, Heidelberg ist ganz bestimmt eine sehr schöne Stadt, alle finden sie wundervoll, nur ich mit meinen heimwehkranken Augen kann das nicht so sehen. Ich sehne mich nach dem Meer und den Wolken in Henkhof!

Durch John, der uns gelegentlich einlädt, lerne ich jetzt endlich die berühmten Heidelberger Studentenkneipen kennen. Aber auch diese beeindrucken mich wenig, weil sie auf mich nicht mehr echt wirken. Die Zeiten, in denen die studentischen Verbindungen in Heidelberg dominierten, sind vorbei. Es gibt sie noch, aber sie fallen nicht mehr so ins Auge. Echt und typisch für das heutige Heidelberg ist statt dessen die Hauptstraße, auf der Menschen aller Rassen und aus allen Erdteilen in den exotischsten Gewändern durcheinanderwimmeln. Die Straßenbahn muß immerfort stehenbleiben, die Autos kommen nicht durch, Bürgersteige und Fahrbahn sind verstopft durch Menschen aus der ganzen großen weiten Welt, die sich, in Tuchfühlung miteinander, zu Fuß die unversehrten alten Gebäude ansehen. Ruinen kann man überall in Deutschland finden, aber eine heile Stadt ist doch schon sehenswert. Damit man aber nicht vergißt, daß vor zweihundert Jahren auch hier einmal Feinde gewütet haben, wird die Schloßruine jeden Abend malerisch rot angestrahlt, und fünfmal im Sommer jeden Jahres findet eine große Schloßbeleuchtung mit einem Riesenfeuerwerk statt, das fast so laut kracht wie im Krieg und Hunderttausende von nah und fern anlockt. Wunderschön. Ganz herrlich, sagen die Leute.

Wenn die einheimischen Heidelberger auch sonst recht spießbürgerlich auf mich wirken, von Rassenfanatismus können sie wohl nie angekränkelt gewesen sein. Sie tolerieren Neger, Inder, Chinesen, Indianer, Araber erheblich leichter als Deutsche, die nicht aus Heidelberg sind. Zimmervermieterinnen nehmen farbige Studenten ebenso gerne auf wie andere. Das soll in anderen Städten anders sein, hörte ich. Mein Chef, der Arbeitsvorbereiter Decker, sagte neulich: »En Schinees kann mei Dochter heirate, wenn se will, aber en Preiß? Nee!« Jetzt ist er aber mittlerweile so »feinfühlig« geworden, daß er das nicht mehr provokativ in meiner Gegenwart sagt, wie früher. Zugetragen wird es mir aber doch.

Übrigens, meine ganze aus Preußen vertriebene oder geflohene Verwandtschaft hat sich im April zu Tante Hedwigs 70. Geburtstag versammelt. Während im Ersten Weltkrieg sehr viele meiner männlichen Verwandten gefallen sind, hatte die Familie in diesem Krieg Glück. Aus jeder Linie sind alle wiedergekommen. Im Jahr 1955 zum Schluß dann auch noch der in Stalingrad vermißte Karl, von dem ich Dir erzählte. Sie haben alle zwar viel materiellen und ideellen Besitz verloren, nicht aber ihre Wertmaßstäbe, ihre Bildung,

Ausbildung und ihr Standesbewußtsein. Mit gegenseitiger Hilfe leben heute alle wieder in geordneten Verhältnissen als Ärzte, Manager, Politiker und dergleichen und besitzen vielfach schon wieder Häuser. Alle Frauen haben ihre Männer, alle Männer ihre Frauen als Partner, niemand kann sich hineindenken in die Situation einer alleinstehenden Frau, deren geschiedener Mann nicht für sie und die Kinder aufkommen kann. Es scheint für sie alle etwas Skandalöses dabei zu sein, eine Situation, an der ich selbst »schuld« bin und über die man daher lieber den Mantel des Stillschweigens deckt. Ich weiß nicht, ob mir jemand Hilfe angeboten hätte, wenn ich Witwe gewesen wäre.

Wir feierten auf der Trendelburg, das ist eine alte Ritterburg oben auf einem Hügel, dem zu Füßen ein kleines Städtchen kauert, wie aus dem Märchenbuch. Wir waren 120 Leute. Es wimmelte von Kindern all der Vettern und Kusinen; und damit man wußte, wem sie gehören, trugen die aus der Linie von Stubben blaue und die aus der Linie Daubler rote Schleifchen an Kleid oder Anzug. Aber dessen bedurfte es kaum. Die meisten Kinder habe ich auch ohne Schleifchen zuordnen können, weil sie genau so aussahen, wie ich ihren Vater oder ihre Mutter von früher her in Erinnerung hatte. Nur Karl-August hat keine Kinder, die anderen haben alle auch fern der Heimat den Kinderreichtum ihrer Eltern fortgesetzt. Ein Vetter hat sogar acht, sieben Jungen und ein nachgeborenes kleines Mädchen. Der im Oktober 1955 heimgekehrte Karl hat schon zwei Buben, und seine Frau ist wieder schwanger.

Ich weiß nicht, warum man als Mutter so gerne stolz auf seine Kinder sein will, so, als ob man sie selbst gebacken hätte. Ich hatte das ganz große Bedürfnis, alle in Begeisterung über meine Produkte ausbrechen zu sehen und gelobt zu werden. Wahrscheinlich fühle ich mich in unserer Heidelberger Siedlung und bei Brombach derart unter Wert gehandelt und mißachtet, daß ich nun wenigstens über meine Kinder etwas Anerkennung zu finden hoffte. Ich wollte, daß alle Verwandten sagen: Ja, das sind welche von uns und nicht irgendwelche fremdartigen Nixenkinder. Aber ich, die eingebettet in einem Familienclan aufwuchs, konnte meinen Töchtern nicht vermitteln, was für mich »wir« bedeutet. Sie leben jetzt so lange in einer Arbeitersiedlung als armer Leute Kinder im Baden-Württembergischen oder Hessischen, daß sie ganz unbewußt unausrottbare Vorurteile eingesogen haben gegen Adlige, gegen Preußen und gegen reiche Leute. Unter Vornehmheit stellen sie sich nur die gezierten, affigen Karikaturen der High-Society aus US-Filmen vor und haben keinerlei Standesbewußtsein.

Stell Dir vor, Betti, Susi und ich wollten uns mit Ditta und Nella zur Weiterfahrt auf dem Frankfurter Bahnhof treffen. Und wer kommt mir da entgegen? Eine strohblonde Nella, die ihre Haare zur Feier des Tages wie eine von der Kaiserstraße gefärbt und hochtoupiert hat. Sie hatte gedacht, so etwas verstehe ich unter Vornehmheit. Ditta hatte ihr Gesicht bis zur Unkenntlichkeit angemalt, wie Johns Mutter. Ich habe gedacht, mich trifft der Schlag. Wir mußten alle Groschen zusammenkratzen, zwei Züge später fahren als geplant und warten, bis Nella ihre Haare beim Bahnhofsfrisör wieder in ihre natürliche Farbe gebracht und Ditta ihre Maske abgeschminkt hatte. Da habe ich nun seit Januar keine Kosten und Mühe gescheut für dieses Fest, und dann haben meine Kinder so mißverstanden, worauf es mir ankam! Sie wollen das aber auch gar nicht verstehen. Sie meinen, ich würde mich auf unerträgliche Weise von der Meinung »fremder Leute« abhängig machen. Für sie sind alle meine Verwandten »fremde Leute«. Leider gab es auf der Trendelburg nur ein sehr verstimmtes altes Klavier, so daß es ein etwas fragwürdiges Vergnügen wurde, Nella bei Dittas Klavierbegleitung singen zu hören. Ich hatte noch einen kleinen Sketch gedichtet, den Betti und Susi aufführen sollten, aber als sie gerade die ersten Verse gesprochen hatten, rannte ein kleiner Junge durch eine Glastür, alles kümmerte sich um das stark blutende Kind, und die Aufführung fand nicht statt. Es war auch ein wenig zuviel. Jede Familie produzierte irgend etwas.

Annemarie hatte die Erlaubnis bekommen, zu diesem Fest mit Mann und Kindern aus der Zone in den Westen zu reisen. Sie sind 1955, kurz nachdem Ditta und Nella bei ihnen waren, freiwillig in die DDR gezogen. Helmut Regen meinte, dort brauchten sie Pfarrer nötiger als hier. Da Annemarie, genau wie ich, in materieller Hinsicht recht bedürfnislos ist, macht es ihr verhältnismäßig wenig aus, auf die »Segnungen« unseres Wirtschaftswunders zu verzichten. Drei ihrer Kinder waren hier im Westen ohnehin schon in Internaten, da es in ihrem Dorf kein Gymnasium gab, die blieben nun hier, wo sie waren. Die drei anderen Kinder haben sie mitgenommen. Sie meinten, es ändere sich ja nicht viel, da die Westkinder genau wie vorher in den Ferien nach Hause kommen könnten. Westdeutsche dürfen ja, sooft sie wollen, in die DDR und zurück. Die drei kleineren Kinder sind aber nun für immer dort eingesperrt. Als Grund für die Teilung der Kinder in Ostdeutsche und Westdeutsche gaben sie an, die drei Großen könnten auf die Idee kommen, in den Westen zu fliehen, und dann seien sie für immer von ihnen getrennt. Meine Schwester und ihr Mann sind sehr idealistisch, und sie trauen der SED nichts Böses zu. Mir imponiert ihre Opferbereitschaft sehr. Ich habe nicht lange genug mit ihnen sprechen können, um alle Gründe für diesen Entschluß zu erfahren. Auf alle Fälle waren es Gewissensgründe. Es ist schade, nun werde ich die Kinder meiner Schwester also nie kennenlernen und auch ihr fremd werden. Sie werden drüben lernen, mich als »Kapitalistin« zu verachten. Die kleinen Kinder von ihr wußten schon gar nicht, daß ihre Mutter überhaupt eine Schwester hat.

Die von mir so geliebte siebzigjährige Tante Hedwig war rüstig wie eh und je. Die immer noch um den Kopf gesteckten Zöpfe sind recht schütter geworden. Die neuen Zähne verunstalten sie ein wenig, aber ihre blauen Augen sind so leuchtend und ihre Stimme ist so klar und ehrlich wie eh und je. Sie, die Herrscherin über die großen Güter Stubbenhof und Klotz, die geborene Managerin und »Königin«, dient jetzt als Putzfrau, Köchin und Kinderfrau bei ihrer Tochter und dem Schwiegersohn, der sie aber noch immer wie eine Königin verehrt. Sie, die überhaupt nichts gerettet hatte und nur mit dem im Westen ankam, was sie auf dem Leib trug und was die Dorffrauen auf dem Treck ihr schenkten, lebt jetzt von dem, was ihr ihre Kinder geben, die auch dieses Fest bezahlten.

Ihre Situation ist ähnlich wie die Deiner Mutter, unter der Du so leidest; und ganz sicher leidet meine Kusine auch unter ihrer Mutter, das ist gar nicht anders möglich. Tante Hedwig kann ja ihren Charakter nicht ablegen. Ohne es zu wollen, auch wenn sie sich noch so sehr um Demut bemüht, macht sie ganz gewiß ihrer Tochter die Herzen der Kinder und des Mannes streitig, und ohne daß sie es will, wird sie doch immer die Zügel in der Hand haben, und die Dinge laufen nach ihrem Kopf. Dazu ist sie viel zu stark und autoritär. Ich hörte viele Stimmen im Familienkreis, die meine Kusine bemitleiden, immer im Schatten dieser großen Frau zu stehen. Es gibt eben Lebenssituationen, in denen sich der selbstloseste Mensch an anderen schuldig macht. Es muß verdammt schwer sein, mittellos alt und von anderen abhängig zu werden, wenn man einmal Herrscherin war. Deine Mutter hat es da etwas leichter. Sie war immer bescheidene Verhältnisse gewohnt. Grüße sie bitte herzlich!

Deine Erika

30. Brief

Krankheit · Begegnung mit Alois

Heidelberg, September 1959

Liebe Ulla,
hab Dank für Deinen langen Brief. Ich bin froh für Dich, daß Du es jetzt im Beruf nicht mehr so anstrengend hast und wieder Freude an den Kindern findest. Vielleicht hilft Dir das, die Sorge um P. zu ertragen. Ich verstehe, daß Du mir nichts Näheres darüber schreiben willst, entnehme aber Deinen Andeutungen, daß Du ein klein wenig Hoffnung geschöpft hast.

Ulla, ich liege wieder im Krankenhaus, deshalb schreibe ich auch mit der Hand, und der Brief wird nur kurz. Betti und Susi, die ja nun schon 17 und 15 Jahre alt sind, habe ich mit den beiden Studentinnen allein zu Hause gelassen; sie können schon mal eine Zeitlang ohne mich auskommen.

Ich hatte mir in der Wirbelsäule einen Nerv eingeklemmt, ging zum Chiropraktiker, von dem ich hörte, daß er mit einem bestimmten Ruck den Nerv befreien kann, aber er klemmte mir mit dem Ruck, bei dem ich die Engel singen hörte, aus Versehen die Niere ein, die zu bluten anfing. Um meine Augen herum schwoll alles an, und der Arzt schickte mich sofort mit Tatütata ins Krankenhaus.

Ich liege im Augenblick auf einem Liegestuhl im Garten der Klinik, in dem sich auch die Nervenklinik befindet. Auf den Wegen der Anlage wandelt in Anstaltskleidung ein junger Mann, der ständig um mich herumstreicht und sich verhält, als sei er nervenkrank.

Manchmal rennt er, manchmal zuckt er, aber ich kann den Eindruck nicht loswerden, daß er mir ein Theater vorspielt, meine Aufmerksamkeit erregen will und in Wirklichkeit ganz normal ist. Er hat eine nach vorne gewölbte Stirn, fast wie ein Mongoloider, aber ziemlich eng zusammenstehende Augen wie ein Fanatiker. Ich möchte wissen, was mit dem los ist.

Grüße die Mutter und die Söhne
Herzlichst

Deine Erika

(Ich komme bald wieder nach Hause.)

31. Brief

Alois' Geschichte · Das Patenkind

Heidelberg, Oktober 1959

Liebe Ulla,
ich bin wieder zu Hause, gehe aber noch nicht ins Büro. Ich kann mich immer noch nicht wieder aufrichten und habe einen Gang wie die alten krummen Hexen im Märchenbuch oder wie viele alte Bauersfrauen auf dem Land, ganz vornübergebeugt. Der Arzt wollte Nägel mit Köpfen machen und die Wirbelsäule operieren, das habe ich aber verweigert, weil das vorläufig noch zu unsicher ist. Bei manchen gelingt es, aber bei manchen auch nicht. Dieses Risiko gehe ich nicht ein. Jetzt warte ich, bis der Nerv langsam abstirbt. Dann wird der Oberschenkel gefühllos, aber warum soll der auch gefühlvoll sein. Je weniger Gefühl, desto besser.

Stell Dir vor, ich bin jetzt Bewährungshelferin geworden und zu diesem Amt gekommen wie die Jungfrau zum Kind. Der komische junge Mann im Klinikgarten, der immer um mich herumstrich, hockte sich eines Tages neben meinen Liegestuhl – nachdem er sich meines Interesses an ihm sicher geworden war – und erzählte mir seine total verrückte Lebensgeschichte.

Seine Mutter ist eine Gastwirtstochter aus einer Kleinstadt und wurde mit vierzehn Jahren von irgendeinem durchreisenden Vertreter schwanger. Offensichtlich schlief sie mit vielen Reisenden, denn der Kindsvater war nicht zu ermitteln. Ihr Vater, der Gaststättenbesitzer, wies ihr um seines »guten Rufes« willen die Tür. Sie kam in ein Haus für ledige Mütter, und das Kind wurde sofort nach der Geburt in ein von Nonnen geführtes Heim gesteckt. Dort wurde der Junge rachitisch, daher die gewölbte Stirn, und auf eine seltsam theatralische Weise »fromm«, das heißt, er konnte Aufmerksamkeit und Zuwendung wohl nur erhalten, wenn er Gebete schön aufsagte und schön Choräle sang. Die Mutter ging wieder nach Hause, arbeitete als Kellnerin bei ihrem Vater und heiratete mit neunzehn Jahren einen Hausknecht, der nur mit Mühe lesen und schreiben konnte und dem sie geistig weit überlegen war.

Scheinbar war für die Behörden jetzt alles in Ordnung. Alois wurde aus dem Heim geholt und der ihm fremden Frau übergeben, die ihn noch nie besucht hatte und ihn haßte, weil er ihr »das Leben verdorben« hatte. Die junge Frau, die niemals geliebt und umsorgt und so wenig beaufsichtigt worden war, daß sie schon als Kind von den durchreisenden Vertretern benutzt werden konnte, hatte inzwischen sadistische Triebe entwickelt, die sie an dem kleinen Alois insgeheim ausließ. Sie war aber intelligent genug, dies niemanden merken zu lassen. Sie bekam noch zwei Kinder, und Alois mußte für diese Halbgeschwister das Kindermädchen abgeben, was ihn weit überforderte. Er liebte die Schule, denn dort war er vor seiner Mutter geschützt, und er war ein erstklassiger Schüler. Die Mutter verstand es aber immer wieder, den Jungen bei den Lehrern anzuschwärzen, so daß er auch dort keine Person fand, der er sich hätte anvertrauen können. Einmal hatte sie ihn auf heimtückische Art daran gehindert, an einem Schulausflug teilzunehmen, auf den er sich wochenlang vorher gefreut hatte. Da tat er – neunjährig – Rattengift in die Kaffeekanne, aus der er seiner Mutter einschenken sollte, ließ die Kanne aber kurz vorher auf die Erde fallen, voller Entsetzen über sein Vorhaben. Da eine Katze an dem Verschütteten leckte und krank wurde, merkte die Mutter, was er getan hatte, und er gestand auch sofort. Sie sperrte ihn daraufhin in den Keller, nachdem sie ihn fürchterlich verprügelt hatte, und meldete ihn später bei der Polizei als vermißt. Als man ihn fand, war er halb verdurstet, und sie stellte es der Polizei so dar, als sei das Schloß durch einen unglücklichen Zufall oder die Ungeschicklichkeit des Kindes ohne ihr Wissen zugefallen. Ein Prozeß wegen Kindesmißhandlung kam gegen sie in Gang, aber sie drohte dem Jungen, er käme wegen des Mordversuchs an ihr lebenslänglich hinter Schloß und Riegel, wenn er die Behauptung, sie habe ihn eingeschlossen, nicht zurücknähme. Da ließ er sich denn einschüchtern, sie kam ungestraft davon, und die Quälereien gingen weiter.

Es wurde noch ein drittes Kind geboren, und Alois mußte, nun zehnjährig, auch die Versorgung dieses Säuglings allein übernehmen. Das Kind schrie viel und hatte ständig Durchfall. Alois kam mit dem Windelwaschen nicht nach. Jeden Abend, wenn die Mutter, meist halbbetrunken, aus der Wirtschaft nach oben kam, fand sie den ungewünschten Säugling, den sie ebenso haßte wie den ältesten Sohn Alois, schreiend in seinem Dreck liegen. Eines Tages kam sie volltrunken nach oben und ergriff in ihrer Wut ein Kissen, mit dem sie den Säugling erstickte. Alois sah das mit an. Als sie am nächsten Morgen aufwachte und das tote Kind bemerkte, schrie sie fürchterlich und behauptete, Alois habe das Kind getötet. Da aber auch der Stiefvater wußte, daß sie und nicht der Junge die Tat begangen hatte, wurde vor dem Arzt und der Polizei ein Unglücksfall vorgetäuscht. Der Junge wurde danach aber einem derartigen Psychoterror ausgesetzt, daß er sich schließlich dem katholischen Pfarrer anvertraute, der eine gründliche Untersuchung in Gang setzte. Nun kam das Martyrium des kleinen Alois an den Tag, Zeugen sagten aus, auch der Stiefvater sagte aus, und das Einsperren des Jungen im Keller wurde nun endlich als Mordversuch gewertet, der es ja war. Die Mutter wurde zu lebenslänglichem Zuchthaus verurteilt, und Alois kam wieder in ein Heim. Von da an bis heute hat er außer mit den anderen Jungen im Heim nie wieder mit Menschen gesprochen, die nicht dafür bezahlt wurden, daß sie mit ihm sprachen. Jugendfürsorger, Psychologen, Ärzte, Lehrer, Beamte und später, als er straffällig geworden war, Juristen und Polizisten. Als »Heim« kennt er nur Gasthäuser oder Fürsorgeheime, er war noch niemals in der Wohnung eines normalen Bürgers wie Du und ich, kennt keine normalen Familien, hat keine Ahnung, wie sich der Durchschnitt der Menschen im Alltag verhält.

Als er achtzehn Jahre alt war, entließ man ihn. Die Großeltern waren inzwischen gestorben, die Mutter war im Gefängnis, er zog in die alte Gastwirtschaft, die jetzt von einer Tante geführt wurde. Es behagte ihm nicht, dort Knecht zu sein. Mit einem Vetter überfiel er einen ländlichen Bahnhof, raubte Fahrkarten und Geld und machte sich auf die Reise, um die große weite Welt kennenzulernen. Natürlich wurden beide geschnappt und zu Gefängnis verurteilt. Nach einem Jahr wurde Alois auf Bewährung entlassen, aber er wußte weder, wohin, noch ob er in der Lage sein würde, sich wirklich zu bewähren. Wie konnte er ein Jahr lang straffrei bleiben, wenn er nicht wußte, wie und womit er sich auf ehrliche Weise sein Brot verdienen konnte? Da verfiel er auf die Idee, Epilepsie vorzutäuschen, um im Bewährungsjahr ins Krankenhaus zu kommen. Er hatte schauspielerisches Talent und wohl auch schon Epileptiker gesehen, Ärzte fielen auf ihn herein, und er kam tatsächlich in die Nervenklinik. Der dortige Arzt durchschaute ihn, ließ ihn aber in der behütenden Anstalt und deckte den Betrug, weil ihm der Junge leid tat, der sich zu Verrückten flüchtete, um nicht ins Gefängnis zu müssen. Jetzt, so erzählte mir der Junge, werde dieser Arzt aber versetzt, der nächste würde ihn entlassen, was, um Himmels willen, sollte er dann tun? Da habe er mich in meinem Liegestuhl gesehen und gefühlt, diese Frau ist eine richtige Mutter, die wird mir helfen.

Ich ging zu dem Arzt. Der bestätigte die abenteuerliche Geschichte und überredete mich, diesem Jungen zu helfen, indem ich mich als Bewährungshelferin anböte. Der amtliche Helfer sei so überlastet, daß er für diesen Fall viel zu wenig Zeit habe. Der Junge brauche eine echte Bezugsperson, zu der er auch Vertrauen haben könne. Er sei zwar nicht epileptisch, aber seelisch doch schwer gestört und so labil, daß er ohne Zweifel sofort wieder straffällig werden würde, wenn man ihn sich selbst überließe. Er habe einen Intelligenztest mit ihm gemacht und festgestellt, daß er einen erstaunlich hohen IQ hat. Nur habe er überhaupt noch kein Selbstbewußtsein und spiele immer nur gerade die Rolle, von der er glaube, daß sie dem Gesprächspartner gefalle.

Was sollte ich da tun? Ich habe mir die Bewährungshilfe amtlich übertragen lassen und Alois zunächst in einem Krankenhaus als Hilfspfleger untergebracht, weil er mir sagte, der Beruf eines Pflegers würde ihm Spaß machen.

Betti und Susi sind fast in Ohnmacht gefallen, als ich diesen Jüngling mit nach Hause brachte und ein paar Tage in der Küche nächtigen ließ. Sie fürchteten, beraubt oder vergewaltigt zu werden, und vor den Studentinnen mußte ich ihn überhaupt verstecken; aber, Ulla, was meinst Du, ich laufe solchen Leuten ja nicht hinterher und suche sie, aber wenn mir Unglücksraben wie die Dalotti oder dieser Alois vor die Tür gelegt werden, kann ich sie doch nicht wieder wegstoßen?

Susi hat mein Problem einmal auf den Punkt gebracht: Uns war eine Katze zugelaufen. Susi schrieb darüber an den Großvater einen langen Brief, in dem sie die Katze seitenlang beschrieb. Der Schlußsatz lautete dann: »Kannst Du mir sagen, wie wir sie wieder loswerden?«

Ich muß Dir gestehen, es ist nicht nur der Alois, den ich nicht wieder loswerden kann. Du hattest recht mit Deiner Warnung vor der Patenschaft beim kleinen Harry. Ich habe es Dir bis jetzt verschwiegen, damit du nicht schimpfst, aber ich war da vielleicht doch zu voreilig mit meinem Versprechen. Die Mutter schafft es nicht. Der Vater steckt sie immer wieder an mit seinem Haß auf das Kind, mit dem er sich nicht abfinden kann, obwohl er die Mutter heiratete. Er versucht, das Kind mit Prügeln so zu dressieren, daß es ihn nicht stört, aber ihn stört alles. Wenn die Mutter dagegen protestiert, hält er ihr die Bibel unter die Nase und sagt ihr, da stehe ja, daß man bei Kindern mit der Rute nicht sparen dürfe, wenn man sie liebhabe. Er ist einer von denen, die für alles, was sie tun, eine Antwort parat haben, die sie vollkommen rechtfertigt. Immer wieder hat die junge Frau mich zu Hilfe gerufen, und ich habe dem Kerl mit einer Anzeige gedroht. Jedesmal bringt sie dann den Jungen ein paar Tage zu mir, bis der Vater sich wieder beruhigt hat. Neulich konnte ich das Kind aber nicht wieder zurückbringen. Da hatte er nämlich den Kleinen auf einen Tisch gebunden und mit dem Ledergürtel so verprügelt, daß er ohnmächtig wurde. Ich habe den Vater angezeigt, obwohl ich dadurch die Ehe endgültig zerstörte, und hatte sehr viel Rennerei nach Feierabend, bis ich ein Heim fand, wo ich Harry unterbringen konnte. Bei mir kann ich ihn beim besten Willen nicht aufnehmen. Er ist natürlich verhaltensgestört und schwer zu behandeln. Weißt Du, was mir bei ihm schon als Kleinkind auffiel? Er krabbelte immer rückwärts von den Dingen weg, die er gern haben wollte. Sehnsüchtig streckte er die Ärmchen nach dem begehrten

Gegenstand aus und schrie verzweifelt, weil er sich immer weiter davon entfernte. Auch als er im Prinzip schon vorwärts krabbeln konnte, legte er den Rückwärtsgang ein, sobald er etwas haben wollte. Ich habe so etwas noch bei keinem anderen Kind erlebt. Hast Du im Kindergarten schon einmal Ähnliches beobachtet? Ich dachte, die Mutter holt ihn wieder aus dem Heim, sobald der Mann ausgezogen ist und sie eine Möglichkeit für Harrys Betreuung tagsüber gefunden hat, aber offensichtlich freut sie sich, die Plage los zu sein. Ich besuche das Kind häufiger als sie und mache mir Sorgen. Das Personal in diesem Heim gefällt mir nicht. Ich kann nicht sagen, woran das liegt. Vor mir sind sie freundlich, aber die Art, wie der Junge sich an mich klammert, wenn ich wieder gehen muß, kommt mir nicht ganz geheuer vor. Obwohl er weiß, daß der gefürchtete Vater nicht mehr zu Hause ist, will er nicht zu seiner Mutter, sondern zu mir. Armes Kind. Von Anfang an dazu verdammt, Schaden an seiner Seele zu nehmen.

Du hast doch Erfahrung mit derartigen Kindern. Meinst Du, er kann sich an ein Heim gewöhnen und sich mit der Zeit dort auch wohl fühlen? Sie haben dort, wo er ist, keine gelernten Psychiater. Schreib mir doch mal, was Du denkst. Ich muß für heute Schluß machen und umarme Dich

Deine Erika

1960

32. Brief

Die Kinder werden flügge · Pflichten und Politik · Dalottis Verehrer · Alois wird mitfühlend

Heidelberg, Januar 1960

Liebe Ulla,
es war schön, in der Silvesternacht Deine Stimme zu hören! Das war ein herrliches Weihnachtsgeschenk, und ich danke Dir tausendmal für den Anruf! Du hast ja gehört, daß ich zum Fest alle meine vier Küken mal wieder unter meinen Fittichen hatte. Vielleicht war es das letzte Mal, denn Judith heiratet jetzt definitiv im März. Ihr Schulmusik-Abschlußexamen kann sie erst 1961 machen, aber sie wird in Frankfurt wohnen und kann die Hochschule ja auch als Verheiratete besuchen. Nella zieht es dann (der Liebe wegen) nach Berlin. Natürlich ist sie mit ihrem Gesangsstudium noch lange nicht fertig, aber in Berlin gebe es an der dortigen Hochschule noch bessere Stimmbildner(innen), sagt sie und sagt auch John Spamer. Nun denn, das ist der Lauf der Welt. Die Kinder werden flügge, und dann setzt die große Vereinsamung für die Mütter ein, die keinen Mann mehr haben und sich vor lauter Arbeit keinen eigenen Freundeskreis aufbauen konnten. Aber ich habe ja vorläufig noch Betti und Susi und die zwei Studentinnen um mich. Nach Vereinsamung sieht es in der drangvollen Enge unserer kleinen Wohnung noch nicht aus. Wenn ich mal allein sein will, bleibe ich nach Feierabend im Büro. Dort schreibe ich auch heute wieder diesen Brief.

Du hast recht. Ich mache mir auch selbst Vorwürfe, daß ich mich trotz meiner Erfahrungen in der Nazizeit und in der DDR immer noch nicht aktiver um die Politik kümmere, immer noch passiv hinnehme, was uns da so von oben geboten wird, ja sogar immer noch keinen klaren Standpunkt habe. Aber erst durch Gespräche mit anderen, bei denen man eigene Gedanken abklärt und korrigiert, kann man eine gewisse Sicherheit darüber gewinnen, was man selbst wirklich meint. Sonst läßt man sich zu leicht von diesem und jenem beeinflussen, sieht die Dinge mal mit diesen, mal mit jenen Augen an. Ich bin mir nicht sicher, ob Dein Vorwurf, ich sollte meine überschüssigen Kräfte doch lieber einer Parteiarbeit widmen, als mich um so hoffnungslose Fälle wie die Dalotti und den Alois zu kümmern, berechtigt ist. Erstens habe ich keine überschüssigen Kräfte mehr. Zweitens muß ich morgens um sechs Uhr aufstehen und herumhetzen, bis ich dann um sieben Uhr bei Brombach anfange. Dort ist die Arbeit zwar nicht schwer, aber nervenaufreibend. Dazu kommt, daß ich mich als Betriebsrätin der Sorgen und Nöte sehr vieler anderer Menschen annehmen muß. Ich muß meistens Überstunden machen. Dann geht abends die Hetzjagd mit dem Einkaufen los, denn ich habe ja immer noch keinen Kühlschrank und kann keine Vorräte lagern. Zu Hause dann haben die Kinder wohl schon einiges erledigt, aber Kochen, Wäschewaschen, Kleidernähen, Flikken, Stopfen und Bügeln bleiben doch noch an mir hängen. Nach dem Abendbrot und dem Abwaschen kommt dann meistens Besuch für die Kinder. Soll ich in der Zeit aus dem Haus laufen, um Parteiversammlungen zu besuchen? Das kann ich so wenig, wie ins Kino oder ins Theater zu gehen. Es kostet Fahrgeld, und die Bahnen fahren abends selten. Ich komme, außer zum Einkaufen, überhaupt nicht aus dem Haus, aus der Siedlung schon gar nicht, besuche kaum jemanden und werde selten besucht. Die Männer bei Brombach, die Studentinnen, Betti und Susi und ihre Freunde reden genug auf mich ein den ganzen Tag. Ich bin froh, wenn ich bei der gemütlichen, dicken Nachbarin mal ein Stündchen fernsehen darf! Mehr Unterbrechungen beim Erledigen meiner Pflichten kann ich mir nicht leisten. Vor Mitternacht komme ich selten ins Bett. Was ich für Dalotti und den Alois tue, geht hier von zu Hause aus. Sie besuchen mich, reden mit mir, während ich nähe oder bügle, oder ich telefoniere mal für sie.

Die Dalotti erzählt jetzt immer von einem Verehrer, der so fabelhaft anständig ist und noch nie versucht hat, ihr ihre Unschuld zu rauben. Ich glaube, sie macht sich Hoffnung, daß er sie heiratet. Ich habe sie schon mehrfach gebeten, mir diesen tugendhaften Mann einmal vorzustellen, aber sie ziert sich. Sie hat wieder eine kleine Mansardenwohnung, für die sie auf meiner Nähmaschine rotkarierte Vorhänge näht. Der Verehrer arbeitet in einem Labor der

Universität mit Ratten, Mäusen und Versuchskaninchen als Tierpfleger (und Töter). Kein sehr angenehmer Beruf, gequälte und dem Tod geweihte Tiere zu versorgen! Ich habe so eine dunkle Ahnung, daß mit diesem Herrn irgend etwas nicht ganz in Ordnung ist. Die Dalotti liebt an ihm vielleicht nur, daß er nicht versucht, sie zu lieben.

Alois habe ich in Mannheim in einem Krankenhaus als Lernpfleger untergebracht. Vorläufig sagt man mir, er sei eifrig und stelle sich geschickt an. Neulich hat er sich so für das Schicksal einer Krebspatientin interessiert, die man zum Sterben nach Hause entließ, daß er mich anflehte, diese Frau gemeinsam mit ihm in ihrer Wohnung zu besuchen. Er wollte sich überzeugen, daß die noch relativ junge Frau auch gut und liebevoll versorgt werde. Es war dann auch für mich erschütternd, daß diese Kranke keine Ahnung vom Grund ihrer Entlassung hatte und unseren Besuch als Beweis für ihre baldige Genesung auffaßte. Auch ihr Mann schien ahnungslos zu sein. Beide lachten und scherzten mit uns und freuten sich über unsere Blumen, obwohl ich für sie doch eine völlig Fremde war.

Alois nennt mich Mutti, wie alle Kollegen in der Fabrik, und sagte nach diesem Besuch: »So, Mutti, jetzt habe ich die zweite normale Wohnung von innen gesehen. In dieser war aber ein Doppelbett. Ich kann mir denken, wozu die das brauchen.« Ich glaube, er hat angenommen, wenn ich die Frau besuche, stirbt sie nicht. Er weinte richtig, als sie dann doch starb, aber ich merkte deutlich, er glaubt, es gefällt mir, wenn er sich mitfühlend gibt. Alles, was er sagt und tut, ist irgendwie Theater. Betti und Susi und auch die Studentinnen, vor denen ich ihn nicht länger verbergen kann, können ihn nicht ausstehen. Und Du sagst auch, ich soll ihn zum Teufel schicken! Ist es Stärke oder Schwäche, daß ich das nicht übers Herz bringe? Ist ja auch egal.

Ulla, Du erhältst noch eine offizielle Einladung zur Hochzeit, es wäre ganz herrlich, wenn Du kommen könntest. Dich bringen wir natürlich bei uns unter. Eine Studentin geht dann zu ihrer Freundin. Es wäre so schön, wenn Du dabei wärst!

Es umarmt Dich

Deine Erika

33. Brief

Einladung zur Hochzeit · Diebstahl

Heidelberg, März 1960

Liebe Ulla,
es bleibt dabei. Am Freitag, dem 25. März, ist die Hochzeit, und ich werde Dich am Donnerstag, wie telefonisch besprochen, am Bahnhof abholen.

Stell Dir vor, seit einem Jahr habe ich dafür gespart, daß nicht nur Ditta, sondern auch die anderen Töchter und ich uns Kleider kaufen können. Das hat auch gut geklappt, alle haben etwas Gutes und nicht zu Teures gefunden. Nun war ich dran mit dem Restgeld. Ich stehe im Kaufhaus vor dem Spiegel, probiere ein elegantes Kleid an, halte mit der rechten Hand auf einem Tischchen meine Handtasche fest, da spüre ich einen Ruck, die Handtasche ist weg, und ich sehe gerade noch eine Frau im Gedränge untertauchen. Ich habe geschrien, aber die Verkäuferin hat nicht geschaltet und nichts gemerkt, die guckte mich bloß dumm an und dachte gar nicht daran, der Diebin nachzulaufen, als sie allmählich begriff, daß ich nicht verrückt geworden, sondern bestohlen worden war. Ich versuchte durchzusetzen, daß man die Eingangstüren schließt, aber das kam nicht in Frage. Es kommt täglich vor, daß Kunden bestohlen werden. Nun habe ich keinen Ausweis mehr und kein Geld – weder für ein neues Kleid noch zum Essen für diesen Monat. Ich werde zur Hochzeit meiner Ältesten nicht einmal mehr zum Friseur gehen können. Was hast Du mal zu mir gesagt, als ich in Henkhof beraubt worden war? »Ich glaube, Du ziehst die bösen Geister an.« Gibt's böse Geister? Ich glaube es allmählich.

Also! Bis Donnerstag! Ich freu mich auf Dich!

Deine Erika

34. Brief

Ditta ist Ehefrau, Nella in Berlin · Alois wird rückfällig · Diskussionen mit Studentinnen

Heidelberg, Juni 1960

Liebe Ulla,

ich lege Dir die Bilder von der Hochzeit bei, damit ich sie nicht vergesse. War es nicht wahnsinnig komisch, wie der Fotograf immer so albern »Kuckuck« gesagt hat, ehe er knipste? Offensichtlich ist dieser dumme alte Scherz immer noch sehr wirkungsvoll. Wir lachen alle, und die Bilder sind recht hübsch, findest Du nicht auch?

Vielen Dank für Deinen lieben Brief. Ja, es war schön, daß wir uns nach über acht Jahren endlich wiedergesehen haben, und ich zehre noch von unseren Gesprächen. Es freut mich, daß Du John Spamer so nett gefunden hast. Mir bereitet er immer noch ein wenig Schwierigkeiten. Vielleicht bin ich eifersüchtig, daß er mir mein Kind schon so früh weggenommen hat. Ich glaube, Söhne kann eine Mutter nie so vollständig verlieren wie Töchter. Ditta nimmt immer mehr die Denk- und Redeweise der Spamers an. Vielen Dank, daß Nella sich in Berlin bei Dir hin und wieder satt essen kann. Sie schrieb sehr gerührt, wie sehr Du und Deine Mutter darum bemüht seid, daß sie nicht verhungert. Mit Ditta gemeinsam ist sie wohl eher mit ihrem Geld ausgekommen als nun allein. Jobs in Berlin werden außerdem schlechter bezahlt als in Frankfurt. Ich schicke ihr, was ich nur irgend zusammenkratzen kann, aber Betti und Susi fordern allmählich auch ihr Recht. Sie mußten bisher immer zurückstehen hinter den beiden großen Schwestern.

Es freut mich, daß Stephan nun schon kleine Rollen bekommt und Geld heimbringt. Das macht es Dir und Deiner Mutter leichter. Aber er wird wohl auch bald ausziehen, und Du bist alle Deine Kinder los.

Es hat mich gefreut, daß Du wegen P. trotz allem optimistisch geblieben bist und den Mut nicht verloren hast. Sie werden ihn bestimmt bald freilassen!

Stell Dir vor, den Alois haben sie wieder eingesperrt. Er hat die Bewährung nicht bestanden und muß nun ein Jahr lang ins Gefängnis. Was er eigentlich verbrochen hat, habe ich nicht ganz begriffen. Im anderen Trakt des Krankenhauses gab es eine junge Lernschwester, die, wie er auch, dort wohnt und deren Tugend durch einen Portier bewacht wird. Er hat eine Unterschrift gefälscht, um nachts in dieses Haus und in das Zimmer des Mädchens zu gelangen. Man unterstellt ihm, auch Unterschriften auf Rezepten gefälscht zu haben, was er jedoch bestreitet. Ich erfuhr von der ganzen Sache erst, als er bereits im Gefängnis saß.

Nun, ich meine, es war unvermeidlich. Man begegnet ihm mit so viel Mißtrauen, und er verhält sich so unsicher, daß er früher oder später doch seine Strafe hätte absitzen müssen. Ich hätte das nicht verhindern können. Wenn sie ihn das nächste Mal endgültig entlassen, wird es für ihn leichter sein, sich zu verhalten wie andere Leute. Während seiner Bewährungszeit wird er durch die Angst erst recht unsicher. Er fühlt sich dabei ständig beobachtet und meint, es werde ihm doch nichts erlaubt. So fragt er gar nicht erst, sondern fälscht lieber gleich eine Unterschrift.

Ich habe einmal in der Nähe von Heidelberg ein von Nonnen geleitetes Waisenhaus besucht. Alle diese Nonnen gingen sanft und freundlich mit den Kindern um, ich hatte auch den Eindruck, sie lieben die Kinder. Auch Alois erzählt von seiner Kindheit in solchen Heimen nichts Schlechtes. Man war gut zu ihm, ja, einige der Nonnen scheinen ihn besonders gern gehabt zu haben; und doch hat er dort nicht »leben« gelernt. Es ist wohl der ständige Wechsel der Bezugspersonen und der Entzug jeder eigenen Verantwortung, durch den so viele Heimkinder zu Kriminellen gemacht werden. Niemals kann eines von ihnen irgend etwas aus eigenem Impuls heraus tun. Alle spielen zur gleichen Zeit, singen zur gleichen Zeit, lernen zur gleichen Zeit, schlafen zur gleichen Zeit, werden wie Herdentiere hierhin und dorthin getrieben, und ich kann mir denken, daß es die Ordnung der Massenkinderhaltung schon stört, wenn eines der Kinder dann malen will, wenn die anderen mit Bauklötzen bauen. Sie müssen während ihrer ganzen Kindheit um der erforderlichen Ordnung willen an schöpferischer Arbeit gehindert werden. Für Kinder ist ja ihr Spiel Arbeit. Alles, was das einzelne Kind aus eigenem Impuls heraus tun will, muß verboten werden, weil die

Nonnen sonst den Überblick verlieren. Einen erlaubten Weg, irgendein individuelles Bedürfnis zu befriedigen, gibt es für Heimkinder wohl selten. Für Alois ergab sich also als logische Konsequenz, daß man einen Bahnhof überfallen und Fahrkarten rauben mußte, wenn man so gern reisen wollte, und daß man Unterschriften fälschen mußte, wenn man sein Mädchen besuchen wollte.

Unsere Kinder haben von klein an gelernt, welche erlaubten Wege es gibt, eigene Wünsche erfüllt zu bekommen, und wie man mit den Menschen umgeht, die ihnen dabei helfen können. Wie wichtig waren die Trotzphasen für sie, um ihre eigenen Kräfte richtig einschätzen zu lernen. Das alles können Heimkinder nicht ausleben, weil ihre Betreuer gar nicht in der Lage sind, auf jede Trotzphase jedes der vielen Kinder individuell zu reagieren. Wenn ich mein Amt als Bewährungshelferin für Alois so erfüllen wollte, wie es für diesen Jungen notwendig wäre, müßte ich mit ihm in eine Wohnung ziehen und mit ihm »leben« üben, also alle kleinen Dinge des Alltags so trainieren, daß er lernt, wann verzichtet und wann der eigene Wille durchgesetzt werden muß. Das aber ist bei einem Erwachsenen kaum möglich, weil sich nur ein Kind widerspruchslos und lernbegierig in solchen Dingen führen läßt. Es liebt seine Mutter und vertraut ihr. Erwachsene Heimkinder haben die Fähigkeit zur kritiklosen Liebe und zum Vertrauen verloren.

Entschuldige, Ulla, der Alois interessiert Dich kaum, und Du hast genug zu tun, die Probleme der Kinder in Deinem Hort zu lösen. Ich sage immer wieder, nicht die Revolutionäre können die Welt zum Besseren verändern, nicht die Priester und nicht die Ideologen, Soziologen und Philosophen. Nur Mütter und Kindergärtnerinnen und vielleicht noch Grundschullehrer könnten das. Jeder Gärtner weiß, daß nur aus gesunden Wurzeln gesunde Pflanzen kommen; alles, was man später daran manipuliert, schadet nur und nützt nichts mehr. Ich glaube, diese Überzeugung ist es auch, die mich allen politischen Ereignissen gegenüber oft so ignorant und gleichgültig erscheinen läßt.

Selbst wenn ich mich aufrege, wie zum Beispiel darüber, daß jetzt sowohl die USA als auch die UdSSR an dieser fürchterlichen neuen Waffe, dieser Neutronenbombe, basteln, die alles Leben zerstören, aber wenig materiellen Schaden anrichten soll, erkenne ich gleichzeitig die Sinnlosigkeit dieser Erregung. Betti und Susi und die Studentinnen sagen, ich sei einfach fatalistisch, und mit Leuten wie mir sei die Welt nicht zu retten.

Je älter meine beiden Kleinen nämlich werden und je mehr sie sich von den beiden Untermieterinnen beeinflussen lassen, desto heftiger geht es bei uns in der Küche abends zu mit erregten Diskussionen. Da ist das Reizthema Eichmann, den die Israelis jetzt in Argentinien entführt haben, um ihn wegen seiner Hilfe zu Massenmorden vor Gericht stellen zu können. Die Tatsache, daß ich der Generation dieses Mannes angehöre und nicht nachweisen kann, daß ich etwas gegen ihn getan habe, macht mich schon zum Angriffsziel. Irgendwie stellen sich die jungen Leute vor, alles, was jetzt langsam bekannt wird, sei in der Nazizeit offen vor aller Augen geschehen, und von den 80 Millionen Deutschen habe jeder die hunderttausend oder zweihunderttausend Bestien persönlich kennen und an ihren Untaten hindern können.

Ich sage dann: »Ihr könnt ungehindert und offen darüber schimpfen, daß die Paßgesetze in Südafrika die Bewegungsfreiheit der Schwarzen jetzt noch mehr einengen, ihr könnt gegen Kernwaffen demonstrieren, ihr könnt gegen die Amerikaner wettern, die Aufklärungsflugzeuge über die UdSSR schicken, oder gegen die Russen, die diese Flugzeuge abschießen, womit beide den Weltfrieden wieder gefährden, nachdem doch gerade ein Vertrag abgeschlossen war, Kernwaffenversuche vorläufig zu unterlassen. Ändert ihr das geringste? Wir konnten nur heimlich schimpfen. Das ist der einzige Unterschied.«

Aber wie soll ich meinen Kindern beweisen, daß wir heimlich geschimpft und uns über die Nazis erregt haben? Sie haben ja recht, wenn sie sagen, heute wollen sie alle keine Nazis gewesen sein. Die Studentinnen haben ihre Eltern im Verdacht, Betti und Susi haben viele Lehrer im Verdacht, und ich muß zugeben, bei Brombach habe ich auch sehr viele Männer im Verdacht, Ingenieure, Kaufleute und Arbeiter. Auch in den Gewerkschaften sind viele, die bestimmt früher Parteigenossen waren.

Neulich las ich in der Zeitung eine Begründung dafür, warum ein Gericht jemandem Schadenersatz für langen Konzentrationslageraufenthalt verweigerte: »Widerstand gegen ein Unrechtssystem kann nur dann als Widerstand gewertet werden, wenn er Aussicht auf Erfolg hat. Der private, vereinzelte Widerstand, der kein Unrecht verhindert, ist einfach nur Dummheit, und der dadurch erlittene Schaden ist nicht zu ersetzen.« Sosehr ich mich über dieses Urteil empört habe (denn wenn einer vereinzelt, ohne jede Aussicht auf Erfolg Widerstand geleistet hat und dafür ins KZ kam, so empfinde ich davor die allergrößte Hochachtung und Bewunderung), so ehrlich gestehe ich mir ein, daß ich selbst niemals bereit wäre, mich und mein Leben völlig sinnlos ohne jede Aussicht auf Erfolg aufzuopfern. Es gibt Dinge, die überlasse ich Gott. Ich fühle mich immer nur herausgefordert, einzugreifen und Verantwortung mitzutragen, wo ich Aussicht habe, etwas ändern zu *können*. Wie beispielsweise im Fall Dalotti oder im Fall Alois. Jesus ist ja auch nicht nach Rom gegangen, um die Römer an Gladiatorenkampfveranstaltungen zu hindern, er hat sich nicht in die inhumane Regierung des Herodes eingemischt, er hat nur hier und dort einzelnen Kranken geholfen, die ihm zufällig über den Weg liefen. Man kann mit Gewalt keine Gewalt gegen Menschen verhindern. Als ich einmal im Eifer des Diskussionsgefechtes sagte: »Könnt ihr beurteilen, ob Gott einem Eichmann vielleicht vergeben wird, wenn er vor seinem Tod bereut?«, da war die Empörung groß. Ich glaube, noch nie sind die christlichen Grundgedanken so wenig verstanden worden wie heute. Aber ich könnte einem Eichmann auch nicht verzeihen. Ich bin noch lange kein wirklicher Christ, aber ich bemühe mich.

Ulla, Schluß für heute, grüß meine Nella, wenn Du sie siehst!

Deine Erika

35. Brief

Gedanken über Reichtum · Herr Decker und die
Frauenarbeit · Die Eier des Kolumbus ·
Meiers Kommunismus und die Christen ·
Alois wird »besser« · Betti an der Ostsee

Heidelberg, Oktober 1960

Liebe Ulla,

Dein Brief hat mich zwar erschreckt, und ich habe das allergrößte Mitleid mit Dir, aber er hat mich auch sehr amüsiert und sehr gefreut. Wie gut, daß Du wieder lachen kannst! Darin bist du wirklich kaum noch zu übertreffen, wie Du immer gleich die komische Seite aller Schicksalsschläge erfaßt. Das ist bei Dir ganz anders als bei der Dalotti mit ihrem hemmungslosen Gekicher bei den gräßlichsten Erzählungen. Die steht ja nicht darüber und kann die Erlebnisse nicht verarbeiten. Du bringst immer so gut die Pointe heraus! Es ist aber auch zu komisch, Ulla: Du glaubst, Du hast im Lotto gewonnen, rast zur Annahmestelle, brichst Dir dabei ein Bein und erfährst, Du hast gar nicht gewonnen! Ich habe Tränen gelacht über die Schilderung! Wie konntest Du aber auch nur einen Augenblick annehmen, unsereiner gewinne im Lotto! Das passiert doch nur anderen!

Sag mal ehrlich, Ulla, möchtest du wirklich gerne plötzlich reich werden? Ich komme selten in die Innenstadt und sehe wenig von den vielen Schaufenstern mit all den verlockenden Waren. Wenn ich sie aber gelegentlich sehe, frage ich mich, ob ich mir dieses oder jenes wünschen würde, wenn ich das Geld dazu hätte. Meistens muß ich das verneinen. Was soll ich damit? Ich kann mich nicht, wie meine Töchter oder auch wie Frau Ronco und Du, für schöne Dinge so begeistern, daß ich das Verlangen in mir spüre, sie zu besitzen. Vermutlich bin ich kein Ästhet. Vielleicht liegt meine Wunschlosigkeit auch daran, daß wir zu fünft so eng gedrängt in unserer winzigen Wohnung hausen. Es wäre gar kein Platz vorhanden für irgendwelche Besitztümer. Selbst wenn ich mir eine tatsächlich gewünschte Waschmaschine kaufen könnte, wüßte ich nicht, wo ich sie hinstellen sollte. Die Küche ist Schlafzimmer für Betti und Susi, das Wohnzimmer ist Schlafzimmer für mich, alle zusammen haben wir nur einen Schrank für Kleidung, Wäsche, Geschirr und Bücher. Wo sollten wir hin mit schönen Luxusdingen?

Ich habe mich nach Kochtöpfen, Geschirr, Besteck, Hauswäsche und dergleichen Hausrat gesehnt. Es machte mich rasend, wenn die Kinder in der Schule fehlen mußten, weil die Schnürsenkel zerrissen, die Gummibänder der Schlüpfer ausgeleiert oder die Sohlen der Schuhe durchlöchert waren; aber nachdem ich nun alles anschaffen konnte, was wirklich unentbehrlich ist, sehne ich mich nicht zurück nach Sachen, die wir lange ohne Schmerz entbehren konnten. Für mich ist die Sucht Ulrichs, alles aufzubewahren, was er je besaß, ein solcher Horror gewesen, daß ich jetzt den vielleicht umgekehrten Tick habe, alles Überflüssige schnellstens wegzuwerfen oder zu verschenken. Ordnung bedeutet für mich, daß es um mich herum frei von unnötigen Dingen ist. So spiele ich mit meinen Kindern jedes Jahr einmal das Spiel »Flucht«. Wir stellen uns vor, wir müssen wieder fliehen und dürfen nur das mitnehmen, was wir unbedingt brauchen. Alles, was wir ein Jahr lang nicht mehr benutzt haben, kommt weg.

Vielleicht bin ich auch so geworden, weil mir immer noch die Bombennächte in Rostock vor Augen stehen, in denen die Leute die überflüssigsten Dinge aus dem Feuer gerettet haben; ich sehe die Frau im Nachthemd noch vor mir, die eine Stehlampe vor sich hertrug. Was sollte ich also mit viel Geld? Wenn ich einen Rock, zwei Blusen, zwei Wolljacken und drei Kleider für täglich habe, genügt das doch? Ich kann ja nicht zwei Kleider auf einmal anziehen! Schlimm war es natürlich hier am Anfang. Da ist mir einmal morgens eines meiner beiden einzigen Kleider in die Badewanne gefallen. Ich mußte in der Fabrik fehlen, weil das zweite noch naß vom Waschen war. Gut, da war ich wirklich arm und wünschte mir sehnlichst mehr Geld. Die Kinder wollen natürlich vieles, was ich ihnen nicht kaufen kann, vor allem mehr und elegantere Garderobe. Aber das werden sie schon bekommen eines Tages, sie sind ja noch jung. Dank ihrer guten Ausbildung werden alle vier später einmal gut verdienen, und es schadet niemandem, in der Jugend knappgehalten zu werden. Das motiviert zu mehr Leistung, und wenn sie später einmal doch arm werden sollten, wie es uns unverschuldet passierte, werden sie froh sein, früh verzichten gelernt zu haben. Ich bin auch froh, daß mein Vater mich materiell nicht verwöhnt hat.

So, so, Du flanierst also hin und wieder mit meiner Nella auf dem Kurfürstendamm, lehrst sie, sehnsüchtig all die verlockenden Dinge zu betrachten, die sie nicht haben kann, und nährst Hoffnungen auf Reichtum, indem Du Lottoscheine ausfüllst! Die Strafe folgte auf dem gebrochenen Fuße! Nun bleib mal jetzt schön liegen und erhole Dich!

Das Wirtschaftswunder ist wirklich kaum glaublich. In dieser kurzen Zeit schon wieder so ein Wohlstand überall! Wo zwei Männer verdienen, wie bei meiner Wohnungsnachbarin, schwimmen die Leute direkt in Geld und kaufen schon Grundstücke oder Häuser, weil sie sonst nichts mehr brauchen könnten. Auch ich habe immerhin schon mehr als das Doppelte von dem, womit ich 1952 hier anfing. Trotzdem ist das im Vergleich zum Einkommen der Männer in meinem Büro sehr wenig.

Zu dem Thema Männer- und Frauenbezahlung hat mein Boß, Herr Decker, mal wieder etwas Klassisches gesagt. Nachdem ich nun schon so lange die Arbeit des durch die Alzheimer-Krankheit ausgefallenen Ingenieurs erledigte – allein und ohne die Schreibkraft, die er in mir hatte –, wagte ich ihn eines Tages um eine Gehaltserhöhung zu bitten. Schließlich hatte der kranke Ingenieur doppelt soviel wie ich verdient, und der Arbeitsplatz hatte vor seiner Erkrankung zwei Gehälter gekostet, seines und meines. Was sagte Herr Decker? »Was wollen Sie denn! Sie verdienen doch schon mehr als mancher Familienvater!« Dabei weiß er genau, daß ich ohne »Ernährer« mit meinen vier Kindern genau das gleiche wie ein Familienvater bin! Außerdem gibt es höchstens zwei oder drei verheiratete Arbeiter, die etwas weniger haben als ich. Da arbeitet aber die Frau mit.

Das ist überhaupt ein Typ, dieser Herr Decker, der höchstbezahlte Mann in den Werkhallen! Für den sind Frauen nichts anderes als naseweise Kinder, die gefälligst in Gegenwart von Erwachsenen, sprich Männern, den Schnabel zu halten haben! Was ich auch bezüglich der Vereinfachung unserer Arbeit zu sagen oder vorzuschlagen habe, er schmettert es ohne jede Überlegung und ohne auch nur zuzuhören ab. Neulich hatte ich eine wirklich glänzende Idee bezüglich einer Vereinfachung von Formularvordrucken. Da habe ich es ganz schlau angefangen. Ich habe zu ihm gesagt: »Herr Decker, neulich haben *Sie* doch so eine fabelhafte Idee gehabt! Warum lassen Sie das nicht machen! Es würde uns doch so viel Arbeit sparen!« – »Was war denn das noch?« fragte er. »Haben Sie das vergessen?« staunte ich scheinheilig und erklärte ihm meine Idee so, als stamme sie von ihm. Da war er restlos begeistert von seiner eigenen Genialität und ließ die Formulare sofort meinem Vorschlag gemäß ändern. Ich sagte zu ihm: »Da haben Sie wirklich das Ei des Kolumbus gefunden!« Am nächsten Tag war er aus irgendeinem Grund mal wieder wütend auf mich – er ärgert sich über mein soziales Engagement als Betriebsrätin – und schrie: »Beschäftigen Sie sich gefälligst lieber mit Ihrer Arbeit als mit den Eiern von diesem Kolumbus oder wie der heißt!«

Und doch ist dieser Mann nicht dumm. Man merkt schon, warum Direktor Schuster ihn protegiert und zum Chef der Arbeitsvorbereitung gemacht hat. Sein ganzes Interesse gilt aber nur den technischen Geräten, die wir herstellen. Alles andere ist für ihn einfach nicht vorhanden und wird mit Vorurteilen abgetan und erledigt.

Der einzige etwas Gebildete unter unseren Ingenieuren – wenn man von Raus ernsthaften Bemühungen um Bildung absieht – ist der Österreicher Meier, von dem ich Dir schon erzählt habe. Der war auch der einzige, der über die »Eier des Kolumbus« mit mir lachen konnte. Die anderen merken so etwas gar nicht. Der ist übrigens auch ein Protegé von Direktor Schuster. Er hatte auf der Flucht seine Papiere verloren und konnte bei seiner Stellungsuche nicht nachweisen, daß er bereits seine Meisterprüfung hatte. Da fing er hier als Dreher an. Sehr schnell bemerkte Schuster, daß er viel mehr kann als einfache Dreher, glaubte ihm den Meister, setzte ihn entsprechend ein, und nun ist er Ingenieur. Er ist zehn Jahre jünger als ich, in zweiter Ehe verheiratet und schon Großvater durch eine Tochter aus erster Ehe. Ich glaube, das Enkelkind ist bereits zwei Jahre alt. Er ist zwar – wie Rau – im Herzen auch ein Kommunist, einer, vor denen ich geflohen bin, aber der einzige, der mein Heimweh bemerkt und versteht und der immer versucht, taktlose Bemerkungen der Kollegen zu neutralisieren oder aber mich aufzuheitern. Er hat mir in meiner schwierigen Stellung als einziger Frau unter so vielen Männern manchen guten Rat gegeben und mich gelehrt, deren Reaktionen auf mich besser zu verstehen und richtiger einzuschätzen. Wie Rau und ich ist auch er im Betriebsrat und der einzige unter meinen männlichen Ratskollegen, der mich manchmal bei meinem Engagement für Frauenrechte ein wenig unterstützt. Die anderen sind alle stur und stockkonservativ.

Leider kann ich ihm nicht klarmachen, was mich daran so aufregt, daß mein »Freund« Ulbricht nach dem Tod von Wilhelm Pieck auch das Amt des Staatspräsidenten übernimmt und somit die Führung von Partei und Staat allein in seinen Händen liegt. Er äußerte neulich in allem Ernst, die kommunistische Revolution in Rußland sei doch die bisher einzige Revolution gewesen, die keine Toten gekostet habe! Auf totale Unkenntnis von geschichtlichen Fakten stoße ich auch oft bei Rau und überhaupt bei vielen, die irgendeine Überzeugung ganz fanatisch vertreten. Offensichtlich besteht bei vielen Menschen ein dringender Bedarf nach Hoffnung. Sie wollen unbedingt an die Möglichkeit einer Rettung aus den chaotischen menschlichen Irrungen und Wirrungen glauben, von denen sie sich bedroht fühlen. Dann klammern sie sich blind vertrauend an irgendeine von Menschen ersonnene Ideologie und weigern sich zu erkennen, daß ihr Strohhalm kein Balken und nichts so trügerisch ist wie menschliche Gedanken und menschliche Wunschträume. Wie viele prominente Genossen, die genau wie Rau oder dieser Meier an die Marxschen Theorien geglaubt haben, habe ich in meinem Henkhofer Café begeisterte Reden führen hören. Einem nach dem anderen gingen die Augen auf, sie erkannten die Wirklichkeit und sind dann geflohen. Wirkliche Idealisten saßen zuletzt nicht mehr in meinem Café!

Wenn ich doch erklären könnte, daß der Sozialismus, von dem *sie* träumen, niemals durch *politische* Maßnahmen verwirklicht werden kann, sondern nur durch Beherzigung dessen, was Jesus gesagt hat. Nicht »Fürwahrhalten«, daß ein Toter auferstanden ist, heilt die Seelen der Menschen von ihren Irrtümern, sondern das Vertrauen zu dem, was er *zu Lebzeiten* lehrte. Kein Philosoph, kein Ideologe, kein Soziologe, kein anderer Religionsgründer hat doch jemals Dinge gesagt, die so einleuchtend, so evident wahr sind! Christ sein kann man in jedem politischen System (und oft gerade dann, wenn man gewaltsam daran gehindert wird). Es war ein Irrtum von mir zu glauben, hier bei uns in der Bundesrepublik wäre es allgemein leichter. Für *mich* ist es hier leichter, weil ich keine Kämpfernatur bin und dem Druck drüben nicht standgehalten hätte, aber zum Christen *geworden* bin ich drüben. *Allen* Deutschen sollte ja schon in der Nazizeit das Christsein ausgetrieben werden. Mit all dem Heil und Glanz und Gloria hat man das Licht der Wahrheit überdeckt. Als diese künstlichen Strahler dann aber verschwanden, war das Licht der Wahrheit drüben vor dem scharzen Hintergrund allergrößter Not erheblich leichter wiederzuerkennen als hier vor dem Hintergrund erleuchteter Schaufenster und glitzernder Fassaden. Man glaubte, Prachtkirchen würden die Aufmerksamkeit wieder auf Gott lenken, aber sie unterscheiden sich kaum von den raffiniert schönen und teuren Kaufhäusern und Banken. Die sind nun voll, aber die Kirchen sind leer. Es mag hier Christen geben; aber wo sind sie, die nicht richten, nicht urteilen oder verurteilen, die ihre Feinde lieben oder ihnen zum mindesten vergeben, die keine materiellen, sondern nur geistige Interessen vertreten, die nicht kämpfen, nicht hassen, auf sich nehmen, was ihnen das Schicksal bestimmt, und für andere, nicht für sich leben? Wie können Parteien das »C« in ihrem Namen tragen, die nur rein materielle Interessen vertreten? Das »S« im Namen der linken Parteien ist aber ebenso eine Heuchelei, finde ich. »S« heißt doch »sozial«. Wirklich sozial ist aber meiner Meinung nach nur der, der auch das »C« in seinem Namen zu Recht tragen könnte. Heute könnte man aus den Phrasen »christlich« und »sozialistisch« alle Buchstaben streichen bis auf das in beiden gleiche »ICH«.

Rau und Meier sagen, ich sei eine hoffnungslose Utopistin, so etwas, was mir vorschwebe, gebe es nicht. Erst einmal müßten die Regierungssysteme in Ordnung gebracht werden, dann würden auch die Menschen besser.

Stichwort »besser werden«: Alois soll ja nun im Gefängnis »besser« werden, und er selbst hat sich das auch fest vorgenommen. Jeden Brief, den er schreiben darf, richtet er an mich und beteuert darin seine guten Vorsätze. Er will so gerne ein geachteter, anständiger Mensch sein, weiß nur nicht, wie er das anstellen soll. Da hat er sich in seiner Zelle eine Art Altar gebaut mit meinem Foto anstelle der Mutter Gottes (so wie wir drüben einen Altar mit dem Stalinfoto in unserer Wohnung haben sollten), singt davor das Ave Maria und betet um Besserung. Das solltest Du mal hören, Ulla, wenn Alois das Ave Maria singt: dieses Tremolo! Ich muß immer all meine

Kräfte zusammenreißen, um nicht zu lachen über das Theater, das er dabei macht. Wenn er aber tiefe Gefühle so gut heucheln kann, dann meine ich, daß er tief im Innern auch weiß, was das ist, und sich danach sehnt, so tief fühlen zu können.

Ich gehe auf seine Ergüsse nie ein und versuche nur, ihn über seinen nicht unbeträchtlichen Verstand zu erreichen, ganz nüchtern und sachlich. Ich versuche, ihm klarzumachen, daß ihm durch die Heimerziehung ein wichtiges Gewissensregulativ vorenthalten worden ist, das andere Menschen automatisch daran hindert, gegen Gesetze zu verstoßen, auch ohne sie im einzelnen zu kennen. Ersatzweise müsse er nun üben, seinen Verstand anstelle eines Gewissens zu benutzen. Er habe ja jetzt Zeit und könne das bürgerliche Gesetzbuch in aller Ruhe durchstudieren. Darin sehe er, wie Menschen in Deutschland ihr Miteinanderleben organisiert hätten. Diese Spielregeln müsse er einfach lernen, wie eine fremde Sprache, wenn er nicht wieder gegen ein Gesetz verstoßen wolle.

Obwohl er nur die Hauptschule besuchte, ist er geistig in der Lage, diesen Rat zu befolgen, und man hat ihm auf meine Bitte hin auch ein Bürgerliches Gesetzbuch gegeben. Andere Verbrecher benutzen das ja oft, um Lücken im Gesetz zu finden und ihre Richter auszutricksen; Alois' Briefe jedoch bezeugen, daß er wirklich daraus lernt. So ist er denn im Knast ganz sinnvoll beschäftigt in den arbeitsfreien Stunden.

Die Dalotti hat beruflichen Erfolg bei den Amerikanern. Sie hält dort vermutlich den Mund und redet nicht soviel provozierend dummes Zeug wie hier, weil sie zwar Englisch schreiben, aber nicht so gut sprechen kann. Ich fürchte, sie wird demnächst ihren Ratten- und Mäusepfleger heiraten, ohne ihn mir vorher vorgestellt zu haben. Ich habe Angst um sie.

Betti war in diesen Sommerferien an der Ostsee. Das tat ihrer Seele sehr gut. Sie war ja diejenige meiner Töchter, die mit mir am allermeisten unter Heimweh gelitten hat und dabei ganz depressiv geworden ist. Da hat sie lange neben der Schule und in den Ferien in einer Kartonfabrik gearbeitet, um das Geld für die Reise zusammenzubringen. Sie fuhr in einem verbilligten Jugend-Sonderzug und wohnte in Haffkrug zusammen mit einer Freundin in einer Jugendherberge. Sie haben sich beide dort nur von altbackenen Semmeln ernährt, die ihnen ein Bäcker abgab. Und weißt Du, was Betti gemacht hat? Sie hat mir von dem Geld, das sie dadurch sparte, eine Garnitur Bettwäsche mitgebracht! Das hat mich zu Tränen gerührt! Wenn ich bedenke, was manche wohlhabende oder reiche Eltern heutzutage oft unter ihren Kindern und deren Kritik an ihnen zu leiden haben, dann, denke ich, kann ich eigentlich glücklich sein, daß ich arm bin! Wir sind alle fünf immer noch eine verschworene Notgemeinschaft! Hat Dir Nella schon gesagt, daß Ditta ihr Examen ein Semester früher als geplant machen konnte, bestanden hat und jetzt fertige Schulmusikerin ist? Eines hat sie Dir aber wohl noch nicht verraten: Ditta ist schwanger. Ich werde demnächst Großmutter. Kannst Du Dir das vorstellen? Bei Brombach necken sie mich schon und sagen »Oma« zu mir statt »Mutti«. Dann nenne ich aber den zehn Jahre jüngeren Meier auch Opa, und das ärgert ihn.

Ulla, ich muß wieder schließen. Gute Besserung für Dein Bein und ruhe Dich schön aus!

Deine alte Erika

1961

36. Brief

Ein Enkelsohn · Entdeckung von Ur-Reflexen ·
Helgas Selbstmord · Der Nachbar verbrennt ·
Organisation der Gewerkschaften

Heidelberg, Februar 1961

Liebe Ulla,
bis auf meine Postkarten und Nellas Berichte hast Du ja noch keine weiteren Nachrichten von unserem Christkindchen. Was sagst Du dazu, daß in unseren Fünfweiberhaufen endlich ein Junge hereingeschneit ist, ein kleiner Amerikaner, Peter Spamer, mit riesigen, kugelrunden, braunen Augen und einem rührend sensiblen Mündchen, das in fortwährender Bewegung die ganze Skala aller nur denkbaren menschlichen Gefühle ausdrücken kann! Als er mir hinter dem Glasfenster gezeigt wurde, schien dieses Mündchen erst zu einem etwas schiefen Lächeln verzogen, danach begann das Kinn zu zittern, immer heftiger, immer heftiger, und dann erst öffnete sich der Mund zu einem verzweifelten Schreien. Das griff mir so ans Herz, daß mir selbst die Tränen kamen. Ich bin hingerissen von diesem Kind. Daß man als Großmutter noch einmal ein neugeborenes Baby so leidenschaftlich in sein Herz schließen kann! Ich glaube nicht, daß ich bei der Geburt eines meiner eigenen Kinder noch begeisterter war. Was ist so ein kleiner Mensch nur für ein Wunder! Es scheint, als lebe er noch in einer ganz anderen Welt, sehe etwas anderes und blicke durch uns gewöhnliche Menschen hindurch wie durch Glas. Die Geburt ging glatt, Judith hat nicht allzuviel leiden müssen, und sie kann ausreichend stillen. Sie und John sind überzeugt, die Intelligenz eines Kindes werde durch Sinneseindrücke vorgeprägt. Das steht in amerikanischen Büchern. Es sei ganz falsch, Kinder in stillen Räumen mit einem Schleier über der Wiege von starken Sinnesreizen fernzuhalten, sie müßten im Gegenteil in ihren Wachzeiten möglichst viel sehen, hören und fühlen. So tragen John

und Judith das Kind, wenn es wach ist, abwechselnd herum, lassen es ein leise klingelndes, bunt bewegtes Mobile »betrachten«, spielen ihm Klavier und singen ihm vor oder legen es nackend auf den Teppich, damit sein ganzer Körper Tastsinn entwickelt. Mir leuchtet das sehr ein, und ich habe noch einiges dazu beigetragen, daß das Kind in der warmen Wohnung lange unbekleidet sein kann, ich habe nämlich eine ganz revolutionäre Entdeckung gemacht:

Ich las neulich, daß Neugeborene alle möglichen angeborenen Reflexe haben, die den Urmenschen vermutlich beim Überleben halfen. Sie haben einen Klammerreflex, mit dem sie sich an der Mutter festhalten konnten, einen Schwimmreflex und dergleichen. Nur wenn diese Reflexe in den ersten Lebenstagen nicht geübt würden, verlören sie sich wieder. Das rief mir in Erinnerung, was ich einmal in Henkhof bei einem neugeborenen Zicklein erlebte. Es war zu früh geboren, der Stall war noch zu kalt, da nahm es eine Freundin zu sich ins Wohnzimmer und band es am Tisch fest. Damit es im Zimmer nicht stank, wendete die Freundin die Methode der Ziegen an und imitierte deren Lecken am Bauch in der Blasengegend mit einem Schwamm. Prompt füllte das Zicklein einen vorgehaltenen Nachttopf, und die Freundin hatte nie Geruch in der Wohnung. Als ich nun den kleinen Peter am Tag nach seiner Entlassung aus der Klinik auf dem Wickeltisch wusch, strich ich zufällig mit dem rauhen Schwamm, der sich wie eine Zunge anfühlt, auch über die Blasengegend, worauf sich das Bübchen augenblicklich entleerte, genau wie das Zicklein. Das nächste Mal legte ich ihm gleich ein Papiertuch unter, probierte es wieder mit dem Schwamm, hob ihm die Beinchen hoch und sagte »Aaa« dabei, es klappte wieder, und jetzt klappt es regelmäßig. Das Kind hat ab und an mal nasse Windeln, weil man es ja nicht dauernd aus- und einwickeln kann, aber schmutzige Windeln hat es seitdem nur noch selten gehabt, wenn Ditta zu lange mit der Prozedur gewartet hat. Man kann ihn also getrost auch nackt auf die teure Couchgarnitur legen, ohne befürchten zu müssen, daß etwas »passiert«. John, der mir gegenüber immer ein klein wenig reserviert geblieben ist, weil ich ja leider von Musik nicht allzuviel verstehe – trotz meiner musikalischen Kinder –, ist nun restlos begeistert davon, daß ich seinen Sohn jetzt schon zu einem »Wunderkind« gemacht habe. Er gesteht mir zu, wenn schon nicht die denkbar beste Schwiegermutter, so doch die denkbar beste Großmutter zu sein. Am liebsten würden mich Ditta und John ganz als Babysitter engagieren, damit Ditta endlich in ihren Beruf kann, für den sie sich so lange abgemüht hat, aber ich muß ja für Betti und Susi und Nella noch Geld verdienen. Auch ich wäre nicht ungern nur noch Babypflegerin und könnte diesen geliebten kleinen Jungen täglich um mich haben.

Neben dieser großen Freude mit dem Enkelsöhnchen haben uns zwei schreckliche Ereignisse schwer getroffen. Bettis Freundin, die mit ihr im Sommer an der Ostsee war, hat sich das Leben genommen. Ihr Vater ist Arbeiter, der es wohl irgendwie nicht geschafft hat, bis zum Abitur seiner Tochter sozial aufzusteigen. Dennoch hat er sie auf dem Gymnasium gelassen, und je mehr Bildung sie sich erwarb, desto komplizierter wurde das Verhältnis zwischen ihr und den Eltern. Helga ließ sich von den »dummen, sturen, ungebildeten Leuten« nichts mehr sagen und begann ihre Eltern zu verachten, weil sie weder deren Erziehungsmaßnahmen noch deren Erziehungsziele akzeptieren konnte. Ich habe jetzt verstanden, warum so viele meiner Kollegen ihre Kinder nur auf die Volksschule schicken und solche Angst davor haben, diese kriegten »Fürz innen Kopp«, wie sie immer sagen. Die Eltern, die für Helga ganz ungewöhnlich große finanzielle Opfer brachten, stellten wohl zu hohe Ansprüche an deren Dank und Anerkennung. Auch Helga verlangte zuviel von ihnen, denn sie verglich sie immer mit mir und meinte, ich sei ja auch arm und behandle meine Kinder nicht so verrückt. Die Spannung hat sich hochgeschaukelt, eine unglückliche Liebe kam wohl noch dazu, kurz, die Eltern fanden Helga morgens tot in ihrem Bett mit einem Zettel in der Hand, auf den sie dramatisch geschrieben hatte: »Das Spiel ist aus.« Das hat sie wohl für einen starken Abgang gehalten.

Diese Tragödie hat mir wieder bewiesen, wie notwendig es wäre, daß Eltern und ganz besonders Väter an Kursen über Kindererziehung teilnehmen müßten, ehe sie heiraten dürften, damit sie lernen, wie man mit jungen Menschen umgehen muß. Viele Männer denken, Kindererziehung sei so etwas wie Hundedressur. Betti hat der Verlust ihrer Freundin stark getroffen. Sie kam so fröhlich aus den Sommerferien zurück und schien ihre Depressionen losgeworden zu sein, aber jetzt ist sie wieder sehr ernst und traurig. Vielleicht hat Helga sie auch angesteckt.

Das zweite Unglück: Ein Hausbewohner, mit dessen Kindern unsere Kinder guten Kontakt haben und mit dem auch ich recht gut Freund war, ist in seinem Auto verbrannt. Er hatte einen Unfall auf der Autobahn. Sein Wagen begann zu brennen, er bekam die Tür von innen nicht auf, schrie und schrie nach den Leuten, die gaffend um ihn herumstanden, aber alle hatten Angst vor einer Explosion. Wie er dann schließlich doch herauskam, wußte seine Frau nicht; sie erzählte, daß er in den Tagen, die er im Krankenhaus noch lebte, nur immer davon sprach, daß ihm niemand geholfen habe. Das habe ihn noch mehr geschmerzt als die körperlichen Qualen. Vielleicht hat er sich schließlich allein befreit. Es ist mir unbegreiflich, wie Menschen sich so verhalten können. Susi hatte auch einmal ein solches Erlebnis. Sie war zehn Jahre alt und wollte mit den Geschwistern im Nekkar zu einer Insel, konnte aber noch nicht gut genug schwimmen. Direkt unter einer Brücke, auf der erwachsene Leute standen, verließen sie die Kräfte, sie drohte unterzugehen und rief um Hilfe. Die Leute guckten neugierig auf das Kind, das um sein Leben kämpfte, aber keiner machte Anstalten, ihr zu helfen. Erst Nella wurde aufmerksam, kehrte um und brachte sie an Land.

Der Hausbewohner hinterläßt eine Frau und drei Kinder, von denen das jüngste drei Jahre alt ist. Er war ein Gewerkschaftsfunktionär mit der für diese Leute typischen Karriere: Hauptschule, Sattlerlehre in einer Lederwarenfabrik, Geselle ohne Interesse für den Beruf, nach einem Flirt mit der KPD Eintritt in die SPD, Vertrauensmann, Betriebsrat, Gewerkschaftsfunktionär im Gewerkschaftshaus, Parteiarbeit, Schulungen, und zuletzt bekleidete er einen hohen Verwaltungsposten im Gewerkschaftshaus, hatte einen Mercedes, Aktien einiger führender Firmen und so viel Ersparnisse, daß seine Familie keine Not leiden wird, obwohl seine Hinterbliebenenrente gewiß nicht hoch ist, so jung, wie er noch war.

Mit ihm habe ich oft über den gegenwärtigen Zustand der Gewerkschaften diskutiert. Er wollte mich nämlich dazu überreden, mich ebenfalls vollberuflich der Gewerkschaft zu widmen, bei der man nicht danach frage, welchen Beruf ich erlernt habe. Man könne Köpfe wie mich dort gut gebrauchen, und ich sei doch dumm, mir so mühsam in der Fabrik mein Brot zu verdienen. Es sei in Ordnung, wenn ich in der Zone nicht in die SED eintreten wollte, aber in die SPD könne ich doch wirklich mit gutem Gewissen gehen. Ich fragte ihn, ob sich die Arbeiter durch ein SPD-Parteibuch davon überzeugen ließen, daß ich ihre Interessen wirklich vertrete, politisch begabt und geeignet sei, über ihr Wohl und Wehe mitzubestimmen. Er meinte, die Arbeiter würden doch nicht gefragt, und ich sagte, eben das ärgere mich. Alles geschehe in der Gewerkschaft immer nur durch Bestimmungen von oben herab, sie sei eigentlich genauso undemokratisch wie totalitäre Staaten organisiert.

Weißt Du, Ulla, die Gewerkschaft war ja einmal eine Organisation, die von den Arbeitern selbst ins Leben gerufen wurde und viel, viel Gutes getan und erreicht hat. Inzwischen aber scheint sie mir nur noch um ihrer selbst willen zu existieren. Sie spielt sich als Beschützer vor Gefahren auf, die sie oft selbst provoziert, und mit unseren Beiträgen an die Gewerkschaft versichern wir uns nur gegen die Fehler der Gewerkschaften selbst. Sie sind steinreiche Großunternehmer. Man ahnt ja gar nicht, was außer der Neuen Heimat, Co op, der Bank für Gemeinwirtschaft noch alles in ihren Händen ist. Es ist mir immer rätselhaft, wie die Gewerkschaftsbosse große Reden vor den Arbeitern halten können, als seien sie auf deren Seite gegen die ausbeutenden Unternehmer, und in Wahrheit sind sie ja selbst welche. Aufgabe einer Gewerkschaft wäre es, allen, die benachteiligt sind, gerechte Löhne zu verschaffen, und das sind heute nur noch Frauen und Ausländer. Um die kümmern sie sich aber kaum. Dann wäre es Aufgabe, daß die prozentuale Differenz zwischen Unternehmergewinnen und Arbeiterlöhnen geringer, der Arbeiter also mehr an den Erträgen der Produkte beteiligt wird. Was aber geschieht? Man fordert die Arbeiter zum Streik auf, der Streik erhöht die Löhne, die Löhne erhöhen die Preise für die hergestellten Waren, der Unternehmer hat höhere Einkünfte, der Arbeiter zahlt mit seinen höheren Löhnen die höheren Preise, die Differenz zwischen Reallöhnen und Gewinnen der Unternehmer bleibt gleich oder verschiebt sich zugunsten der Unternehmer.

Mein Nachbar meinte natürlich, ich vereinfache die Dinge etwas. Die Gewerkschaft sorge dafür, daß sowohl Arbeitnehmer als auch Arbeitgeber nicht nur in die eigene, sondern auch in die Tasche des anderen wirtschaften. Mit erhöhten Löhnen könnten die Arbeitnehmer mehr kaufen, und daß dabei nebenher auch die Unternehmer mehr verdienten, sei doch kein Schade. Sie würden dadurch auch mehr investieren und mehr Arbeitsplätze schaffen. Ich sei doch das beste Beispiel dafür, welche Vorteile es einbringt, wenn Gewerkschaften und Unternehmer Hand in Hand arbeiteten, so wie sich mein Einkommen in kurzer Zeit erhöht habe. So vertrat denn mein armer, netter Gewerkschaftsboß mit seinem Parteibuch, seinen Aktien, seinem Mercedes und seiner heimlichen KPD-Vergangenheit ganz die Theorien der modernen, sozialen Marktwirtschaft, zu der sich unser ehemaliger Kapitalismus ja längst gemausert hat.

Beneidet habe ich den verstorbenen Funktionär nicht um seinen Mercedes. Ich habe ihn auch gemocht. Er war ein netter Mann und guter Familienvater. Und er starb an der mangelnden Nächstenliebe seiner Mitmenschen.

Nun will ich aber für heute wieder schließen. Grüße die Mutter, grüße den Stephan und sage Nella, daß ein Brief an sie unterwegs ist.

Deine Erika

37. Brief

Mauerbau · Nellas Debüt · Moral und »die Leute« ·
Vera Brühne · Neue Sitten bei Betti und Susi ·
Neueste Nachrichten über Dalotti, Alois, Rau,
Birne, Meier · Decker und Zwillinge von Brauer

Heidelberg, September 1961

Liebe Ulla,
ich muß Dir doch noch schriftlich für den Anruf vom 16. August danken! Es war mir so wichtig, von Dir als Augenzeugin zu hören, wie sie an der Zonengrenze damit angefangen haben, die Sperre von Stacheldraht durch eine Mauer zu ersetzen. Ohne mich mit Dir darüber auszusprechen, wäre ich vielleicht geplatzt vor Zorn und Wut! Dabei geht es mir ja noch gut, ich habe keinen geliebten Menschen in Bautzen sitzen wie Du. Deine Schilderung von den Männern, die die Mauer bauen, war atemberaubend. Einer ohne Gewehr mauert, einer mit Gewehr bewacht ihn, und ein dritter mit Maschinengewehr bewacht den Maurer und den mit dem Gewehr.

Was ist in unserem Jahrhundert nur mit den Menschen los? Ich bin überzeugt, ohne Hitlers Vorarbeit bei der Verkrüppelung menschlicher Gewissen wäre so etwas niemals möglich gewesen. Es hat in der Weltgeschichte schon eine Chinesische Mauer gegeben, um das Land vor dem Eindringen wilder Feindeshorden zu schützen, es hat im Mittelalter Stadtmauern gegeben, aber einen Mauerbau, der die eigene Bevölkerung daran hindern soll, bis zum letzten Mann wegzulaufen, hat es noch nie gegeben. Es sollen ja inzwischen über drei Millionen Flüchtlinge hier sein. Wir beide wissen, wie furchtbar schwer der Verlust der Heimat ist! Keiner läuft doch ohne Grund weg, obwohl das die satten Westdeutschen anzunehmen scheinen.

Da hatte ich mich schon so gefreut, daß sie in den USA im November den sympathischen jungen Kennedy gewählt haben und der sich im Juni in Wien mit dem Chruschtschow doch ganz gut verstanden zu haben scheint, und nun machen sie so etwas. Hast Du das Bild in der Zeitung gesehen von der eleganten schlanken Jacqueline Kennedy neben der dicken, unbeholfenen Frau Chruschtschow? Und dieser Auftritt Chruschtschows bei der UNO: Zieht der doch wütend seinen Schuh aus und verprügelt damit hysterisch das Rednerpult! Fettsucht und Jähzorn brauchen ja nicht unbedingt Beweise für eine miserable Politik zu sein – immerhin hat Chruschtschow den Stalinkult abgeschafft, und das rechne ich ihm hoch an –, aber daß er jetzt mit der Mauer einen Krieg riskiert, finde ich einfach entsetzlich. Er muß ja in Wien von Kennedy den Eindruck gewonnen haben, der würde wegen einer Mauer auf keinen Fall eingreifen und wäre vielleicht ganz froh, nicht selbst den Flüchtlingsstrom gewaltsam stoppen zu müssen.

Wie einfach wäre doch alles, wenn sie im Osten einsehen würden, daß aus einem mit solcher Gewalt eingeführten »Sozialismus« niemals ein wirklich soziales oder demokratisches Staatsgebilde entstehen kann!

Annemarie schreibt so, als sei diese Maßnahme schrecklich, aber notwendig wie eine schmerzhafte Operation, weil sonst der Westen über den Osten hergefallen wäre und alle »schönen« Ansätze zu einem menschlichen Sozialismus zerstört haben würde. Wie ist es nur möglich, daß sie drüben derartige Lügen glauben, obwohl sie doch selbst schon erlebt haben, daß der Westen auch dann nicht über den Osten herfiel, als ihm im Kalten Krieg der Zugang zu den eigenen Territorien versperrt wurde! Da haben die Amerikaner doch ein ganzes Jahr lang Berlin über die Luftbrücke ernährt, anstatt sich zu Gewalt provozieren zu lassen.

Ich hoffe nur, der Kennedy bewahrt weiter die Ruhe. Adenauer scheint die ganze Sache ja auch gelassen zu nehmen. Durch Brandt in seiner Erregung wäre das Pulverfaß sonst vielleicht schon hochgegangen.

Nur über eines bin ich froh, Ulla, daß wir beide 1952 die »friedliebende« DDR verlassen haben und in den »kriegslüsternen, imperialistischen« Westen geflohen sind.

Bei all der Aufregung um die Mauer hat niemand Nellas ersten großen Auftritt in der Oper genügend gewürdigt. Ich war so unglücklich, nicht dabeisein zu können, und sehr froh, daß anstelle von Verwandten und Freunden wenigstens Du unter denen warst, die Beifall klatschten. Es ist ja verständlich, daß die Leute am 13. August kein Interesse für Kunst aufbrachten, aber auch verständlich, daß es Nella deprimiert hat, ihr Debüt vor einem fast leeren Haus zu erleben. Sie war so glücklich, die »Rosenkavalier«-Sophie singen zu dürfen! Es freut mich, daß Du so begeistert von ihrer Stimme bist und auch von ihrem darstellerischen Talent. Ihr Professor schrieb mir, sie werde ihren Weg schon machen.

Weil Viktor ebenfalls mit einem Mädchen zusammenwohnt, findest Du Nellas Zusammenleben mit ihrem Freund Fritz ganz normal. Ich kann mich noch nicht an die neuen Sitten gewöhnen. Hast Du den Vera-Brühne-Prozeß verfolgt? Einerseits wurde da wochenlang ausgiebig über das ausschweifende Leben der Münchener Schickeria berichtet, als sei es völlig normal, seine Freunde zu wechseln wie das Hemd und unverheiratet zusammenzuleben, andererseits haben die Richter diese Frau nur deswegen für fähig gehalten, einen Mord zu begehen, weil ihr Sexualleben den sittlichen Normen nicht entsprach. Ich glaube, noch nie ist jemand mit so wenigen Beweisen zu lebenslänglichem Zuchthaus verurteilt worden wie diese Lebedame und ihr Freund. Das zeigt doch, daß die Leute diesen Sittenwandel eben doch nicht so ganz »normal« finden, wie Du meinst. Ich mache Nella natürlich keine Vorwürfe, aber ich habe doch Angst wegen der Leute und Angst vor dem immerhin noch gültigen Kuppeleigesetz. Hast Du erlebt, daß es noch angewendet wird, wenn Hauswirte das Zusammenleben unverheirateter Leute dulden?

Nella sagt: »Welchen Leuten bin ich Verzicht schuldig? Fritz ist nicht verheiratet, ich nehme niemandem etwas weg. Ich will noch frei bleiben für meine Karriere, will vorläufig noch kein Kind. Heiraten tut man nur, damit Kinder abgesichert sind, sonst ist das nicht notwendig. Das göttliche Gebot lautet nur: Du sollst nicht ehebrechen. Die Liebe ist nirgends verboten, ja sogar gefordert.«

Vielleicht hat sie ja recht. Vorläufig wundere ich mich, wie schnell sich Gewohnheiten unter jungen Leuten ändern. Bei Ditta und Nella hüteten sich ihre Altersgenossen noch vor festen Bindungen, und man brüstete sich mit der Masse loser Verehrer. Man nannte Tanzfeste »Feten«, und niemand ging mit festen Partnern hin. Fünf, sechs Jahre später bei Betti und Susi nennt man Tanzfeste »Partys«, und man wird nur zusammen mit einem »festen Freund« eingeladen. Diejenigen, die bei uns früher (und auch noch bei Ditta und Nella) die Mauerblümchen waren, werden jetzt gar nicht erst eingeladen. Betti und Susi haben sich deshalb aus Opportunitätsgründen mit zwei Brüdern angefreundet, mit denen zusammen sie stets eingeladen werden. Auf den »Partys« wird streng darüber gewacht, daß kein Mädchen mit dem »Freund« einer anderen tanzt. Susi kommt oft ganz empört nach Hause, der Markus habe mindestens eine Stunde lang mit anderen gesprochen, was sie dazu verurteilt habe, stumm allein herumzusitzen. Dabei haben sie alle noch gar nichts miteinander. Meine beiden Großen haben eine Riesenauswahl gehabt, konnten Menschenkenntnis lernen; bei den Kleinen hege ich die Befürchtung, daß sie einen der Brüder heiraten, nur weil sie nie mit anderen flirten durften. Bei Brombach reden die Leute aber auch so, als sei es unmoralisch, lose Freunde zu wechseln. Meine liebe, dicke Nachbarin mußte anfangs in der Straße erst erklären, warum ich erlaubte, daß meine beiden Großen so viele Verehrer hatten, die bei uns ein- und ausgingen.

Ulla, eigentlich wollte ich Dir heute noch viel erzählen. Betti hat das Abitur bestanden und studiert hier jetzt Medizin. Die Dalotti hat mit Myrtenkranz und weißem Schleier ganz jungfräulich ihren Rattenpfleger geheiratet, ohne mich dazu einzuladen. Nur ein Bild von der Hochzeit hat sie geschickt. Alois ist aus dem Gefängnis entlassen worden. Da er inzwischen gewachsen ist, mußten sie ihm neue Garderobe mitgeben. Er packte bei mir sein Köfferchen aus. Bei einem Hemd fehlte der Kragen, beim anderen der Ärmel, die Hosen hatten Webfehler, und bei der Jacke fehlten Knöpfe. Sie gaben ihm also nur Fabrik-Ausschuß und dazu fünfzig Mark. Damit soll ein junger Mann, der fast noch nie in Freiheit lebte und nichts gelernt hat, ohne Wohnung und Angehörige, straffrei ein neues Leben beginnen. Ich habe einen Bankkredit aufgenommen, um ihn ausstatten zu können. Er lernt jetzt in einem anderen Krankenhaus in Karlsruhe. Hier in Heidelberg, wo ich ihn unter Aufsicht haben könnte, lehnten ihn alle ab. Ich mußte mir die Hacken ablaufen.

Mit Roncos war ich neulich wieder beim Pfarrer eingeladen, und wieder hat er gebohrt und gebohrt, ob ich nicht etwas Schlechtes über die drei Direktoren wisse. Der Vorwurf gegen Schuster konkretisiert sich zur Behauptung, er habe das Patent eines anderen als eigenes ausgegeben und sein Haus mit Firmengeld gebaut, sagt der Pfarrer.

Der kleine Rau ist ganz glücklich über neue Berichte von fliegenden Untertassen, sonst aber wird er immer bissiger und wohl auch unglücklicher.

Birne schreit unbeirrt alle vier Wochen nach »Mutti«, Meier diskutiert mit mir über den wissenschaftlichen Marxismus und über Erziehung von Enkelkindern, Decker sucht schimpfend nach weiteren Eiern des Kolumbus, und die Frau eines Meisters, der auch in meiner Nachbarschaft wohnt, hat Zwillinge bekommen, die man früher wohl Däumlinge genannt hätte. Sie wogen zusammen nur fünf Pfund. Es war ein Wunder, daß sie überlebten und jetzt gedeihen.

Mein Interesse für diese Kinder hat eine Freundschaft mit der Familie Brauer begründet. Sie haben einen Garten, den er mit großer Liebe und Präzision pflegt. Ich glaube, er wäscht jeden Grashalm und kämmt morgens seinen Rasen, ehe er in die Fabrik geht. Den ganzen Samstagnachmittag bearbeitet er mit viel Seifenschaum sein Auto. Dabei kommt er zu Fuß zur Arbeit. Ich habe beinahe die Freundschaft zerstört, weil ich nicht wußte, welche Marke sein Auto hat. Es ist ein ... jetzt hab ich's wieder vergessen! Er gehört aber zu den seltenen Menschen, die offen und fröhlich zugeben, daß sie begeisterte Parteigenossen waren, an den Führer mit Liebe geglaubt haben und sich nur schwer daran gewöhnen können, daß der sich als Verbrecher entpuppt hat. Ihm fehlte völlig die Phantasie, sich die Realisierung der gegen die Juden ausgestoßenen Drohungen vorzustellen. Er sagte einmal mit entwaffnender Offenheit: »Mein größter Fehler auf der einen und meine größte Tugend auf der anderen Seite ist meine völlige Phantasielosigkeit.« Da hat er wohl recht. Andere, von denen ich weiß oder ahne, daß sie früher tatkräftige Genossen waren, meide ich privat, weil ich ihnen nicht abnehme, »nichts gewußt« zu haben. Da halte ich mich lieber an die Sozialisten Rau und Meier, aber dieser Brauer ist so offen, ehrlich und gutherzig, daß ich ihm seine jugendliche NS-Vergangenheit nicht nachtragen kann, sowenig wie ich sie meinem Bruder nachtrage.

Bei der dicken Nachbarin habe ich im Fernsehen den Gagarin gesehen, der als erster Mensch im Weltraum war. Ich sehe mir bei der immer noch alles an, was man gesehen haben muß, um sich bei Brombach an Gesprächen beteiligen zu können. Ich bin in unserer Straße wohl die einzige, die noch keinen Fernseher hat. Mein einziges wirkliches und leidenschaftliches Interesse gilt aber dem kleinen Peter, von dem ich Dir das nächste Mal erzählen werde. Heute reicht die Zeit nicht mehr dazu.

Ulla, meine Liebe, bleibe so tapfer wie bisher, grüße Deine Mutter, Viktor und Stephan, und wenn Du P. schreiben darfst, richte ihm meine herzlichsten Grüße aus.

Deine alte »Großmutter« Erika

1962

38. Brief

Weihnachten mit dem Enkel · Über das Entzücken
der Mütter · Mädchen und Jungen sind verschieden ·
Frauen und Männer auch · Über Erziehung ·
Nachrichten aus Sachsenhausen (DDR)

Heidelberg, Januar 1962

Liebe Ulla,
daß Du uns bei all Deiner Geldknappheit und Zeitnot zu Weihnachten wieder beschenkt hast, hat mich tief gerührt. Habe ganz herzlichen Dank! Die Studentinnen waren auf Heimaturlaub, wir haben John, Ditta und den kleinen Peter in ihren Zimmern untergebracht, und Nella schlief bei mir auf dem Boden im Wohnzimmer in einem Schlafsack. Sieben Leute und ein Tannenbaum in 65 Quadratmetern, dazu noch Geschenkpakete, Einwickelpapier und Lebkuchenteller! Am 25. Dezember kamen auch noch Ulrich und seine Frau zum Essen. Rührend, daß der an Reichtum gewöhnte John dies Gedrängel mitgemacht und noch seinen Spaß dabei gehabt hat. Er spendierte einen Truthahn, lehrte mich die amerikanische Zubereitung desselben und rettete nach dessen Verzehr Susi das Leben, die nämlich plötzlich ohnmächtig wurde. Während wir alle rätselten, woran sie denn urplötzlich zu verscheiden drohte, öffnete er fachmännisch ihren neuen Metallgürtel, den sie sich viel zu eng geschnallt hatte, um schlank zu erscheinen, und der sie nach dem Puteressen fast in der Mitte durchschnitt. Nur er hatte das bemerkt.

Auch der zweite Mann in der Familie, der kleine Peter, trug wesentlich zum Gelingen der Festtage bei und machte uns alle glücklich. Lange haben wir nicht mehr so viel gelacht und miteinander gesungen. John war ganz begeistert von unseren Kahnschen Kanons und richtig böse darüber, daß es die Noten dazu nicht mehr gibt. Ich habe diese Kanons ja noch als Kind von meiner Großmutter gelernt. Jetzt will Ditta sie aufschreiben, und John will versuchen, einen Musikverlag dafür zu begeistern. Wie viele unersetzliche Kulturgüter sind doch durch den Krieg verlorengegangen!

Für mich waren diese Festtage eine ungeheure Anstrengung und Hetzjagd, da wir, wie immer in der Firma, keinen Tag extra freibekamen. Es steht ja die Inventur bevor, da spielen alle verrückt. Die Einkauferei ist kaum zu schaffen, und dann will man auch noch backen und alles schön machen. Obwohl Betti und Susi wirklich sehr fleißig mitgeholfen haben, hat es mich doch sehr angestrengt. Meine Wirbelsäule macht mir noch viel Beschwerden.

Für alles entschädigt hat mich aber der kleine Peter. Schon bei jedem meiner eigenen Kinder hatte ich die lächerliche Überzeugung, dieses Kind sei ein absolutes Ausnahmekind mit außergewöhnlichen Fähigkeiten, und jetzt als Großmutter hat mich dieser Wahn abermals gepackt. Erinnerst Du Dich, daß Goethes Mutter einmal schrieb, ihr Sohn habe sie von seinem ersten Lebenstage an mit niemals endender Begeisterung und Bewunderung erfüllt? Hat's ihm geschadet, dem kleinen Wolfgang? Möglicherweise ist er ein bißchen eingebildet geworden, aber andererseits hat diese mir sehr seelenverwandte Mutter durch ihre Begeisterung sicherlich vieles in ihrem Sohn zur Blüte gebracht, was sich bei einer weniger entzückten Mutter wahrscheinlich nicht entfaltet hätte. Judith ist eine ähnlich von ihrem Kind hingerissene Mutter, wie ich es war. Sie hat für nichts anderes mehr Augen und Ohren, und genau wie ich damals trauert sie ihrer künstlerischen Karriere zur Zeit in keiner Weise nach.

Als absoluter Star im Kreise von Vater, Mutter, Großmutter und drei Tanten, deren Augen alle voller Wonne auf dem kleinen Stöpsel ruhten, wenn er seine Kunststückchen zum besten gab, hat der kleine Peter sich in diesen Tagen natürlich mächtig ins Zeug gelegt. Obwohl auf dem Fußboden kaum Platz war und wir alle immer befürchteten, auf ihn zu treten, hat er hier gehen gelernt und unermüdlich die Schnur zum Nachziehen eines Holzpferdchens durch den Ring eines Schlüssels gesteckt, daran gezogen und somit das Holzpferdchen hochfliegen lassen. Jedesmal, wenn sich das Pferdchen erhob, ohne daß er es anfaßte, rief das Jubel hervor – bei ihm über das Wunder, bei uns über seine Intelligenz. Ulla, die Leute können sagen, was sie wollen, es stimmt einfach nicht, daß Jungen und Mädchen ganz gleich sind und erst die Erziehung sie lehrt, unterschiedliche Rollen im Leben zu übernehmen. Noch niemals habe ich ein Mädchen erlebt, das im Alter von einem Jahr völlig unangeleitet aus eigenem Impuls heraus das Gesetz des Flaschenzuges entdeckt. Bei Jungen kommt so etwas häufig vor. Erinnerst Du Dich an Harry, Susis kleinen Freund in Henkhof? Wie der das »Lidelith« erfunden hatte? Er schlang eine Strippe um das kleine Rad eines Rollers und um die Achse eines Kinderwagenrades, drehte das kleine Rad langsam und setzte damit das große in schnelle Bewegung. Er hatte nie Fahrräder gesehen, denn die hatten in Henkhof die Russen alle geklaut, als er ein Baby war.

In Peters Ställchen liegen auch Puppen und Schmusetiere wie im Ställchen kleiner Mädchen. Er spielt auch hin und wieder damit. Niemals aber versucht er, sie zu »erziehen«, zu »trösten« oder zu wiegen, wie das meine einjährigen Mädchen taten. Sie sind für ihn keine Lebewesen, sondern Sachen wie alles andere, mit denen er etwas »macht«, wozu auch der Versuch zum Anziehen oder Ausziehen gehören kann. Viel interessanter sind ihm Schachteln, die er ineinandersteckt, oder Bauklötze. Es ist klar, Ulla, daß Du bei Deinen größeren Kindergartenkindern nicht mehr deutlich entscheiden kannst, welche Verhaltensweisen angeboren und welche durch die Umwelt inzwischen provoziert worden sind. Nach dem dritten Lebensjahr kann man nämlich alle möglichen Verhaltensweisen provozieren und anerziehen. Bis dahin jedoch, glaube ich, holt der Mensch das nach, was bei Tieren noch im Mutterleib passiert, er wird in seinem Antriebsverhalten männlich oder weiblich, und darauf hat die Umwelt kaum einen Einfluß. Man kann und soll so kleine Kinder nicht veranlassen, »lieber« mit dem oder mit jenem Spielzeug zu spielen. Meine beiden jüngeren Töchter hatten damals in Henkhof überhaupt keine Puppen. Weißt Du noch, was alles sie ohne Anleitung von mir dazu umfunktioniert haben? Susi hat ihre Fußzehen als Puppen benutzt. Wenn der liebe Gott den Mädchen einen Busen gemacht hat und alle inneren Organe zum Kinderkriegen, dann sind sie eben auch diejenigen, die für Kinderaufzucht später einmal zuständig sind. Davon lasse ich mich nicht abbringen. Du mußt nicht immer alles glauben, was die Leute so schreiben. Diese modernen Theorien sind genauso ein Unsinn wie die Rassentheorien der Nazis und überhaupt alles, worin Männer es besser wissen wollen als der liebe Gott.

Früher sagte man, Männer sind mehr *wert* als Frauen, sie sind *besser*, und es gab Professoren, die überhaupt bestritten, daß das »Weib« ein richtiger »Mensch« sei. Dann sagte man, die arische Rasse ist mehr wert als andere, sie ist besser, und man bestritt, daß andere Rassen überhaupt richtige Menschen seien. Jetzt versucht man diese Fehlurteile mit der ebenso verrückten Behauptung zu korrigieren, daß man sagt, alle Rassen sind *gleich*, und Frauen sind *ganz genauso* wie Männer. Warum kann man denn nicht akzeptieren, daß *verschiedene* Dinge ganz gleich viel *wert*, gleich *gut* sind, daß beispielsweise ein Pferd ebenso *gut* ist wie ein Löwe, ein Löwenzahn ebenso *gut* wie eine Spinatpflanze, ein Neger ebenso *gut* wie ein Weißer, eine Frau ebenso *gut* wie ein Mann? Frauenarbeit schlechter zu bezahlen als Männerarbeit, *das* ist ungerecht, aber es ist ebenfalls eine Gemeinheit, von Frauen zu verlangen, ihre Natur zu vergewaltigen und sich wie Männer zu verhalten, wenn sie beruflichen Erfolg haben wollen. Ich weigere mich einfach, wie ein Mann zu sein, Hosen zu tragen und zu kämpfen. Ich bin, verdammt noch mal, eine Frau und will, daß man meine Leistung genauso bewertet wie eine männliche Leistung. Ich will mich nicht schämen müssen, weil Kinder mich in Begeisterung versetzen. Welcher Mann würde sich Röcke anziehen, nur damit man akzeptiert, daß er gleich viel wert ist wie eine Frau?

Nein, ich finde das kleine Peterchen nicht besser, als ich meine kleinen Mädchen gefunden habe. Von ihnen war ich genauso begeistert, aber Du mußt verstehen, daß ich, da ich selbst keinen Sohn habe, jetzt entzückt bin von der Entdeckung, wie anders sich kleine Jungen verhalten und entwickeln.

Neulich glaubten wir schon, er kann Mama sagen, aber er meinte mit »Mamam« nur Essen. Mein Gott, ist dieses Kind verfressen! Wenn wir essen, läuft ihm das Wasser im Munde zusammen, er guckt gierig wie ein kleiner Dackel, und wenn er dann etwas bekommt, will er immer noch mehr und immer noch mehr. So war Susi auch, aber die Arme kriegte nichts zu essen. Um noch einmal auf Deine Theorie zurückzukommen, Ulla, das männliche oder weibliche Rollenverhalten eines Menschen werde in der Kindheit durch Umwelt, Erziehung und entsprechendes Spielzeug erst »gemacht«, so möchte ich Dich doch innig bitten, Ditta in diesen Ideen nicht noch zu unterstützen, ich halte sie nämlich wirklich für gefährlich. Sie verführen zu dem Glauben, alles sei machbar, auch menschliche Charaktere, und was man machen könne, das müsse man auch machen. Man braucht ja nur zu lesen, welcher Mittel sich Tierbändiger bedienen, um aus Hunden Ballettänzer, aus Bären Akrobaten und aus Tigern Lämmchen zu »machen«. So etwas geht natürlich, und man braucht gar nicht stolz darauf zu sein, wenn man ein Mädchen für ein technisches Spielzeug und einen Jungen für eine Puppe begeistert hat. Meiner Meinung nach sollte man Kindern überhaupt nur Lappen, Tannenzapfen, Stöcke, Steinchen, Strippen, Kletten oder ähnliches zum Spielen geben. Sie machen dann schon daraus, wessen sie bedürfen, wie das alle Kinder seit grauer Urzeit getan haben, als es noch keine Spielzeugindustrie gab. Wir haben uns in Henkhof auch nicht darum gekümmert, wie und womit unsere Kinder spielten, als es sieben Jahre lang gar kein Spielzeug gab und auch keine Männer, denen sie männliches Verhalten abgucken konnten.

Ich hasse überhaupt das Wort »Erziehung«. Es erinnert immer so an zerren und ziehen, an gewaltsamen Drill wie auf Kasernenhöfen, wo man Männer angeblich erst zu Männern *macht*. Man muß Kinder einführen in die Welt, in der sie einmal leben sollen, und darf dabei nicht mehr tun, als ihnen die Prinzipien der Regeln zu erklären, nach denen ein unfallfreies Miteinanderleben möglich ist, wie beim Erwerben eines Führerscheins. Wohin sie dann »fahren« wollen, muß man ihnen selbst überlassen.

Was ich natürlich gegenwärtig schwierig finde, ist, daß sich nach dem Krieg viele Regeln geändert haben, denn wir sind ja jetzt eine klassen- und ständelose Gesellschaft. Die Fahrregeln für Pferdekutschen auf Landwegen, über die Schaf- oder Kuhherden getrieben werden, sind naturgemäß andere als für Autos auf Autobahnen, und ich komme mir vor wie jemand, der selbst kein Auto hat, den Kindern aber beibringen will, wie man sich auf Autobahnen verhält. Dittas und Johns Vorstellung, jeder Impuls Peterchens sei bereits Ausdruck seines späteren »Willens« und man dürfe diesen Willen nicht hindern, halte ich für sehr gefährlich. Natürlich darf man auch auf »Autobahnen« nicht jedem augenblicklichen Impuls folgen und muß lernen, sich an Regeln zu halten. Die antiautoritären Experimente halte ich für ein Verbrechen an den Kindern. Ich hoffe sehr, John und Ditta davon noch überzeugen zu können.

Entschuldige, ich muß immer lachen, wenn ich entdecke, daß ich ausgerechnet Dir, der Spezialistin, Vorträge über Kindererziehung halte, aber da ich keinen Beruf habe, der mich interessiert und fesselt, und auch keinen Mann und keinen Geliebten, sind eben Kinder mein ganz großes Interesse und mein Lebensinhalt. Du glaubst nicht, wie glücklich ich bin, daß jetzt noch einmal so ein kleiner neuer Lebensinhalt dazugekommen ist.

Es umarmt Dich mit vielen Grüßen an Deine Mutter

Deine Erika

NS: Ich habe lange überlegt, ob ich Dir das mitteilen soll, glaube aber, Du mußt es wissen: Wir haben jetzt hier bei Brombach einen Dreher eingestellt, der von unserer Regierung aus einem Gefängnis in der DDR freigekauft wurde. Er hat 1948 drüben einem Kreis von ehemaligen Sozialdemokraten angehört, welche die Politik der SED nicht guthießen und versuchten, etwas zu ändern. Er wurde erst ins Zuchthaus in Bautzen, später in das von den Nazis hinterlassene Konzentrationslager Sachsenhausen gesteckt und hat dort ganz genau die gleichen entsetzlichen Dinge erlebt wie früher die Juden und die Nazigegner. In diesen Lagern sind auch noch viele ehemalige Parteigenossen und Offiziere, die aber nicht in Prozessen überführt, sondern einfach nur verdächtigt werden, Kriegsverbrechen begangen zu haben. Das Gefängnis, für 900 Personen gebaut, war mit 5000 Gefangenen belegt, von denen die Hälfte unter unmenschlichen Bedingungen gestorben sind. Ob es heute noch so ist, könne er natürlich nicht sagen. In Sachsenhausen war es jedenfalls noch bis vor wenigen Monaten so wie bei den Nazis. Ich glaube, es stimmt, was er sagt. Laß nicht nach in Deinen Anstrengungen, Paul herauszuholen! Man muß es über unsere Regierung versuchen!

39. Brief

Tendenzen zum Elternhaß · Peter Fechter – was hätte
ich getan? · Neue Verführer bei Massenveranstaltungen ·
Dalottis Ehekatastrophe

Heidelberg, September 1962

Liebe Ulla,
ich bin immer wieder froh, daß wir uns den Luxus des Telefons
gönnen! Das ist wichtiger als Waschmaschine, Kühlschrank und
Fernseher, an die ich immer noch nicht denken kann. Die Kinder
kosten noch viel. Susi ist im 13. Schuljahr, Betti studiert Medizin,
Nella schicke ich noch Geld, weil ihr Stipendium nicht reicht und
ich nicht will, daß sie sich von ihrem Freund aushalten läßt, ehe sie
verheiratet oder mit der Ausbildung fertig ist. Aber ich habe immerhin Gasherd, Nähmaschine, Schreibmaschine, Warmwasserboiler,
Sisalteppiche, ausreichend Geschirr, Besteck, Kochtöpfe und Hauswäsche, und viele Sperrmüllmöbel sind durch neu gekaufte ersetzt.
Die Kinder und ich sind anständig und ausreichend gekleidet, und
wir können uns satt essen. Wenn Susi das Abitur hat, will ich nächstes Jahr nur noch an eine Studentin vermieten, dann können Betti
und Susi wieder in ein Zimmer zusammenziehen. Damit Betti besser
studieren kann, haben wir jetzt getauscht. Ich schlafe mit Susi in der
Küche, und Betti schläft im Wohnzimmer. Meine ersten beiden Studentinnen waren im Frühjahr mit dem Stipendium fertig, jetzt sind
neue da, die sich aber auch anpassen und bescheiden sind. Da habe
ich Glück, denn manchmal bringen sie Freundinnen mit, deren Benehmen mich entsetzt. Die klopfen nicht an, grüßen nicht, gehen
ungefragt an meinen Herd oder mein Geschirr und hetzen Betti und
Susi gegen mich auf, obwohl eine von ihnen Theologie studiert und
das Gebot kennen müßte: »Du sollst deinen Vater und deine Mutter
ehren.« Immer häufiger beobachte ich bei jungen Leuten in der
Firma, bei Bettis oder Susis Mitschülerinnen oder bei Studenten
Tendenzen, daß man eigentlich seine Eltern und überhaupt alle
Leute über dreißig zu verachten hat, wenn man »dazugehören« will.
Uns besuchte neulich ein Jazzmusiker mit einem Ruf wie Don-

nerhall, ein Bekannter von Nella in Berlin, über dreißig, den sie mir schon schriftlich angekündigt hatte: »Ein sehr interessanter, begabter und berühmter Mann, hüte aber die Kleinen vor ihm, er vernascht gern sehr junge Mädchen.« Auch ohne diese Warnung hätte ich nicht erlaubt, daß die gänzlich unerfahrene und besonders naive Susi abends ohne Betti mit diesem Menschen ausgeht, wozu er sie einlud. Betti war gerade in Frankfurt. Susi bettelte und flehte, schließlich kam sie mit dem Argument: »Was denkst du denn von mir, ich will doch gar nichts mit dem anfangen, ich will doch nur ein bißchen mit ihm spielen!« Es klang, als ob die Maus sagt, ich will doch nur mit der Katze spielen. Sie ging natürlich nicht mit, aber hinterher sagte die Theologiestudentin zu ihr, so ein Verbot würde sie sich von ihrer Mutter nicht gefallen lassen. Dieser spießbürgerliche Mief stinke ja ganz gewaltig zum Himmel, und Susi solle in Zukunft die »Alte« doch quatschen lassen, was wisse denn die vom Leben. Die Mütter hätten in ihrer Jugend doch nichts anderes gelernt, als zu marschieren und Juden umzubringen.

Ich glaube, die jungen Menschen, die so reden, haben ehemals nationalsozialistische Eltern, begreifen nun, was das bedeutet, und suchen sich dadurch von der »Kollektivschuld« zu befreien, daß sie ihre Eltern verachten. Es steckt derselbe Charakterzug dahinter, der ihre Eltern für den Nationalsozialismus anfällig machte, nämlich das primitive Bedürfnis, Sündenböcke zu finden für eigenes Versagen, Selbstüberschätzung, die sich für etwas viel Großartigeres hält als alle anderen, ein unreifes, unentwickeltes Gewissen, die Neigung, Konflikte mit Gewalt zu lösen, und mangelnde Liebesfähigkeit. Eltern, die an Hitler geglaubt haben, sprechen wohl selten so offen über alles mit ihren Kindern, wie ich es tun kann. Das, worin ich versagt habe, meine Feigheit, meine fehlende Zivilcourage, meine politische Dummheit und Uninteressiertheit, ist meinen Kindern bekannt. Wir trauern irgendwie gemeinsam darüber, denn sie wissen, sie sind ähnlich, sie kümmern sich auch wenig um Politik, ihnen hätte das auch passieren können. Auch in allen anderen Dingen sind wir völlig offen, jeder kennt und toleriert die Fehler des anderen, es gibt zwischen uns nichts, was unter den Teppich gekehrt wird, wie das so oft bei Leuten vorkommt, wo Konventionen das Familienleben bestimmen, Diskretion und Verschwiegenheit Ehrensache sind. Ich denke immer, Kinder aus sehr konventionellen

Familien werden selten richtig erwachsen. Wenn sie eigene Gewissensentscheidungen fällen müssen, sind sie hilflos ohne vorgeschriebene Richtschnur.

Ich erwarte natürlich nicht, daß Susi meine Entscheidung versteht und gutheißt, aber ich bin völlig sicher, daß sie sie mir nicht nachtragen wird. Sie läßt sich das gefallen in dem festen Vertrauen, daß meine Motive zu diesem Verbot nicht verächtlich sind. Ich hoffe nur, daß das so bleibt, ein steter Tropfen nicht den Stein höhlt und die immer mehr um sich greifende Elternverachtung nicht eines Tages auch meine Kinder ansteckt.

Hast Du im August an den Demonstrationen wegen Peter Fechter teilgenommen? Ich könnte schreien: Da schießen Volkspolizisten den Fliehenden nieder, und die alliierten Soldaten sehen zu und lassen den Verblutenden ohne Hilfe einfach liegen, bis die Volkspolizei ihn abtransportiert! Das ist wieder so ein typischer Fall mangelnder Fähigkeit der Menschen, Eigenverantwortung zu übernehmen. Die einen haben geschossen, weil es ihnen befohlen war, die anderen haben den Mann liegen lassen, weil sie keinen Befehl hatten, ihn schnell zu uns zu schaffen. Was nützt da eine Demonstration! Wenn in West-Berlin gegen Ostberliner Regierungsbefehle demonstriert wird, ist das doch so wirkungslos, als ob Hunde an der Kette den Mond anheulen, und gegen die Feigheit alliierter Soldaten zu demonstrieren, ist ebenso sinnlos. Niemand kann den Peter Fechter mit Demonstrationen wieder lebendig machen, und mit dem Finger auf andere Sünder zu zeigen, treibt die Sünde nicht aus der Welt. Jeder sollte sich prüfen: Was hätte ich getan in dieser Situation? Es hätte in allen Schulen darüber gesprochen werden müssen: »Was hätte *ich* getan?«

Eines steht fest: Jesus hätte weder auf Befehl geschossen, noch hätte er den Verletzten liegen lassen. Ob er aber damit einverstanden gewesen wäre, was der neue Ratsvorsitzende Scharf nach der Ablösung von Dibelius vorhat, daß die Kirche jetzt die Gesellschaft mitgestalten will, dessen bin ich nicht so sicher. Man kann nicht zwei Herren dienen, hat er gesagt. Man kann also nicht mitregieren wollen, wenn man Gott dienen will. Wer die Gesellschaft mitgestaltet, muß auch die immer notwendigen Kompromisse mitverantworten. Christlich handeln heißt aber, so verstehe ich das, *ganz und gar ohne*

Kompromisse Gott und nicht den Menschen (oder irgendwelchen angeblichen Notwendigkeiten und Zwängen) *gehorchen*. Wer die Gesellschaft mitgestalten will, braucht dazu Macht. Macht aber und Nächstenliebe – wie geht das zusammen?

Die immer mehr um sich greifende Mode, dauernd gegen die Sünden anderer Leute zu demonstrieren, halte ich nicht gerade für sehr christlich, weil man doch seine Feinde lieben und nicht über sie richten soll. Als Ventil für Zorn sind Demonstrationen ja sehr gut und besser als Gewalttätigkeiten, aber glaubst Du, irgendein Mensch bessert sich oder sieht seine Fehler ein, wenn man gegen ihn demonstriert und mit Fingern auf ihn zeigt? Ich habe immer das Gefühl, diese vielen Demonstrationen junger Leute erfüllen eine Alibifunktion. Seht her! So wehren *wir* uns gegen das Unrecht einer Regierung! Hättet ihr das gegen Hitler auch so gemacht, hätte es all die Katastrophen nicht gegeben. Sie vergessen dabei nur, daß *ihre* Demonstrationen völlig ungefährlich sind (was sind denn ein paar Wasserwerfer oder auch Polizeiknüppel gegen lebenslängliche Freiheits- oder Todesstrafen). Daß die heutige Jugend genauso anfällig dafür ist, sich in der Masse ganz stark zu fühlen und sich von Parolen mitreißen zu lassen, ohne Sinn und Verstand, bewies mir neulich eine Freundin von Betti, die in Paris gewesen war und dort eine Massendemonstration miterlebt hatte. »Frau Röder«, erzählte sie mir noch vollkommen hingerissen vor Begeisterung, »in Paris habe ich was erlebt! Da waren Massen von Jugendlichen, und einer hat so toll geredet, daß mir die Tränen gekommen sind. Der hatte wirklich recht! Der hat mal endlich die Wahrheit gesagt! Das sollten hier auch alle Leute wissen! Einfach toll, sage ich Ihnen!« Ich war natürlich brennend interessiert an neuen weltverbessernden Ideen und fragte sie: »Was hat er denn gesagt? Welche Ideen hatte er denn? Kannst du mir das nicht mal mit deinen Worten sagen?« Da antwortete sie: »Aber Frau Röder, ich kann doch gar kein Französisch!«

Da hatte ich's.

Schnell noch etwas zum Schluß: Neulich nachts um drei Uhr klingelte es Sturm unten an der Haustür, aber diesmal war es nicht der Mutti-Rufer Birne, sondern die Dalotti. Wirre Haare, Mantel über dem Nachthemd, als einziges Hab und höchstes Gut aus den Trümmern ihrer Ehe gerettet: das Hochzeitsfoto mit Myrtenkranz und weißem Schleier. Der Rattenpfleger hatte sie grün und blau geprügelt, aber immer noch nicht entjungfert, weil er eine nicht operierte Phimose hat und weder zu einer Entjungferung noch überhaupt zu ehelichen Aktivitäten fähig ist. Das aber hat ihm die Dalotti nach einigen Monaten unberührter Wartezeit immer eindringlicher vorzuhalten gewagt, und daraufhin hat er sie, in berechtigtem Zorn über ihr Unverständnis mit seiner Lebenstragik, verprügelt. Sie schluchzte zum Gotterbarmen.

Ulla, was soll man dazu sagen? Nicht einmal Schuhe brachte sie mit! In Pantoffeln und im Nachthemd rettete sie das Hochzeitsfoto im Silberrahmen und ist doch auch nach Monaten und nach kirchlicher Trauung immer noch nicht verheiratet!

Ihr ganz großes, unlösbares Problem: Kann sie nach dieser Tragödie noch einmal in Weiß und mit Myrtenkranz kirchlich getraut werden? Die katholische Kirche duldet doch keine Scheidung! Ich sagte ihr, in solchen Fällen annulliere die katholische Kirche eine nicht vollzogene Ehe. Dann sei sie wieder so gut wie nicht verheiratet. Aber dann müsse sie doch ihren Ehering hergeben und dürfe sich nicht mehr mit Frau anreden lassen, sei wieder Fräulein, werde wieder mißachtet, nein, das könne sie nicht. Und was sei mit dem Hochzeitsfoto? Das beweise doch, daß sie eine verheiratete Frau sei, in allen Ehren verheiratet, das lasse sich doch nicht annullieren. Schluchz, schluchz, schluchz. Sie tat mir so leid, daß mir fast selbst die Tränen gekommen wären, wenn mein innerer Schweinehund es nicht so schrecklich komisch gefunden hätte.

Sie schlief dann bei uns im Schlafsack; und am nächsten Tag kam der Gatte, der sich mir bisher nicht hatte vorstellen wollen, weil er ja wohl vorher wußte, was die Dalotti nicht wußte, und sich vor mir genierte. Er gebärdete sich sehr herrisch, verlangte seine Frau zurück, als habe ich sie ihm entführt, ließ sich dann aber auf ein Gespräch ein, in welchem er mir die medizinische Seite seiner Probleme detailliert erklärte. Es hätte nicht viel gefehlt, und er hätte mir gezeigt, woran es hapert. Seine Frau stelle völlig unzumutbare Ansprüche an ihn! Ich sagte: »Meine Güte, warum haben Sie denn unter solchen Umständen geheiratet! Warum haben Sie sich nicht wenigstens vorher operieren lassen. Ihr Leiden ist doch heilbar!« Das sei seine Sache, meinte er, das gehe mich nichts an. Nicht um die Welt lasse er sich operieren. So etwas könne keine Frau von ihm verlangen. Die Dalotti habe ebenfalls noch nie sexuelle Kontakte gehabt. Genau wie er sei sie bisher ganz gut damit durchs Leben gekommen. Gerade deswegen habe er sich ja vorzüglich mit ihr verstanden und geglaubt, sie könnten ebenso gut auch in einer Wohnung zusammenleben. Schließlich brauche er im Alter wahrscheinlich einmal Pflege. Man bleibe ja nicht ewig gesund. Die Pflege von Ratten und Mäusen und der Zwang, sie oft zu quälen, schlage ganz schön aufs Gemüt, und das Töten sei auch kein Kinderspiel. Kurz und gut, seine Frau habe die Pflicht, zu ihm zurückzukehren. Er habe mit der Hochzeit viele Unkosten gehabt. Wenn sie ihn nicht mehr unzumutbar belästige, werde er sie auch nicht mehr verprügeln, das sei sonst nicht seine Art.

Hast Du Töne, Ulla? Die Dalotti ist doch tatsächlich zurückgegangen, aber nach vierzehn Tagen kam sie wieder im gleichen Zustand, da habe ich sie bei mir wohnen lassen, bis die Ehe annulliert war und der Herr ihre Wohnung wieder verlassen hatte. Es war nicht leicht, ich habe kämpfen müssen, und die Dalotti ist mir nicht mal dankbar. Im Gegenteil, sie gebärdet sich, als habe *ich* das Scheitern ihrer Ehe verursacht. Sie besteht darauf, weiterhin mit »Frau« und dem Ehenamen angeredet zu werden, und wenn ich gewohnheitsmäßig einfach »Dalotti« zu ihr sage, ein Name, der mir wie ein Vorname an ihr gefällt, ist sie tief beleidigt.

Sie war ja früher schon viele Jahre lang geisteskrank, hoffentlich löst die Ehetragödie diese alte Krankheit nicht noch einmal aus. Bis jetzt arbeitet sie noch bei den Amerikanern, allem Anschein nach unangefochten, aber sie merkt es ja nicht, wenn sie den Leuten auf die Nerven fällt. Ich habe die Zeit, in der sie bei uns schlief, kaum durchgehalten, und auch Betti und Susi haben sich oft kaum noch beherrschen können. Manchmal hatte ich Verständnis für den prügelnden Mann. Sie ist so penetrant uneinsichtig!

Welch ein Kontrast zur gleichen Zeit: Die Dalotti und die Vera Brühne, von der die Zeitungen ja immer noch voll sind! Ich habe so ein Gefühl, als ob in diesem Jahr 1962, in welchem monatelang alle Zeitungen und Zeitschriften nur über *Sexualmoral* geschrieben haben, ein *Tabu* endgültig und für alle Zeit gebrochen ist: nämlich den *allgemeinen* Verlust dieser Moral zu verschweigen. Ich kenne hier niemanden, der daran glaubt, der Brühne und dem Fehrbach sei der Mord nachgewiesen worden, und wegen des Lotterlebens sagen sie:

»Ach, das machen doch alle, bei denen kommt's doch bloß nicht raus.« Die Brühne imponiert den Leuten plötzlich, während sich das Gelächter über die Dalotti verstärkt.

Meine Kinder sagen zu mir: »Ich an deiner Stelle hätte nicht nur deswegen geheiratet, weil ein Kind unterwegs ist.« Und sie fragen: »Warum hast du keinen Freund? Unseretwegen hättest du nicht darauf verzichten müssen!«

Was meinst Du, Ulla, sind alle meine Lebensopfer umsonst gebracht?

So, das wären für heute die dramatischen Ereignisse in meinem tristen Leben, in dem es sonst an jeglicher Abwechslung fehlt. Verzeih mir meine sozialphilosophischen Kommentare dazu!

Es umarmt Dich, gratuliert Dir zu Stephans Theatererfolgen und betet mit Dir für Deinen Paul

Deine Erika

1963

40. Brief

Elf Jahre im Westen · Was ist Glück? ·
Sektfrühstück bei Brombach · Alois lernt ·
Dalotti in Wiesloch · Harry und die Abtreibung

Heidelberg, Januar 1963

Liebe Ulla,
Neujahrsglückwünsche brauche ich heute nicht mehr zu wiederholen, die haben wir uns ja schon um Mitternacht am Telefon gesagt, aber bald jährt sich auch der Tag, an dem ich vor elf Jahren im Westen angekommen bin. Voriges Jahr haben wir den zehnten Jubeltag ganz vergessen.

    Hast Du den Entschluß bereut? Ich nicht. Man unterstellt uns ja hier, um materieller Vorteile willen geflohen zu sein. Wäre das der Fall gewesen, dann müßte ich meine Flucht bereut haben. Sowohl finanziell als auch was meinen Sozialstatus betrifft, habe ich einen schlechten Tausch gemacht. Aber was wäre uns drüben passiert? Wir wären möglicherweise ins Gefängnis oder nach Sibirien gekommen, weil wir den Mund nicht halten können. Unsere Kinder wären in den Westen geflohen, und wir hätten sie nie wiedergesehen, falls sie nicht erwischt und eingesperrt worden wären, und wir hätten täglich und stündlich heucheln und lügen müssen. Wir hätten nachts vor schlechtem Gewissen nicht schlafen können, wir hätten uns selbst und alle unsere Überzeugungen verleugnen müssen, hätten uns bevormunden lassen müssen wie Kinder und uns niemals als selbstverantwortliche Erwachsene fühlen dürfen. Unsere Kinder und wir hätten Sklavenmentalität entwickeln müssen, Duckmäusertum, wir wären alle miteinander in unserem Kern verbogen worden. Ein immer wiederkehrender Alptraum: Ich bekomme Fähnchen in die Hand gedrückt und soll »jubeln«. Nein, lieber tot, lieber bitterste materielle Not als noch einmal Sklave! Eigenartig, daß die schlimmste Erinnerung die ist, auf Befehl jubeln zu müssen!

Ich denke manchmal darüber nach, was aus den drei ehemaligen Idealen der Französischen Revolution geworden ist: Freiheit, Gleichheit, Brüderlichkeit! Freiheit schließt die Gleichheit aus, Gleichheit schließt die Freiheit aus, und Freiheit und Gleichheit schließen offensichtlich die Brüderlichkeit aus, die ja ursprünglich das christliche Ideal war. Nur gemeinsame Not kann brüderlich machen, wie wir beide erlebt haben. Ich persönlich werde immer die Freiheit wählen, die die Gleichheit ausschließt und das Risiko der Not und des Verbrechens tragen muß. Da kann dann hin und wieder auch die Brüderlichkeit Einkehr halten. Wo man nämlich die Freiheit hat, böse zu sein, gibt es auch die Freiheit, gut zu sein. Was unter Zwang geschieht, ist nie gut.

Was schadet es schon, daß Du und ich in bezug auf neu erworbenen Wohlstand sieben Jahre hinter unseren Nachbarn zurück sind, die schon 1945 mit dem Wiederaufbau anfangen konnten! Genau wie sich bei Kindern Altersunterschiede mit der Zeit nicht mehr bemerkbar machen, werden auch wir beide uns bald angeglichen und den Durchschnittslebensstandard erreicht haben. Oder meinst Du, daß Dein und mein Bruder in ihren Villen mit ihren dicken Bankkonten »glücklicher« sind als wir? Ich kann mir beim besten Willen nicht vorstellen, daß mir ein Auto oder eine echte Perlenkette ein Gefühl von *Glück* vermitteln könnte. Ich glaube, Glück ist einfach die innere Fähigkeit, sich noch freuen zu können. Die erhält sich erheblich besser, wenn das Leben einem manche Unlustgefühle bereitet, als wenn es einen verwöhnt. Etwas Weißes sieht man vor schwarzem Hintergrund sehr viel klarer als vor weißem. Je weniger Spielzeug Kinder haben, desto mehr können sie sich über welches freuen, je hungriger ein Mensch ist, desto besser schmeckt ihm Essen. Das ist doch eigentlich so einfach. Unlustgefühle sind meiner Meinung nach noch lange kein Unglück, ebensowenig wie ein körperliches Lustgefühl schon Glück ist. Kein gesunder Mensch registriert doch als Glück, wenn er ein- und ausatmen kann. Hat er aber Asthma, weiß er das Luftholenkönnen erst zu schätzen. Es gibt jetzt die schönen Irrenwitze, zum Beispiel von dem Mann, der sich Nägel in den Kopf schlagen läßt, um hinterher das große Glück zu erleben, wenn der Schmerz nachläßt. Was ist für mich Glück? Glück ist für mich, wenn ich Nella singen höre, wenn ich sehe, wie Ditta ihren Sohn stillt, wenn mir Betti von ihrem in der Fabrik erarbeiteten bißchen Urlaubsgeld Bettwäsche mitbringt, wenn Susi mit ihrem unnachahmlichen Humor einen Witz macht, wenn der kleine Peter unter dem Flügel hockt und mucksmäuschenstill stundenlang der Musik zuhört, wenn ich mit allen Töchtern um den runden Familientisch sitze, alle so fröhlich sind, lachen und singen, wenn ich in der Firma und in der Straße keine Feinde habe, wenn die ersten Schneeglöckchen hervorkommen, wenn die Meisen meine Knödel annehmen und vor allem, wenn ich ein ruhiges Gewissen habe. Und was empfinde ich als Unglück? Eigentlich nur, daß ich niemanden habe, der Glück mit mir teilt, daß ich mutterseelenallein bin, aber das könnte ja keine Reise, kein Lottogewinn, keine andere Politik von mir nehmen. Aber dann denke ich wieder, vielleicht soll das so sein, vielleicht soll ich auch, wie ein Kaktus in der Wüste oder wie der kleine Rau, das Wasser des Lebens in mir speichern lernen. Ich glaube, zu irgend etwas ist alles gut, was geschieht. Es gibt ja immerhin viele Klausner, die absichtlich in so eine Eremitage gehen, in der ich lebe, um recht viel von diesem Wasser speichern zu können.

Im übrigen würde ich von Unglück sprechen, wenn es etwa am Jahresende wegen Kuba zu einem Krieg gekommen wäre, weil die Sowjetunion Kuba wirklich zu einer vorgeschobenen Raketenbasis hätte ausbauen können. In solchen Fällen, wenn eine große Gefahr droht, nenne ich es auch Glück, wenn sie abgewendet wird.

So eine Art von sagenhaftem Glück hat Betti einmal gehabt, als sie noch klein war. Ich hatte Ditta in die Küche geschickt, um unseren Blümchenkaffee frisch aufzubrühen. Das Wasser dazu hatte ich in der Küche auf den Herd gestellt. Ditta kam zurück, stellte die Kaffeekanne auf den Tisch, Betti zog am Tischtuch, und der ganze frisch aufgebrühte Kaffee ergoß sich über sie. Es war einer der entsetzlichsten Augenblicke in meinem Leben. Aber Betti schüttelte sich nur – vor Kälte. Ditta hatte kein kochendes, sondern kaltes Wasser in die Kanne gegossen, sie hatte die Töpfe verwechselt.

Ich meditiere hier über das Glück, weil ich noch ganz wirr im Kopf bin von all dem Neujahrsglückgewünsche bei Brombach und zu Hause und von der entsetzlichen Knallerei draußen auf der Straße. Alle haben mich bedauert, daß ich nicht mitgegangen bin, Silvester zu feiern, mit Sekt und Berliner Pfannkuchen, jede Tochter und ihre Freunde haben zwischen Mitternacht und ein Uhr angerufen, um mir Glück zu wünschen, Du auch, und dabei sitze ich neben

Peters Kinderbettchen, passe auf, daß ihn die Knallerei draußen nicht erschreckt, und bin glücklich über den Atem des Kindes und über die Wärme, die von ihm ausstrahlt, und schreibe in Ruhe an Dich. Vielleicht gehört das bißchen Sehnsucht, das meiner Art von Glück immer beigemischt ist, einfach dazu, damit ich merke, daß ich eigentlich glücklich bin.

Zwischen den Feiertagen war ich bei Herrn Brombach zu einem Sektfrühstück eingeladen, und wer erschien dabei auch? Die Direktoren Schuster, Himbert und Kalus. Sie sperrten Mund und Nase auf, als sie mich dort entdeckten. Mich hatte der Pfarrer damit geködert, die Einladung anzunehmen, daß er sagte, er habe einige Rundfunkleute und einige Pfarrer zu sich gebeten, man wolle über kirchliche Fragen sprechen. Das hatte mich interessiert. Wer aber dann die anderen Leute waren, weiß ich nicht. Über kirchliche Fragen wurde jedenfalls nicht gesprochen, und Roncos waren auch nicht da, wie ich angenommen hatte. Was meinst Du, warum hat der Brombach mich angelogen? Er wußte, daß ich nicht wünschte, die drei Direktoren von meiner Bekanntschaft mit ihm zu unterrichten. Sollen die jetzt denken, ich als Betriebsrätin sei ein Spitzel? Irgendwie ist mir nicht wohl in meiner Haut, und ich werde nie wieder eine Einladung des Pfarrers annehmen, auch wenn ich dann Ronco nicht wiedersehe.

Alois, der nun nicht mehr so häufig kommt und für den die Bewährungshilfe nach Verbüßung seiner Reststrafe erloschen ist, schreibt eifrig weiter seine schwärmerischen Briefe an mich und will jetzt in Briefkursen die Mittlere Reife machen. Ich riet ihm ab, weil ich meinte, er solle erst einmal mit Anstand Krankenpfleger werden und das dazu Nötige lernen. Ich hätte Übles von derartigen Brieflehrgängen gehört, die würden den Leuten das Geld abnehmen, und hinterher werde das Gelernte womöglich nicht anerkannt. Ich hätte auch keine Zeit, das Institut zu überprüfen, von dem er die Lehrbriefe erhalte. Er läßt sich aber nicht abbringen, und ich stelle fest, daß in seinen ohnehin schon recht gut geschriebenen Briefen immer weniger Schreibfehler auftauchen. Leider hat er wieder ein Techtelmechtel mit irgendeiner Lehrschwester, aber diesmal kümmert sich niemand darum, wann, wo und wie er sie besucht, sie lebt wohl in einer »sturmfreien« Bude wie er auch. Man kann doch einem Menschen, der niemals von irgend jemandem geliebt worden ist, nicht verbieten, sich ein Mädchen zu suchen. Es ist auch völlig aussichtslos, ihm den Unterschied zwischen Liebe und Sex klarzumachen. Das wäre, als ob man einem Blinden den Unterschied zwischen den Farben Rot und Blau klarmachen wollte. Ich habe ihn also nicht getadelt und ihm nichts verboten, ich habe ihm nur erklärt, daß es Kondome gibt, wo er sie kaufen kann, wann eine Frau fruchtbar ist, und daß er unter gar keinen Umständen riskieren darf, daß das Mädchen ein Kind bekommt. Es war für ihn ein völliges Wunder, daß man über solche Dinge sachlich sprechen kann. Er hat bisher über dieses Thema nur Zoten gehört oder moralische Standpauken mit Ehrbegriffen, die er nur als Blabla verstehen kann. Er wußte nur, daß jedes Mädchen nichts anderes im Kopf hat, als daß man es ihr »besorgt«, und daß irgendwelche Nonnen dann die Kinder großziehen. Nicht, daß er im Heim war, hat er als grausam empfunden, sondern daß man ihn von dort in die Hände seiner Mutter gab. Als ich ihm erklärte, daß er ja auch einen Vater hat, der sich so verhielt, wie er es vorhat und treibt, und daß nicht nur seine gemütskranke Mutter, sondern vor allem dieser unbekannte Vater die Schuld daran hat, daß er kriminell wurde und eine so entsetzliche Kindheit hatte, war er ganz erstaunt.

Ich habe ihm ein Buch mit rührenden Geschichten über Tiermütter geschenkt, eigentlich ein Buch für Kinder, aber gemütsmäßig ist er ein Kind, damit er einen Begriff davon bekommt, daß Mutterliebe etwas Normales ist und ich keine »Heilige Mutter Gottes« bin, weil ich mütterliche Triebe habe, die seiner Mutter durch seinen Vater ausgetrieben wurden. In dem Buch ist auch erwähnt, welche sozialen Funktionen die Väter bei den Tieren haben und daß die Menschen zu den Säugetieren gehören, bei denen die Väter viel Verantwortung übernehmen müssen. Alois hat zwar perfekt gelernt, den Leuten nach dem Mund zu reden, so daß ich nie recht weiß, ob er dies oder das nur sagt, weil er mir gefallen will, oder ob er wirklich verstanden hat, was ich ihm mit Beispielen zu vermitteln suche, aber er paßt bei meinem »Unterricht« über gesundes, normales Gemütsleben so hellwach und interessiert auf, daß ich mich jedesmal der Illusion (?) hingebe, er versteht es, und er lernt daraus.

Geradezu enthusiastisch interessiert wurde er, als ich ihm einmal von Raus Ideen mit den fliegenden Untertassen erzählte. Unsere Erde eine Art Bakterienkulturboden im Universum, auf der Leute von anderen Sternen ihnen gleiche Lebewesen züchten, die dann das Leben ebenfalls wieder in den Weltraum tragen – phantastisch!

Er ist viel zu intelligent, um nicht bei den Jesuleingeschichten der rührenden Nonnen seine heimlichen Zweifel an allem zu haben, was ihm da so als »Religion« geboten wurde. Aber je mehr er zweifelte, desto mehr Tremolo legte er in seinen Ave-Maria-Gesang, damit man ihm auch ja abnahm, daß er fromm und gottesfürchtig sei. Rau, der vom Schicksal so Benachteiligte mit dem kleinen verwachsenen Körper und dem großen Verstand, wird für Alois allmählich das große Vorbild, obwohl er ihn gar nicht kennt. Es war wohl nicht klug von mir, ihm von dessen gotteslästerlichen Theorien zu erzählen, hinter denen wohl *ich* ernsthafte, wenn auch unbewußte, Gottsuche erkennen kann, die mir Hochachtung einflößt, die aber für Alois alles über den Haufen werfen muß, was er gemütsmäßig innerlich aufgebaut hat. Ich habe ihm den großen Wert seines Verstandes klargemacht, ihm gesagt, daß dieser sein größtes Kapital ist, mit dem er sein verfahrenes Leben in Ordnung bringen kann, wenn er will, während ich heimlich und von ihm unbemerkt daran gearbeitet habe, seine Seele »Wasser« trinken zu lehren. Raus Verstand leitet ihn wieder in eine Wüste, wo ein Mensch wie Alois verdursten muß. Was Alois sucht und braucht, ist, daß er angeschlossen wird an ein »Kabelsystem«, das eine »Straße voller Menschen« mit Strom versorgt. Er hat einen Draht zu allem Menschlichen. Nur hat ihn niemand »angeschlossen«. Wo er hinkommt, gibt es vorläufig noch immer einen Kurzschluß, wenn nicht sorgfältig Drähtchen für Drähtchen in das Kabelinnere eingeführt und verknotet wird. Solche Untertassentheorien reißen ihn wieder ganz heraus.

Bei der Dalotti hat die Scheidung einen Kurzschluß verursacht, wie ich befürchtet habe. Sie ist zur Zeit in Wiesloch, einer Nervenklinik nahe Heidelberg, und man hat Schizophrenie diagnostiziert. Sie mußte während des Annullierungsprozesses längere Zeit bei mir schlafen, da hat sie immer wieder »gehört«, daß sich Leute auf der Straße zusammenrotten, ihren Namen rufen und sie bedrohen; in der Badestube war sie fest davon überzeugt, die Leute unter uns beobachteten sie mit einem Teleskop, wenn sie in der Badewanne sitzt; und ihr Bedürfnis, sich in einem Schrank vor ihren Verfolgern zu verstecken, übermannte sie manchmal derartig, daß sie unseren einzigen Schrank in Windeseile entleerte, alles auf die Erde warf und sich darin versteckte. In Henkhof kannte ich schon einmal eine Frau, die sich in der Russenzeit fast nur noch in Schränken aufhielt. Damals haben wir darüber gelacht, jetzt, wo ich hautnah erlebe, welche fürchterlichen Ängste dahinterstecken, lache ich nicht mehr. Sie ist von mir weg dann wieder in die eigene Wohnung gezogen. Ich dachte, sie würde wieder gesund, wenn der Mann erst fort ist, aber es wurde schlimmer, die Nachbarn meldeten ihren Zustand, und nun ist sie in Wiesloch, die Arme. Sie bekommt Tabletten, und von denen wird sie ganz ruhig und starr. Sie sieht durch einen hindurch, wenn man mit ihr spricht, freut sich nicht über Besuch, fragt nichts, redet nichts und ist völlig teilnahmslos. Der Arzt sagt, diese Tabletten würden Schizophrenie in vielen Fällen soweit heilen, daß die Patienten wieder selbständig leben können. Nach einem halben Jahr sei sie wieder gesund, bis zum nächsten Schub. Na, wir wollen es hoffen. Ich hätte es nicht einfach so hinnehmen dürfen, daß sie einen Mann heiratet, der sich mir nicht vorstellen lassen will. Ich hätte bei einem Gespräch bestimmt herausgefunden, was mit ihm los ist, und hätte diese Ehe verhindern können. Ich war – wie immer, wenn es gilt, Katastrophen rechtzeitig zu verhindern – irgendwie zu faul und zu gleichgültig.

Man macht ja auch oft die Erfahrung, daß man falsche Ratschläge gibt oder daß richtige nicht befolgt werden, kurz, es ist schon eine zweischneidige Sache, sich für das Schicksal von Mitmenschen verantwortlich zu fühlen. Du hast mich oft dafür getadelt, ich erlebe es als Betriebsrätin häufig und erlebe es vor allem beim kleinen Harry. Den Rat, sich vor der Schwangerschaft von dem Kerl zu trennen, hat seine Mutter nicht befolgt. Solche Frau-Irene-Ratschläge aus den Regenbogenblättern werden ja nie befolgt, weil der Trieb viel zu stark ist, und meine tugendhafte Weigerung, ihr bei der Suche nach einem abtreibenden Arzt behilflich zu sein, kam wohl auch ein bißchen vom hohen Roß. Woher habe ich denn meine Gewißheit genommen, daß Gott eine Abtreibung verurteilen würde? Hat er nicht selbst seine Natur so geschaffen und eingerichtet, daß ohne Eingreifen der Menschen 60 bis 99 Prozent allen befruchteten keimenden Lebens absterben und nur das heranwachsen kann, für das die Lebensbedingungen günstig sind? Sind nicht noch bis vor hundert Jahren 65 Prozent aller neugeborenen Kinder eines »natürlichen« Todes gestorben, und haben die Kirchen da nicht die weinenden Mütter getröstet, das sei Gottes Wille, und Gott habe diese Kinder besonders lieb, weil er sie davor schützen wolle, vielleicht Schaden an der Seele zu nehmen? Nimm nicht jedes Kind, das nicht geliebt und versorgt werden kann, Schaden an seiner Seele? Wahrscheinlich ist die Vorstellung ganz falsch, Gott habe grundsätzlich etwas gegen den Tod. Das Prinzip alles Lebendigen ist ja Stoffwechsel, und alle fleischfressenden Lebewesen müssen andere töten, um zu leben. Das Gebot: »Du sollst nicht töten« kann gar nicht auf alles, was Leben in sich hat, gemünzt sein, sonst müßte Gott seine eigene Schöpfung für sündig erklären.

Gegen den Tod von Embryos hat Gott schon seine eigenen Vorkehrungen getroffen, meine ich, da bedarf es keiner Männergesetze mehr. Jede unverletzte, seelisch gesunde, normale Frau in geordneten Verhältnissen wehrt sich ganz von selbst gegen jede Zumutung, abzutreiben, denn es ist ja auch ein gewaltsamer Eingriff in ihren Körper- und Hormonhaushalt, der zudem außerordentlich schmerzhaft ist. Ich hatte zwei natürliche Fehlgeburten im dritten Monat und fühlte mich danach lange krank und wie amputiert. Bei einer Frau, die ihre Schwangerschaft gefühlsmäßig ablehnt, ist etwas entweder in ihr oder in ihrer Umwelt nicht in Ordnung. Ein Vogel ohne Nest für das Junge kann auch nicht brüten, die Brutinstinkte werden nicht wach. Ein Kind gedeiht aber seelisch nicht ohne eine Mutter mit natürlichen »Brutinstinkten«. Das hat Gott so eingerichtet. Noch so begeisterte Adoptivmütter können eine instinktsichere echte Mutter nicht ersetzen. Und es wäre ja wirklich wahnwitzig und unerhört grausam, von einer Frau zu verlangen, ein Kind für eine andere Frau auszutragen! Wenn ein Kind erst geboren ist, setzt ein derartiger Schub mütterlicher Liebe zu dem Kind ein, daß nur völlig verzweifelte Frauen dann noch in der Lage sind, ihr Kind wegzugeben. Das ist dann wirklich wie eine Selbstamputation. Wenn der Vater eines Embryos auf Abtreibung drängt, wird eine Frau seelisch so gestört und befürchtet so viele Gefahren für das Kind, daß sie es oft aus Liebe vor einem Leben ohne Vater beschützen zu müssen glaubt. Sie unterdrückt bewußt aufkeimende mütterliche Regungen, um sich bereit dafür zu machen, das Kind vor einem vaterlosen Leben zu bewahren, ihre Liebespflicht am Kind zu erfüllen, indem sie eine Geburt verhindert. Sicherlich mag es Frauen geben, die aus Leichtsinn abtreiben, denen das nichts ausmacht, aber die sind dann auch nicht normal, es ist ein Segen für ihr Kind, nicht geboren zu werden.

In einer Welt, in der der Mensch sich zum Herrn aufgeschwungen und verhindert hat, daß die Naturgesetze greifen (die nämlich in der unberührten Natur dafür sorgen, daß Tod und Geburt eine gesunde Balance halten), scheint es mir richtig zu sein, daß heutzutage mehr Mütter als früher keine Kinder wollen. Da sollten die Menschen und vor allem die Männer nicht eingreifen. Der Bestand unserer Erde ist ja durch nichts mehr gefährdet als durch die Überbevölkerung. Alle Probleme rühren eigentlich daher.

Also kurz und gut, Du siehst, Ulla, meine Vorstellungen von Sünde oder von Moral haben sich in dieser Beziehung geändert, seit ich erfahren habe, daß ich mein leichtsinniges Versprechen, Harry zu schützen, nur sehr unvollkommen einhalten konnte. Ganz gewiß hätte er als Embryo bei seiner Abtreibung weniger gelitten als jetzt in seinem kurzen zehnjährigen Leben. Aus dem ersten Heim mußte ich ihn wieder herausnehmen, weil die unausgebildeten Erzieherinnen nicht mit ihm fertig wurden. Er wurde rabiat wie sein Vater. Dann riet man mir zu einem sozialpädagogischen Heim, wo man angeblich ganz schwierige Kinder wieder zurechtbiegen kann. Dort hat man ihn gezwungen, Erbrochenes wieder aufzuessen, und hat ihn in dunkle Kammern eingesperrt. Stell Dir vor, da ist der arme kleine Kerl weggelaufen und hat tatsächlich den Weg zu mir gefunden, nicht zu seiner Mutter. Ich weiß nicht, wie er es gemacht hat, er erzählt ja nichts. Er hat es nämlich schon einmal versucht und landete dabei schnell auf einem Polizeirevier. Weit weg ist das Heim nicht, aber immerhin mußte er über die Autobahn. Ich nehme an, er hat jemand gefunden, der ihn mitnahm. Ich bin zu einem berühmten Kinderpsychiater, Professor M. K., gegangen, der hat noch ein drittes Heim gewußt, wo ich es noch mal probieren soll, und bestätigte mir, daß Harry einen schweren seelischen Schaden hat. Bei seiner Mutter dürfe man ihn nicht lassen. Deren Liebe zu ihm ist tot und nicht wieder zu erwecken.

Immer wenn unser zweijähriges kleines Peterchen wie jetzt bei mir schläft, geliebt und vergöttert von Eltern, Großmüttern und

Tanten, muß ich an die vielen kleinen Harrys denken, die gerade geschlagen werden oder auf Autobahnen herumirren und niemals fähig sein werden, mit Kindern so umzugehen, wie sie es brauchen.

Man braucht manchmal solche stillen Neujahrsnächte wie heute, um sich darüber klarzuwerden, daß man seine Meinung über etwas geändert hat.

Wenn ich heute Gesetze zu machen hätte, würde ich jeden Menschen, der eine Mutter zur Abtreibung drängt oder nötigt, strafen. Wie oft haben die Kirchen in der Vergangenheit Mütter zu Abtreibungen genötigt, weil sie ihnen »Schande«, Ausschluß aus der Gesellschaft, größte wirtschaftliche Not und den Kindern einen Heimaufenthalt androhten. Aber Müttern würde ich es in eigener freier Entscheidung selbst überlassen, ob sie in der Lage sind, ungestört zu »brüten« oder nicht. Besser wäre natürlich eine ganz sichere Methode der Verhütung, aber die gibt's eben noch nicht.

Ulla, die Töchter kommen vom Silvesterball zurück, laut, lachend, aber draußen ist es still geworden. Die Knallerei hat aufgehört. Peter schläft immer noch, er ist nicht wach geworden. Wieder einmal bin ich vom Hundertsten ins Tausendste gekommen!
Prost Neujahr, liebe Ulla!

                                                                Deine Erika

41. Brief

Kennedy: »Ich bin ein Berliner« ·
Geld kommt von Ulrich · Über das Schuldenmachen ·
Der REFA-Fachmann

Heidelberg, Juni 1963

Liebe Ulla,
ich komme eben von meiner Nachbarin und bin ganz aufgeregt. Ich habe Dich in der Menschenmenge vor dem Schöneberger Rathaus gesehen, als J. F. Kennedy gesprochen hat! »*Isch bün ain Balina.*« Nichts ist mir mehr verhaßt als das Jubeln in einer Menschenmenge,

es weckt so fatale Erinnerungen; aber ich bin überzeugt, wenn ich da neben Dir gestanden hätte, ich hätte diesmal mitgejubelt. Der Mann hat Charisma, das kann man wohl sagen! Ich hätte nicht nur in Berlin mitgejubelt, auch hier im Wohnzimmer meiner guten dikken Nachbarin sind mir die Tränen gekommen.

Aber was wissen wir eigentlich über Kennedy? Wir danken ihm, daß er vorläufig den dritten Weltkrieg wegen Kuba abgewendet hat, indem er die Drohung Moskaus mit Gegendrohung erwiderte. Was er da gemacht hat, war ja außerordentlich riskant. Es hätte auch schiefgehen können. Die Mauer in Berlin hat er nicht verhindert. Da waren es Chruschtschow und die DDR, die einen Krieg riskierten. Was kann man daraus schließen? Daß Amerika das »Hemd« Südamerika eben doch näher ist als der »Rock« Europa? Ist unsere Freiheit ihm wirklich etwas wert, wie er sagt? War der werbewirksame Spruch echt gemeint? Einem Politiker blickt man nicht ins Herz, und wenn er noch soviel Charme hat. Erst wenn die Mauer ebenso verschwunden sein wird wie die Raketenbasis in Kuba, dann werde ich diesem schönen John Eff glauben. Eines ist jedenfalls gut: Er hat's dem Herrn Chruschtschow mal gezeigt: »Sieh her! Ihr könnt die Menschen mit Gewalt dazu zwingen, eure Art von Sozialismus anzunehmen, die Herzen der Menschen werdet ihr nie gewinnen! Die schätzen Freiheit und Brüderlichkeit höher als Gleichheit! Bei mir jubeln sie echt, bei dir tun sie nur so als ob.«

Wäre ich jetzt in Berlin gewesen, Ulla, dann wären wir hinterher in ein Lokal gegangen und hätten mit allen Leuten auf die Freiheit angestoßen.

Schreib doch mal wieder, was Viktor und Stephan machen. Hat sich Viktor jetzt endgültig von der Marine verabschiedet und spielt nur noch in einer freien Musikkapelle Trompete? Ich las neulich Stephans Namen in einem abgelaufenen Fernsehprogramm meiner Nachbarin. Schade, daß ich das verpaßt habe. Ich sehe aber eigentlich nur Nachrichten bei ihr. Ich kann ihr nicht dauernd auf der Pelle sitzen und habe auch viel zuwenig Zeit.

Stell Dir vor, Ulrich hat seine Offizierspension ab 1945 nachgezahlt bekommen, genauer gesagt: die Differenz zwischen dem, was er bezog, und dem, was er rechtens hätte beziehen müssen. Damit hätte ich niemals gerechnet, und nun hat es sich als äußerst unklug erwiesen, daß ich 1949 bei der Scheidung Ulrichs Betteln nachgegeben und einen Teil der Schuld auf mich genommen habe. Damals dachte ich, das sei klug, denn so gab es eine sehr freundliche Scheidung in beiderseitigem besten Einvernehmen, und die Kinder verloren nicht wegen Eskalierung eines Streites um Geld Vertrauen, Liebe und Verbundenheit mit ihrem Vater. Obwohl juristisch seine Alleinschuld klar war, dachte ich mir, nicht er, sondern der Krieg und unsere aufgezwungene Trennung seien die wahrhaft Schuldigen. Wir dachten uns gemeinsam etwas Lustiges aus, was ich als meine »Schuld« zu Papier bringen lassen sollte: Ich hätte nicht genügend Interesse für seinen Beruf aufgebracht. Dabei hatte er seit zehn Jahren keinen Beruf mehr. Man hatte ihn ja 1939 als Offizier reaktiviert.

Jetzt habe ich keinerlei Anspruch auf die Nachzahlung, aber unter Zuhilfenahme des Gerechtigkeitssinnes seiner Frau hat er mir 3000 Mark gegeben als Nachzahlung des Unterhaltes, den er den Kindern schuldig gewesen wäre, wenn er das Geld gehabt hätte, und von jetzt an zahlt er für die ledigen Kinder 300 Mark monatlich. Was seine Frau den Kindern noch hinter seinem Rücken gelegentlich zusteckt, weiß ich nicht, aber sie tut das.

Verrückt, diese Scheidungsgesetze mit dem Schuldprinzip. Auch wenn ich wirklich irgendeine Mitschuld an der Ehezerrüttung gehabt hätte und von Ulrich vorschriftsmäßig Unterhalt für die Kinder bekommen hätte, so würde ich mit dem Entzug des Existenzminimums für meinen Teil der Schuld »bestraft«, während der Mann, frei von Hausarbeit, seine Zeit dem Gelderwerb widmen könnte.

Da ich bei Brombach auch eine ganz schöne Gehaltserhöhung bekommen habe, bin ich finanziell nun doch sehr entlastet und kann mir die Dinge kaufen, die mir bisher am meisten gefehlt haben: eine Waschmaschine und einen Kühlschrank. Wir haben im Werk die Möglichkeit, bei einigen Firmen Rabatt zu bekommen. Schade, daß ich das nicht vorher gewußt habe. Ich hätte als Betriebsangehörige schon lange manches zum Einkaufspreis beziehen können. Für die nächsten Anschaffungen werde ich meine Raten nicht bei einem Kaufhaus, sondern bei einer Bank abstottern, bei der ich mir einen Kredit für das nehmen werde, was ich nicht bar bezahlen kann. Ich habe mich schon immer gewundert, woher meine Kollegen alle so viel Geld haben, daß sie sich Autos und wer weiß was kaufen können! Man braucht die Ware nur über unseren Einkauf zu bestellen. Die Firma zahlt und zieht uns das Geld dann vom Gehalt ab. Eigentlich Mogelei, nicht wahr? Aber alle machen es so. Ich erfahre so etwas nur immer zuletzt, genau wie ich in Henkhof zuletzt und zu spät erfahren habe, daß Kisten mit Apfelsinen im Meer schwimmen und man sich die holen konnte, wenn man das kalte Wasser nicht scheute. Wenn ich bedenke, daß die vielen Autos auf den Straßen und die Fernseher in den Wohnungen eigentlich alle den Banken gehören, weil sie noch gar nicht bezahlt sind, wird mir angst und bange vor der Zukunft. Wenn ich zu regieren hätte, würde ich, glaube ich, viel weniger verbieten, als heute bereits verboten wird; aber ich würde, glaube ich, Ratenkäufe, Firmenrabatte und all so etwas verbieten, auch wenn sich dadurch das Wirtschaftswunder etwas verlangsamte. Solange aber die Verführung zur Unsolidität erlaubt, ja wegen der Ankurbelung der Wirtschaft sogar gewünscht wird, werde ich sie schamlos ausnutzen.

Seltsam, ich habe niemals mehr einen Verwandten oder Bekannten angepumpt, seit ich in meinem Henkhofer Café ausgeraubt wurde. Weil ich wegen des Diebstahls Löhne und Rechnungen nicht bezahlen konnte, mußte ich mir damals notgedrungen von Fremden Geld in der alten Währung leihen. Das habe ich dann nach der Währungsreform auch nur im alten, nicht im neuen Geld zurückzahlen können, was mein Gewissen noch heute belastet. Ich glaube aber, wenn heute wieder irgendeine Katastrophe käme und ich einen Bankkredit nicht zurückzahlen könnte, würde das mein Gewissen nicht mehr belasten. Das Protzen der Banken mit immer neuen Hochhäusern läßt die Vorstellung nicht zu, man könne irgendwelche Menschen persönlich schädigen, wenn man einen Kredit nicht zurückzahlt. So denken wahrscheinlich viele sonst grundsolide Menschen, und deshalb kaufen und pumpen alle immer hemmungsloser. Das Pumpen wird ja sogar noch honoriert! Wenn Du angibst, wieviel Schulden Du hast, wird Dir das von der Steuer abgezogen! Eine verrückte Welt, die alle bisherigen Werte auf den Kopf stellt! Wenn ich noch daran denke, wie mein Vater uns beschwor, niemals im Leben Schulden zu machen! Mit jeder Mark, die man sich leihe, verliere man einen Freund!

Eine tolle Geschichte muß ich Dir noch erzählen, die sich bei Brombach ereignet hat. Herr Decker, der Chef der gesamten Arbeitsvorbereitung, sollte entlastet werden. Es wurde deshalb ein stellvertretender Leiter eingestellt. Mit dem haben wir etwas erlebt, was ich nie für möglich gehalten hätte. Er nannte sich REFA-Fachmann und legte vorzügliche Zeugnisse vor, die ihm hervorragende Kenntnisse bescheinigten. Er bekam einen Vertrag nach Vereinbarung, in dem auf Probezeit verzichtet wurde und eine einjährige Kündigungsfrist vorgesehen war. Schuster und Decker glaubten, sie hätten mit dem Mann das große Los gezogen. Schon nach vierzehn Tagen wurde deutlich, daß er von Tuten und Blasen keine Ahnung hatte, überall Unheil anrichtete und sich außerdem durch ein arrogantes Wesen einen Feind nach dem anderen schuf. Nach vier Monaten war er kündigungsreif. Du glaubst gar nicht, was ein einziger Mensch in einem Betrieb wie dem unseren, in dem ein Rädchen ins andere greifen muß wie bei einem Uhrwerk, für einen materiellen Schaden anrichten kann. Man konnte ihn aber nicht hinauswerfen wegen der Klausel im Vertrag. Da hat man ihm versprochen, ihm sein Gehalt weiterzuzahlen, bis er eine neue Stellung findet, wenn er nur augenblicklich geht und das Werk nie wieder betritt. Damit er ganz schnell eine neue Stellung findet und man ihm nicht so lange Gehalt zahlen muß, hat man ihm ein ganz vorzügliches Zeugnis ausgestellt, genauso vorzüglich, wie die waren, mit denen er sich bei uns beworben hatte. Aber selbstverständlich fand er keine neue Stellung, bis das Jahr um war. Wie wir später erfuhren, lebt er seit Jahren von diesem Trick und hat sich in den arbeitsfreien Monaten mit eigenen Händen ohne Handwerker ein Haus gebaut. Von REFA hat er also wahrscheinlich doch etwas verstanden. Sicherlich war sein unmögliches Benehmen Absicht, damit er recht schnell gekündigt wird. Ist doch ein phantastischer Einfall, jahrelang Spitzengehälter dafür zu beziehen, daß man seinem Arbeitsplatz fernbleibt! Das wäre was für überlastete Hausfrauen! Dann könnten sie sich in Ruhe ihren Kindern widmen! Nur, Frauen werden immer nur nach Tarif bezahlt und bekommen keine Sonderverträge.

Ulla, ich muß schließen, in meinem Arbeitsplan war heute ein Brief an Dich nicht vorgesehen.

Ich habe Dich auf dem Platz vor dem Schöneberger Rathaus

zwar nur den zehnten Teil einer Sekunde gesehen, aber Du hattest ein kariertes Kleid an, stimmt's?

Es grüßt Dich ganz herzlich

Deine Erika

42. Brief

Pauls Entlassung · Ullas Mutter im Heim ·
Bettis Verlobung · Susi und die Pädagogik ·
Nellas Lebensgefährte

Heidelberg, September 1963

Liebe Ulla,
wie bin ich froh für Dich, daß P. nun endlich doch entlassen ist! Ich habe so sehr mit Dir gebangt! Ob das irgendwie mit dem Kennedy-Besuch zusammenhängt? Also doch nicht zehn Jahre! Wohnt er jetzt bei Dir? Hat er seine alte Arbeit wiederbekommen? Du sagtest am Telefon nichts darüber, und ich vergaß vor Aufregung, danach zu fragen. Ich habe Dir früher immer davon abgeraten, aber nun kann ich verstehen, daß Ihr bald heiraten wollt, zumal Deine Mutter jetzt im Pflegeheim ist.

Hat sie noch Augenblicke, in denen sie Dich erkennt? Ich wünschte so sehr, sie könnte friedlich einschlafen. Alle körperlichen Gebrechen unterhalb des Halses würden mir im Alter, glaube ich, nicht sehr viel ausmachen, falls die Schmerzen nicht so sind, daß man schreien muß, wie das bei meiner Großmutter der Fall war. Ich bete nur darum, im Alter nicht geistig verwirrt zu werden. Manche Leute sagen, das einzige Leben nach dem Tod, mit dem wir wirklich rechnen können, wenn wir Glück haben, sei, unseren Lieben recht lange lebendig in Erinnerung zu bleiben. Meine Großmutter wurde zum Schluß auch noch verwirrt infolge einer Spritze, die man ihr gegeben hatte. Ihr Tod ist siebzehn Jahre her, aber ich habe heute noch große Mühe, sie mir so wunderbar und lebendig, wie sie früher war, in Erinnerung zu rufen. Immer drängt sich das Bild ihrer letzten schrecklichen Monate davor. Daß P. jetzt gekommen ist, daß Ihr wieder zusammen seid, daß Du das erste Mal nach so langer Zeit wirklich glücklich bist, daß Du keine Sorgen und Arbeit mehr mit den Söhnen hast, daß Du nun wirklich nur für Dein Glück und Deine Liebe zu leben brauchst, macht es Dir bestimmt leichter, Deine Mutter so verwirrt zu sehen. Du bist dadurch nicht ausschließlich auf sie konzentriert. Du wirst sie Dir später sicherlich schnell wieder vorstellen können: so witzig, so tapfer, so voller Einsatz für Dich und die Enkel, wie sie einmal war. Vielleicht brauchst Du auch diese Zeit der Abnabelung von ihr, ehe sie Dich ganz verläßt. Bitte grüße doch den P. sehr, sehr herzlich von mir. Er wird meine gesammelten Briefe lesen und mich auf diese Weise kennenlernen, und ich kenne ihn auch schon lange aus Deinen Briefen. Sage ihm, ich habe Verständnis dafür, daß Ihr nur mit Trauzeugen heiratet und kein Fest feiert. Mir wäre nach so langer Haft auch nicht nach Festefeiern zumute. Ich hätte Angst vor jedem fremden Gesicht.

Von uns ist nur zu berichten, daß Betti ihr Physikum bestanden und sich Weihnachten in aller Form mit einem der beiden Brüder verlobt hat, der vom Backfischalter an ihr Tanzpartner war. Das ist eine lange gewachsene Liebe, kein Blitz vom Himmel wie bei Ditta. Er heißt Dieter Hutten und studiert auch Medizin. Das Verhältnis Susis zu seinem Bruder ist etwas lockerer geworden, eine Doppelhochzeit wird es nicht geben. Susi studiert jetzt Pädagogik, das heißt, sie will im Oktober damit anfangen. Im Augenblick praktiziert sie in einem Kinderheim an der Nordsee, weil sie ausprobieren will, ob sie mit Kindern gut umgehen und sich Autorität verschaffen kann.

Das sollten alle Lehrer tun, ehe sie mit dem Studium beginnen. Ich habe Studienräte erlebt, die nach jahrelangem Studium mit einem Einser-Examen auf die Kinder losgelassen wurden und nun erst entdeckten, daß sie Angst vor Kindern haben und sich nicht durchsetzen können. Oh, wie haben wir mehrere dieser armen Lehrer gequält, ich denke heute noch mit schlechtem Gewissen an unsere grausamen Frechheiten. Man kann sich als Kind überhaupt noch nicht in die Seele eines Erwachsenen hineinversetzen. Einmal sagte einer in der Obersekunda aus Versehen »du« zu einer Mitschülerin, wie er es bis dahin gewöhnt war. Da hat sie ganz ruhig gesagt: »Es ist recht, Franz, duzen wir uns!« Die Klasse hat geschrien vor Lachen, der arme Mann konnte die Ruhe nicht wiederherstellen, da ist er erst mit dem Kopf gegen die Wand gerannt, dann hat er seinen Stuhl auf dem Katheder zertrümmert und die Stuhlbeine in die Klasse geschleudert. Ein Typ wie Chruschtschow! Wenn aber so einer keinen Jähzorn hat, mit dem er Dampf ablassen kann, dann verkümmert er ganz langsam als Lehrer. Eine unserer Lehrerinnen wagte niemals, ein Kind zu tadeln. Ich schrieb einmal direkt vor ihrer Nase die Klassenarbeit aus dem Heft der Nachbarin ab. Sie bemerkte das und flüsterte leise: »Hör bitte mit dem Abschreiben auf.« Ich sagte: »Ja, Fräulein L., ich muß nur grad noch diese Seite fertig schreiben.« Da ließ sie mich die Seite fertig schreiben, ganz hilflos vor soviel Frechheit. Ich finde es deshalb gut, daß Susi ihre seelische Kraft erst testet, ehe sie mit dem langen Studium beginnt. Betti hat auch getestet, ob sie Blut sehen kann. Sie war bei einer Operation anwesend, wurde beinahe, aber nicht ganz ohnmächtig. Beim zweiten Mal konnte sie es schon. Sie hat auch ein Schwesternpraktikum gemacht, ehe sie endgültig zu studieren anfing.

Ditta ist wieder schwanger und viel allein, da John oft auf Konzertreisen ist. Da kommt sie mit dem Kind dann zu uns, denn nicht nur sie, auch Peter hat immer Sehnsucht nach mir.

Es war schön mit Nella in den Ferien; und nun habe ich auch endlich ihren Fritz kennengelernt, von dem Du mir ja schon so oft direkt vorgeschwärmt hast. Ein schöner, stattlicher Mann ist er wirklich, das muß ich zugeben, Ulla. Nella verliebte sich schon immer nur in auffallend gutaussehende Männer, nur haben die eben den Haken, daß ihnen auch auffallend viele Frauen nachlaufen. Wenn wir mit ihm durch die Hauptstraße gingen, drehten sich alle Frauen um. Er sieht nicht nur gut aus, man sieht ihm auch seinen Reichtum an. Er gehört zu den Autofahrern, die ich mir ganz unmöglich auf einem Stehplatz in der Straßenbahn vorstellen kann. Irgendwie wäre dadurch die Ordnung der Welt auf den Kopf gestellt.

Wenn Nella mit einem armen Mann zusammenleben würde, wäre mit das ganz erheblich lieber. Nella behauptet zwar, für sich persönlich mit dem Geld auszukommen, das ich ihr schicke und das sie selbst verdient, aber es bleibt ja nicht aus, daß ich mich darüber ärgere, der Lebensgefährtin eines Filmproduzenten Geld zu überweisen, das ich selbst so dringend nötig brauchen könnte, nur weil die Herrschaften so modern sind, daß sie nicht heiraten wollen.

Mein Opfer hat doch eigentlich nur eine Alibifunktion, dachte ich. Ich habe Nella bisher nicht ganz abgenommen, daß sie wirklich nur mit dem Eigenen auskommt, wenn sie in so einer luxuriösen Umgebung wohnt. Es scheint aber so zu sein, daß mein Ärger auch F.s Ärger ist und daß er sie seit Jahren beschwört, doch seine Frau zu werden. Es ist ausschließlich Nella, die nicht heiraten will und darauf besteht, von ihm kein Geld anzunehmen. »Ich will einen Mann lieben, weil ich ihn liebe, nicht, weil er mich ernährt und kleidet. Ich prostituiere mich nicht. Ich werde als Opernsängerin häufig monatelang abwesend sein. Ich weiß nicht, ob Fritz die Durststrecken dann durchhalten kann. Ein Kind will ich erst haben, wenn ich dreißig bin und mir als Sängerin einen Namen gemacht habe. Wenn Fritz mich dann noch will, kann über eine Ehe geredet werden. Ein Kind braucht einen juristischen Vater, ich aber brauche keinen juristischen Mann. Ich muß vollkommen unabhängig sein. Nur dann kann ich so lieben, wie man lieben soll«, sagt sie. Tatsächlich hat Nella weder Schmuck noch besonders teure Kleider, und F. scheint ebenso viele Tricks anwenden zu müssen wie seinerzeit der Amerikaner Don, wenn er ihr etwas schenken will. Irgendwie ist ihr Verhalten wohl auch Folge meiner Erziehung, und im Herzen gebe ich ihr recht. Es ist nur nicht ganz leicht für mich, daß »die Leute« (wieder die berühmten Leute) alle mit absoluter Sicherheit annehmen, meine Tochter werde von einem Produzenten ausgehalten, und ich duldete das. Rührend, meine gute, dicke Nachbarin – eigentlich der Prototyp alles dessen, was für mich »die Leute« sind – glaubt mir, wenn ich sage, F. hält Nella nicht aus. Aber auch sie stößt mit meiner Verteidigung auf taube Ohren bei den Nachbarn.

Nun, Ulla, bei Dir werden »die Leute« vermutlich sagen, Dein P. werde von Dir ausgehalten, oder?

Wie steht Dein Bruder zu Eurer Hochzeit?

Also, ich will für heute wieder schließen mit einer ganz innigen Umarmung und unendlich vielen Glückwünschen für Dich und Paul –

Deine Erika

43. Brief
Kennedys Ermordung · Harry kommt

Heidelberg, Dezember 1963

Liebe Ulla,
ich habe es gesehen. Ich habe es mit eigenen Augen bei meiner Nachbarin im Fernsehen gesehen, wie man ihn erschossen hat, wie Jacqueline während der Fahrt hinten aufs Auto kletterte und wie sie geschockt und blutbespritzt neben Johnson stand, als der vereidigt wurde. Wir haben es alle gesehen, und dennoch kann es niemand glauben. Peterchen, dem Ditta leider oft erlaubt, den gräßlichen Zeichentrickfilm Paulchen Panther zu sehen, in welchem unentwegt Leute auf die gräßlichste Art ums Leben gebracht werden und danach vergnügt wieder aufstehen und weiter verfolgt werden, sagte tröstend zu mir: »Ach Oma, wein doch nicht, er wird doch gleich wieder auferstehen!«

Ulla, wir weinen alle. Auch in der Fabrik trauern viele, sogar Rau und Meier.

Ich habe keine Ahnung, ob J. F. Kennedy in Wirklichkeit der bedeutende, große Mann war, als der er gefeiert wurde. Vielleicht hat er nur einen vorzüglichen Werbemanager gehabt, der seine Auftritte inszenierte. Man sagt ja, sein Vater sei so etwas wie ein Gangsterboß, daher das viele Geld für den Wahlkampf. Man sagt, er habe ein Verhältnis mit der Marilyn Monroe gehabt. Man sagt viel, Ulla. Über jeden Politiker sagt man viel. Niemand, der zur Wahlurne geht, kann solche Gerüchte nachprüfen. Auch in der Nazizeit konnte niemand nachprüfen, was man so über Hitler sagte. Das machte es ihm ja so leicht, daß in einer Massendemokratie die vom Volk Gewählten letztendlich doch unbekannte Größen sind. Wie lange braucht man, um jemanden zu durchschauen, der in nächster Nähe lebt. Und wie oft erlebt man, daß Journalisten lügen.

Ich weine also nicht um einen mir bekannten Mann, von dem ich mit Sicherheit sagen kann, daß er ein gerechter, ein guter Mann war. Aber ich weine um eine Hoffnung, um die die Welt jetzt ärmer ist. Wie Jung Siegfried in der Nibelungensage stellte Kennedy all das dar, was als Archetyp in der Seele vieler europäischer Menschen, insbesondere der deutschen, den Begriff »Held« verkörpert. Er besiegt den Drachen, er gewinnt den Schatz, er ordnet sich seinem König bescheiden unter und überläßt dem die Früchte seines Erfolges. Er ist unbesiegbar, unverletzlich, Liebling der Frauen, strahlend, schön, die Welt liegt ihm zu Füßen. Alle Hoffnungen ruhen auf ihm. Und dann wird er hinterrücks ermordet. Ich habe als Kind beim Lesen des Nibelungenliedes an dieser Stelle geweint, ich habe Ende der zwanziger Jahre beim Film an dieser Stelle geweint, und heute weine ich wieder. Es lebt sich soviel leichter mit einer Hoffnung!

Hast Du gesehen, wie linkisch der häßliche, so gar nicht charismatische Johnson sich vereidigen ließ? Man kam direkt in Versuchung, diesen Nachfolger zu hassen, wie er da neben Jacqueline stand. Ich habe eine Volksseele, Ulla, das stelle ich immer wieder fest, ich fühle mit, was alle fühlen, weine, wenn alle weinen – nur gegen das Jubeln habe ich individuelle Hemmungen entwickelt. Der wunderwunderschöne Kennedy ist tot, der uns die Freiheit versprochen und zu mir Berlinerin gesagt hat: »Isch bün ain Balina.« Ich kann mir nicht helfen, ich habe ihn irgendwie geliebt, wie alle anderen ihn geliebt haben.

Die Trauer um Kennedy kam in einem Augenblick, da ich ohnehin schon mit vielen Aufregungen belastet war. Der kleine Harry, inzwischen elfjährig, war abermals aus seinem Heim weggelaufen (zu Fuß immer an der verschneiten Autobahn entlang) und stand wieder mitten in der Nacht frierend, mit blutverkrusteter Nase und zerrissenem Pullover vor meiner Tür.

Er habe die anderen Jungen in seinem Zimmer nur dafür strafen müssen, daß sie ihm eine Seite aus seinem Buch gerissen hätten. Es sei doch eine ungeheuerliche Ungerechtigkeit, daß sie, die Schuldigen, zurückgeschlagen und ihn verletzt hätten. Jeder müsse doch dafür gestraft werden, der einem anderen eine Seite aus dem Buch reißt. Und dann habe die Aufsicht gesagt, er habe die Schuld an der Prügelei. Das lasse er sich nicht länger gefallen. Immer sei er der Schuldige. Nie wieder werde er dahin zurückgehen!

Ich rief im Heim an und erfuhr, daß er jeden Tag andere Kinder unter einem Vorwand angreift und verprügelt. Er sei derartig aggressiv, daß sie mit ihm nicht fertig werden. In Heidelberg gebe es doch den Kinderpsychologen Professor M. K. Wenn Harry schon bei mir sei, solle ich doch bitte mit ihm dahin gehen. Das erspare ihnen den Weg. Sie benötigten dringend Anweisungen für die weitere Behandlung dieses Kindes. Sie seien ratlos.

Nun hatte ich mich davon überzeugt, daß dieses Heim das beste ist, in dem der Junge bisher untergebracht war. Wenn die ihn nicht mehr aufnähmen, würde er vermutlich in strenge Fürsorgeerziehung kommen, so wie da, wo man ihn Erbrochenes essen ließ und ihn einsperrte.

Bei dem Psychologieprofessor erging es mir wie bei dem Arzt von Alois in der Nervenklinik. Er sagte mir nach längerem Gespräch, der Junge sei nur zu retten, wenn sich eine einzige Bezugsperson ganz intensiv um ihn kümmere. Er brauche eine Beachtung seiner individuellen Person, die ihm in keinem Heim geboten werden könne. Er habe eine gut durchschnittliche Intelligenz, aber er sei gefährlich. Man müsse ihn vorläufig von anderen Kindern fernhalten. Es sei ja eine Gottesfügung für das arme Kind, daß ich seine Patentante sei, so ein Glück hätten andere Kinder seiner Art nicht, ich solle ihn doch unbedingt in Pflege nehmen. Das Jugendamt würde ja auch für die Kosten aufkommen. Stell Dir vor, ich in meiner winzigen Wohnung, in einer Stube Betti und Susi, in der anderen eine Studentin, in der dritten ich und das ganze Familienleben, wenn Nella oder Ditta mit Peter kommen. Wo soll ich da noch einen kleinen Wilden unterbringen? Ich solle der Studentin kündigen, das Jugendamt werde mir die gleiche Miete und auch noch Kostgeld für Harry geben. Ich sagte noch einmal: Unmöglich. Der Studentin wollte ich sowieso kündigen, Susi und Betti brauchten dringend endlich jede ein eigenes Zimmer, unmöglich, unmöglich. Da sagte Betti, die mitgekommen war und bisher stumm zugehört hatte: »Och Mutti, ich kann ganz gut noch länger mit Susi in einem Zimmer wohnen. Susi und ich können ja auch auf Harry aufpassen, wenn du in der Fabrik bist.«

Konnte ich da immer noch sagen »unmöglich«? Schimpf mich nicht aus, Ulla, es ist immer dasselbe mit mir, und Betti gerät da ganz nach mir, wir können nicht nein sagen, wenn uns jemand um Hilfe bittet. Es war ja nicht allein der Professor, der mich wieder einmal herumgekriegt hat, es war auch das Betteln und Bitten des kleinen Harry, der, wenn er etwas will, gelegentlich auch sanft und süß wie ein Lamm sein kann. Was hab ich mir da aufgehalst! Mir graut direkt! Ich habe doch keine Ausbildung für so etwas! Der Psychologe sagte, ich müsse in der ersten Zeit genauso unerbittlich streng sein wie die Erzieherinnen im Heim. Für ihn seien alle menschlichen Beziehungen bisher nur eine Machtfrage: Wer ist der Herr über wen? Wenn ich irgendwo Schwäche zeige, bekomme er sofort Oberwasser und werde sofort versuchen, mich zu beherrschen. Ich müsse auch mit gelegentlichen tätlichen Angriffen rechnen. Der Junge sei gewöhnt, alle seine Probleme nur mit Schlagen zu lösen. Na, das kann ja gut werden!

Das war jetzt eine Lauferei mit all den Behörden und bis ich seine Kleidung aus dem Heim bekam und bis die Studentin ausgezogen war (die gottlob Verständnis zeigte), bis er in der Schule angemeldet war und so weiter. Am schlimmsten waren die Besuche bei seiner Mutter. Zum Vater bin ich gar nicht erst mit ihm hingegangen. Als alles geregelt und erledigt war, keine Gefahr für ihn mehr bestand, daß ich die Pflegschaft rückgängig machen könne, begann ich zu spüren, worauf ich mich eingelassen hatte. Bis dahin war er nämlich mir gegenüber das bravste Kind gewesen, und ich schrieb das schon meiner hervorragenden Pädagogik zu. Aber haste gedacht!! Die Bravheit war die reine Berechnung gewesen, denn er wollte unbedingt bei mir bleiben. Bei der Rückfahrt vom Jugendamt, wo man den letzten Stempel auf die Papiere gedrückt hatte, ging es schon los. Die Bahn war voll, alte Leute standen, ich forderte Harry auf, seinen Platz freizumachen, und stand selber auf. »Ich bin doch nicht verrückt!« sagte er. Ich will die Szene nicht lange beschreiben. Ich zwang ihn mit körperlicher Gewalt zum Stehen, er kochte, die anderen Fahrgäste mischten sich ein, es war sehr peinlich.

Seit vier Wochen ist er jetzt bei mir. Oft erschüttert er mich. Wenn ich nach Feierabend aus dem Fabriktor komme, steht er schon da und hat auf mich gewartet, sehnsüchtig. Er bekommt Mittagessen im Hort, wie meine Kinder früher auch. Da hat er sich neulich die Würstchen in die Hosentasche gesteckt, um sie mir zum Empfang zu schenken. Alles war matschig. Aber ich hab mich »gefreut«. Dienstag war Ditta mit Peterchen da. Ich hatte den kleinen Kerl auf dem Schoß, der seine Ärmchen um meinen Hals schlang. Da kam Harry ins Zimmer, sah das, wurde kreidebleich, ging in die Toilette und mußte erbrechen. Welche Gefühle es waren, die ihn übermannten: Neid? Erkenntnis, daß er nicht wirklich mein Enkelkind ist? Liebe? Jedenfalls haßt er den kleinen Peter eifersüchtig aus ganzer Seele, und wir dürfen ihn nie eine Sekunde mit dem Kind allein lassen. Ich habe mir als Therapie für ihn ausgedacht, jeden Abend mit ihm Mensch-ärgere-Dich-nicht oder andere Brettspiele zu spielen. Betti, manchmal auch Susi, Dieter oder Markus machen dabei mit. Bisher hat er noch nie einen Stein einbüßen können, ohne aus Wut alle Steine vom Brett wischen zu wollen. Wir hindern ihn daran, aber manchmal gelingt es. Dann müssen wir geduldig von vorn anfangen. Jetzt steht Weihnachten bevor. Er wird es uns allen verderben, das weiß ich schon, aber wir haben uns vorgenommen, es mit Fassung zu ertragen.

Den Kennedy-Mord hat Harry nicht gesehen, weil er nicht mit zu den Nachbarn darf, aber er sah unsere Trauer. »Peng peng peng peng«, war sein Kommentar. »Klasse! Gleich zwei auf einmal getroffen!« Und seitdem versteckt er sich dauernd und macht peng peng peng peng aus dem Hinterhalt auf uns. Der Mörder imponiert ihm mächtig.

Weihnachten werden wir wieder telefonieren, ja, Ulla? Das ist für mich immer *die* Weihnachtsfreude!

Grüße Paul von mir, und ich hoffe, daß Du jetzt endlich mal ganz, ganz glücklich bist!

Deine Erika

1964

44. Brief

Harry und der Fernseher · Alois und seine Braut · Dalottis Entlassung aus der Nervenklinik

Heidelberg, Februar 1964

Liebe Ulla,

vielen Dank für Deinen ausführlichen Neujahrsbrief! Wie herrlich, daß Du so glücklich bist! Ich freue mich so für Dich, wie ich es gar nicht beschreiben kann! P. muß wirklich ein wundervoller Mensch sein. Wie er die furchtbare Zeit verkraftet hat! Es ist wirklich so, der Mensch braucht Prüfungszeiten, damit herauskommt, was in ihm steckt! Nicht indem man alles bekommt, was man will, verwirklicht man sich, sondern indem einen das Schicksal wie eine Zitrone auspreßt, damit zutage tritt, was drin ist. Man verliert dabei nichts, Gott füllt es wieder auf!

Weißt Du, wer Dir heute schreibt? Eine stolze Fernsehbesitzerin! Ich habe am 29. Januar mitangesehen, wie die Amis eine Rakete in den Weltraum geschossen haben, und am 30., wie die UdSSR den ersten unbemannten Satelliten in den Weltraum schoß. Schon bin ich mitten drin im Leben und in unserer Zeit und kein Außenseiter mehr. Nun kann ich mitreden!

Mit dem Fernsehapparat ist auch ein zusätzliches Problem aufgetaucht: Wie wirkt er auf Harry?

Einerseits schafft er mir eine gewisse Erleichterung. Wenn ich sonst von der Arbeit nach Hause kam, empfing mich ein überaktives Kind, das mich und meine Gedanken vollkommen mit Beschlag belegte. Schon früher war das Nachhausekommen für mich ein Problem, und ich hätte mir schon immer gerne einen längeren Weg gewünscht, auf dem ich innerlich das Büro abschalten und mich langsam auf die häuslichen Aufgaben einstellen kann. Auch die eigenen vier Kinder überfielen mich oft gleich mit so vielen Problemen, daß ich mich ihren Anforderungen nicht gewachsen fühlte. Harry jedoch übertrifft in seinem totalen Unvermögen, sich auf andere Menschen einzustellen, alle vier Mädchen auf einmal. Doch jetzt sitzt er bei meiner Ankunft schon seit einer halben Stunde vor der ihm erlaubten Kindersendung und läßt mich erst einmal in Ruhe. Nun sind aber schon die Kindersendungen alles andere als für Kinder geeignet. Scheinbar kindlich und harmlos aufgemachte Zeichentrickfilme, die man auf den ersten Blick für ungefährlich hält, sind in Wirklichkeit das reine Gift für Kinderseelen, genau wie die Heftchen mit den Sprechblasen, die man als Erwachsener wirklich erst gründlich durchstudieren muß – und wenn sie einen noch so sehr langweilen –, bis man weiß, welche davon vergiftet und welche so harmlos sind wie z. B. Micky Mouse. Schadenfreude wird nämlich in den meisten dieser Filme und Heftchen als Humor verkauft, Bösartigkeit als Witz. Der Verführung zum Sadismus ist Tür und Tor geöffnet, wenn in allen nur erdenklichen Varianten Quäl- und Tötungsmöglichkeiten Gelächter hervorrufen sollen, weil ja die Gequälten und Getöteten – eben noch zerquetscht oder verbrannt – flugs wiederauferstehen, um weiter verfolgt, gequält oder getötet werden zu können. Das Wichtigste, was ein Kind von frühester Kindheit an eigentlich lernen müßte, und was meine Kinder auch gelernt haben, nämlich seine Mitmenschen zu achten, ihre Gefühle zu verstehen und nachzuempfinden, Rücksicht zu nehmen, wird durch diese Filme und Heftchen nicht nur nicht gelehrt, sondern im Keim erstickt. Ich habe oft den Eindruck, daß bei der Herstellung dieser Machwerke kein Mensch an Kinder gedacht hat, sondern Sadisten für Sadisten gearbeitet haben.

Für Harry, dem Grausamkeit, Brutalität und Jähzorn bei mir abgewöhnt werden sollten, sind also schon diese angeblichen Kinderfilme am Nachmittag Gift, und ich sollte sie ihm nicht erlauben. Andererseits darf man einem Kind nichts verbieten, was man nicht verhindern kann. Warum ihn zusätzlich mit einem schlechten Gewissen belasten? Er ist ja eine dreiviertel Stunde vor mir zu Hause und noch lange nicht so weit, daß er sich selbst dazu zwingen könnte, einem Impuls nicht nachzugeben, wenn er allein ist. Ich begnüge mich also damit, mir abends erzählen zu lassen, was er gesehen hat, und Kommentare dazu abzugeben, durch die er das Gift erkennen und vielleicht auch ausscheiden lernt.

Ich selbst sehe meist nicht fern, ehe er im Bett ist, aber er studiert natürlich die Fernsehzeitung und bettelt dann, diese oder jene Sendung bis 21 Uhr sehen zu dürfen. Gelegentlich ist etwas dabei, was ich erlauben kann. Ich mache allerdings die Erfahrung, daß er bei Aufnahmen, in denen Kinder vorkommen, einem Impuls folgend, so tut, als habe er ein Maschinengewehr und erschösse rattarattarattarattarattarat alle Kinder der Reihe nach. Ebenso wie er sich übergeben muß, wenn ich Peter auf dem Schoß habe, lösen andere Kinder bei ihm offensichtlich starke Aggressionen aus. Vermutlich war er ihrem Spott und ihren Quälereien in den Heimen auf schreckliche Weise ausgeliefert, ohne Möglichkeit, sie sich vom Leib zu halten. Sein Verhalten erinnert oft an das eines ganz bissigen Kettenhundes.

Neulich habe ich ihm einen mir als grausam verdächtigen Film verboten. Er war jedoch ganz versessen darauf, ihn zu sehen. Er ließ nicht ab, zu betteln und zu fordern. Hundertmal lehnte ich ab. »Ich bring dich um!« – »Das kannst du nicht, ich bin stärker als du!« – »Dann bring ich mich um!« – »Daran kann ich dich nicht hindern!« – »Ich bring mich wirklich um!« – »Wenn du das so gerne willst, ich kann dich nicht daran hindern.« – »Ich tu es ganz bestimmt!« – »Du brauchst nicht zu schreien, ich hab's gehört, Harry.« Harry verschwindet in der Küche. Ich höre ihn in den Schubladen kramen. »Ich hab ein Messer! Ich tu's!« Ich antworte nicht. Nach kurzer Zeit fällt ein Stuhl um. Ich höre Harry gekonnt stöhnen und röcheln, rühre mich aber nicht vom Platz. Nach einer Weile hört das Röcheln auf. Absolute Ruhe. Dann ein klägliches Kinderstimmchen: »Woher weißt du denn, daß ich nicht tot bin?« Da bin ich zu ihm gegangen, habe ihn umarmt und gesagt: »Weil ich dich kenne.« Und dann habe ich, wie schon hundertmal zuvor und immer wieder, ihm begreiflich zu machen versucht, daß ich ihm den Film nicht um meinet-, sondern um seinetwillen verbiete.

Irgendwann bei einer derartigen Gelegenheit, die sich so oder ähnlich fast täglich wiederholt, gebrauchte ich das Wort »Existenz«. Es gehe doch um seine spätere Existenz, ich wolle verhindern, daß er sie sich jetzt schon zerstört, oder so ähnlich. Da sagte er: »Das kannst du doch gar nicht, du bist doch selbst eine verkrachte Existenz!« Das hat er wohl von seinem Vater, dem Arbeiter, der mich für sein Kind sorgen läßt. In dessen Augen ist ein Mensch, der kein Auto und kein Haus hat, der arm oder Flüchtling ist, eine verkrachte Existenz. Diese Bemerkung hat mich leider wieder getroffen. Weißt

Du noch, wie uns die Leute vor zwölf Jahren Lumpengesindel genannt haben?

Alois macht sich. Offensichtlich klappt es mit seinem Fernstudium, und er hat demnächst die Mittlere Reife. Ich war mehrfach in seinem Krankenhaus, um mich nach ihm zu erkundigen; ich höre nur Lobendes. Irgendwie verändert sich auch sein Aussehen zu seinem Vorteil. Er beginnt, sich und sein Verhalten zu analysieren. Neulich erzählte er mir, er ertappe sich selbst immer wieder bei dem Impuls, anzugeben, sich wichtig zu machen. Er habe auf einem Bahnsteig warten müssen, da habe er es nicht unterlassen können, mit wichtiger Miene einen Notizblock aus der Tasche zu ziehen und etwas hineinzuschreiben, so, als sei er ein Geschäftsmann auf Reisen. Daß er mir das erzählt, bedeutet doch wohl, daß er sich um Kontrolle über sich selbst bemüht, daß er sich in den Griff zu bekommen sucht.

Sicher steckt in ihm das Zeug zum Hochstapler, aber ebenso sicher ist irgendwo in ihm auch ein Mensch verborgen, der viele Fähigkeiten hat, die er zur Entfaltung bringen will. Bei meinem letzten Besuch stellte er mir sein Mädchen als seine Verlobte vor. Sie will Schwester werden wie er Pfleger, und die Ausbildung dazu ist länger, als ich dachte. Sie will mich demnächst mit ihren Eltern besuchen, damit ich denen erzähle, was mit Alois bisher los war. Ich sagte ihr nämlich, wenn ihre Verwandtschaft davon nichts wisse, werde es früher oder später schlimm für sie beide werden. Nur mit Hilfe und Unterstützung ihrer Verwandtschaft sei überhaupt an eine Ehe zu denken. Alois brauche Vertrauen, kein Mißtrauen oder gar Feindschaft. Erführen die Eltern erst nach der Heirat von Alois' Vorleben, würden sie versuchen, mit allen Mitteln die Ehe wieder auseinanderzubringen. Vertrauen wachse jedoch nur durch Vertrauen. Ich würde den Eltern alles erzählen, aber so, daß sie sich nicht sofort zur Zustimmung gedrängt fühlen. Bevor beide ihre Berufsausbildung abgeschlossen hätten, sei an Heirat ja ohnehin nicht zu denken. Gottlob kapiert das Mädchen, wie wichtig es ist, jetzt kein Kind zu bekommen. Hätten wir früher nur gewußt, Ulla, was dieses Mädchen als Schwesternschülerin alles weiß über Empfängnisverhütung, unser Leben wäre wahrscheinlich anders verlaufen, was meinst Du? Irgend jemand sagte mir mal, in Amerika gebe es jetzt schon eine Antibabypille, aber das glaube ich noch nicht. Wenn es so etwas geben sollte, dann ist das bestimmt gesundheitsschädlich.

Jedenfalls, bei Alois habe ich das Gefühl, daß er auf einem guten Weg ist. Bei Harry sehe ich noch schwarz. Ich kann einfach nicht so hart und streng sein, wie das vorläufig noch erforderlich wäre. Kaum gebe ich ein ganz kleines bißchen nach, schwupp, will er der Herr sein und die Peitsche schwingen. Er hat mich schon mehrere Male tätlich angegriffen, und ohne Bettis Hilfe wäre ich in Bedrängnis geraten. Ich bin zwar noch stärker als er, aber wie schnell wächst so ein Junge, und ich bin ja auch nicht gerade im Boxtraining. Mich strengt das ganz schön an.

Wie verschieden diese beiden Pfleglinge ihre Liebe zu mir äußern! Der eine singt das Ave Maria vor meinem Bild und der andere boxt mich, damit er mich »unterkriegt«.

Dalotti ist wieder aus der Nervenheilanstalt entlassen und in ihrer Wohnung. Gottlob hat sie die behalten, da sie ja auf Krankenschein in der Klinik war. Sie bekommt auch vorläufig noch Krankengeld. Sie weiß nicht, daß sie »verrückt« war, erinnert sich nicht an ihre Verfolger, vor denen sie sich bei mir im Schrank versteckt hat. So erzählt sie seltsame Geschichten über die Behandlung im Krankenhaus. Ich sage es ihr auch nicht, denn es würde sie nur noch wehrloser machen, als sie schon ist. Immer noch läuft sie ein wenig wie im Schlaf umher, uninteressiert an allem, nur mit sich selbst beschäftigt. Aber sie hört keine Stimmen mehr und redet nicht mehr wirr. In vier Wochen wird sie bei den Amerikanern wieder arbeiten können. Sie hat ihre Stellung nicht verloren. Immer noch ist diese Frau von einer ganz seltenen Schönheit, aber so starr und ohne Leben wie Madonnenbilder von alten italienischen Malern.

Der Arzt sagte mir, ihre Schizophrenie werde in Schüben immer wieder einmal auftreten, aber es sei durchaus möglich, daß sie jetzt sechs bis acht Jahre lang Ruhe hätte, wenn kein äußerer Anlaß die Krankheit wieder ausbrechen lasse. Es ist doch eigentlich schön, daß es jetzt Psychopharmaka gibt. Früher hat man diese Menschen bis ans Lebensende an Betten gefesselt und eingesperrt, oder man hat sie gefoltert oder ihnen Elektroschocks gegeben. Schizophrenie kann man nicht durch Gespräche oder eine Verbesserung der Lebensverhältnisse heilen, wie jetzt manche Leute behaupten. Da schrieb doch neulich jemand in einer Zeitung, es sei der Kapitalismus, der die Leute verrückt mache. Das ist genauso verrückt, wie wenn man sagte, es sei der Kapitalismus, der ihren Blinddarm entzündet oder ihre Knochen bricht. Die Verrücktheit dieser Leute, die so etwas sagen, ist durch Gespräche oder Psychotherapie zu heilen. Echte Schizophrenie nicht.

So, Ulla, das waren meine heutigen Tagesthemen. Ich freu mich doch, daß ich einen Fernseher habe. Waschmaschine, Fernseher, Kühlschrank und Staubsauger. Ich bin komplett! Ich bin reich!

Und Du bist am reichsten! Du hast einen Mann, den Du liebst, zwei wohlgeratene Söhne, die gutes Geld verdienen, und eine Arbeit, die Dir Freude macht! Was will man mehr? Die schwere Zeit liegt nun hinter Dir und Deinem Mann! Von nun an geht's bergauf!

Darüber freut sich mit Dir

Deine Erika

45. Brief

Tod von Ullas Mutter · Harry baut ein Schiff · Dalotti zieht zu einem Mann · Peter und sein Freund Thomas · Viktor verlobt sich

Heidelberg, Juli 1964

Liebe Ulla,
jetzt ist der Tod also doch gekommen. Sie ist erlöst. Ich denke mit großer Hochachtung an Deine Mutter. Sie gehört zu den Frauen, die man nicht vergißt. Ich versuche mir vorzustellen, wie Dir jetzt zumute ist, nachdem der Mensch, von dem Du nahezu Dein ganzes Leben lang räumlich nie sehr weit getrennt warst, von Dir gegangen ist. Neunundsiebzig Jahre hat sie gelebt, den Ersten und den Zweiten Weltkrieg ebenso wie die erste und die zweite Nachkriegszeit hat sie durchgestanden. Ihren Mann hat sie 1915 verloren und war dann 49 Jahre lang allein, wie wir. Aber Witwen früherer Zeiten waren doch

noch hilfloser, noch einsamer als wir, denen es erlaubt ist, unsere Kräfte zum Überleben voll einzusetzen, die sich nicht unbedingt an ihre Kinder klammern und von ihnen abhängig bleiben müssen. Sicherlich hat es in der Generation Deiner Mutter auch schon Frauen gegeben, die ihre eigenen Kräfte entdeckt und sich von Abhängigkeiten freigekämpft haben, aber das waren doch relativ wenige. Witwen und Waisen waren in der Regel diejenigen, die nicht selbst für sich verantwortlich sein durften, sondern die auf die Hilfe der Gesellschaft angewiesen sein sollten. Wenige Frauen konnten früher wagen, sich scheiden zu lassen, falls kein Mann dazu verurteilt werden konnte, ihnen den Lebensunterhalt zu zahlen. Deine Mutter mußte sich an ihre Kinder halten. Und an wen hat sie sich geklammert? Nicht an den reichen Sohn, nicht an den wohlhabenden Schwiegersohn, nein, an die, der sie helfen konnte. Sie wollte nicht unnütz sein, sie wollte gebraucht werden. Und, Ulla, Du hast sie viele, viele Jahre ja auch wirklich gebraucht. Du hast oft geklagt über sie, mit Recht, aber ich habe Dich immer um sie beneidet! Auch als sie das Geschirr nicht mehr sauber abgewaschen hat, auch als sie dauernd alles vergaß, hast Du sie gebraucht. Du konntest von der Arbeit nach Hause kommen und ihr erzählen, was Du erlebt hast. Meine einzige Möglichkeit, einmal über das zu reden, was mich bewegt, sind meine Briefe an Dich. Wie viele Jahre mußte ich abends nach Feierabend ins Büro schleichen und heimlich dort die Schreibmaschine benutzen, um ein paarmal im Jahr zu jemandem reden zu können, der sich für mich interessiert. Ich habe mir oft gewünscht, Deine Briefe an mich wären auch so lang und ausführlich wie meine an Dich. Aber Du konntest ja all das, was Dich bewegte, Deiner Mutter sagen. Und jetzt, da sie sanft eingeschlafen ist, bist Du glücklich verheiratet und hast Deinen Paul. Weine nicht, meine liebe Ulla, es ist doch gut so, wie alles gekommen ist.

Was ich eher zum Weinen finde, als daß sie Dich jetzt verlassen hat, ist, daß da ein Mensch starb, der seine Talente nie voll entfalten konnte. An ihrem Witz, an ihren oft überraschend klugen Bemerkungen, an Gestik und Mimik konnte man immer wieder erkennen, daß Horst und Du Euer schauspielerisches Talent eigentlich von ihr geerbt habt. Sie hat es geopfert, und wenn ich es recht betrachte, so hat sie Dir und mir beigebracht, daß das Opfer der eigenen Selbstverwirklichung sich doch lohnt. Nicht unbedingt für den, der es bringt, wohl aber für den, dem es gebracht wird. Sie hat Dich und Deine Söhne mehr geliebt als sich selbst. Ich habe Dir ja oft abgeraten, ihr Opfer anzunehmen, habe Dich immer wieder ermuntert, Dich freizumachen, aber wahrscheinlich war es doch richtig so, wie Du entschieden hast. Ihren Horst hat sie bewundert, auf den war sie stolz, ihre Gabi hat sie bedauert, die tat ihr leid, ihre Ulla aber hat sie geliebt. Diese Liebe konntest Du nicht ausschlagen. Vielleicht hast auch Du ihr ein Opfer gebracht.

Was mich betrifft, so nimmt das Pflegekind Harry in meinem Leben zur Zeit einen ganz unverhältnismäßig großen Raum ein. Damit ich nicht jeden und jeden Abend Mensch-ärgere-Dich-nicht mit ihm spielen muß, wobei er überhaupt keine Fortschritte macht und immer noch jeden Steinverlust mit aggressiven Wutausbrüchen quittiert, habe ich ihm ein großes Schiff gekauft. Das heißt, es ist kein Schiff, es soll erst eines werden, wenn man viele vorgefertigte Teile nach einer Gebrauchsanweisung sorgfältig zusammenklebt. Der Bausatz soll für Kinder ab zehn Jahren sein, und da der Psychologe Harry eine gute Intelligenz bescheinigte, habe ich gedacht, er könne sich auch allein damit beschäftigen. Aber das kann er doch noch nicht. Selbst ich habe dabei so manche Schwierigkeiten. Es soll eine große Kogge mit Segeln werden. Über jedes einzelne Teil reden und disputieren wir miteinander, ehe er es klebt. Immer wenn er mal etwas besser weiß als ich, macht das ihn und auch mich glücklich. Es hebt sein Selbstbewußtsein. Allerdings schlägt so ein kleiner Erfolg meist schnell um in maßlose Überheblichkeit, in welcher er lange Reden über die technische Dummheit der »Weiber« hält. Dann will er sofort die Sache allein in die Hand nehmen, hält sich für allwissend, und schon ist die nächste Schiffsplanke völlig verkehrt eingekleistert und muß mühsam wieder gelöst und gereinigt werden. Wenn das teure Stück nicht in einem Wutanfall gänzlich zertrümmert werden soll, muß ich ununterbrochen dabeisitzen, den kleinen Wilden mit den Augen bändigen und die Werkstücke schützen. Also auch das Schiff ist wohl nicht ganz die wahre Therapie.

In der Schule ist Harry nicht einmal schlecht. Er hat eine saubere Schrift und ist recht ordentlich und gewissenhaft, nur – wie beim Schiffsbau – sehr, sehr langsam und schnell erregbar, wenn etwas nicht gleich klappt. Offensichtlich hat er einen Hang zur Pedanterie.

Der Lehrer sagt, er halte sich von anderen Kindern fern. Eine größere Prügelei habe es noch nicht gegeben. Meinst Du, ich schaffe es mit dem Kind? Es ist eine große Anstrengung.

Stell Dir vor, die Dalotti hat ihren Moralkodex durchbrochen und ist – unverheiratet – probeweise zu einem älteren Mann gezogen, einem Witwer mit erwachsenen Kindern und einem Häuschen mit Garten. Noch einmal wollte sie offensichtlich nicht die Katze im Sack kaufen; und soviel ich ihren verschämten Andeutungen entnehme, ist jetzt ihr Hauptproblem zur Zufriedenheit gelöst. Sie kommt nicht mehr so häufig zu mir, wegen des langen Weges, wenn sie aber kommt, verlassen Betti und Susi nicht mehr fluchtartig die Wohnung, denn sie redet jetzt ganz normal und vernünftig. Oh, wie würde ich wünschen, daß das Leben es mit dieser armen Frau auch einmal gut meint!

Zu Nellas Auftritt in der Frankfurter Oper (als Marie in Alban Bergs »Wozzeck«) sind wir alle hingefahren. Stell Dir vor, auf dem Programmzettel hatte man ihre Rolle und ihren Namen zu drucken vergessen und daher im letzten Augenblick mit einem Streifen eingeklebt. Ich war so aufgeregt, daß ich stolperte, hinfiel und mir an einem Stuhlbein mit Spreißel mein teures Kleid zerriß. Ich mußte bei der ganzen Premierenfeier später immer die Hände über den Riß halten. Die Mutter der Diva mal wieder in »Lumpen«. Ich lege Dir die Kritiken bei. Sie sind doch gut, nicht wahr? Ich weiß nicht, wer stolzer war auf sie: ihr Fritz oder Ulrich oder Ulrichs Frau oder ich. Tief berührt hat mich auch diese für mich ganz neue Musik, obwohl ich sie nicht eigentlich »verstanden« habe. Ich muß John bitten, mir einmal mehr davon zu erklären. Ich hörte übrigens, daß die Frankfurter Oper mit dieser Inszenierung in der nächsten Spielzeit in Berlin gastiert. Besorge Dir rechtzeitig Karten, Ulla! – Ditta war ein wenig neidisch auf ihre Schwester, aber sie ist wieder im sechsten Monat, da trifft einen das alles nicht mehr so. Sie hat so starke Mutterinstinkte, daß sie außerhalb ihrer Höhle mit Peter, John und dem Ungeborenen kaum etwas anderes registriert. So war ich früher auch.

Ach, der kleine Peter! Er ist jetzt dreieinhalb Jahre alt und hat in der Lerchenstraße, in der Ditta wohnt, einen Freund, der bald sechs wird. Zuerst war dieser Thomas auf der Straße sein »Feind«. Er hatte mit ihm gekämpft, und Thomas hatte ihn besiegt, über ihm gekniet und ihn auf die Erde gedrückt. Da hatte sich Peterchen entspannt, keinerlei Widerstand geleistet, den »Feind« freundlich angelächelt und gesagt: »Du mußt mich aber nicht tothauen. Meine Mami hat mich doch so lieb.« Seitdem ist Thomas sein Freund. Die Feinde, das sind jetzt die Jungen im Nachtigallenweg, gegen die Thomas als Anführer der Lerchenkinder unter sechs Jahren einen tapferen Krieg führt. Peter ist zu seinem treuesten Vasallen geworden. Nie geht er fort auf die Straße, ohne vorher in jede Hand so viele Stöcke zu nehmen, daß er sie gar nicht halten kann, sie ihm dauernd aus der Hand fallen und er deshalb auch ganz unmöglich jemanden damit schlagen kann. Aber er fühlt sich durch die Stöcke unheimlich abschreckend und stark. Ich muß oft denken, die Amis und die Russen handeln vielleicht aus einem ähnlichen Urinstinkt wie dieser kleine Junge. Sie schaffen sich immer mehr, immer größere Furcht einflößende Waffen an, mit denen sie immer weniger anfangen können. Peter macht es großen Spaß, die »Nachtigallen« mit provozierenden Hohnworten auf deren Straße zur Wut zu reizen und dann schnell auf das für diese Jungen verbotene eigene Lerchengrundstück zu fliehen. Wenn ihm wirklich einer etwas tun will, ist seine eigentliche »Waffe« sein mörderisches Geschrei, das die anderen in die Flucht treibt, weil sich dann nämlich sofort die Fenster öffnen und Mütter die »bösen Buben« beschimpfen, die den »armen kleinen Peter« ärgern.

Am meisten fühlt Peter sich jedoch von Thomas geschützt, dem großen, besten Freund. Nichts kann ihn mehr enttäuschen, als wenn Thomas ihn einmal im Stich läßt und gegen ihn handelt. Dann ist er ganz fassungslos. »Aber Thomas ist doch mein *Freund*! Warum tut er das?« Jeder Feind von Thomas ist Peters Feind, jeder Freund sein Freund. Wenn andere Lerchenkinder mit ihm spielen wollen, ist er oft richtig grausam. Solange Thomas nicht da ist, nimmt er gnädig alle angebotenen Spielsachen – Roller, Dreirad und was auch immer – an und spielt friedlich damit. Erscheint Thomas auf der Bildfläche, wirft Peter dem anderen Kind alles vor die Füße und erklärt: »Geh weg! Jetzt spiel ich mit Thomas.«

Zur Verteidigung seines Freundes zeigt er auch Zivilcourage. Ich saß einmal mit ihm in der Straßenbahn und hörte eine Frau, die auf der Bank hinter uns saß, zu einer anderen sagen: »Mit dem Thomas rede ich kein Wort mehr. Das ist ein ganz fieser, schlechter Mensch!« Da glaubte Peter, es handle sich um seinen Thomas, sprang auf, lief nach hinten, stellte sich vor die fremde Frau und brüllte sie an: »Thomas ist mein Freund!!«

Also kurz und gut, Ulla, ich will Dich nicht länger mit Peter-Geschichten langweilen, aber Peterchen ist mein Freund! Er gefällt mir! Es macht mich sehr, sehr glücklich, so einen netten Enkelsohn zu haben. Und ich freue mich auch auf Dittas zweites Kind.

Ich habe noch ganz vergessen, Dir zu Viktors Verlobung zu gratulieren. Dann wirst Du ja wohl auch in den nächsten Jahren erleben, wie schön es ist, Großmutter zu werden und zu sein. Wenn beide nach der Heirat in Eure Nähe ziehen würden, wäre das ja ganz wunderbar. Bei Susi bahnt sich gerade eine neue Freundschaft an, ich darf aber noch nicht darüber sprechen.

Es umarmt Dich in Liebe mit allerherzlichsten Grüßen an P.

Deine alte Erika

46. Brief

Ich werde Abteilungsleiterin · Meier wird Außenstellenleiter · Die Däumlinge · Nordvietnam provoziert USA · Raus Politikverständnis · Schuster wird Generaldirektor

Heidelberg, September 1964

Liebe Ulla,
ich bin dankbar für jedes kleine Zettelchen, das von Dir kommt, Du brauchst Dich nicht zu entschuldigen. Ich weiß ja, daß Briefeschreiben Dir nicht so leicht fällt wie mir, für die das wie Sprechen ist, weil ich auf der Maschine so schnell schreibe. Nutze Du nur jede freie Minute mit Paul aus. Lange genug hast Du ihn entbehren müs-

sen! Wenn Du meine Briefe liest und sie Dich nach wie vor interessieren, ist mir das Freundschaftsbeweis genug!

Diesmal schreibt Dir eine stolze Abteilungsleiterin. Weil es mit dem REFA-Fachmann nicht geklappt hat, wurde Decker jetzt insofern entlastet, als man ihm die Gebiete der Materiallager- und der Zwischenlagerhaltung abgenommen hat und zwei Unterabteilungen einrichtete. Der kleine Rau ist jetzt Leiter der Abteilung »Einkauf«, und ich bin Leiterin der Abteilung »Fertigung«. Ich muß dafür sorgen, daß die im Betrieb gefertigten Einzelteile, die später montiert werden, rechtzeitig in die Zwischenlager kommen und dort abgeholt werden, und muß die Tätigkeiten der Arbeiter programmieren. Zu meiner Tätigkeit gehört weniger technischer als organisatorischer Verstand. Ich habe Dir ja schon früher erklärt, wie das im Prinzip so geht, und will das nicht noch einmal im Detail beschreiben. Jedenfalls, wenn irgendein im Werk gefertigtes Werkstück nicht pünktlich in der Montage zum Einbau eintrifft, macht man mich verantwortlich, und wenn irgendein Arbeiter sein Werkstück, an dem er gearbeitet hat, nicht pünktlich in die Kontrolle bringt, dann auch. Ich muß mich ständig mit den REFA-Fachleuten herumstreiten, aber sie sind mir keine Vorgesetzten mehr, die jede Schuld auf mich schieben können. Mit Decker habe ich direkt nichts mehr zu tun, mein Vorgesetzter ist nur noch Herr Schuster, der Betriebsdirektor, mit dem ich ja schon immer sehr gut ausgekommen bin.

Herr Meier, mein charmanter österreichischer Kavalier und Beschützer, ist jetzt mit meiner Hilfe Leiter einer Außendienststelle für den Verkauf in der Nähe von Frankfurt geworden. Lange Zeit haben sie doch in Amerika eine furchtbare Angst vor allen Kommunisten gehabt. Seit Kennedy hat das dort nachgelassen, dafür geht jetzt hier die Kommunistenfurcht um, obwohl höchstens ein bis zwei Prozent der Arbeiter für kommunistische Ideen empfänglich sind. Zu denen gehört Meier, und im Gegensatz zu Rau, der diese Sympathie nur besten Freunden verrät, redet Meier, allen Anfeindungen zum Trotz, ganz offen darüber und versucht, die Arbeiter zu seiner Meinung zu bekehren. Ich diskutiere oft mit ihm und versuche, seine haarsträubenden historischen Irrtümer zu berichten, aber es gefällt mir sehr gut, wie offen und ehrlich er zu seiner Meinung steht. Er hat keine Angst vor einer Entlassung wie

Rau, für den dies aber auch das absolute Ende jeder weiteren Berufslaufbahn bedeuten würde.

Bisher glaubte ich, hier im Westen werde kein Mensch wegen seiner politischen Meinungsäußerungen verfolgt, und konnte mir nicht vorstellen, daß Meier Gefahr droht. Nun aber hat der Pfarrer seinen drei Direktoren befohlen, sein Werk von Kommunisten zu »säubern«. Ronco sagte mir, er strebe Aufnahme in den Rotary Club an und wolle Professor werden. Vielleicht will er in diesem exklusiven Kreis reicher Leute damit prahlen können, in seinem Unternehmen gebe es infolge seiner hervorragenden sozialen Einrichtungen keine Kommunisten. Kurz und gut, Schuster ging deswegen zu Herrn Decker, und beide riefen dann mich als Betriebsratsmitglied zu sich. Herr Meier müsse entlassen werden, er wiegle die Arbeiter auf. Ob ich wisse, daß er Kommunist sei. Ich sagte, von einer Parteizugehörigkeit sei mir nichts bekannt, aber wenn er mit der KP sympathisiere, sei er doch leicht davon geheilt, wenn man ihn zum Leiter der vakanten Außendienststelle mache. Ich sah direkt, wie Herrn Schuster und Herrn Decker Steine vom Herzen fielen. Beide hätten den Befehl des Pfarrers nämlich nur ungern befolgt. Besonders Schuster hat den Meier ja protegiert und schätzt ihn sehr. Nun ist also Herr Meier nicht mehr im Haus, und ich werde bald von ihm eine Flasche Sekt bekommen. Ich habe nämlich mit ihm gewettet, daß er bald selbst denken wird wie ein Unternehmer, wenn er erst deren Arbeitspensum erledigen und deren Sorgen teilen muß. Ich habe ihm immer gesagt: »Aus der Froschperspektive sieht alles ganz anders aus. Du mußt die Dinge von beiden Seiten betrachten lernen.« Ich bin gespannt, ob er je erfährt, daß er die Beförderung mir zu verdanken hat.

Wenn ich jetzt im Betrieb etwas aufgeheitert werden will, muß ich mich künftig an Herrn Brauer, den Zwillingsvater, halten. Die beiden Däumlinge sind inzwischen ganz normale Kinder geworden. Ich hätte es niemals für möglich gehalten. Herr Brauer hat aber auch eine sehr mütterliche Frau, die mit allen Kinderproblemen gut fertig geworden ist. Es tut meinem Herzen immer wohl, wenn ich beim Heimweg von der Firma am wohlgekämmten und geputzten Gärtlein Brauers vorbeigehe, aus dem jedes Herbstlaubblatt, das herunterfällt, sogleich entfernt und auf den Kompost getragen wird. Dann sehe ich nämlich die junge Frau mit den zwei kleinen Buben herumalbern und ohne Scheu vor dem Gatten über seine schnurgeraden Beete toben. Manchmal trifft sogar ein Ball das blinkende, unbenutzte Auto.

Auch am Haus von Herrn Birne, dem Muttirufer, komme ich immer vorbei. Seine Frau hat neulich Peter ein altes Spielzeuggewehr ihres Sohnes geschenkt, der jetzt bald konfirmiert wird. Ich begreife nicht, warum diese reizende Frau bei ihrem Mann nicht auch die Muttifunktion erfüllen kann. Vielleicht putzt sie zuviel?

Außer den ganz seltenen Begegnungen mit Ronco, nie ohne seine Frau, ist und bleibt mein häufigster ernsthafter Gesprächspartner doch immer noch der kleine Rau. Er hat sehr viele Interessen, nicht nur fliegende Untertassen und Weltraumfahrten. Er ist es, der mich immer darauf aufmerksam macht, welche politischen Ereignisse, die so im Fernsehen gemeldet werden, für die Zukunft Bedeutung haben werden. Als nordvietnamesische Patrouillenboote US-amerikanische Zerstörer angriffen, prophezeite er sofort, daß die US-Luftwaffe nordvietnamesische Marinestützpunkte zur Vergeltung angreifen und der amerikanische Kongreß Präsident Johnson ermächtigen werde, in Südasien Krieg zu führen. Er nimmt Partei für das kommunistische Nordvietnam, obwohl das doch den Riesen Amerika dauernd provoziert und eindeutig die Schuld hat, meine ich, wenn es zu einem Krieg käme. Wenn die DDR sich so verhielte, hätte sie ja auch schuld an einem dadurch ausbrechenden Krieg. Damals, als sie die Mauer bauten, hätten sie eindeutig schuld gehabt, wenn Kennedy und Adenauer nicht die Ruhe bewahrt hätten. Ich kann mich mit Rau fürchterlich darüber streiten, aber das tut unserer Freundschaft keinen Abbruch.

Hätte er mit mir gemeinsam in der DDR gelebt, er wäre mit mir geflohen, dessen bin ich sicher. Wenn er etwas nur mit seinem Verstand beurteilt, urteilt er oft falsch. Außen hat er nichts als Stacheln. Aber innen in ihm ist etwas, was ihn nährt und speist. Trotz vieler Fehlurteile ist er irgendwie ein »Gerechter«. Wenn Harry mich in der Firma abholt, darf er manchmal Herrn Rau begrüßen, was er mit Ehrfurcht tut. Ich erzähle ihm viel von dem kleinen Mann, der wie ein Kaktus in der Wüste leben kann, weil er sein Wasser in sich selber hat. Genau wie Alois fasziniert ihn dieser Charakter, und er ist trotz seiner sadistischen Neigungen niemals in Versuchung, über Raus Mißgestalt und Hasenscharte zu spotten. Vielleicht ist dies das einzige männliche Wesen, das er nicht haßt. Nun, er kommt ihm ja auch nicht zu nahe. Vorläufig würde Rau mit seinem bissigen Zynismus das Kind noch weit überfordern. Daß der bildhübsche, wohlgestaltete Harry sich von Rau so angezogen fühlt, liegt wohl daran, daß er sich mit ihm irgendwie identifiziert.

Betti und ihr Dieter lassen grüßen! Susi beschwört mich, Dir noch nichts von ihrer Liebesgeschichte zu erzählen, Ditta wartet täglich auf ihr Baby, und mit Nella stehst Du ja selbst in Kontakt.

Deshalb für heute mal wieder Schluß!

Deine Erika

NS: Ich wollte den Brief heute zur Post bringen, da ist etwas Neues passiert, was ich Dir schnell noch dazuschreiben will.

Heute hat Herr Brombach das erste Mal eine Betriebsversammlung anberaumt und die ganze Belegschaft in der Werkhalle zusammengerufen. Noch nie vorher sah ich ihn in der Halle. Sehr feierlich, schwarzer Kragen und Schlips, ganz mit seinem Kardinalsgesicht, stieg er auf das Rednerpult und verkündete gerührt und fast überwältigt von eigenen dankbaren Gefühlen, er wolle hiermit seinen »Freund«, Herrn Schuster, zum Generaldirektor machen. (Ich weiß doch, daß er ihn nicht leiden kann, daß er sagt, Schuster stiehlt die Herzen.) Er lobte ihn über den grünen Klee, behauptete, ihm den Aufstieg seines Unternehmens zu verdanken und diese Ernennung seinem verstorbenen Vater und auch seinem eigenen Gewissen schuldig zu sein. Er schüttelte ihm herzlich und warm beide Hände, und die ganze Belegschaft, vor allem alle Arbeiter, klatschte begeistert und freute sich. Nur Himbert und Klaus machten saure Gesichter.

Ich verstehe zwar nicht, warum einer von den dreien Generaldirektor werden muß, weil es doch bisher, da jeder von ihnen ein eigenes Aufgabengebiet verwaltete, recht gut und für die Firma erfolgreich gegangen ist, aber wenn schon, dann ist mir Schuster ganz entschieden der liebste. Von seinem fachlichen Können verstehe ich wenig, aber was Menschenführung anbelangt, ist er ein großartiger Mann. Für das schlechte Betriebsklima in der Werkhalle und der Arbeitsvorbereitung ist nur Decker, nicht er verantwortlich. Er sagte mir einmal, er habe vom alten verstorbenen Brombach gelernt, woran man Talente erkennt und wie unkonventionell man sie fördert. Ich habe meine eigene Karriere, wenn man das so nennen will, ja auch nur durch ihn gemacht. Er holte mich ins Büro. Für ihn bedeuten Examen und Zeugnisse wenig. Er ist ein Mann der Praxis. In seinem Direktionsbüro hängt ein Spruch:

Mein Freund, was ist denn Theorie?
Wenn's klappen soll und klappt doch nie.
Und Praxis? Frag doch nicht so dumm:
Wenn's klappt, und keiner weiß, warum!

Unter den technischen Zeichnern gibt es einen, der hat den Doktor und kommt doch nicht weiter, und ich, die ehemalige Hilfsarbeiterin, bin jetzt Abteilungsleiterin. So etwas wird wohl nicht in jeder Fabrik möglich sein. Diese Ernennung muß wohl, wenn ich es recht verstehe, bedeuten, daß Brombach endlich die beiden ewig anklagenden anderen Direktoren gezwungen hat, mit Beweisen herauszurücken, und daß diese keine Beweise hatten. Da bin ich ja froh, daß auf Schuster kein Verdacht mehr lastet. Ich hätte diesem offenen, gradlinigen Mann auch keine krummen Sachen zugetraut. Jetzt bin ich gespannt, ob Kalus oder Himbert bald fliegen, da gegen die ja angeblich auch etwas vorliegen sollte. Na, ich bin froh, daß ich seit Silvester jede Einladung Brombachs abgelehnt habe. Für Schuster freue ich mich. Trotzdem: *Wie* der Pfarrer diese Ernennung inszenierte, gefällt mir nicht. Irgend etwas scheint da nicht zu stimmen. Aber was?

Es grüßt Dich und P. ganz herzlich

Deine Erika

47. Brief
Dittas Töchterchen · Harrys Schiff geht unter

Heidelberg, Oktober 1964

Liebe Ulla,

in Eile eine wunderbare und eine ganz traurige Nachricht. Die wunderbare: Ditta hat ein achtpfündiges, lockenköpfiges, einmalig schönes kleines Mädchen bekommen, das bereits als Neugeborenes aussieht wie die Botticelli-Engelchen und das von Peterchen jubelnd ohne jede Eifersucht begrüßt wurde – und die traurige: Harrys Schiff, die stolze Kogge, an der wir vier Monate lang mit soviel Liebe gearbeitet haben, ist untergegangen. Ich hatte ihm noch prachtvolle Segel genäht. Als meine Kenntnisse nicht mehr ausreichten, hatte sich der akkurate und gewissenhafte Herr Brauer noch der letzten Probleme angenommen, da er von der Marine her etwas von Schiffsbau versteht. Er hatte uns einen besonders wasserdichten Lack besorgt. Mit Harry hatte er endlos darüber diskutiert, ob es ratsam sei, an den Kiel etwas Blei zu kleben, damit die Kogge nicht umkippen konnte. Die letzten Tage haben Dieter, Herr Brauer, Harry und ich uns jeden Abend am Küchentisch mit der Kogge beschäftigt, und heute am Sonntag hatte Herr Brauer uns alle in sein fast nie benutztes Auto geladen. Dann sind wir an den Neckar zu einem Bootssteg gefahren. Zitternd hat Harry sein großes Werk zu Wasser gelassen, und ich habe gebetet, daß alles gutgeht. Ich glaube, auch die beiden Männer haben gebetet. Es hing für Harry so viel davon ab! Und dann... gluck, gluck, gluck, weg war es. Es hielt sich keine zehn Sekunden oben, versank wie ein Stein! Und da hat Harry die Schnur, mit der er es gleich hätte wieder nach oben ziehen können, einfach losgelassen und ist weggelaufen. Die Männer haben eine halbe Stunde gebraucht, bis sie ihn wieder einfingen und im Auto hatten. Die Kogge war weg, ihr Faden nicht wieder zu entdecken, und niemand wäre ohne Taucherausrüstung in das herbstkalte Wasser gesprungen, um sie zu retten. Harry wollte sie auch nicht mehr. Er wollte sie nie wieder sehen.

Ulla, verstehst Du, daß das eine Tragödie war, nicht nur für

Harry, sondern auch für mich? Ich habe Schiffbruch erlitten mit all meinen Bemühungen um das Kind.

Und morgen muß ich zu Ditta, mich um die kleine Neugeborene kümmern. Für Harry noch ein Kind, das sich außer Peter zwischen ihn und mich drängt.

Dies nur schnell für heute, damit Du an Glück und Unglück teilnimmst.

Deine Erika

1965

48. Brief

Ulla krank? · Dalottis Tod · Ulrichs Tapferkeit ·
Verwandtschaft von Alois' Braut · Harry wird aggressiv

Heidelberg, Januar 1965

Liebe Ulla,
zunächst danke ich Dir für Deinen lieben Weihnachtsbrief, für den Du trotz Viktors Hochzeit noch Zeit gefunden hast. Ich komme kurz vor Weihnachten nie zum Schreiben, ja kaum noch zum Schlafen, seit Harry da ist. Mit der kleinen Christina waren wir am Heiligabend diesmal zu neunt, dann haben uns aber Ulrich und seine Frau am ersten Feiertag zum Essen eingeladen; die beiden hätten nicht auch noch unter den Baum gepaßt. Einer mußte immer auf Peterchen und Christinchen aufpassen, damit Harry ihnen nichts tat, der seit dem Schiffsuntergang wieder extrem bösartig geworden ist. Da halfen auch keine reichlichen Weihnachtsgeschenke und kein neues Schiff. »Was soll ich damit, du kannst das ja doch nicht.« Als ob es darauf ankam, daß *ich* es konnte! Silvesterknallerei habe ich diesmal wegen der Kinder und Harry gänzlich verboten und konnte auch die Nachbarn im Haus überreden, darauf zu verzichten. Ditta hat eine so große Wohnung in Frankfurt, da würden dreimal so viele Menschen hineinpassen wie bei mir, aber nein, sie wollen sich alle lieber drängeln. Kurz, ich sage nach diesen Feiertagen und der Inventur im Betrieb nur noch hapuh!

Ich hoffe, Viktor und seine junge Frau haben sich über mein Päckchen gefreut. Stephans kurze Notiz auf Deinem Brief hat mich etwas besorgt: Was soll das: »Rede mal Mutter zu, daß sie zum Arzt geht!« Fehlt Dir etwas, Ulla? Hast Du etwa Angst davor, zum Arzt zu gehen? Das sollte man doch regelmäßig tun, Du bist doch eigentlich groß genug, daß Du das weißt, oder? Wenn Du nicht zu einem Arzt gehen magst, kannst Du doch eine Ärztin wählen. Ich habe eine sehr nette. Von Ärzten mag ich mich auch nicht so gerne anfassen lassen. Also, Ulla, zier Dich nicht und geh hin. Oder befürchtest Du etwas Schlimmes und willst es nicht wahrhaben? Du warst doch bis jetzt immer gesund, da wird es schon nichts Schlimmes sein. Nimm P. mit, wenn's Dir so schwerfällt, aber tu es! Bitte!

Bei einem der Ereignisse, die ich Dir heute erzählen muß, war es umgekehrt. Da wollte der Arzt nicht kommen, und da ist etwas ganz Schreckliches passiert, über das ich noch gar nicht hinwegkomme: Die Dalotti ist gestorben! Ich habe Dir doch erzählt, daß sie bei einem älteren Herrn in Weinheim lebte und endlich so etwas wie Glück gefunden hat. Als sie uns das letzte Mal besuchte, beklagte sie sich über die Wanderlust dieses Mannes, der sie rücksichtslos zwinge, mit ihren dafür ungeeigneten Schuhen lange Märsche zu machen. Dalottis Klagen über ihre körperlichen Leiden konnte ich mir immer nur etwas schmunzelnd anhören und habe sie nicht sehr ernst genommen, weil sie es nie lassen konnte, ihr Kleid hochzuheben und mir jeden schmerzenden Körperteil zu zeigen. Sie war äußerst besorgt um ihre inneren Organe, horchte immer in sich hinein und diagnostizierte Milz-, Nieren-, Leber-, Gallen- oder Magenschmerzen, sobald sie sich über den Sitz des betreffenden Organs durch ungeniertes Abtasten ihres Bauches klargeworden war.

So habe ich auch bei ihrem letzten Besuch nur gelacht und die Schilderung einer sie auf diesen Märschen plötzlich überkommenden Atemnot nicht ernst genommen. Um ihr ein Beispiel für tapferes Ertragen von Schmerzen zu geben, erzählte ich ihr noch Geschichten, die ich mit Ulrich erlebt habe. Er war einmal bei Schnee und Glatteis mit mir und den Töchtern auf dem Königstuhl gewesen und auf dem Heimweg bergab ausgerutscht. Die Kinder und ich lachten über seinen Sturz, er lachte auch und sagte nur: »Oh, es piekt.« Dann schritt er forsch weiter aus, fuhr nicht einmal mit uns nach Hause, sondern besuchte anschließend noch eine Galerie in Heidelberg. In den nächsten Tagen hörte ich ihn gelegentlich beim Atemholen sagen: »Oh, es piekt«, bis mir das eines Tages doch verdächtig vorkam und ich ihn zum Arzt schickte. Da stellte sich heraus, er hatte drei Rippen gebrochen.

Ganz deutlich muß die Dalotti bei diesem letzten Besuch gespürt haben, daß ich sie nicht ernst nahm, daß ich das Pieken bei Ulrich für einen echten Schmerz, ihr Luftjapsen jedoch bloß für Anstellerei hielt.

Nun aber hat sie im Haus ihres älteren Herrn wieder entsetzlich gejammert über Schmerzen in einem noch undefinierbaren Organ und über Luftmangel. Der Mann hat es zuerst auch nicht ernst genommen, dann aber hat er den sie bisher behandelnden Arzt in Heidelberg angerufen. Der winkte ab, als er die Symptome hörte. Genauso habe sie sich damals im Treppenhaus aufgeführt, bevor man sie ins Irrenhaus bringen mußte. Er wolle nicht derjenige sein, der die Frau ein zweites Mal zwangsweise nach Wiesloch bringen müsse. Er werde einen anderen Arzt in Weinheim anrufen und den bitten, nach dem Rechten zu schauen. Der Herr hat auf diesen Arzt gewartet, er kam nicht. Da hat er schließlich in seiner inzwischen echten Angst den Notdienst verständigt. Der kam dann, aber da war die Dalotti schon tot. Sie hatte ein Lungenödem mit Herzinfarkt. Niemals war bisher ein EKG gemacht worden, weil sie eine so absonderliche Art hatte, über ihre Leiden zu sprechen, daß man sie nicht ernst nehmen konnte.

Als sie nach katholischer Sitte in der Kirche im offenen Sarg lag, hatte sie ein so schmerzverzerrtes Gesicht, daß ich bittere Tränen der Reue vergossen habe. Sie war eine so schöne Frau gewesen und eigentlich so intelligent und begabt. Ob dieses letzte halbe Jahr mit diesem Herrn wirklich noch ein Glück für sie war? Ich hatte bei ihm den Eindruck, der wird morgen wieder eine Anzeige aufgeben und bald wieder eine neue Frau im Haus haben. Auch ein Stiefbruder hat nicht um sie getrauert, sondern sich gefreut, ihre Wohnungseinrichtung zu erben. Sie hatte sich in den letzten Jahren erstaunlich viel angeschafft. Ohne Kinder und mit einem Gehalt, das fast so hoch war wie meines, war sie zuletzt direkt »wohlhabend« gewesen.

Am ersten Advent besuchten mich die Eltern, die Oma und der Bruder von Alois' Braut, die in einem Dorf einen kleinen Kohlenhandel betreiben. Sie hatten alle dicke rote Gesichter (vielleicht auch vor Aufregung) und erhebliches Übergewicht. Alois und das Mädchen gingen mit Herzklopfen spazieren, während ich mit dieser gewichtigen Familie beim Licht einer Kerze Nüsse knackte und Alois' Geschichte erzählte. Da ich nicht sicher bin, ob mir Alois wirklich in allem die Wahrheit gesagt hat, habe ich ihnen Namen und Adresse des Rechtsanwaltes genannt, der Alois' Mutter seinerzeit verteidigte und den besten Einblick in die Familienverhältnisse hatte, aus denen Alois kommt. Sein Dorf, in dem sein Großvater früher die Wirtschaft hatte, war den Kohlenhändlern bekannt, sie werden sich nun auch dort nach der Familie erkundigen. Was Alois' eigene Straftaten betraf, so waren die aus den Papieren zu entnehmen, die ich seinerzeit als Bewährungshelferin hatte. Die Verwandtschaft hat gottlob, ebenso wie ich, das Rauben der Fahrkarten als einen Dummejungenstreich betrachtet, der in dem Alter und bei einer solchen Kindheit begreiflich war. Sie waren erleichtert, daß sonst überhaupt keine Eigentumsdelikte vorlagen. Alois' Schulzeugnisse waren immer hervorragend, und ich empfahl der Verwandtschaft auch, sich bei den Nonnen in dem Heim zu erkundigen, bei denen er als Kind war.

Die Leute machten einen recht unintelligenten, unsensiblen und groben Eindruck. Ob sie rechtschaffen sind, wie man so sagt, weiß ich nicht. Ich vermute, sie sind eher von der Art wie Alois' Großvater, der erst auf seine vierzehnjährige Tochter nicht aufpaßte, sie dann aber verstieß, als etwas passierte und er seinen Ruf vor den Leuten einzubüßen drohte. Sie sind Geschäftsleute, die nicht ins Gerede kommen wollen. Als ich ihnen sagte, ich sei sicher, daß Alois in geordneten Verhältnissen nicht noch einmal straffällig wird, erklärten sie sich mit der Verlobung vorläufig einverstanden, vorausgesetzt, beide bestehen ihr Examen und bekommen dann Arbeit. Wenn es sich um eine meiner Töchter gehandelt hätte, wäre ich so schnell noch nicht einverstanden gewesen. Aber es ging mir ja hier um Alois.

Was mir fast wie ein Wunder erscheint, ist, daß Alois sich von Monat zu Monat, von Jahr zu Jahr auch rein äußerlich immer mehr zu seinem Vorteil verändert. Man braucht sich mit ihm auf der Straße schon längst nicht mehr zu genieren. Er sieht völlig normal, ja fast gut aus. Er spricht ohne Dialekt, er schreibt fehlerlos in einer beinahe schon charaktervollen Handschrift, er kleidet sich geschmackvoll und sauber, geht sparsam und vernünftig mit seinem Geld um, trinkt nicht, raucht nicht, und im Krankenhaus in Karlsruhe lobt man ihn in jeder Beziehung. Die Mittlere Reife hat er jetzt abgeschlossen, nun will er auf die gleiche Weise das Abitur machen. Offensichtlich haben ihm in seinem bisherigen Leben wirklich nur zwei Dinge gefehlt: eine Mutter, die ihm vertraut und ihm etwas zutraut, zum Verehren und »Ansingen« und eine Braut regelmäßig im Bett, die ihm auch vertraut. Der Pflegerberuf befriedigt offensichtlich sein starkes Geltungsbedürfnis. Er erfüllt Wünsche der Patienten, macht sie sich dankbar und hat – rein intellektuell – begriffen, daß Altruismus sich unter Umständen besser auszahlt als Egoismus. Ich glaube nicht, daß Besitzgier das Motiv für seine Neigung zur Hochstapelei ist. Es ist sein übersteigertes Geltungsbedürfnis. Er will als etwas erscheinen, von dem er innerlich weiß, daß er es nicht ist. Aber vielleicht wird er mal das, was er sein will. Das hoffe ich für ihn.

Seine Chancen sind jedenfalls erheblich besser als die von Harry, der nicht so intelligent ist und wohl auch ein schwierigeres Charaktererbe mit sich herumschleppt. Alois weiß wenigstens nicht, wer sein Vater ist, und kann sich ausmalen, das sei ein erfolgreicher Schauspieler oder Handlungsreisender gewesen; Harry jedoch, der seinen sadistischen, prügelnden Vater und seine schwache, willenlose Mutter kennt, kann sich über seine eigene charakterliche Mitgift keinerlei Illusionen machen. Ihm fehlt seit dem Schiffsuntergang auch jeder Wille, an sich zu arbeiten. Sogar die Schule läßt er jetzt schleifen. Dieter und Betti haben ihn neulich im Auto auf einen Ausflug mitgenommen, da wurde er wegen irgendwelcher Kleinigkeiten derartig rabiat, daß er auf Dieter während der Fahrt einschlug. Es wäre beinahe zu einem Unfall gekommen. Da haben Dieter und Betti ihn mitten auf der Landstraße rausgesetzt und zu Fuß nach Hause laufen lassen. Er hatte ja bewiesen, daß er immer zu mir zurückfindet, schon als er noch viel kleiner war. Er kam dann auch abends mit durchgelaufenen Schuhsohlen wieder angetrottet. Ich wollte ihn eigentlich in die Arme schließen, aber Betti und Dieter meinten, das dürfe aus pädagogischen Gründen nicht sein. Immer wieder kommt es vor, daß er einen von uns angreift. Dieter und Susis neuer Freund haben ihn deshalb schon mehrfach auch verprügelt, nicht sehr schmerzhaft, aber so, daß er lernte, wer stärker ist.

Wenn ich ganz allein mit Harry wohnen würde, ginge es, glaube ich, leichter. So sind Betti und Susi meistens, Dieter und Susis Freund häufig da, oft kommen auch Ditta, John und die beiden Kleinen, das sind zu viele Menschen für ihn. Er haßt sie alle außer mir. Ich habe ja gleich gesagt, es ist unmöglich, und Du hast mir das auch geschrieben, und alle Leute sagen, ich war verrückt, mir so etwas aufzuhalsen, da ich doch keine Sozialpädagogik gelernt habe. Im Augenblick bin ich ihm nervlich nicht gewachsen, weil es auch bei

Brombach so viele Aufregungen gibt. Ich schreie mit ihm herum, wie ich das in den Heidelberger Anfangsjahren mit meinen Töchtern auch manchmal getan habe. Ich bin ziemlich belastbar, aber wenn die Last ein gewisses Gewicht überschreitet, dann werde ich laut, dann kann ich mich nicht mehr beherrschen. Ich sehe ja auch in der Fabrik, daß Männer schon bei sehr viel kleineren Anlässen laut werden, warum soll ich mir nicht auch Luft machen. Nur, ein gutes Beispiel für einen jähzornigen, brutalen Jungen von zwölf Jahren ist das nicht.

Hast Du schon mal erlebt, wie es ist, wenn Du als Tierbändiger ein Raubtier in der Wohnung hast, dem Du ständig in die Augen blicken mußt, damit es Dich nicht angreift? Ein sehr junges Raubtier allerdings und ein hübsches. Ha puh!

Grüße bitte Deinen P. und vergiß nicht, Ulla, geh zum Arzt!

Deine Erika

49. Brief

Sorgen um Ulla · Schusters Entlassungskrimi · Ich werde durch Computer ersetzt

Heidelberg, März 1965

Liebe Ulla,

seit Stephan geschrieben hat, ich sollte Dich zu einem Arztbesuch überreden, werde ich das Gefühl nicht los, daß mit Dir irgend etwas nicht stimmt. Du warst auch vor ein paar Tagen so komisch am Telefon. Freust Du Dich denn nicht darüber und findest Du es nicht ganz toll, daß Dein »kleiner« Stephan auf die Bermudas fahren kann, um einen Film zu drehen? Was wird er da alles erleben! Es ist doch nicht so schlimm, wenn Du ihn mal ein Vierteljahr nicht siehst! Dafür hat er hinterher um so mehr zu erzählen! Viktor ist doch auch schon so lange von zu Hause fort, das erträgst Du doch auch. Aber Du schreibst gar nicht mehr, und auf meine Fragen nach Deiner Gesundheit hast Du so merkwürdig drumherum geredet, daß ich es fast mit der Angst zu tun bekommen habe. Sage doch mal ehrlich, was fehlt Dir eigentlich? Du sagst, Du bist beim Arzt gewesen. Na, also. Wenn der Dich nicht ins Krankenhaus geschickt hat, kann sein Befund doch nicht beängstigend gewesen sein. Vielleicht hast Du Wechseljahrdepressionen und nimmst alles schwerer, als es ist? Dann solltest Du getrost zu einem Psychiater gehen. Es ist doch heute, da man den Zusammenhang von Seele und Körper begriffen hat, keine Schande mehr, an einer psychosomatischen Krankheit zu leiden. Jeder, der Dich kennt, weiß, daß Du Dich nicht anstellst und ein tapferer Mensch bist.

Du lachst und tust so, als sei alles nur eine Lappalie, ich brauchte mich nicht zu sorgen. Ich sorge mich aber doch. Ich kenne Dich ja gut genug, um zu merken, wenn Du am Telefon nicht ganz ehrlich zu mir sprichst.

Eines mußt Du mir versprechen, Ulla, Du darfst niemals denken, Du müßtest mir irgend etwas verheimlichen, weil ich schon genug Sorgen habe. Sicherlich. Ich habe Sorgen, und zur Zeit sind sie sogar überlebensgroß, aber ebenso wie ich sie Dir anvertraue, erwarte ich, daß Du mir Deine anvertraust.

Meine Sorgen arten zur Zeit sogar in einen richtigen Krimi aus, und für den Fall, daß Du im Bett liegst und Zeit hast, werde ich Dich damit jetzt unterhalten ohne Sorge, daß Du dadurch kränker werden könntest. Die Geschichte ist ja spannend, unterhaltend und irgendwie sogar komisch. Du weißt ja, Ulla, daß so etwas mich nicht mehr umbringt. Ich werde auch damit fertig werden. Also:

Zum zweiten Mal in diesem Jahr hat der Pfarrer die Belegschaft zu einer großen Betriebsversammlung einberufen. Das wird für den Betrieb immer teuer, denn dann müssen in der Werkhalle alle Maschinen abgeschaltet werden. Mit kummervoll schräg geneigtem Kopf und trauriger Kardinalsmiene stieg Herr Brombach abermals aufs Rednerpult und erklärte fast mit Alois' Tremolo in der Stimme, tief erschüttert, er habe etwas Unglaubliches erfahren. Herr Schuster, dem er blind sein ganzes Vertrauen geschenkt habe, sei eines so schlimmen Vergehens überführt worden, daß er ihn vorläufig habe beurlauben und ihm das Betreten des Werkes habe verbieten müssen. Seinem verstorbenen Vater, Gott und seinem Gewissen sei er es schuldig, daß sein Betrieb sauber bleibe und Unlauterkeiten gerichtlich geklärt würden. Hier brach fast seine Stimme. Es sei zu entsetzlich, die größte Enttäuschung seines Lebens, er könne noch nicht darüber sprechen. Die Belegschaft möge doch bitte Ruhe bewahren, bis das Gericht sein Urteil gesprochen habe. Es lägen so überzeugende Beweise für die Schuld des Angeklagten vor, daß er nicht anders habe handeln können. Wer daran zweifle, den müsse er leider verdächtigen, mit Herrn Schuster unter einer Decke zu stecken, und leider auch vorläufig beurlauben, so leid ihm das täte. Aber, wiederholte er, sein Betrieb müsse sauber bleiben von unlauteren Elementen, das sei er seinem Vater, Gott und seinem Gewissen schuldig. »Also«, rief er uns zu, »ihr haltet in dieser Zeit entweder zu mir, dem Inhaber der Firma, die euch Arbeit und Brot gibt, oder zu Herrn Schuster. In dem Fall müßt ihr euch von mir trennen.« Hinterher rief er uns Betriebsräte zusammen und befahl uns, ihm jeden zu melden, der Zweifel an der Schuld Schusters äußere, den werde er sofort entlassen. Er suchte sich zwei Betriebsräte aus – nicht mich und auch nicht Rau, sondern zwei Handwerker – und forderte sie auf, zu ihm nach Hause zu kommen, wo er ihnen Beweise für Schusters Verbrechen auf den Tisch legen würde.

Unterdessen gingen Rau, einige andere Betriebsräte und ich zu Decker, der dasaß, als habe ihn der Schlag getroffen. Schuster, sein Held und Idol, ein Verbrecher? Das gab's doch gar nicht! Rau und ich mußten ihm beipflichten, denn uns war Schuster bisher auch als ein wirklich lauterer Charakter bekannt. Zwanzig Jahre lang war er Betriebsdirektor. Sicherlich, man hatte Gerüchte gehört. Mir hatte Herr Brombach ja auch schon seit Jahren Andeutungen gemacht, aber davon hatte sich doch ganz offensichtlich gar nichts als zutreffend erwiesen, sonst hätte der Pfarrer ihn ja nicht zum Generaldirektor machen können. Was könnte er also Neues verbrochen haben, von dem Herr Brombach bis jetzt keine Ahnung hatte und das ihn nun so erschütterte und überraschte?

Wem war ich jetzt Loyalität schuldig? Herrn Schuster, meinen Betriebsratskollegen, Herrn Decker und allen Kollegen, deren Existenz bedroht war, wenn sie Zweifel an der Schuld Schusters hatten, oder meinem Brötchengeber, der mich privat mehrfach in sein Haus eingeladen hatte und Bekannter von Ronco war? Stellte ich mich jetzt auf Schusters Seite, würde ich gefeuert, ehe ein gerichtlicher Prozeß überhaupt angelaufen war. Dann nützte mir ein Unschuldsbeweis später gar nichts mehr.

Zunächst glaubte ich meinen Kollegen die Wahrheit schuldig zu sein. Ich gestand ihnen und Decker meine privaten Beziehungen zu Brombach. Ich gestand, daß ich an dessen Beschuldigungen nicht glaube, weil er mir schon vor Jahren erzählt habe, Himbert und Kalus lägen ihm in den Ohren, der Schuster habe irgendwelche krummen Dinger gedreht. Bis zur Ernennung zum Generaldirektor im Januar hätte sich doch die Gegenstandslosigkeit dieser Verdächtigungen erwiesen haben müssen, sonst hätte Brombach den Schuster doch nicht so sehr gelobt, ihm gedankt und ihm freundschaftlich vor der ganzen Belegschaft die Hände geschüttelt. Was könne denn jetzt passiert sein? Welch fürchterliches Verbrechen könne er denn jetzt begangen haben? Ich äußerte den starken Verdacht, Himbert und Kalus hätten dem Pfarrer etwas vorgelogen, um den verhaßten Schuster aus dem Weg zu räumen.

Alle, vor allem Rau, waren zunächst entsetzt, daß ich die Bekanntschaft mit dem Firmeninhaber so lange vor ihnen verheimlicht hatte. Ja, ich sah ihnen an, daß sie mich für einen von Herrn Brombach abgesandten Spitzel hielten, um ihre Zweifel an der Schuld Schusters zu bezeugen und zu melden. Ich konnte gut verstehen, daß sie so dachten. Ich sagte, die drei Direktoren hätten mich sogar vor einem Jahr beim Sektfrühstück in Brombachs Haus gesehen. Seitdem sei ich aber nicht mehr in der Villa gewesen. Was den Pfarrer jetzt zu seinem Verhalten bewegt habe, davon hätte ich keine Ahnung.

Decker meinte, ich müsse meine Beziehungen ausnutzen und mich jetzt privat an Brombach wenden, um Näheres zu erfahren. Das wollte ich nicht, denn dann würde ich noch mehr in die Sache hineingezogen, als ich schon war. Wir beschlossen, erst einmal abzuwarten und unsere Zweifel vorläufig geheimzuhalten, aber selbstverständlich niemanden anzuzeigen, der sie offen äußerte. Jetzt in der ersten Aufregung würden wir sonst doch nur Fehler machen.

Die zwei von Herrn Brombach in seine Villa geholten Betriebsräte machten bei ihrer Rückkehr geheimnisvolle Gesichter, verrieten uns aber nicht, um welche Anklagen und Beweise es sich handele. Es sei etwas ganz Schlimmes, und es sei bewiesen, sagten sie. Wir schwiegen dazu. Wenn man keine Ahnung hat, wie die Anklage eigentlich lautet, kann man auch niemanden verteidigen oder Zweifel äußern.

Vielleicht hat der Pfarrer erwartet, daß ich mich privat bei ihm melde. Vorarbeit dazu hatte er ja genug geleistet, und Ronco riet mir auch zu dem Schritt. Dann wisse ich, was los sei, und könne entscheiden, zu wem ich halten wolle. Mich hatte aber Brombachs merkwürdige Umkehrung des Grundsatzes, daß jeder so lange als unschuldig zu gelten hat, bis dessen Schuld in einem ordentlichen Gerichtsverfahren nachgewiesen ist, so schockiert, daß ich mit diesem Menschen nichts mehr zu tun haben wollte, auch wenn er wirklich Beweise in der Hand hätte. Es war sein Recht, Schuster vorläufig zu beurlauben, bis die Dinge gerichtlich geklärt sind, wenn er Beweise für seine Schuld zu haben glaubte. In dem Fall konnte es ihm doch aber ganz gleichgültig sein, was die Belegschaft bis zum Gerichtsurteil denkt und sagt! Wenn niemand weiß, worum es eigentlich geht, ist es doch selbstverständlich, daß die Leute herumrätseln und zweifeln, bis die Dinge aufgeklärt sind. Das kann doch jemanden, der einen Beweis in Händen hält, nicht stören. Geäußerte Zweifel an der Schuld eines Angeklagten mit Entlassung zu bedrohen, fand ich ungeheuerlich. Dadurch beschwor er ja selbst solche Zweifel erst herauf! Die Beweise schienen auf sehr wackligen Füßen zu stehen, wenn sie schon durch geäußerte Zweifel in Gefahr gerieten!

Zehn Tage vergingen, da rief mich zu meiner großen Überraschung abends Herr Schuster an und bat mich um meinen Besuch. Er müsse mich unbedingt sprechen.

Du kennst mich, Ulla. Du weißt, daß ich nicht nein sagen kann, wenn mich jemand um Hilfe bittet. Hier war jemand in Not, ein Angeklagter, der sich nicht zu helfen wußte und der eindeutig, was die Rede vor der Belegschaft betraf, unfair und gegen das Gesetz ohne Gerichtsurteil vorverurteilt worden war. Hätte mich Brombach angerufen, so hätte ich Ausreden gefunden. Die hatte ich mir schon überlegt, denn ich rechnete jeden Tag damit, daß er sich meldet. Aber Schuster? Kurz und gut, ich war so überrascht, daß ich zusagte und ihn tatsächlich abends in seinem kleinen Häuschen in Wiesloch besuchte.

Zuerst tischte mir seine nette, kleine, verweinte Frau etwas zu essen auf, und dann zeigte er mir ganz offen die gegen ihn erhobenen

Anklagen. Es waren zwei. Erstens sollte er ein Patent für ein hydraulisches Gerät als eigenes ausgegeben haben, obwohl ein anderer der Erfinder war, zweitens habe er sein Häuschen mit Material aus der Firma gebaut und dazu auch noch Betriebshandwerker in ihrer Arbeitszeit beschäftigt.

Ich war vollkommen platt. Von diesen beiden Verdächtigungen hatte mir Herr Brombach schon vor Jahren erzählt. Himbert und Kalus hätten aber dafür niemals Beweise erbringen können. Dann war also gar keine Rede von einer »*plötzlichen* großen Enttäuschung«! Herr Schuster war nur endlich zum Abschuß freigegeben worden!

Ich konnte bei meiner oft unklugen Offenheit nicht lange verschweigen, daß mir diese Anklagen aus dem Munde Brombachs bekannt waren.

Ob ich vor Gericht bezeugen könne, daß Herr Brombach diese Anschuldigungen schon lange kenne und daß sie keineswegs eine enttäuschende Überraschung für ihn gewesen seien? Natürlich könne ich das, sagte ich, das sei ja die reine Wahrheit.

Dann, sagte Schuster, habe ihn der Pfarrer nur deshalb zum Generaldirektor gemacht, damit Himbert und Kalus wütend würden und endlich mit ihren angeblichen Beweisen herausrückten. Denn jeder von den beiden habe auch Generaldirektor werden wollen. Es gebe aber keine Beweise, denn er habe die Taten nicht begangen. Hätte Herr Brombach ihn jemals auf diese Verdächtigungen hin angesprochen, hätte er sie längst entkräftet.

Man wirft ihm also vor, er habe sich als Erfinder einer Maschine ausgegeben und für das Patent entsprechend kassiert, die in Wahrheit von einem Werkmeister entwickelt worden sei. Ich kenne diesen Werkmeister und seine Intelligenz. Wenn Schuster sagt, er habe diesem Mann genaue Anleitungen gegeben, wie er seine Idee bei diesem Gerät in die Praxis umsetzen soll, so glaube ich das. Weil dieser Meister das Ding nach Anweisung Schusters als erster gebaut hat, meinte er vielleicht, er habe es auch erfunden, oder er fühlte sich später nicht ausreichend am Erfolg beteiligt. Herr Brombach hätte schon seit Jahren, als er das erste Mal von dieser Differenz hörte, den Werkmeister und Herrn Schuster zu sich rufen und klären sollen, wer die Patentidee hatte. Gerade bei Patenten gibt es ja immer und überall derartigen Streit, weil man über Ideen zuerst nur mündlich spricht. Herr Schuster ist seit zwanzig Jahren bekannt dafür, daß er seine Leute fördert und ihnen oft mehr zukommen läßt, als ihnen zusteht. Mir kommt es ganz unwahrscheinlich vor, er könne diesen Werkmeister betrogen haben. Es scheint so, als ob der plötzliche »Beweis« nur die Bereitschaft des Werkmeisters sein kann, endlich einen Eid zu schwören, den er viele Jahre verweigert haben muß. Warum hat er ihn so viele Jahre verweigert?

Dann wirft man Schuster vor, er habe sein Haus auf Kosten der Firma gebaut und Handwerker in ihrer Dienstzeit bei seinem Bau beschäftigt. Jeder bei uns weiß, daß man über die Firma alle möglichen Waren mit Firmenrabatt kaufen kann. Der Preis wird einem dann ohne besondere Quittung vom Gehalt abgezogen. Die Quittung erhält die Firma. Sie spart dadurch Steuern. Wenn das jeder Arbeiter so halten kann, warum soll sich der Direktor dieses Vorteils nicht auch bedienen? Entweder alle oder keiner. Herr Schuster hat alle Gehaltsabrechnungen aufgehoben, auf denen ihm in Raten die Kosten für diese Einkäufe abgezogen worden waren. Und die Arbeiter, die ihm beim Hausbau halfen, hätten dies nach Feierabend oder im Urlaub getan, sagt er. Vor Gericht würden sie keinen Meineid leisten. Dann komme die Wahrheit heraus. Es handelte sich übrigens um die beiden Betriebsräte, die Brombach holte, um ihnen die »Beweise« zu zeigen. Kein Wunder, daß sie uns gegenüber schwiegen und so taten, als sei wirklich etwas Fürchterliches passiert.

O Ulla, ich habe mich da hineinziehen lassen in etwas, dessen Folgen für mich nicht abzusehen sind! Am Tag nach meinem Besuch bei Schuster riefen mich Himbert und Kalus zu sich. Ich sei eine ganz bösartige Verräterin! Was hätte ich abends in Schusters Haus zu suchen! Sie hätten eine Wache (!!) aufgestellt, um zu erfahren, wer bei ihm ein- und ausgeht! Besonders Himbert hat so laut geschimpft und geschrien, daß seine Sekretärin draußen dachte, er habe mich bei einem Mord oder einem Einbruch ertappt. Ich habe gar nicht erst versucht, mich zu rechtfertigen, ich kenne ja diese Art Schimpfkanonaden, ich sagte nur zum Schluß: »Niemand, auch Sie nicht, hat über meine Freizeit zu verfügen. Ich halte im Betrieb den Mund. Privat kann ich sprechen, wen ich will.«

»Sie sind sofort entlassen!« brüllte er.

»Was wollen Sie denn als Kündigungsgrund angeben«, konterte ich, »das würde Sie ganz schön teuer zu stehen kommen, wenn Sie mich entlassen, weil ich privat mit einem Vorgesetzten, den ich sehr schätze, gesprochen habe.«

»Das werden Sie sehen«, schrie jetzt auch Kalus, »vorläufig verlassen Sie Ihr Büro und gehen ins Haupthaus ins dortige Lohnbüro. Ihre Beförderung zur Abteilungsleiterin ist hiermit erloschen! Sie bekommen einen anderen Arbeitsplatz.«

»Dann werde ich Herrn Brombach fragen, ob er damit einverstanden ist«, habe ich noch gekontert und bin gegangen, obwohl ich weiß, daß ich mich niemals an Brombach um Schutz vor seinen Direktoren wenden werde.

Jetzt sitze ich im Haupthaus bei den Angestellten, ohne Kittel, muß meine Kleider öfter wechseln als bisher, öfter zum Frisör gehen, erledige Arbeiten, von denen ich keine Ahnung habe wie ein Lehrling, muß dauernd fragen, bekomme aber den gleichen Lohn wie vorher als Abteilungsleiterin der »Fertigung«. Bisher hat mich Brombach noch nicht gerufen. Ich rätsele immer noch über das Motiv, warum er die Dinge so lange laufen ließ, ohne sich Klarheit zu verschaffen, und nun plötzlich den besten seiner drei Direktoren loswerden will.

Erinnerst Du Dich an den Leiter des Personalbüros, der einmal aus Wut über mich mit dem Kopf durch die Glastür rannte? Den fragte ich, ob man mich denn so ohne weiteres degradieren dürfe. Immerhin sei ich vor gar nicht so kurzer Zeit zur Abteilungsleiterin befördert worden. Da sagte er: »Das wären Sie nicht lange geblieben. Diese Tätigkeit soll über kurz oder lang von einem Computer erledigt werden. Man hat Sie nur genommen, weil Sie billiger waren als ein Fachmann.« Ja, Ulla, es kann mir also passieren, daß ich hier rausfliege. Die Zeichen stehen auf Sturm. Ich mache mich auf alles gefaßt.

Ruf bald mal wieder an, meine Gute. Ich brauche eine Freundin.

Deine überflüssige Erika, die künftig durch einen Computer ersetzt werden wird.

NS: Eben habe ich mit Ronco telefoniert. Er kennt das Motiv!! Brombach hat einen studierten Verwandten, den er zum Generaldirektor machen will. Alle drei Direktoren haben aber einen lebenslänglichen Vertrag. Da ernannte er Schuster zum Schein zum Generaldirektor, damit Himbert und Kalus ihm Beweise für irgendein

Verschulden Schusters liefern. Beide Reden vor der Belegschaft waren also reine Heuchelei, sowohl die Rede, als er ihm gerührt um den Hals fiel und ihm für seine hervorragenden Leistungen dankte, als auch die Rede mit der furchtbaren Enttäuschung. Auch sein Interesse an mir galt nur seiner Intrige.

Wenn es schon bei uns im Kleinen so zugeht, dann kann man sich im Großen, in der Politik über nichts mehr wundern. Eben höre ich im Radio: Zwei US-Bataillone Marineinfanterie landen in Vietnam. Rau hat recht gehabt. Ulla, man kann an den Menschen verzweifeln!

Jetzt muß ich aber endgültig schließen. Der Krimi ist ja schon fast ein Buch geworden! Nun erwarte ich aber auch von Dir, daß Du mir die Geschichte Deiner geheimnisvollen Krankheit ebenso ausführlich erzählst! Versprichst du mir das? Ulla, Du weißt, wie lieb ich Dich habe und wie nötig nicht nur ich Dich brauche. Geh nicht leichtfertig mit Deiner Gesundheit um!

Sag Stephan, wenn Du ihn noch siehst, ich wünsche ihm recht viel Spaß und Erfolg bei diesem ersten großen Auftrag!

Es umarmt Dich

Deine Erika

50. Brief

Ich werde rausgesäubert · Gewerkschaft · Mit Harry gescheitert · Peters Trost · Ulla im Krankenhaus

Heidelberg, April 1965

Liebe Ulla,

Paul sagt, Du bist im Krankenhaus? Dauernd habe ich versucht, Dich anzurufen, und nie warst Du zu Hause. Stephan und Viktor sind ja im Augenblick nicht zu erreichen, und Paul war so wortkarg. Was ist los? Paul sagt zwar, es sei nicht schlimm, und Du würdest bald wieder entlassen, es sei nur eine ganz gewöhnliche kleine Frauensache, aber wenn es das wäre, warum schreibst Du nicht?

Man kann doch auch im Krankenhaus Postkarten schreiben! Ich brauche Dich gerade jetzt so nötig, Ulla!

Stell Dir vor, ich bin tatsächlich entlassen, und zwar mit den Worten: Der Betrieb müsse von mir *gesäubert* werden! Kannst Du Dir das vorstellen? Von mir *gesäubert*! Der das sagte, war der Brombachneffe, der auch Brombach heißt und jetzt Generaldirektor der Firma ist. Herr Rau, Herr Decker und Schusters bisherige Sekretärin sind auch zu »schmutzig«, um in dieser sauberen Firma des christlichen Pfarrers fürderhin Schreibtische zu besudeln.

Zuerst bekam ich einen Brief, ich sei bis auf weiteres beurlaubt. Dann bekam ich eine Vorladung zu diesem neuen, jungen Herrn Brombach, dem Neffen. Ich machte das Dümmste, was ich tun konnte, ich nahm Valium, ehe ich hinging. Ich hatte Angst, mich zu sehr aufzuregen und laut zu werden wie gegenüber Harry. Nun, da war ich eben das Gegenteil, gedämpft wie die Dalotti, als die aus der Nervenklinik kam. Ich sagte gar nichts. Der Herr redete allein. Ich hätte hinter dem Rücken Herrn Brombachs und der Direktoren Himbert und Kalus mit Herrn Schuster »konspiriert« und sei daher für die Firma untragbar geworden. Derartig unlautere Elemente könnten in der Firma in Zukunft nicht mehr geduldet werden. Man habe zwar versucht, für mich im Werk einen anderen Arbeitsplatz zu finden, es habe sich aber herausgestellt, daß kein anderer Abteilungsleiter mich haben wolle. Ich habe mich überall »unbeliebt« gemacht. Von heute an wehe ein anderer Wind in diesem Hause, das Werk müsse von Leuten wie mir *gesäubert* werden! Ich habe nur noch gesagt: »Ich werde Ihnen meinen Anwalt schicken.« Er antwortete: »Tun Sie das«, und dann habe ich meine Sachen gepackt und bin gegangen aus diesem Haus, in dem ich über dreizehn Jahre lang gearbeitet habe.

Natürlich darf man mir nicht fristlos kündigen. Ich bekomme eine ziemlich hohe Abfindung, sagt der Anwalt, aber der neue Brombach, der mich gar nicht kennt, hat in das Abschlußzeugnis nur unumgängliche Floskeln geschrieben, die jeden neuen Arbeitgeber zu einer telefonischen Rückfrage veranlassen werden, und hat nicht einmal vermerkt, daß ich Abteilungsleiterin war. Bei einer telefonischen Rückfrage wird daher der Personalchef vom Lohnbüro an den Apparat kommen, der einzige Mensch in der Firma, mit dem ich als Betriebsrätin in den dreizehn Jahren wegen einiger ungerecht behandelter Leute Krach hatte. Der wird mich dann garantiert schlechtmachen. Decker und Schuster dürfen keine Zeugnisse mehr ausstellen. Der Trick mit dem vorzüglichen Zeugnis, mit dem man unliebsame Leute weglobt, klappt nur bei Sonderverträgen, wenn das weiter zu zahlende Gehalt höher wäre als eine Abfindung. Frauen haben immer nur Tarifverträge. Der Anwalt hat mir empfohlen, das Zeugnis anzufechten und notfalls vors Arbeitsgericht zu gehen.

Jetzt bin ich auf Arbeitssuche mit ziemlich trüben Aussichten, denn ich kann ja nichts vorweisen als ein gutes Zeugnis vom Rostokker Schulamt und ein nichtssagendes Zeugnis von der Firma Brombach, keine Ausbildung, kein Examen, nicht einmal Abitur. Wenn ich Arbeit finde, dann bekomme ich so eine, wie ich sie bei Brombach früher als Werkstattschreiberin innehatte. In jeder Fabrik muß man für das, was ich bisher machte, Spezialkenntnisse neu erwerben, man muß wissen, welche Werkstücke und wie sie hergestellt werden, wie die Arbeitsabläufe sind und so weiter. Ich würde jetzt natürlich am liebsten in einen Verlag oder in ein Büro gehen, wo man sich mit Geist und Kultur, nicht aber mit Autoersatzteilen beschäftigt, aber man sagte mir beim Arbeitsamt, da käme ich in meinem Alter nicht mehr hinein, nachdem ich so lange in der metallverarbeitenden Industrie war. Ich bin auch ganz aus der Übung mit Schreibmaschine und Stenographie, nachdem ich so lange andere für mich schreiben ließ. Aus der Gewerkschaft bin ich ausgetreten, da alle unsere Betriebsräte Rau und mich aus Angst fallengelassen haben und auch das Gewerkschaftshaus keinerlei Anstalten macht, mir einen Anwalt zu stellen oder sich überhaupt für mich einzusetzen. Sie tun mir gegenüber zwar alle so, als habe sie das Verhalten Herrn Brombachs entsetzt, aber ich traue ihnen allen nicht. Vielleicht fürchten sie, Schuster sei wirklich ein Verbrecher und wir steckten mit ihm unter einer Decke. Es war ja sehr raffiniert von Herrn Brombach, die Anklage zu verschweigen und nur zu sagen, er habe Beweise für ein schlimmes Delikt. Da denken sie sicherlich alle, ein Theologe wird doch nicht lügen. Jedenfalls, immer wenn ich mit einem der Funktionäre gesprochen habe, spürte ich, daß er nicht ehrlich und seine Freundlichkeit nicht echt war.

Ich habe mich als Betriebsrätin sowieso schon lange über die Gewerkschaft geärgert, die mir als die konservativste Organisation im ganzen Land vorkommt. Gegen sie sind ja sogar die Kirchen noch offener für neue Gedanken. Weil sie und die Sozialdemokraten zu Zeiten Bismarcks als fortschrittlich galten, brauchen sie das doch heute nicht mehr zu sein. Jugend hält doch auch nicht ewig! Sie sind genauso wenig fortschrittlich, wie John Spamers Mutter mit all ihrer Schminke und ihren wolkigen Kleidchen jung ist. So, den Zorn mußte ich mal ablassen.

Stell Dir vor, der kleine Rau ist jetzt fünfundvierzig Jahre alt. Er arbeitet seit dreißig Jahren in der Firma Brombach, ist dort groß geworden, er war mindestens zwanzig Jahre im Betriebsrat, davon fünfzehn Jahre als Betriebsratsvorsitzender. Er ist also eigentlich absolut unkündbar, wenn sich die Gewerkschaft entsprechend für ihn einsetzen würde. Was sie für ihn getan haben, wollte er nicht. Er wollte nicht viel Geld. Er wollte das Lebenselement behalten, in dem allein er lebensfähig ist, die Firma, in der er aufwuchs. Was soll er mit einer sehr hohen Abfindung, was soll er mit einer lebenslänglichen Betriebsrente und der Berufsunfähigkeitsrente von der Sozialversicherung, wenn er nun zu Einzelhaft in seinem sterilen Wohnungskäfig verurteilt wird? Wo soll er wieder Gelegenheit finden, mit Menschen zu sprechen, am Leben teilzunehmen, überhaupt Mensch zu sein? Schlimmer als die körperliche Verkrüppelung ist ja die Hasenscharte. Ich habe zwei Jahre gebraucht, um problemlos verstehen zu können, was er sagt, weil ich die zusätzliche Schwierigkeit mit seinem starken Dialekt hatte. Sicherlich wird er jetzt die Volkshochschule noch häufiger besuchen, aber auch dort wird sich jeder fremde Mensch davor scheuen, mit ihm zu reden. Das Vergehen, um dessentwillen er gekündigt wurde, ist noch schlimmer als meines: Er hat Herrn Schuster nicht nur einmal, sondern mehrere Male besucht, auch nachdem er von mir wußte, daß dort Wachen aufgestellt waren. So etwas nenne ich heroisch! Und er hat ganz offen vor vielen Leuten gesagt: »Ich halte Herrn Schuster für unschuldig. Herr Brombach hat ihn nur abschießen wollen, weil er seinen Neffen reinsetzen will.«

Der allerschlimmste »Verbrecher« aber war Decker, der Grobian. Der hat Schuster nicht nur besucht, er hat sogar in einem seiner unqualifizierten Wutanfälle geschrien: »Himbert und Kalus haben die Zeugen bestochen! Die haben selber etwas auf dem Kerbholz! Die wollen selber Generaldirektor werden! Ich weiß, daß die Anklagen gegen Schuster erstunken und erlogen sind!« Das hat ihm außer der Entlassung noch einen Verleumdungsprozeß eingetragen. Wenn er den verliert, bekommt er vielleicht nicht einmal seine Abfindung. Und dieser Mann hängt so an der Firma, daß er einmal sagte: »Wenn ich im Lotto gewönne, würde ich das Geld zur Entwicklung neuer Patente in die Firma stecken!« Er ist ja ein Ekel, aber er ist treu, er ist tapfer, und er ist ehrlich. Das rechne ich ihm hoch an. Vermutlich wird er vorzeitig in Rente gehen. Er ist bald sechzig, er findet sicher nichts anderes mehr.

Schusters Sekretärin wird weniger wegen ihrer Worte als wegen ihrer Tränen entlassen. Mit diesen Tränen überzeugt sie jeden, daß sie ihren Chef für unschuldig und Herrn Brombach für einen gemeinen Kerl hält. Von ihr wird jetzt gemunkelt, sie »habe sicherlich was mit Herrn Schuster gehabt«, weil so etwas von treuen Sekretärinnen immer gemunkelt wird. Aber das ist reiner Klatsch. Ich war zwar nur dieses eine Mal im Hause Schuster, hatte aber den Eindruck von einer sehr glücklichen Ehe.

Wenn ich daran denke, wie viele Menschen im Betrieb Herrn Schuster Dankbarkeit schuldig sind, ist die Zahl derer, die sich zu ihm bekennen, auch ohne zu wissen, was man ihm eigentlich vorwirft, erschreckend klein. Nach der Erfahrung mit ihrem blinden Glauben an Hitler halten wohl die meisten die sogenannte Nibelungentreue nicht mehr für eine Tugend. Sie wollen abwarten, bis irgend etwas bewiesen ist. Auch verständlich. Ich hätte mich vermutlich auch lieber zurückgehalten und geschwiegen wie alle anderen, wenn Schuster mich nicht angerufen hätte. Wie konnte ich ahnen, daß da im Dunkeln eine Wache vor seinem Haus versteckt ist!

Ja, Ulla, jetzt bin ich also eine gescheiterte Existenz!

Gescheitert bin ich auch mit Harry. Ich dachte immer, Liebe könne Wunder vollbringen, aber es ist in der Praxis doch so, wie es auf einem Schild in einem unserer Büros steht: »Unmögliches wird sofort erledigt, Wunder dauern etwas länger.« Bei Harry wird es etwas länger dauern. Ich habe neulich ihm gegenüber die Beherrschung verloren, als er zum tausendsten Mal im Zorn die Mensch-ärgere-Dich-nicht-Steinchen vom Brett wischte und auf mich losgehen wollte. Ich habe geschrien und ihm eine Ohrfeige gegeben. Damit habe ich mich als Therapeutin wohl endgültig disqualifiziert. So etwas muß man gelernt haben, und man darf nicht neben der Bemühung um solch ein Kind noch tausenderlei andere Sorgen haben. Der Krimi bei Brombach hat mich doch sehr mitgenommen. Nach meinem Wutausbruch bin ich zu dem Psychologen Professor M. K. gegangen und habe ihm eingestanden, daß ich gescheitert bin. Daß ich genau das getan habe, was ich bei anderen so hart verurteile, nämlich wie ein Radfahrer zu reagieren, der nach unten tritt, wenn er sich oben bücken muß. Ich habe geheult. Ich konnte einfach nicht mehr. Der Professor war etwas betreten, daß er mich mit seiner Aufforderung, den Jungen in Pflege zu nehmen, überfordert hat, und meinte nun, Harry gehöre wohl doch in die Hände von Fachkräften. Verloren sei diese Zeit, in der er Aufmerksamkeit und Liebe gefunden habe, für ihn aber sicherlich nicht gewesen. Irgendwann, nach der Pubertät, werde meine Mühe vielleicht doch ihre Früchte tragen. Das hat er aber sicherlich nur als Therapie für meinen Kummer gesagt, denn ich kann mir beim besten Willen nicht vorstellen, wie Harry mit diesem Haß auf alle Menschen und vor allem auf sich selbst das Leben straffrei bestehen soll. Jetzt hat Herr Professor M. K. eine Wohngemeinschaft von vier jungen Psychologiestudenten (so etwas gibt es jetzt auch schon hier!) mobilisiert, die in ihrer Wohnung unter seiner Aufsicht Harry therapieren sollen. Das ist entschieden besser als ein mit Kindern vollgestopftes Heim und vielleicht auch besser als bei mir in der ständig überfüllten kleinen Wohnung. Das einzige Schlimme ist, Harry liebt mich. Trotz aller Aggressionen gegen mich merke ich das immer wieder, und es ist wohl das erste Mal in seinem Leben, daß er jemanden liebt. Als die Studenten ihn bei mir abholten, war das genauso tragisch wie beim Untergang seines Schiffes. Ich bin mir dabei so scheußlich egoistisch vorgekommen, wirklich als Versager. Der Junge hat so bitterlich geweint und geschrien. Sie mußten ihn mit Gewalt holen. Vor lauter Aufregung vergaß ich, sein Sparbuch mit einzupacken, das ich für ihn eingerichtet hatte. Da bekam ich gestern von ihm eine Postkarte: »Schicke das Sparbuch, das Du mir gestohlen hast.« Erst da fiel mir ein, daß es noch im Schreibtisch lag. Jetzt haßt er auch mich. Daß die Therapeuten ihn diese Karte abschicken ließen – obwohl sie sie selbst adressiert und also gelesen hatten –, zeugt nicht eben von großer Sensibilität und Einfühlung in sein Seelenleben. Damit glaubt er doch, alle Fäden zwischen sich und mir für ewig abgeschnitten zu haben, und kann nie wieder zu mir zurückfinden.

Ich habe schon oft gehört, daß manche Psychotherapeuten bei ihren Patienten Haß gegen Mütter oder andere ehemalige Bezugspersonen unterstützen, um selbst ihr ungeteiltes Vertrauen zu gewinnen. Auch Helga, die sich das Leben nahm, war von einer Psychologin im Haß gegen ihre Eltern bestärkt und unterstützt worden. Harry kam mit Haß gegen seine Eltern, mit Haß gegen seine Betreuerinnen im Heim zu mir. Ich habe in endlosen Gesprächen diesen Haß auszuräumen versucht. Ich habe ihn Postkarten schreiben lassen. Immerhin urteilte er später gerechter über sie. Zweimal habe ich mit ihm seine Mutter besucht und ihm erklärt, wie hilflos und bedauernswert sie ist. Nur bis zum Vater war ich noch nicht vorgedrungen, weil der ihm so ähnlich ist.

Ich bereue, daß ich kapituliert habe. Solche Krisen kommen ja immer. Ich hätte länger Geduld haben müssen. Wenn ich jetzt an den Jungen denke, muß ich immer auch an den Nachbarn denken, der im Auto verbrannte, weil die umstehenden Leute nicht halfen, oder an die Leute auf der Brücke, die Susi nicht halfen, als sie beinahe ertrank. Ich habe an mich und meine Gesundheit gedacht, an meine Kinder und an meine Enkelkinder, die mich noch brauchen, aber die sind alle erwachsen oder haben ihre Eltern. Harry hat niemanden.

Du hast mich ja gewarnt, Ulla, alle haben mich gewarnt. Aber es ist meine feste Überzeugung, daß man bei den Kindern anfangen muß, wenn man mehr Liebe in die Welt und unter die Menschen bringen will. Nur mit Liebe ist sie zu retten! Ich kann Menschen nicht verstehen, die immer große Töne von ihrer Menschenliebe reden und gewaltige Pläne entwerfen, wie sie das Leben für alle Menschen lebenswerter machen könnten, aber Kinder nicht lieben. Das abschreckendste Beispiel für diese Art Weltverbesserer ist für mich Jean-Jacques Rousseau, der herrliche Erziehungsideale verkündete, aber die eigenen fünf Kinder in ein Findelhaus gab. Ich frage mich, ob wohl Jesus bei manchen Kranken, die ihn um Hilfe baten, auch ein Versager war? Er hat ja schließlich auch nur die geheilt, die ihm gerade über den Weg liefen, und nicht »die Menschheit« von den Ursachen ihrer Krankheiten befreit. Bei Harry habe ich oft gewünscht, ich könnte den »unsauberen Geist«, von dem er oft besessen war, auch in irgendwelche Säue fahren lassen, damit er erlöst wird. Ich lese die Geschichte gerade noch einmal durch: Der Besessene war mit Fesseln und Ketten gebunden gewesen und hatte die Fesseln immer wieder abgerissen, und niemand konnte ihn zähmen, und »er glaubte, Jesus wolle ihn quälen«.

Während ich mich so herumplage mit meiner Schuld an Harry, fällt mir ein, daß der Pfarrer Brombach auch ein Heimkind war. Ob er deshalb so unaufrichtig wurde? Er hatte zwar einen reichen Vater im Hintergrund, der Gymnasium und Studium bezahlte und dem Theologen dann eine erfolgreiche Fabrik hinterließ, aber schützt Geld vor den Schäden an der Seele, die Kinder in Heimen nehmen? Weder Tiere noch Menschenkinder sollte man in Massen halten, auch Tiere nehmen dabei Schaden und werden in Freiheit lebensuntauglich.

Vielleicht hängt mein Widerwille gegen Menschenmengen, zu denen ich auch übergroße Heime, übergroße Schulen und zu große Kindergärten zähle, mit den Massenkundgebungen bei den Nazis zusammen und der Erfahrung (am eigenen Leib), welchen Schaden das individuelle Gewissen dabei nimmt. Bei jeder größeren Ansammlung von Menschen befürchte ich Entmenschlichung. Ich habe einmal im Kino gesehen, wie mehrere, sonst einzeln in der Prärie umherstreifende Wildpferdherden in einen Pferch zusammengetrieben wurden. Jedes einzelne Tier wurde dadurch völlig »entpferdet«, es verhielt sich, als sei es verrückt geworden.

Ich bin überzeugt, es gibt nur individuelle Gewissen, die eingerichtet sind auf ein angemessenes Betragen in einem überschaubaren Kollektiv. Diese individuellen Gewissen verflüchtigen sich, wenn das Kollektiv zu groß wird. Daher rührt meiner Meinung nach auch der Vandalismus in den großen Schulen.

Es gilt, das individuelle Gewissen eines Kindes in seiner Kindheit zu prägen, und zwar im ersten kleinen Kollektiv, der Familie. Bei Harry, bei Alois und bei Herrn Brombach hat diese Prägung nicht stattgefunden, und das ist kaum nachzuholen. Ich werde wahrscheinlich Brombach ebenso verzeihen, wie ich Harry und Alois verzeihe, wenn ich mich beruhigt habe.

Ach Ulla, ich wollte, Du wärest jetzt in Heidelberg, und wir könnten – wenigstens zwei Tage lang, denn sonst gönne ich Dir ja Dein

Glück mit Paul – miteinander sprechen. Ich weiß, Du würdest die rechten Worte finden, die mich wieder aufrichten.

Angst vor der Zukunft habe ich eigentlich nicht. Ich bekomme mit Sicherheit eine neue Stellung. Bis die hohe Abfindung verbraucht ist, wird auch dort das Anfangsgehalt wieder geklettert sein. Not wie in den fünfziger Jahren werde ich nicht wieder leiden. Mein Hausstand ist ja nun komplett. Die Kinder sind bald fertig. Unangenehmer als bei Brombach kann es nicht werden. Ich kann ja auch mal Glück haben. Und dann, es sind nur noch acht Jahre bis zur Rente. Ich werde es schon noch durchhalten, wo auch immer, meinst Du nicht auch? Außerdem geht es mir insofern besser als den meisten anderen Frauen, als ich vier Töchter habe, bei denen ich immer Liebe und volle Unterstützung finde. Welche Mutter hat das heute schon! Die meisten Freundinnen meiner Kinder reden schlecht über ihre Mütter, fühlen sich ihnen weit überlegen, moralisch und geistig.

Und weißt Du, was mich vollends wieder aufrichtet und mir mein ganzes Selbstbewußtsein und Selbstvertrauen wieder zurückgibt? Wenn es passiert, wie am Sonntagmorgen, daß Peterchen bei mir im Bett liegt, sich aufmerksam über mich beugt, mein Gesicht eingehend betrachtet und dann sagt: »Ach Oma, ich *liebe* dein altes Gesicht, ich *liebe* deine *Falten*!« Da kann man mich hundertmal Lumpengesindel nennen, da kann man mich wie Dreck aus der Firma hinaussäubern, da kann ich hundertmal im Spiegel feststellen, daß Ulrichs Frau, John Spamers Mutter und Roncos Frau tausendmal schöner sind als ich, da merke ich dann wieder, daß ich doch viel mehr Glück habe als sie alle!

Christinchen solltest Du sehen! Wirklich! So ein schönes Baby ist mir im Leben noch nicht vorgekommen! Alle meine bisherigen Nachfahren hatten glatte, lange, blonde Haare, aber dieses kleine Mädchen hat Locken! Dunkle Locken! Und mein Patent mit dem Schwamm und dauernde Sauberkeit klappt auch bei ihr!

Siehst Du, Ulla, ich habe mich schon selber getröstet. Bleibe Du nur im Krankenhaus und erhole Dich recht bald und gründlich. Wenn ich nur erst wüßte, was Dir fehlt! Hoffentlich liegst Du nicht in einem Massensaal wie ich vor einigen Jahren. Aber da wird Paul schon aufpassen. Wie wunderbar, daß Du ihn wieder hast! Wenn

Du nach der Narkose aufwachst, wird er an Deinem Bett sitzen und Deine Hand halten – oder er hat das schon getan –, und dann werden nach ein paar unangenehmen Tagen alle Lebensgeister wieder zurückkehren, und Du wirst die Zeit der Schmerzen und Ängste vor der Operation bald vergessen haben. Falls irgendwelche Komplikationen auftreten, habe ich Paul ans Herz gelegt, mich zu benachrichtigen. Ich werde dann hier alles stehen und liegen lassen, damit ich Dich am Krankenbett besuchen kann. Ich kann mir ja vorstellen, wie schlimm es für Dich ist, daß Stephan und Viktor Dich ausgerechnet jetzt nicht besuchen können. Die Kinder will man in solchen Zeiten so gern um sich haben. Man soll endlich einführen, den Patienten auch in der dritten Klasse Telefone ans Bett zu stellen. Dann würde ich Dich täglich anrufen. So schicke ich Dir eben durch Fleurop Blumen. Freuen sie Dich?

Nachdem ich angefangen hatte, diesen Brief zu schreiben, rief ich mehrere Male bei Euch an, kann aber Paul nie erreichen. Allmählich werde ich unruhig. Sage ihm doch bitte, daß er mich auf meine Kosten anrufen soll.

Da erzähle ich Dir seitenlang und weitschweifig von dem, was mir passiert, dabei hast Du vielleicht gerade große Schmerzen oder wer weiß was. Warum erfahre ich nur immer nicht, was eigentlich operiert wurde und wie die genaue Diagnose lautet? Ich bin kein Pessimist, aber langsam fange ich an, mir ernsthafte Sorgen zu machen.

Ulla, Du darfst auf keinen Fall schwer oder längere Zeit krank sein! Das darfst Du mir nicht antun und Paul erst recht nicht. Rufe alle Deine Lebensgeister zusammen und rede ihnen ins Gewissen!

In großer Liebe und ständig wachsender Sorge

Deine alte Freundin

Erika

Telegramm

lieber paul bin völlig außer mir stop ankomme 7.5. 18 uhr 30 wohne bei meinem vater stop.

Nachtrag

Ulla hatte einen Verdacht auf Brustkrebs vor sich selbst und allen Angehörigen monatelang verheimlicht. Als sie endlich zum Arzt ging und die Wahrheit erfuhr, lehnte sie die dringend geforderte Brustamputation mit aller Entschiedenheit ab und schwieg weiter, um von niemandem umgestimmt zu werden. Sie wollte lieber, daß ihr Glück mit Paul ein Ende mit Schrecken nahm, als ein Schrecken ohne Ende würde. Nach ihren Lebenserfahrungen unterschätzte sie sowohl die Kunst der Ärzte als auch die Liebe ihres Mannes. Um ihr Schmerzen zu ersparen, hat man sie zwar noch operiert, aber die Ärzte wußten, daß das ihr Leben nicht mehr retten konnte. Wäre sie bei den ersten Anzeichen zum Arzt gegangen, hätte ein kleiner Eingriff ohne Verstümmelung den Tod abwenden können.

Stephan hat sie vor ihrem Tod nicht wiedergesehen, da ihn die Nachrichten auf den Bermudas zu spät erreichten und er die Filmgesellschaft auch nicht verlassen konnte. Viktor, Paul und ich konnten von ihr Abschied nehmen. Sie fürchtete den Tod nicht.

Die Frau in der Gesellschaft

**Joëlle Augerolles
Mein Analytiker
und ich**
Tagebuch einer
verhängnisvollen
Beziehung. Band 10401

**Monika Beckerle
Depression:
Leben mit dem
Gesicht zur Wand**
Erfahrungen
von Frauen
Band 4726

**Dagmar Bielstein
Von verrückten
Frauen**
Notizen aus
der Psychiatrie
Band 10261

**Ingeborg Bruns
Als Vater aus dem
Krieg heimkehrte**
Töchter erinnern sich
Band 10300

**Gaby Franger
Wir haben es uns
anders vorgestellt**
Türkische Frauen
in der Bundesrepublik
Band 3753

**Gisela Friedrichsen
Abtreibung**
Der Kreuzzug
von Memmingen
Band 10625

**Maria Frisé
Auskünfte über
das Leben zu zweit**
Band 3758

**Dietrich Gronau /
Anita Jagota
Über alle Grenzen
verliebt**
Beziehungen zwischen
deutschen Frauen
und Ausländern
Band 10148

**Imme de Haen
»Aber die Jüngste war
die Allerschönste«**
Schwesternerfahrungen
und weibliche Rolle
Band 3744

**Helga Häsing
Mutter hat
einen Freund**
Alleinerziehende
Frauen berichten
Band 3742

**Irma Hildebrandt/
Eva Zeller (Hg.)
Das Kind, in dem
ich stak**
Gedichte und
Geschichten über die
Kindheit. Band 10429

**Katharina Höcker
Durststrecken**
Zwischen Abhängigkeit
und Alkohol
Frauen und Alkohol
Band 4717

Fischer Taschenbuch Verlag

fi 404 / 10a

Die Frau in der Gesellschaft

H. Jansen (Hg.)
Freundschaft über sieben Jahrzehnte
Rundbriefe
deutscher Lehrerinnen
1899–1968
Band 10635

**Helena Klostermann
Alter als
Herausforderung**
Frauen über sechzig
erzählen
Band 3751

**Katja Leyrer
Hilfe! Mein Sohn
wird ein Macker**
Band 4748

**Christina Mei /
Gudrun Reinke
Jenseits von Mond
und Mitternacht**
Frauen sprechen
über Liebe
Band 3739

Marianne Meinhold /
Andrea Kunsemüller
**Von der Lust
am Älterwerden**
Frauen nach der midlife
crisis. Band 3702

**Jutta Menschik
Ein Stück von mir**
Mütter erzählen
Band 3756

Renate Möhrmann /
Natascha
Würzbach (Hg.)
**Krankheit als
Lebenserfahrung**
Berichte von Frauen
Band 4707

**Kristel Neidhart
Er ist jünger – na und?**
Protokolle. Band 4741

Ines Rieder /
Patricia Ruppelt (Hg.)
**Frauen sprechen
über Aids**
Band 10033

**Erika Schilling
Manchmal hasse
ich meine Mutter**
Gespräche mit Frauen
Band 3749

Marianne
Schmitt (Hg.)
Fliegende Hitze
Band 3703

**Leona Siebenschön
Der achte Himmel**
Wie Ehen gelingen
Band 10307

**Irmgard Weyrather
»Ich bin noch
aus dem vorigen
Jahrhundert«**
Frauenleben zwischen
Kaiserreich und
Wirtschaftswunder
Band 3763

Fischer Taschenbuch Verlag

fi 404 / 4 b

Die Frau in der Gesellschaft

Elisabeth
Beck-Gernsheim

Das halbierte Leben
Männerwelt Beruf –
Frauenwelt Familie
Band 3713

**Vom Geburtenrück-
gang zur Neuen
Mütterlichkeit?**
Band 3754

**Mutterwerden –
der Sprung in ein
anderes Leben**
Band 4731

Renate Berger (Hg.)
**Und ich sehe nichts,
nichts als die Malerei**
Autobiographische
Texte von
Künstlerinnen des
18.-20. Jahrhunderts
Band 3722

Gisela Breitling
Der verborgene Eros
Weiblichkeit und
Männlichkeit im Zerr-
spiegel der Künste
Band 4740

Gisela Breitling
**Die Spuren des Schiffs
in den Wellen**
Eine autobiographische
Suche nach den Frauen
in der Kunstgeschichte
Band 3780

Gisela
Brinker-Gabler (Hg.)
**Deutsche Dichterinnen
vom 16. Jahrhundert
bis zur Gegenwart**
Gedichte und Lebensläufe
Band 3701

Susan Brownmiller
Gegen unseren Willen
Vergewaltigung und
Männerherrschaft
Band 3712

Weiblichkeit
Band 4703

Eva Dane / Renate
Schmidt (Hg.)
**Frauen & Männer
und Pornographie**
Ansichten –
Absichten – Einsichten
Band 10149

Andrea Dworkin
Pornogaphie
Männer beherrschen
Frauen
Band 4730

Richard Fester /
Marie E.P. König /
Doris F. Jonas /
A. David Jonas
Weib und Macht
Fünf Millionen Jahre
Urgeschichte der Frau
Band 3716

Karin Flothmann /
Jochen Dilling
**Vergewaltigung:
Erfahrungen danach**
Band 3781

Sylvia Fraser
Meines Vaters Haus
Geschichte eines Inzests
Band 4751

Nancy Friday
**Wie meine Mutter
My Mother my self**
Band 3726

Fischer Taschenbuch Verlag

fi 14/15 a

Die Frau in der Gesellschaft

**Signe Hammer
Töchter und Mütter**
Über die Schwierigkeiten einer Beziehung
Band 3705

**Nancy M. Henley
Körperstrategien**
Geschlecht, Macht und nonverbale Kommunikation
Band 4716

**Irmgard Hülsemann
Ihm zuliebe?**
Abschied vom weiblichen Gehorsam
Band 10407

**H. Jansen (Hg.)
Freundschaft über sieben Jahrzehnte**
Rundbriefe deutscher Lehrerinnen 1899–1968
Band 10635

**Monika Jonas
Behinderte Kinder – behinderte Mütter?**
Die Unzumutbarkeit einer sozial arrangierten Abhängigkeit. Band 4756

**Linda Leonard
Töchter und Väter**
Heilung einer verletzten Beziehung
Band 4745

**Harriet Goldhor Lerner
Wohin mit meiner Wut?**
Neue Beziehungsmuster für Frauen. Band 4735

**Karen Lison /
Carol Poston
Weiterleben nach dem Inzest**
Traumabewältigung und Selbstheilung
Band 10422

**Margarete Mitscherlich
Die friedfertige Frau**
Eine psychoanalytische Untersuchung zur Aggression der Geschlechter. Band 4702

**Penelope Shuttle /
Peter Redgrove
Die weise Wunde
Menstruation**
Band 3728

**Uta van Steen
Macht war mir nie wichtig**
Gespräche mit Journalistinnen
Band 4715

**Ingrid Strobl
»Sag nie, du gehst den letzten Weg«**
Frauen im bewaffneten Widerstand gegen den Faschismus. Band 4752

**Gerda Szepansky
»Blitzmädel«, »Heldenmutter«, »Kriegerwitwe«**
Frauenleben im Zweiten Weltkrieg
Band 3700

Frauen leisten Widerstand: 1933–1945
Band 3741

**Hanne Tügel / Michael Heilemann (Hg.)
Frauen verändern Vergewaltiger**
Band 3795

Fischer Taschenbuch Verlag

fi 14/7 b

Die Frau in der Gesellschaft

Gerhard Amendt
**Die bevormundete Frau
oder Die Macht der
Frauenärzte**
Band 3769

Dagmar Bielstein
Von verrückten Frauen
Notizen aus der
Psychiatrie
Band 10261

Margrit Brückner
Die Liebe der Frauen
Über Weiblichkeit
und Mißhandlung
Band 4708

Colette Dowling
Der Cinderella-Komplex
Die heimliche Angst
der Frauen vor der
Unabhängigkeit
Band 3068

Uta Enders-Dragässer/
Claudia Fuchs (Hg.)
Frauensache Schule
Aus dem deutschen
Schulalltag: Erfahrungen,
Analysen, Alternativen
Band 4733

Marianne Grabrucker
»Typisch Mädchen ...«
Prägung in den ersten
drei Lebensjahren
Band 3770

**Vom Abenteuer
der Geburt**
Die letzten Land-
hebammen erzählen
Band 4746

Michaela Huber/
Inge Rehling
**Dein ist mein
halbes Herz**
Was Freundinnen
einander bedeuten
Band 4727

Helge Kotthoff (Hg.)
**Das Gelächter
der Geschlechter**
Band 4709

Ellen Kuzwayo
Mein Leben
Frauen gegen
Apartheid
Band 4720

Katja Leyrer
**Hilfe! Mein Sohn
wird ein Macker**
Band 4748

Marlene Lohner (Hg.)
**Was willst du,
du lebst**
Trauer und Selbstfindung
in Texten von
Marie Luise Kaschnitz
Band 10728

Fischer Taschenbuch Verlag

fi 15/9 a

Die Frau in der Gesellschaft

Elsbeth Meyer/
Susanne v. Paczensky/
Renate Sadrozinski
»Das hätte nicht noch
mal passieren dürfen!«
Wiederholte Schwangerschaftsabbrüche und
was dahintersteckt
Band 4755

Ursula Scheu
Wir werden nicht als
Mädchen geboren – wir
werden dazu gemacht
Zur frühkindlichen
Erziehung in unserer
Gesellschaft
Band 1857

Eva Schindele
Gläserne Gebär-Mütter
Vorgeburtliche
Diagnostik –
Fluch oder Segen
Band 4759

Alice Schwarzer
Der »kleine« Unterschied und seine
großen Folgen
Frauen über sich –
Beginn einer Befreiung
Band 1805

Warum gerade sie?
Weibliche Rebellen
Begegnungen mit
berühmten Frauen
Band 10838

Lynne Segal
Ist die Zukunft
weiblich?
Probleme des
Feminismus heute
Band 4725

Miriam Tlali
Soweto Stories
Mit einer Einleitung
von Lauretta Ngcobo
Band 10558

Senta Trömel-Plötz
Frauensprache –
Sprache der
Veränderung
Band 3725

Senta Trömel-
Plötz (Hg.)
Gewalt durch Sprache
Die Vergewaltigung von
Frauen in Gesprächen
Band 3745

Hedi Wyss
Das rosarote
Mädchenbuch
Ermutigung zu einem
neuen Bewußtsein
Band 1763

Ursula Ziebarth
Eine Frau aus Gold
Über das Zutrauen
zum Weiblichen
Band 10880

Fischer Taschenbuch Verlag

Die Frau in der Gesellschaft

Maya Angelou
Ich weiß, daß
der gefangene
Vogel singt
Band 4742

Shulamit Arnon
Die gläserne Brücke
Roman
Band 4723

Mariama Bâ
Der scharlach-
rote Gesang
Roman
Band 3746

Martine Carton
Etwas Besseres
als einen Ehemann
findest du allemal
Roman
Band 4718

Dagmar Chidolue
Annas Reise
Roman
Band 3755

Janina David
Leben aus zweiter Hand
Roman
Band 4744

Sabine Deitmer
Bye-bye, Bruno
Wie Frauen morden
Kriminalgeschichten
Band 4714

M. Rosine De Dijn
Die Unfähigkeit
Band 3797

Anna Dünnebier
Eva und die
Fälscher
Roman
Band 4728

Ursula Eisenberg
Tochter eines Richters
Roman
Band 10622

Oriana Fallaci
Brief an ein nie
geborenes Kind
Band 3706

Maria Frisé
Montagsmänner
und andere
Frauengeschichten
Band 3782

M. Gabriele Göbel
Amanda oder
Der Hunger nach
Verwandlung
Erzählungen
Band 3760

Agnes-Marie Grisebach
Eine Frau Jahrgang 13
Roman einer unfrei-
willigen Emanzipation
Band 10468

Eine Frau im Westen
Roman eines Neuanfangs
Band 10467

Helga Häsing
Unsere Kinder,
unsere Träume
Band 3707

Fischer Taschenbuch Verlag

fi 20/17 a

Die Frau in der Gesellschaft

**Helga Häsing /
Ingeborg Mues (Hg.)
Du gehst fort,
und ich bleib da**
Gedichte und
Geschichten von
Abschied und Trennung
Band 4722

**Bessie Head /
Ellen Kuzwayo /
Nadine Gordimer u.a.
Wenn der Regen fällt**
Erzählungen
aus Südafrika
Herausgegeben von
Ann Oosthuizen
Band 4758

**Jutta Heinrich
Alles ist Körper**
Extreme Texte
Band 10505

**Das Geschlecht
der Gedanken**
Roman. Band 4711

**Eva Heller
Beim nächsten Mann
wird alles anders**
Roman. Band 3787

**Claudia Keller
Windeln, Wut
und wilde Träume**
Briefe einer verhinderten Emanze
Band 4721

**Kinder, Küche
und Karriere**
Neue Briefe einer
verhinderten Emanze
Band 10137

Der Flop
Roman
Band 4753

**Sibylle Knauss
Erlkönigs Töchter**
Roman. Band 4704

**Christine Kraft
Schattenkind**
Erzählung. Band 3750

**Fern Kupfer
Zwei Freundinnen**
Roman
Band 10795

**Jeannette Lander
Ich, allein**
Roman. Band 4724

**Rosamond Lehmann
Aufforderung
zum Tanz**
Roman. Band 3773

Der begrabene Tag
Roman. Band 3767

Dunkle Antwort
Roman. Band 3771

Der Schwan am Abend
Fragmente eines Lebens
Band 3772

**Wie Wind in
den Straßen**
Roman. Band 10042

**Doris Lerche
Eine Nacht
mit Valentin**
Erzählungen
Band 4743

**Dorothée Letessier
Auf der Suche
nach Loïca**
Roman
Band 3785

Fischer Taschenbuch Verlag

fi 20/19 b

Agnes-Marie Grisebach
Originalausgaben bei Quell

Eine Frau Jahrgang 13
Roman einer unfreiwilligen Emanzipation
448 Seiten. Leinen mit Schutzumschlag

Eine Frau im Westen
Roman eines Neuanfangs
432 Seiten. Leinen mit Schutzumschlag